Das Licht zwischen den Meeren

M. L. Stedman

Das Licht zwischen den Meeren

Roman

Aus dem Englischen
von Karin Dufner

Weltbild

Die englische Originalausgabe erschien 2012 unter dem Titel *The Light Between Oceans*
bei Doubleday / Transworld Publishers, London.

Besuchen Sie uns im Internet
www.weltbild.de

Genehmigte Lizenzausgabe für Verlagsgruppe Weltbild GmbH,
Steinerne Furt, 86167 Augsburg

Übersetzung: Karin Dufner
Umschlaggestaltung: *zeichenpool, München
Umschlagmotiv: Trevillion Images, Brighton (© Mark Owen) / www.shutterstock.com
(© gary yim; pashabo; ollyy; Sheftsoff)
Gesamtherstellung: GGP Media GmbH, Pößneck
Printed in the EU
ISBN 978-3-95569-141-7

2017 2016 2015 2014
Die letzte Jahreszahl gibt die aktuelle Lizenzausgabe an.

»In Erinnerung an meine Eltern.«

TEIL I

27. April 1926

An dem Tag, als das Wunder geschah, kniete Isabel gerade an der Kante der Klippe und pflegte das neue Grab mit dem kleinen aus Treibholz gezimmerten Kreuz. Eine einsame dicke Wolke zog langsam über den Spätaprilhimmel, der sich wie ein Spiegelbild des Ozeans über die Insel spannte. Isabel glättete die Erde rings um den gerade gepflanzten Rosmarinbusch und goss ihn.

»... und führe uns nicht in Versuchung, sondern erlöse uns von dem Übel«, flüsterte sie.

Einen Moment lang gaukelte ihr Verstand ihr vor, sie habe das Schreien eines Kindes gehört, doch sie tat das als Sinnestäuschung ab. Stattdessen blickte sie hinüber zu dem Schwarm Wale, die sich auf die Küste zubewegten, um dort im wärmeren Wasser ihre Jungen zu werfen. Wenn die Tiere hin und wieder auftauchten, durchbohrten ihre Schwanzflossen das Wasser wie Nadeln eine Stickerei. Wieder hörte Isabel Geschrei, diesmal lauter, das von der frühmorgendlichen Brise herangetragen wurde. Das konnte nicht sein.

Auf dieser Seite der Insel erstreckte sich eine gewaltige Leere bis nach Afrika, denn hier traf der Indische Ozean mit dem Südpolarmeer zusammen und verband sich mit ihm zu einem endlosen Teppich am Fuße der Klippen. An Tagen wie diesem erschien er Isabel so solide, dass sie fast glaubte, über die blaue Fläche zu Fuß bis nach Madagaskar gehen zu können. Die andere Seite der Insel blickte missmutig hinüber zum etwa hundertfünfzig Kilometer entfernten australischen Festland; sie gehörte nicht wirklich dazu, war jedoch auch nicht davon unabhängig, sondern nur der höchste in einer Reihe von Unterwasserbergen, die wie Zähne in einem schartigen Kiefer aus dem Meeresgrund ragten und nur darauf warteten, ahnungslosen Schiffen in der letzten Etappe vor dem Hafen den Bauch aufzuschlitzen.

Um dieses Unheil abzuwenden, stand auf der Insel – Janus Rock – ein Leuchtturm, dessen Lichtstrahl in einem Umkreis von etwa fünfzig Kilometern Sicherheit bot. Jede Nacht hallte das stete Surren der sich stetig und unablässig drehenden Lampe durch die Luft, den Felsen und Wogen trotzend und, wenn gewünscht, Rettung verheißend.

Das Schreien dauerte an. In der Ferne klapperte die Tür des Leuchtturms, und Toms hochgewachsene Gestalt erschien auf der Galerie. Er suchte die Insel mit dem Fernglas ab.

»Izzy!«, rief er. »Ein Boot!« Er wies auf die Bucht. »Am Strand ist ein Boot.« Er verschwand und erschien kurz darauf am Fuße des Leuchtturms. »Offenbar ist jemand drin«, fügte er hinzu. Isabel lief ihm entgegen, und er hielt sie am Arm fest, als sie den steilen, ausgetretenen Pfad zu dem kleinen Strand hinuntergingen.

»Ganz eindeutig ein Boot«, stellte Tom fest. »Und ... oh, Mist! Da ist ein Kerl, aber ...«

Die Gestalt rührte sich nicht und hing schlaff über der Sitzbank. Dennoch erklangen weiter Schreie. Tom hastete zu der Jolle hinüber und versuchte, den Mann wachzurütteln, bevor er einen Blick in den Bug warf, von wo die Schreie kamen. Er förderte ein Bündel aus Wolle zutage: eine weiche, lavendelfarbene Damenstrickjacke, gewickelt um ein winziges, weinendes Baby.

»Du heiliger Strohsack!«, rief er aus. »Herrgott, Izzy, es ist ...«

»Ein Baby! O mein Gott! Oh, Tom! Tom! Hier, gib es mir!«

Er reichte ihr das Bündel und unternahm noch einen Versuch, den Fremden wiederzubeleben: kein Puls. Tom drehte sich zu Isabel um, die gerade das kleine Geschöpf untersuchte. »Er hat es nicht geschafft, Izz. Und das Baby?«

»Sieht aus, als wäre alles in Ordnung. Keine Verletzungen oder Blutergüsse. Es ist so klein!«, fügte sie hinzu und drückte das Kind an sich. »Schon gut. Jetzt bist du in Sicherheit, Kleines. Du bist in Sicherheit, du süßes Ding.«

Tom stand reglos da, betrachtete die Leiche des Mannes, schloss die Augen und öffnete sie wieder, um sicherzugehen, dass er nicht träumte. Inzwischen hatte das Baby zu weinen aufgehört und lag, nach Luft schnappend, in Isabels Armen.

»Ich kann an dem Burschen keine Wunden entdecken, und krank scheint er auch nicht zu sein. Er kann nicht lang auf dem Wasser getrieben haben ... möchte man wenigstens meinen.« Er hielt inne. »Bring das Baby ins Haus, Izz. Ich hole etwas, um die Leiche abzudecken.«

»Aber, Tom ...«

»Es wäre eine ordentliche Schinderei, ihn den Weg hinaufzuschleppen. Wir lassen ihn besser liegen, bis Hilfe kommt. Doch ich will nicht, dass Vögel und Fliegen sich über ihn hermachen. Im Schuppen ist noch Segeltuch, das müsste genügen.« Seine Stimme klang zwar ruhig, doch er bekam kalte Hände und Füße, als die Schatten der Vergangenheit die strahlende Herbstsonne verdunkelten.

Janus Rock war ein anderthalb Quadratkilometer großes Stück grüner Landschaft mit genug Gras, um die wenigen Schafe und Ziegen und eine Handvoll Hühner zu ernähren, und einer ausreichenden Erdschicht für einen kümmerlichen Gemüsegarten. Die einzigen Bäume waren zwei riesige Norfolktannen, gepflanzt von dem Bautrupp aus Point Partageuse, der den Leuchtturm 1889, über dreißig Jahre zuvor, errichtet hatte. Einige alte Gräber erinnerten an ein Schiffsunglück vor langer Zeit, als die *Pride of Birmingham* am helllichten Tag auf die gnadenlosen Felsen aufgelaufen war. Mit einem solchen Schiff war später die Lampe selbst aus England hierhergeschafft worden. Sie trug stolz die Aufschrift Chance Brothers, was für die modernste Technik jener Tage stand, die auch an den unwirtlichsten und entlegensten Orten in Betrieb genommen werden konnte.

Die Strömung schwemmte alle möglichen Dinge an und wirbelte Strandgut herum wie zwischen zwei Propellern: Wrackteile, Teekisten und Walknochen. Gegenstände tauchten auf, wann und wie es ihnen gefiel. Der Leuchtturm erhob sich mitten auf der Insel wie ein Fels in der Brandung. Das Häuschen des

Leuchtturmwärters und die Nebengebäude duckten sich daneben, gebeugt von jahrzehntelangen Sturmwinden.

Isabel saß in der Küche an dem alten Tisch. Das Baby in ihren Armen war in eine flauschige gelbe Decke gewickelt. Sorgfältig trat Tom sich die Füße an der Matte ab, kam herein und legte ihr eine schwielige Hand auf die Schulter. »Ich habe den armen Teufel zugedeckt. Wie geht es dem Kleinen?«

»Es ist ein Mädchen«, antwortete Isabel und lächelte. »Ich habe sie gebadet. Sie scheint gesund zu sein.«

Das Baby drehte sich mit großen Augen zu ihm um und erwiderte seinen Blick.

»Was mag sie wohl von all dem halten?«, fragte er.

»Ich habe ihr auch etwas Milch gegeben, richtig, du süßer Fratz?«, säuselte Isabel, an das Baby gewandt. »Oh, sie ist so wunderschön, Tom«, fügte sie hinzu und küsste das Kind. »Der Himmel weiß, was sie durchgemacht hat.«

Tom nahm eine Flasche Brandy aus dem Schrank aus Fichtenholz, schenkte sich ein kleines Glas voll ein und kippte es hinunter. Dann setzte er sich neben seine Frau und beobachtete das Spiel des Lichts auf ihrem Gesicht, während sie den Schatz in ihren Armen betrachtete. Das Baby verfolgte jede ihrer Bewegungen mit den Augen, als befürchte es, Isabel könne ansonsten verschwinden.

»Oh, du Kleines«, flötete Isabel. »Armes, armes Ding.« Das Baby schmiegte das Gesicht an ihre Brust. Tom hörte die Tränen in ihrer Stimme, und die Erinnerung an den Verlust hing zwischen ihnen in der Luft.

»Sie mag dich«, sagte er und ergänzte, wie zu sich selbst: »Ich stelle mir vor, wie es hätte werden können. Ich meine ... So habe ich es nicht gemeint«, sprach er rasch weiter, »... du siehst einfach aus, als wärst du dafür geboren.« Er streichelte ihre Wange.

Isabel blickte ihn an. »Ich weiß, Liebling. Ich weiß. Mir geht es genauso.«

Er legte die Arme um seine Frau und das Kind. Isabel roch den Brandy in seinem Atem. »Oh, Tom, Gott sei Dank, dass wir sie rechtzeitig gefunden haben«, murmelte sie.

Tom küsste sie und berührte dann die Stirn des Babys mit den Lippen. So verharrten die drei eine ganze Weile, bis das Baby zu zappeln begann und eine Faust unter der Decke hervorstreckte.

»Nun.« Tom stand auf und streckte sich. »Dann werde ich mal einen Funkspruch absetzen, das Boot melden und ein Schiff anfordern, das die Leiche abholt. Und unsere Kleine hier.«

»Noch nicht!«, protestierte Isabel und streichelte die Finger des Babys. »Es besteht doch kein Grund zur Eile. Dem armen Mann ist nicht mehr zu helfen. Und ich vermute, dass die Kleine für den Moment genug von Seefahrten hat. Warte noch ein bisschen und gib ihr Zeit, zur Ruhe zu kommen.«

»Es wird sowieso Stunden dauern, bis sie hier sind. Sie schafft das schon. Du hast das arme Kind ja recht gut beruhigt.«

»Lass uns trotzdem warten. Es spielt doch sicher keine Rolle.«

»Ich muss es ins Protokollbuch eintragen, Schatz. Du weißt ja, dass ich verpflichtet bin, alles sofort zu melden«, wandte Tom ein, denn es gehörte zu seinen Aufgaben, jedes wichtige Ereignis im oder rund um den Leuchtturm, von vorbeifahrenden Schiffen und dem Wetter bis hin zu technischen Problemen anzuzeigen.

»Das kannst du doch auch morgen erledigen, oder?«

»Und wenn das Boot von einem Schiff stammt?«

»Es ist eine Jolle, kein Rettungsboot«, widersprach sie.

»Dann hat das Baby sicher eine Mutter, die irgendwo auf dem Festland wartet und vor Sorge fast den Verstand verliert. Wie würdest du empfinden, wenn es deins wäre?«

»Du hast die Strickjacke gesehen. Bestimmt ist die Mutter über Bord gefallen und ertrunken.«

»Liebling, wir haben keine Ahnung, was aus der Mutter geworden ist. Oder wer der Mann war.«

»Aber es ist die wahrscheinlichste Erklärung, richtig? Babys laufen ihren Eltern nicht davon.«

»Izzy, alles ist möglich. Wir wissen es nicht.«

»Hast du je von einem kleinen Baby gehört, das sich ohne seine Mutter in einem Boot auf den Weg macht?« Sie drückte das Kind ein wenig fester an sich.

»Die Sache ist ernst, Izzy. Der Mann ist tot.«

»Und das Baby lebt. Hab doch ein Herz, Tom.«

Etwas an ihrem Tonfall rührte ihn an. Und so hielt er inne und dachte über ihre Bitte nach, anstatt ihr zu widersprechen. Vielleicht brauchte sie ja ein wenig Zeit mit dem Baby. Vielleicht war er ihr das schuldig. Schweigen entstand, und Isabel drehte sich, ein wortloses Flehen in den Augen, zu ihm um.

»Ich denke …«, räumte er widerwillig ein, »dass ich mit dem Funkspruch noch bis morgen warten kann. Aber gleich in der Früh, sobald es hell wird, erledige ich das.«

Isabel küsste ihn und tätschelte seinen Arm.

»Jetzt muss ich aber wieder in den Turm. Ich war gerade dabei, das Brüdenrohr zu wechseln«, fügte er hinzu.

Als er den Pfad entlangging, hörte er Isabels glockenhelle Stimme. Sie sang. *»Blow the wind southerly, southerly, southerly, blow the wind southerly o'er the bonnie blue sea.«* Obwohl das Lied melodisch war, konnte es ihn nicht trösten, als er die Stufen des Leuchtturms hinaufstieg, denn er musste sich eingestehen, dass ihm seine Nachgiebigkeit ein leichtes Unbehagen verursachte.

Kapitel 1

16. Dezember 1918

»Ja, das ist mir klar«, sagte Tom Sherbourne. Er saß in einem spartanisch eingerichteten Zimmer, in dem sich die Temperatur kaum von der schwülen Hitze draußen unterschied. Es war Sommer in Sydney; ein Regenschauer prasselte gegen die Fensterscheibe und sorgte dafür, dass die Menschen auf dem Gehweg eilig Schutz suchten.

»Ich meinte, *sehr* schwierig.« Der Mann hinter dem Schreibtisch beugte sich vor, um seine Worte zu untermauern. »Das wird kein Spaziergang. Nicht, dass Byron Bay der herausforderndste Posten wäre, den die Leuchtturmverwaltung zu vergeben hätte. Ich wollte nur sichergehen, dass Sie wissen, worauf Sie sich einlassen.« Er drückte den Tabak mit dem Daumen fest und zündete seine Pfeife an. In Toms Bewerbungsschreiben hatte das Gleiche gestanden wie in denen vieler junger Männer dieser Tage: geboren am 28. September 1893, Kriegsdienst in der Army, Erfahrung mit Signalflaggen und dem Morsealphabet, körperlich gut in Form, ehrenhafte Entlassung. Laut Vorschrift wurden ehemalige Soldaten bevorzugt behandelt.

»Es kann nicht ...« Tom hielt inne und setzte noch einmal an. »Mit allem Respekt, Mr. Coughlan, aber es wird wohl kaum schlimmer sein als an der Westfront.«

Der Mann studierte noch einmal die Entlassungsurkunde und blickte Tom dann forschend ins Gesicht und in die Augen. »Nein, mein Junge. Wahrscheinlich haben Sie recht.« Dann ratterte er ein paar Regeln herunter. »Sie bezahlen die Fahrt zum Einsatzort aus eigener Tasche. Als Aushilfe haben Sie keinen Urlaubsanspruch. Festangestellte bekommen am Ende jeder dreijährigen Dienstzeit einen Monat Urlaub.« Er griff zu einem dicken Federhalter und unterschrieb das Formular, das vor ihm lag. »Willkommen«, sagte er, während er mit dem Stempel über das Stempelkissen fuhr und ihn dreimal auf das Blatt Papier niedersausen ließ, »beim Commonwealth Lighthouse Service.« Auf dem Formular glänzte in feuchter Tinte die Aufschrift »16. Dezember 1918«.

Während der sechsmonatigen Aushilfstätigkeit in Byron Bay an der Küste von Neusüdwales zusammen mit zwei anderen Leuchtturmwärtern und deren Familien lernte Tom, was ein Leben im Leuchtturm ausmachte. Anschließend folgte ein Einsatz auf Maatsuyker, der einsamen Insel südlich von Tasmanien, wo es den Großteil des Jahres regnete und so stark stürmte, dass selbst die Hühner ins Meer geweht wurden.

Im Leuchtturm hat Tom Sherbourne viel Zeit, über den Krieg nachzudenken. An die Gesichter und Stimmen der Kameraden, die neben ihm gestanden und ihm auf die eine oder andere Weise das Leben gerettet haben. An die, deren letzte Worte er gehört hat, und die, deren wirres Gestammel er nicht verstehen konnte. Aber er hat trotzdem genickt.

Tom gehört nicht zu den Männern, deren Beine nur noch von Sehnen am Körper gehalten wurden oder denen die Eingeweide wie glitschige Aale aus dem Leib quollen. Seine Lunge und sein Gehirn sind nicht vom Gas aufgeweicht worden. Doch er trägt dennoch Narben mit sich herum, denn er muss in der Haut des Mannes weiterleben, der das getan hat, was damals nötig war. Es ist ein Schatten, der nach innen fällt.

Er gibt sich Mühe, darüber nicht ins Grübeln zu geraten. Er hat nämlich viele Männer erlebt, die sich auf diese Weise selbst verloren haben. Also lebt er weiter am Rande dieses Gefühls, für das er keinen Namen hat. Wenn er von jenen Jahren träumt, ist der Tom, der sie durchlebt und Blut an seinen Händen hat, ein etwa achtjähriger Junge. Ein kleiner Junge, der sich gegen Männer mit Gewehren und Bajonetten zur Wehr setzen muss und dem es zu schaffen macht, dass die Kniestrümpfe seiner Schuluniform verrutscht sind und er sie nicht hochziehen kann, weil er dazu sein Gewehr fallen lassen müsste. Und dabei ist er ohnehin kaum groß genug, um es zu tragen. Außerdem kann er seine Mutter nirgendwo entdecken.

Wenn er dann aufwacht, ist er an einem Ort, wo man nur Wind und Wellen und den komplizierten Apparat hört, der die Flamme am Brennen hält und dafür sorgt, dass die Lampe sich dreht, sich unablässig dreht und sich dabei selbst über die Schulter schaut.

Wenn er nur genug Abstand hält – von Menschen und von seinen Gedanken –, wird die Zeit die Wunden heilen.

Janus Rock liegt viele tausend Kilometer weit entfernt an der Westküste und ist der Punkt auf dem Kontinent, der die größte Entfernung von Toms Heimatstadt Sydney hat. Allerdings ist der Leuchtturm von Janus Rock auch das letzte Stück Australien, das er gesehen hat, als sein Truppentransporter 1915 nach Ägypten aufbrach. Der Geruch des Eukalyptus war noch viele Kilometer vor der Küste von Albany wahrzunehmen gewesen, und als er verflog, hat Tom plötzlich schmerzhaft den Verlust einer Sache empfunden, von der er gar nicht wusste, dass man sie vermissen konnte. Dann, Stunden später, kam, klar und deutlich, die Lampe mit ihren fünfsekündlichen Lichtblitzen in Sicht. Der letzte Außenpunkt seiner Heimat, und die Erinnerung daran hielt sich wie ein Abschiedskuss während der jahrelangen Hölle, die darauf folgte. Als Tom im Juni 1920 erfuhr, dass auf Janus Rock dringend eine Stelle besetzt werden musste, war es, als hätte der Leuchtturm selbst ihn gerufen.

Janus Rock, am Rand der Kontinentalplatte gelegen, war kein beliebter Einsatzort. Der Schwierigkeitsgrad eins sorgte zwar für eine leichte Gehaltserhöhung, doch nach Auffassung alter Hasen lohnte es sich für das bisschen Geld bei dieser jämmerlichen Bezahlung dennoch nicht. Der Leuchtturmwärter, den Tom ablöste, hieß Trimble Docherty. Er hatte einiges Aufsehen mit seiner Meldung erregt, seine Frau sende Signale an vorbeifahrende

Schiffe, indem sie die bunten Flaggen des internationalen Codes zu Botschaften zusammenfügte. Das missfiel den Behörden aus zwei Gründen: Erstens hatte der stellvertretende Leiter der Leuchtturmbehörde vor einigen Jahren das Signalisieren mit Flaggen auf Janus verboten, da die Schiffe sich in Gefahr brachten, wenn sie nah genug herankamen, um die Nachrichten zu entziffern. Und zweitens war die fragliche Ehefrau vor kurzer Zeit verstorben.

Dies führte zu einem regen Schriftwechsel in dreifachem Durchschlag zwischen Fremantle und Melbourne. Der stellvertretende Amtsleiter in Fremantle verwandte sich für Docherty und lobte seine langjährigen und treuen Dienste, während man in der Zentrale nur den reibungslosen Ablauf, die Kosten und die Vorschriften im Blick hatte. Also wurde ein Kompromiss geschlossen, indem man für sechs Monate einen Leuchtturmwärter zur Aushilfe einstellte und Docherty in dieser Zeit krankschreiben ließ.

»Für gewöhnlich schicken wir keinen ledigen Mann nach Janus. Die Insel ist ziemlich abgelegen, weshalb eine Frau und eine Familie nicht nur ein Trost, sondern auch eine praktische Hilfe wären«, meinte der Bezirksleiter zu Tom. »Aber da es ja nur vorübergehend ist ... Sie brechen in zwei Tagen nach Partageuse auf«, fügte er hinzu und stellte einen Vertrag mit sechsmonatiger Laufzeit aus.

Vorzubereiten gab es nicht viel und auch niemanden, von dem Tom sich hätte verabschieden müssen. Und so ging er zwei Tage später, nur mit einer Reisetasche ausgerüstet, an Bord eines Schiffs. Die *SS Prometheus* tuckerte die australische Südküste entlang und machte auf der Fahrt von Sydney nach Perth in verschiedenen Häfen Station. Die wenigen für die Passagiere der ersten Klasse reservierten Kabinen befanden sich am Bug auf dem Oberdeck. In der dritten Klasse teilte Tom eine Kabine mit einem alten Seemann. »Ich mache diese Tour jetzt schon seit fünfzig Jahren. Die wären nie so frech, von mir zu verlangen, dass ich dafür bezahle. Das bringt nämlich Unglück«, verkündete der Mann gut gelaunt und wandte sich wieder der großen Flasche extrastarkem Rum zu, mit der er sich meistens beschäftigte. Um den Alkoholdünsten zu entfliehen, gewöhnte Tom sich an, tagsüber an Deck spazieren zu gehen. Abends wurde meistens unter Deck Karten gespielt.

Es war auf den ersten Blick zu erkennen, wer »in Übersee« gewesen war und wer den Krieg zu Hause ausgesessen hatte. Man konnte es an einem Mann regelrecht riechen, und die beiden Gruppen hielten Abstand. Der Aufenthalt in den Gedärmen eines Schiffs weckte Erinnerungen an die Truppentransporter, die sie erst in den Nahen Osten und dann nach Frankreich gebracht hatten. Und schon nach wenigen Minuten an Bord wusste jeder beinahe instinktiv, wer Offizier und wer ein einfacher Soldat gewesen war und wo derjenige gekämpft hatte.

Wie auf den Truppentransportern war es wichtig, eine sportliche Betätigung zu finden, um ein wenig Leben in die Bude zu bringen. Das Spiel, für das man sich schließlich entschied, war ziemlich einfach: wem es gelang, sich ein Souvenir aus der ersten Klasse zu sichern, hatte gewonnen. Allerdings ging es nicht um irgendein Souvenir. Bei dem begehrten Gegenstand handelte es sich um einen Damenschlüpfer. »Das Preisgeld verdoppelt sich, wenn sie ihn zum fraglichen Zeitpunkt anhat.«

Der Rädelsführer, ein Mann namens McGowan, der einen Schnurrbart und von seinen Woodbine-Zigaretten gelbe Finger hatte, sagte, er habe sich bei einem der Stewards nach der Passagierliste erkundigt. Die Auswahl sei begrenzt. Insgesamt gebe es zehn Kabinen. Ein Anwalt und seine Frau – um die mache man lieber einen großen Bogen. Einige ältere Ehepaare, zwei alte Jungfern – vielversprechend – und – am besten – die Tochter irgendeines hohen Tiers, die allein reiste.

»Wir sollten außen am Rumpf hinauf und dann durch ihr Fenster klettern«, verkündete er. »Wer ist dabei?«

Die Kühnheit des Vorhabens erstaunte Tom nicht. Er hatte seit seiner Rückkehr schon viele ähnliche Geschichten gehört. Männer, denen es zur Gewohnheit geworden war, aus einer Laune heraus ihr Leben zu riskieren – sie benutzten die Schranken an Bahnübergängen als Reithindernisse und schwammen in reißende Strömungen hinein, nur um festzustellen, ob sie auch wieder herauskommen würden. So viele Männer, die in Europa dem Tod knapp von der Schippe gesprungen waren, schienen nun süchtig nach seinen Verlockungen zu sein. Allerdings waren diese Männer jetzt frei in ihren Entscheidungen. Vermutlich war der große Plan nichts als leeres Gerede.

Da Toms Albträume in der folgenden Nacht schlimmer waren als sonst, beschloss er, ihnen zu entfliehen, indem er einen Spaziergang an Deck machte. Es war zwei Uhr morgens, und da er sich um diese Zeit an Bord frei bewegen konnte, schritt er das Schiff systematisch ab. Zuerst betrachtete er das Mondlicht, das sich im Wasser spiegelte. Dann stieg er zum Oberdeck hinauf, wobei er sich wegen der leichten Dünung am Geländer festhalten musste. Oben blieb er kurz stehen und genoss die frische Luft und die funkelnden Sterne am nächtlichen Firmament.

Aus dem Augenwinkel sah er, dass aus einer der Kabinen ein Lichtstrahl kam. Offenbar litten selbst Passagiere der ersten Klasse unter Schlafstörungen, dachte er. Im nächsten Moment meldete sich sein sechster Sinn – das vertraute, nicht in Worte zu fassende Gefühl, dass es gleich Ärger geben würde. Er schlich zur Kabine und spähte zum Fenster hinein.

Im Dämmerlicht sah er eine Frau, die an die Wand gepresst dastand, wie angewurzelt, obwohl der Mann sie nicht berührte. Allerdings war sein Gesicht nur wenige Zentimeter von ihrem entfernt, und es malte sich der lüsterne Ausdruck darauf, den Tom schon zu oft gesehen hatte. Er erkannte den Mann vom Unterdeck, und das Preisgeld fiel ihm ein. Verdammte Idioten. Als er am Türknauf drehte, ließ sich die Tür öffnen.

»Lassen Sie die Frau in Ruhe«, sagte er und trat ein. Sein Tonfall war zwar ruhig, duldete jedoch keinen Widerspruch.

Der Mann wirbelte herum und grinste bei Toms Anblick. »Mein Gott, ich habe dich schon für einen Steward gehalten! Du kannst mir helfen. Ich wollte gerade ...«

»Ich sagte, lassen Sie sie in Ruhe! Raus, aber sofort.«

»Aber ich bin noch nicht fertig. Ich wollte ihr gerade eine kleine Freude machen.« Er stank nach Alkohol und abgestandenem Tabak.

Tom legte ihm die Hand auf die Schulter und drückte so fest zu, dass der Mann aufschrie. Obwohl er etwa zwanzig Zentimeter kleiner war als Tom, wollte er nach ihm ausholen. Tom packte ihn am Handgelenk und verdrehte es. »Name und Rang!«

»McKenzie. Gefreiter 3277.« Die nicht verlangte Dienstnummer folgte wie ein Reflex.

»Gefreiter, Sie entschuldigen sich jetzt bei der jungen Dame und gehen wieder zu Bett. Bis wir anlegen, will ich Ihr Gesicht nicht mehr an Deck sehen. Verstanden?«

»Jawohl, Sir!« Er wandte sich an die Frau. »Entschuldigen Sie, Miss. Es war nicht so gemeint.«

Die immer noch verängstigte Frau nickte kaum merklich.

»Und jetzt raus!«, befahl Tom, worauf der Mann, schlagartig ernüchtert, aus der Kabine schlurfte.

»Ist alles in Ordnung?«, fragte Tom die Frau.

»Ich ... Ich glaube schon.«

»Hat er Ihnen etwas getan?«

»Er hat mich nicht ...«, sie sprach ebenso mit sich selbst wie mit ihm, »er hat mich nicht angerührt.«

Er musterte das Gesicht der Frau, deren graue Augen inzwischen ruhiger wirkten. Das dunkle offene Haar fiel ihr in Wellen bis über die Arme, und sie hielt immer noch den Ausschnitt ihres Nachthemds mit den Fäusten zusammen. Tom nahm ihren Morgenmantel von einem Haken an der Wand und legte ihn ihr über die Schultern.

»Danke«, sagte sie.

»Das war sicher ein ordentlicher Schreck für Sie. Ich fürchte, einige von uns sind mittlerweile keine zivilisierte Gesellschaft mehr gewohnt.«

Sie antwortete nicht.

»Der wird Ihnen keinen Ärger mehr machen.« Er stellte einen Stuhl auf, der bei dem Zwischenfall umgekippt war. »Ob Sie ihn melden, bleibt Ihnen überlassen, Miss. Wahrscheinlich hat sein Verstand gelitten.«

Sie blickte ihn fragend an.

»Der Einsatz drüben verändert einen Mann. Zwischen Richtig und Falsch besteht für viele kein großer Unterschied mehr.« Er wandte sich zum Gehen, drehte sich aber an der Tür noch einmal um. »Es ist Ihr gutes Recht, ihn anzuzeigen, aber ich vermute, dass er auch so schon genug Schwierigkeiten hat. Wie gesagt, es bleibt Ihnen überlassen.« Mit diesen Worten verschwand er.

Kapitel 2

Point Partageuse hatte seinen Namen französischen Entdeckern zu verdanken. Sie hatten das Kap, das aus der südwestlichen Ecke des australischen Kontinents ragt, in einer Karte verzeichnet, lange bevor die Briten sich 1826 daranmachten, den Westen eilig zu kolonisieren. Seitdem waren zunehmend Siedler aus Albany im Norden und der Swan River Colony im Süden gekommen, um die jungfräulichen Wälder, die sich Hunderte von Kilometern weit erstreckten, für sich zu beanspruchen. Bäume, so hoch wie Kathedralen, wurden mit Handsägen gefällt, um Weideland zu schaffen, und blasse Männer mit Pferdegespannen trieben hartnäckig schmale Straßen Zentimeter um Zentimeter in die Landschaft. Und so wurde dieses Land, in dem noch nie zuvor ein Mensch Raubbau betrieben hatte, gerodet, verbrannt, kartografiert, vermessen und an die verteilt, die ihr Glück auf einem Erdteil versuchen wollten, wo sie entweder Verzweiflung und Tod oder ungeahnte Reichtümer erwarteten.

Die Ortschaft Partageuse hatte sich zusammengefunden, wie der Wind Staubflocken zueinanderweht, und zwar dort, wo sich die beiden Ozeane treffen, weil es hier Süßwasser, einen natürlichen Hafen und fruchtbaren Boden gab. Der Hafen machte Albany zwar keine Konkurrenz, erleichterte den Einheimischen jedoch das Verschiffen von Bauholz, Sandelholz oder Rindfleisch. Kleine Firmen waren entstanden und setzten sich fest wie Flechten an einer Felswand. Und irgendwann gab es auch eine Schule, ein paar Kirchen unterschiedlicher Glaubensrichtungen und Baustile, einige Häuser aus Stein oder Backstein und noch viele mehr, die aus Brettern und Blech bestanden. Mit der Zeit kamen diverse Läden, ein Rathaus und sogar eine Niederlassung der Landwirtschaftsbank Dalgety's hinzu. Und Pubs. Viele Pubs.

In den Anfangsjahren herrschte in Partageuse die unausgesprochene Überzeugung vor, dass die wirklich wichtigen Dinge sich anderswo ereigneten. Neuigkeiten von der Außenwelt trafen tröpfchenweise ein wie Regenwasser, das aus Baumkronen herabrieselt: ein Gesprächsfetzen hier, ein Gerücht dort. Als 1890 eine Telegrafenleitung installiert wurde, beschleunigte sich die Nachrichtenübermittlung ein wenig, und inzwischen besaßen einige Leute sogar Telefon. 1899 hatte die Stadt Soldaten nach Transvaal geschickt und einige Männer verloren. Doch im Großen und Ganzen war das Leben in Partageuse eher eine Randerscheinung. Hier konnte weder etwas Schlimmes noch etwas Wundervolles geschehen.

Natürlich ging es in anderen Städten im Westen weniger beschaulich zu. In Kalgoorlie, einige hundert Kilometer im Landesinneren, verbargen sich unter dem Wüstenboden unterirdische Goldströme. Dort zogen Männer mit Schubkarren und Goldpfanne umher und fuhren in Automobilen, bezahlt mit einem Nugget so groß wie eine Katze, herum. Dass einige Straßen Namen wie »Croesus« trugen, war nur halb ironisch gemeint. Die ganze Welt wollte, was Kalgoorlie hatte. Das Angebot in Partageuse – Bauholz und Sandelholz – war verglichen damit Kinderkram und nichts, womit man das große Geld machen konnte.

Dann, 1914, änderte sich alles. Denn Partageuse stellte fest, dass es auch hier etwas gab, was die Welt brauchte: Männer. Junge Männer. Männer, die gut in Form waren. Männer, die ihr Leben damit verbracht hatten, eine Axt zu schwingen, einen Pflug zu führen und sich körperlich anzustrengen. Männer, die sich also ausgezeichnet dazu eigneten, auf den taktischen Altären am anderen Ende des Erdballs geopfert zu werden.

1914 drehte sich alles noch um Flaggen und nach neuem Leder riechende Uniformteile. Aber schon ein Jahr später sahen die Dinge allmählich anders aus. Man war plötzlich keine Randerscheinung mehr, denn anstatt ihre geliebten kerngesunden Ehemänner und Söhne zurückzubekommen, erhielten die Frauen

Telegramme. Die kleinen Papierstücke fielen entsetzten Angehörigen aus den Händen und wurden vom peitschenden Wind davongeweht. Und in diesen Telegrammen hieß es, dass der Junge, den man gestillt, gebadet und getadelt und der einen oft zum Weinen gebracht hatte ... nun, dass es ihn nicht mehr gab. Partageuse fand zwar erst spät Anschluss an die Welt, dafür aber auf eine sehr schmerzliche Weise.

Natürlich kam es öfter vor, dass Menschen ein Kind betrauern mussten. Es hatte noch nie eine Garantie dafür gegeben, dass eine Empfängnis auch zu einer Lebendgeburt führte oder dass diese Geburt ein langes Leben zur Folge haben würde. Die Natur gewährte nur den Starken und vom Glück Gesegneten Anteil an diesem jungen Paradies. Um das zu erkennen, brauchte man nur einen Blick auf die Innenseite des Buchdeckels einer x-beliebigen Familienbibel zu werfen. Auch die Friedhöfe berichteten von Kleinkindern, deren Stimmen nach einem Schlangenbiss, einem Fieber oder einem Sturz aus dem Wagen endlich dem Flehen ihrer Mütter um Ruhe nachgegeben hatten. Die überlebenden Kinder gewöhnten sich daran, bei Tisch ein Gedeck weniger aufzulegen, genauso wie sie klaglos zusammenrutschten, wenn ein neues Geschwisterchen zur Welt kam. Wie man auf Weizenfeldern mehr Körner verstreut, als je Wurzeln schlagen können, schien Gott überzählige Kinder zu verteilen und sie nach einem unerklärlichen göttlichen Kalender dahinzuraffen. Der Friedhof der Stadt erzählte wahre Geschichten, und die Grabsteine dort, von denen sich manche wie lockere, schmutzige Zähne zur Seite neigten, sprachen offen von Leben – zu früh niedergestreckt von der Grippe, Ertrinken, Unfällen beim Holzfällen und sogar Blitzschlägen. Nach 1915 begannen die Grabsteine jedoch zu lügen. Jungen und Männer aus dem Bezirk starben wie die Fliegen, und dennoch schwiegen die Friedhöfe.

Die Wahrheit war, dass die jungen Toten irgendwo in der Fremde im Schlamm lagen. Die Behörden taten ihr Bestes: Wenn die Umstände und die Lage auf dem Schlachtfeld es gestatteten, wurden Gräber ausgehoben. War es möglich, Gliedmaßen zusammenzusetzen und sie einem bestimmten Soldaten zuzuordnen, gab man sich große Mühe und beerdigte den Toten mit einer Art Trauerfeier. Verzeichnisse wurden angelegt. Später machte man Fotos von den Gräbern, und für die Summe von zwei Pfund, einen Shilling und Sixpence konnte die Familie eine offizielle Gedenkplakette kaufen. Noch später schossen dann die Kriegerdenkmäler aus dem Boden, die nicht vom Verlust sprachen, sondern davon, was damit erreicht worden und wie wundervoll es sei, gesiegt zu haben. »Siegreich und tot«, murrten einige, »ist ein erbärmlicher Sieg.«

Ohne Männer war die Stadt so voller Löcher wie ein Schweizer Käse. Und dabei war keiner von ihnen eingezogen worden. Niemand hatte sie gezwungen zu kämpfen.

Doch den grausamsten Scherz erlaubte sich das Schicksal mit denen, die als »Glückspilze« bezeichnet wurden, weil sie überhaupt wieder nach Hause gekommen waren. Nach Hause zu den für die Willkommensfeier herausgeputzten Kindern und dem Hund, der zur Feier des Tages eine Schleife am Halsband trug. Der Hund bemerkte normalerweise als Erster, dass etwas nicht stimmte. Nicht nur, dass dem Mann ein Auge oder ein Bein fehlte, sondern dass er eigentlich nicht anwesend war. Er war, obwohl körperlich präsent, auf dem Schlachtfeld geblieben. Billy Wishart aus Sadler's Mill zum Beispiel – drei kleine Kinder und eine Ehefrau, wie ein Mann sie sich nur wünschen kann. In einen Gasangriff geraten, und jetzt kann er keinen Löffel mehr halten, ohne dass er wackelt wie ein Häcksler, sodass die Suppe überall herumspritzt. Außerdem zittert er so, dass er mit seinen Knöpfen nicht mehr zurechtkommt. Wenn er nachts mit seiner Frau allein ist, zieht er sich nicht aus, sondern rollt sich nur weinend auf dem Bett zusammen. Oder der junge Sam Dowsett, der die erste Landung in Gallipoli überlebt hat, nur um in Bullecourt beide Arme und die Hälfte seines Gesichts zu verlieren. Seine verwitwete Mutter sitzt die ganze Nacht wach da und fragt sich, wer ihren kleinen Jungen pflegen soll, wenn sie einmal nicht mehr ist. Schließlich wäre kein Mädchen im ganzen Bezirk so dumm, ihn jetzt noch zu nehmen. Löcher in einem Schweizer Käse. Etwas fehlt.

Lange Zeit trugen die Menschen die verdatterten Mienen von Teilnehmern an einem Spiel zur Schau, dessen Regeln plötzlich geändert worden waren. Sie gaben sich große Mühe, Trost in dem Umstand zu finden, dass der Tod ihrer Jungen nicht umsonst, sondern Teil eines gewaltigen Ringens für die richtige Sache gewesen war. Hin und wieder konnten sie das sogar glauben und den zornigen, verzweifelten Schrei hinunterschlucken, der in ihren Kehlen aufsteigen wollte wie Futter aus dem Schnabel eines Muttervogels.

Nach dem Krieg versuchten die Leute, Nachsicht mit den Männern zu haben, die nun ein wenig zu große Freude an einem Glas zu viel oder einer Schlägerei hatten oder keinen Arbeitsplatz länger als ein paar Tage halten konnten. Bald liefen die Geschäfte in der Stadt wieder wie gewohnt. Kelly war immer noch Inhaber des Lebensmittelladens. Die Metzgerei gehörte immer noch dem alten Len Bradshaw, obwohl es Len junior offenbar kaum erwarten konnte, das Geschäft zu übernehmen. Das erkannte man daran, wie er an der Theke seinen Vater unnötig beiseiteschob, wenn er sich vorbeugte, um nach einem Kotelett oder einer Schweinebacke zu greifen. Mrs. Inkpen – die keinen Vornamen zu haben schien, obwohl ihre Schwester sie unter vier Augen Popsy nannte – übernahm die Hufschmiede, als ihr Mann Mack nicht aus Gallipoli zurückkehrte. Sie hatte ein Gesicht so hart wie die Eisen, mit denen ihre Angestellten die Pferdehufe beschlugen, und auch das passende Herz dazu. Sie beschäftigte Hünen von Männern, doch es hieß immer nur: »Ja, Mrs. Inkpen. Nein, Mrs. Inkpen. Drei Säcke voll, Mrs. Inkpen«, obwohl jeder von ihnen sie mühelos mit einem Finger hätte hochheben können.

Die Leute wussten, wer anschreiben lassen durfte und wer sofort bezahlen musste. Sie wussten, wem man glauben konnte, wenn er Ware zurückbrachte und sein Geld wiederhaben wollte.

Mouchemore's Kurzwaren und Stoffe machte die besten Geschäfte an Weihnachten und Ostern, obwohl sich kurz vor dem Winter das Strickgarn glänzend verkaufte. Auch unaussprechliche Dinge für die Dame gingen gut. Larry Mouchemore tätschelte seinen spitzen Schnurrbart, wenn er Menschen verbesserte, die seinen Namen falsch aussprachen – »wie *move*, nicht wie *mouse*« – und beobachtete zornig und empört, wie Mrs. Turkle sich anschickte, gleich nebenan ein Pelzgeschäft zu eröffnen. Pelze? In Point Partageuse? So ein hanebüchener Unsinn! Als der Laden ein halbes Jahr später schloss, lächelte er nachsichtig, erbot sich, als »Akt der Nachbarschaftshilfe«, den restlichen Warenbestand aufzukaufen, und veräußerte ihn mit großem Gewinn an den Kapitän eines Dampfers mit Ziel Kanada, wo solche Dinge angeblich sehr gefragt waren.

Und so traf man 1920 in Partageuse die gleiche Mischung aus verhaltenem Stolz und auf dem harten Weg erworbener Erfahrung an wie in jeder anderen westaustralischen Stadt. In der Mitte des taschentuchgroßen Rasenstücks an der Main Street stand der nagelneue Obelisk aus Granit mit den Namen der Männer und Jungen, einige von ihnen kaum sechzehn Jahre alt, die nicht zurückkommen würden, um die Felder zu bestellen, die Bäume zu fällen oder ihren Schulabschluss zu machen, auch wenn manche in der Stadt weiter mit angehaltenem Atem auf ihre Rückkehr warteten. Allmählich verwoben sich die Leben der Einwohner wieder zu einem praktischen Stoff, in dem jeder Faden den anderen immer wieder durch Schule, Beruf und Hochzeit kreuzte und Verbindungen knüpfte, die für Außenstehende nicht zu erkennen waren.

Und Janus Rock, das nur viermal im Jahr von einem Schiff angefahren wurde, das den Proviant lieferte, hing am Rande dieses Stoffstücks wie ein loser Knopf, der jeden Moment in die Antarktis stürzen konnte.

Der lange, schmale Landungssteg in Point Partageuse bestand aus dem gleichen Dscharraholz, das auch klappernd darauf per

Schienenbahnwaggon zu den Schiffen befördert wurde. Die breite Bucht, über der die Stadt gewachsen war, war klar und türkisblau. An dem Tag, als Toms Schiff anlegte, schimmerte sie wie poliertes Glas.

Männer hasteten hin und her, luden und beluden Schiffe und wuchteten, begleitet von einem gelegentlichen Ausruf oder Pfiff, schwere Frachtstücke. Am Ufer setzte sich das geschäftige Treiben fort, und die Menschen steuerten mit entschlossener Miene mit Pferd und Kutsche oder zu Fuß ihrem Ziel entgegen.

Die einzige Ausnahme von dieser zur Schau gestellten Tüchtigkeit war eine junge Frau, die einen Möwenschwarm mit Brot fütterte. Lachend warf sie jede Kruste in eine andere Richtung und sah zu, wie sich die Vögel kreischend um die Beute zankten. Eine Möwe fing einen Bissen im Flug auf, schluckte ihn hinunter und stürzte sich schon auf den nächsten, worauf das Mädchen wieder zu lachen begann.

Tom schien es, als seien Jahre vergangen, seit er zuletzt ein Lachen gehört hatte, das weder derb noch verbittert war. Es war ein sonniger Winternachmittag; im Moment wurde er weder irgendwo erwartet noch hatte er etwas zu tun. In einigen Tagen würde man ihn nach Janus bringen, nachdem er mit den richtigen Leuten gesprochen und die nötigen Formulare unterschrieben hatte. Doch im Moment mussten keine Protokollbücher geführt, keine Prismen poliert und keine Tanks nachgefüllt werden. Und hier war jemand, der einfach nur Spaß hatte, für Tom plötzlich der Beweis, dass der Krieg wirklich vorbei war. Er setzte sich auf eine Bank unweit des Bootsstegs, ließ sich von der Sonne das Gesicht liebkosen und beobachtete das Mädchen beim Herumalbern. Die dunklen Locken wehten wie ein in den Wind geworfenes Netz. Er folgte ihren zarten Fingern, die sich vom Blau abhoben. Erst nach einer Weile fiel ihm auf, dass sie hübsch war. Und es dauerte noch eine Zeit lang, bis ihm klar war, dass er vermutlich eine Schönheit vor sich hatte.

»Warum lächeln Sie?«, rief das Mädchen zu Toms Überraschung.

»Verzeihung.« Er spürte, wie er errötete.

»Fürs Lächeln braucht man sich nicht zu entschuldigen«, erwiderte sie in einem leicht traurigen Tonfall. Im nächsten Moment erhellte sich ihre Miene. »Sie sind nicht aus Partageuse.«

»Nein.«

»Ich habe schon immer hier gewohnt. Möchten Sie etwas Brot?«

»Danke, aber ich habe keinen Hunger.«

»Nicht für Sie, Dummerchen! Um die Möwen zu füttern.«

Mit ausgestreckter Hand hielt sie ihm eine Brotkruste hin. Vor einem Jahr, vielleicht sogar noch gestern, hätte Tom abgelehnt und wäre gegangen. Doch plötzlich sorgten die Wärme, die Freiheit, das Lächeln und noch etwas, das er nicht beim Namen nennen konnte, dafür, dass er annahm.

»Wetten, dass ich mehr Möwen anlocken kann als Sie«, sagte sie.

»Die Wette gilt!«, entgegnete Tom.

»Los!«, rief sie, und sie fingen an, die Stücke hoch in die Luft oder in trickreichen Winkeln zu werfen, und duckten sich, als die Möwen kreischend in den Sturzflug gingen und wütend mit den Flügeln nacheinander schlugen.

Schließlich war das Brot aufgebraucht.

»Wer hat gewonnen?«, fragte Tom und lachte.

»Oh, ich habe vergessen mitzuzählen.« Das Mädchen zuckte die Achseln. »Sagen wir, es ist unentschieden.«

»Einverstanden«, antwortete er, setzte den Hut wieder auf und griff nach seiner Tasche. »Dann gehe ich mal besser. Vielen Dank, das war lustig.«

Sie lächelte. »Es war nur ein albernes Spiel.«

»Nun«, meinte er, »danke, dass Sie mich daran erinnert haben, welchen Spaß alberne Spiele machen.« Er hängte sich die Tasche über die breite Schulter und wandte sich in Richtung Stadt. »Ich wünsche Ihnen noch einen schönen Nachmittag, Miss«, fügte er hinzu.

Tom läutete an der Tür der Pension in der Main Street. Sie war das Reich von Mrs. Mewett, einer Frau von gut sechzig Jahren und rund wie ein Pfefferstreuer. Sie nahm ihn sofort ins Gebet. »In Ihrem Brief stand, dass Sie Junggeselle sind und aus den östlichen Staaten stammen. Also wäre ich Ihnen dankbar, wenn Sie sich merken würden, dass Sie jetzt in Partageuse sind. Das hier ist ein christliches Haus, weshalb der Konsum von Alkohol und Tabak nicht geduldet wird.«

Tom wollte ihr schon für den Schlüssel in ihrer Hand danken, doch sie umklammerte ihn entschlossen, während sie fortfuhr. »Ihre ausländischen Angewohnheiten sind hier nicht erwünscht. Ich wechsle bei Ihrer Abreise die Laken, und ich beabsichtige nicht, sie schrubben zu müssen, wenn Sie verstehen, was ich meine. Um zehn wird abgeschlossen, Frühstück gibt es um sechs, und wenn Sie nicht da sind, müssen Sie eben hungern. Das Abendessen wird um halb sechs serviert, es gelten dieselben Regeln. Zu Mittag essen müssen Sie anderswo.«

»Ich bin Ihnen sehr verbunden, Mrs. Mewett«, erwiderte Tom und entschied sich gegen ein Lächeln, nur für den Fall, dass er damit gegen irgendeine andere Vorschrift verstoßen sollte.

»Heißes Wasser kostet einen Shilling die Woche extra. Es ist Ihre Entscheidung, ob Sie welches wollen. Meiner Ansicht nach hat kaltes Wasser einem Mann in Ihrem Alter noch nie geschadet.« Sie drückte ihm den Schlüssel in die Hand. Als sie den Flur entlang davonhinkte, fragte sich Tom, ob ihre Sympathien für die Männerwelt wohl einem Mr. Mewett zu verdanken waren.

In seinem kleinen Zimmer im hinteren Teil des Hauses packte er seine Tasche aus und legte Seife und Rasierer ordentlich auf das dazu gedachte Regalbrett. Anschließend verstaute er lange Unterhosen und Socken fein säuberlich in der Schublade und hängte seine drei Hemden, die beiden Hosen und den guten Anzug mit Krawatte in den schmalen Schrank. Nachdem er ein Buch eingesteckt hatte, brach er auf, um die Stadt zu erkunden.

Tom Sherbournes letzte Pflicht in Partageuse war ein Abendessen mit dem Hafenmeister und seiner Frau. Captain Percy Hasluck war für das Kommen und Gehen am Hafen verantwortlich, und es hatte Tradition, dass jeder neue Leuchtturmwärter vor der Abfahrt zur Insel bei ihm zu Abend aß.

Am Nachmittag wusch und rasierte Tom sich noch einmal, glättete sein Haar mit Pomade, knöpfte sich einen Kragen ans Hemd und warf sich in seinen Anzug. Der Sonnenschein vom Vortag war von Wolken und einem beißenden Wind abgelöst worden, der direkt aus der Antarktis kam, weshalb er sicherheitshalber seinen Übermantel anzog.

Da er immer noch in den Entfernungen von Sydney dachte, rechnete er viel Zeit für die unbekannte Strecke ein und war deswegen zu früh dran. Sein Gastgeber begrüßte ihn mit einem breiten Lächeln, als Tom sich für sein vorzeitiges Erscheinen entschuldigte.

»Mrs. Captain Hasluck«, wie ihr Mann sie nannte, klatschte in die Hände. »Ach, du meine Güte, Mr. Sherbourne!«, rief sie aus. »Sie brauchen sich doch nicht dafür zu entschuldigen, dass Sie uns so pünktlich beehren. Und dann noch dazu mit so wunderschönen Blumen.« Sie schnupperte den Duft der späten Rosen, die Tom gegen eine Gebühr in Mrs. Mewetts Garten hatte pflücken dürfen, und blickte zu ihm hoch. »Ach, herrje, Sie sind ja fast so groß wie der Leuchtturm!«, verkündete sie und lachte über ihren eigenen Witz.

Der Captain nahm Tom Hut und Mantel ab. »Kommen Sie in den Salon«, forderte er ihn auf.

»Sagte die Spinne zur Fliege!«, fügte seine Frau sofort hinzu.

»Ach, sie ist eben ein Witzbold«, meinte der Captain. Tom befürchtete allmählich, dass es ein sehr langer Abend werden würde.

»Möchten Sie einen Sherry? Oder lieber einen Portwein?«

»Hab Mitleid und bring dem armen Teufel ein Bier, Mrs. Captain«, widersprach ihr Mann, lachte und klopfte Tom auf den Rücken. »Sie müssen mir alles über sich erzählen, junger Mann.«

Tom wurde von der Türglocke gerettet. »Verzeihung«, sagte Captain Hasluck. »Cyril, Bertha, schön, dass Sie kommen konnten«, hörte Tom ihn kurz darauf auf dem Flur rufen. »Geben Sie mir Ihre Hüte.«

Mrs. Captain kehrte mit einer Flasche Bier und Gläsern auf einem silbernen Tablett in den Salon zurück. »Wir dachten, wir laden noch ein paar Leute ein«, meinte sie. »Damit Sie Einheimische kennenlernen. Partageuse ist eine sehr gastfreundliche Stadt.«

Der Captain führte die Neuankömmlinge herein, ein missmutiges Ehepaar, bestehend aus dem Leiter des Straßenbauamts, Cyril Chipper, und seiner Frau Bertha, die so mager war wie eine Bohnenstange.

»Na, was halten Sie von den Straßen hier?«, begann Cyril, sobald sie einander vorgestellt worden waren. »Sie brauchen nicht höflich zu sein. Wie würden Sie sie verglichen mit denen im Osten beurteilen?«

»Ach, lass doch den armen Mann in Ruhe, Cyril«, tadelte seine Frau. Tom war nicht nur für diese Unterbrechung dankbar, sondern auch dafür, dass es wieder an der Tür läutete.

»Bill, Violet, wie schön, Sie zu sehen«, verkündete der Captain, als er öffnete. »Ach, und Sie werden von Tag zu Tag hübscher, junges Fräulein.«

Er führte einen stämmigen, graubärtigen Mann und seine kräftig gebaute, erhitzte Frau in den Salon. »Das sind Bill Graysmark, seine Frau Violet und ihre Tochter ...« Er drehte sich um. »Wohin ist sie verschwunden? Jedenfalls gibt es auch noch eine Tochter, und sie kommt sicher gleich. Bill ist der Schuldirektor von Partageuse.«

»Nett, Sie kennenzulernen«, sagte Tom, schüttelte dem Mann die Hand und nickte der Frau höflich zu.

»Also«, meinte Bill Graysmark. »Sie glauben also, es mit Janus aufnehmen zu können?«

»Das werde ich bald herausfinden«, erwiderte Tom.

»Es ist ziemlich trist dort, wissen Sie?«

»Habe ich schon gehört.«

»Natürlich gibt es auf Janus keine Straßen«, ergänzte Cyril Chipper.

»Äh, nun, sicher nicht«, antwortete Tom.

»Ich weiß nicht, was ich von einer Gegend halten soll, in der es überhaupt keine Straßen gibt«, fügte Chipper in einem Tonfall hinzu, der auf moralische Entrüstung schließen ließ.

»Die fehlenden Straßen werden Ihr geringstes Problem sein, junger Mann«, entgegnete Graysmark.

»Dad, lass das.« Die vermisste Tochter trat ein, als Tom der Tür gerade den Rücken zukehrte. »Deine Schauergeschichten kann der arme Mann ganz sicher nicht gebrauchen.«

»Ach, ich sagte doch, dass sie noch kommt«, verkündete Captain Hasluck. »Das ist Isabel Graysmark. Isabel, ich möchte Ihnen Mr. Sherbourne vorstellen.«

Als Tom sich umdrehte, um sie zu begrüßen, erkannten sie einander sofort. Er wollte schon auf die Möwen anspielen, doch sie brachte ihn zum Schweigen, indem sie schnell sagte: »Ich freue mich, Sie kennenzulernen, Mr. Sherbourne.«

»Tom bitte«, erwiderte er und vermutete, dass es wahrscheinlich nicht gern gesehen wurde, wenn sie ihre Nachmittage damit verbrachte, Vögeln Brot zuzuwerfen. Außerdem fragte er sich, welche Geheimnisse sich sonst noch hinter ihrem spielerischen Lächeln verbergen mochten.

Der Abend nahm einen recht angenehmen Verlauf. Die Haslucks erzählten Tom von der Geschichte des Bezirks und dem Bau des Leuchtturms, damals zu Lebzeiten von Haslucks Vater. »Sehr wichtig für den Handel«, versicherte ihm der Hafenmeister. »Das Südpolarmeer ist so schon gefährlich genug, ganz zu schweigen von den hiesigen Klippen unter Wasser. Sichere Transportwege sind, wie allgemein bekannt, der Schlüssel zum wirtschaftlichen Erfolg.«

»Natürlich sind gute Straßen die eigentliche Grundlage eines sicheren Transportwegs«, setzte Chipper zu einem erneuten Vortrag über sein offenbar einziges Gesprächsthema an. Tom bemühte sich um einen aufmerksamen Gesichtsausdruck. Doch er wurde davon abgelenkt, dass er aus dem Augenwinkel sah, wie Isabel, dank der Position ihres Stuhls unbemerkt von den anderen, Cyrils Bemerkungen in gespieltem Ernst mit Grimassen kommentierte und jeden seiner Sätze mit einer kleinen Pantomime begleitete.

Die Vorstellung dauerte an, sodass Tom Mühe hatte, ernst zu bleiben, bis ihm schließlich doch ein Lacher entfuhr, den er rasch als Hustenanfall tarnte.

»Ist alles in Ordnung, Tom?«, fragte die Frau des Captains. »Ich hole Ihnen ein Glas Wasser.«

Tom konnte nicht aufblicken. »Danke«, stieß er hervor, noch immer hustend. »Ich komme mit. Keine Ahnung, woran es liegt.«

Während Tom aufstand, sagte Isabel mit todernster Miene: »Wenn Tom zurück ist, müssen Sie ihm ganz genau erklären, wie Sie Straßen aus Dscharraholz bauen, Mr. Chipper.« Dann wandte sie sich an Tom. »Lassen Sie sich nicht zu viel Zeit. Mr. Chipper hat viele interessante Geschichten zu erzählen.« Dann lächelte sie unschuldig und verzog nur ganz kurz die Lippen, als Toms und ihr Blick sich trafen.

Als der Abend sich dem Ende näherte, wünschten die Gäste Tom viel Glück für seinen Aufenthalt auf Janus. »Sie scheinen der richtige Mann dafür zu sein«, verkündete Hasluck, und Bill Graysmark nickte zustimmend.

»Vielen Dank. Es war mir eine Freude, Sie alle kennenzulernen«, erwiderte Tom, schüttelte den Herren die Hand und nickte den Damen zu. »Und vielen Dank für Ihre Bemühungen, mir zu einer so ausführlichen Erläuterung von Westaustraliens Straßen zu verhelfen«, wandte er sich an Isabel. »Schade, dass ich keine Gelegenheit haben werde, mich zu revanchieren.« Mit diesen Worten zerstreute sich die kleine Gesellschaft und ging in die Winternacht hinaus.

Kapitel 3

Die *Windward Spirit*, das Versorgungsschiff für alle Leuchttürme an diesem Teil der Küste, sei zwar ein alter Kahn, allerdings so zuverlässig wie ein Hütehund, sagte Ralph Addicott. Der alte Ralph steuerte das Schiff nun schon seit Menschengedenken und prahlte damit, er habe den besten Arbeitsplatz der Welt.

»Ach, dann sind Sie sicher Tom Sherbourne. Willkommen auf meinem Vergnügungsdampfer!«, verkündete er und wies auf das kahle Holzdeck und den Lack, der wegen der salzigen Meeresluft Blasen warf, als Tom vor Morgengrauen an Bord kam, um zum ersten Mal nach Janus Rock überzusetzen.

»Nett, Sie kennenzulernen«, erwiderte Tom und schüttelte ihm die Hand. Der Motor tuckerte im Leerlauf, und Dieseldämpfe stiegen ihm in die Lunge. In der Kabine war es kaum wärmer als draußen in der beißenden Luft, doch zumindest wurde man hier nicht vom Wind gebeutelt.

Ein Schopf roter Korkenzieherlocken erschien in der Luke am anderen Ende der Kabine. »Ich denke, wir sind so weit, Ralph. Alles ist fertig«, meldete der junge Mann, dem er gehörte.

»Bluey, das ist Tom Sherbourne«, stellte Ralph die beiden vor.

»Hallo«, entgegnete Bluey und kletterte durch die Luke.

»Morgen.«

»Da haben Sie sich ja ein elendes Mistwetter ausgesucht. Hoffentlich haben Sie eine wollene Unterhose eingepackt. Wenn es hier schon so lausig ist, ist es auf Janus bestimmt noch schlimmer«, meinte Bluey und pustete sich auf die Hände.

Während Bluey Tom das Schiff zeigte, nahm der Kapitän die letzten Überprüfungen vor und wischte die mit Salzwasser verschmierte Frontscheibe mit einem Stück von einer alten Flagge ab. »Leinen los, mein Junge!«, rief er dann. »Wir stechen in See.«

Er betätigte den Anlasser. »Abfahrt, altes Mädchen, wir starten«, murmelte er aufmunternd, als das Schiff den Anlegeplatz verließ.

Tom studierte die Karte auf dem Tisch. Selbst in einem stark vergrößerten Maßstab war Janus nicht viel mehr als ein Punkt in den Küstengewässern. Er blickte geradeaus, wo sich endlos das Meer erstreckte, atmete die stark salzhaltige Luft ein und vermied es, sich zur Küste umzudrehen, damit er es sich bloß nicht anders überlegte.

Im Laufe der nächsten Stunden wurde das Wasser unter ihnen tiefer und änderte seine Farbe, sodass es wie eine feste Masse wirkte. Von Zeit zu Zeit wies Ralph ihn auf etwas Interessantes hin – einen Seeadler oder einen Schwarm Delfine, die am Bug des Schiffes herumtollten. Hin und wieder erschien Bluey aus der Kombüse und verteilte Tee in angeschlagenen Emailletassen. Ralph erzählte Tom Anekdoten von schweren Stürmen und großen Dramen in den Leuchttürmen an diesem Teil der Küste. Tom berichtete vom Leben in Byron Bay und auf Maatsuyker Island, Tausende von Kilometern im Osten.

»Nun, wenn Sie Maatsuyker überlebt haben, stehen die Chancen gut, dass Sie es auch auf Janus schaffen ... wahrscheinlich«, sagte Ralph. Er sah auf die Uhr. »Warum hauen Sie sich nicht aufs Ohr, so lange Zeit ist? Wir haben noch eine gute Strecke vor uns, mein Junge.«

Als Tom aus seiner Kajüte unter Deck kam, sprach Bluey gerade leise mit Ralph, der den Kopf schüttelte.

»Ich wollte nur wissen, ob es stimmt. Es kann doch nicht schaden, ihn zu fragen, oder?«, meinte Bluey.

»Was fragen?«, erkundigte sich Tom.

»Ob ...« Bluey sah Ralph an. Hin und her gerissen zwischen seiner Neugier und Ralphs ausgesprochen finsterem Blick, lief er rot an und verstummte.

»Schon gut. Es geht mich nichts an«, erwiderte Tom und betrachtete das Wasser, das sich inzwischen seehundgrau verfärbt hatte und höhere Wellen schlug.

»Ich war noch zu jung, und Ma hat mir nicht erlaubt, mich als älter auszugeben, damit ich mich freiwillig melden kann. Und ich habe gehört ...«

Tom blickte ihn an und zog fragend die Augenbrauen hoch.

»Nun, ich habe gehört, dass Sie einen Orden gekriegt haben«, platzte Bluey heraus. »Angeblich steht es in Ihren Entlassungspapieren – in Ihrer Bewerbung für die Stelle auf Janus.«

Tom starrte weiter aufs Wasser hinaus. Bluey wirkte erst enttäuscht, dann verlegen. »Ich bin wirklich stolz, sagen zu können, dass ich einem Helden die Hand geschüttelt habe.«

»Ein Stück Messing macht niemanden zum Helden«, entgegnete Tom. »Die meisten Kameraden, die wirklich einen Orden verdient gehabt hätten, sind nicht mehr am Leben. Also würde ich an Ihrer Stelle nicht zu viel Aufhebens darum machen, mein Junge.« Mit diesen Worten drehte er sich um und studierte noch einmal die Karte.

»Da ist sie!«, rief Bluey aus und reichte Tom das Fernglas.

»Ihr Zuhause für die nächsten sechs Monate«, fügte Ralph hinzu und kicherte.

Tom betrachtete durch das Fernglas die Landmasse, die aus dem Wasser aufzutauchen schien wie ein Meeresungeheuer. Die Klippe auf der einen Seite war der höchste Punkt. Von dort aus fiel die Insel bis zum gegenüberliegenden Ufer sanft ab.

»Der alte Neville wird sich freuen, uns zu sehen«, fuhr Ralph fort. »Es hat ihm nicht sehr gefallen, dass man ihn aus dem Ruhestand geholt hat, um für Trimble einzuspringen, das kann ich Ihnen versichern. Dennoch. Einmal Leuchtturmwärter ... Kein Mann, der diesen Beruf ausübt, würde einen Leuchtturm unbesetzt lassen, auch wenn er sich noch so bitterlich beschwert. Aber ich warne Sie. Als fröhlichen Zeitgenossen würde ich ihn nicht gerade bezeichnen. Ziemlich wortkarg, unser Neville Whittnish.«

Der Anlegesteg ragte gute dreißig Meter ins Meer hinein und war verstärkt, um auch den höchsten Wellen und den heftigsten

Stürmen trotzen zu können. Die Seilwinde war bereit, um die Vorräte den steilen Hang hinauf zu den Nebengebäuden zu ziehen. Als sie anlegten, wurden sie von einem mürrischen, faltigen Mann von Mitte sechzig erwartet.

»Ralph, Bluey«, begrüßte er sie mit einem knappen Nicken. »Und Sie sind der Ersatzmann«, lauteten seine Worte an Tom.

»Tom Sherbourne. Ich freue mich, Sie kennenzulernen«, erwiderte Tom und hielt ihm die Hand hin.

Der alte Mann betrachtete sie eine Weile verdattert, bis ihm endlich einfiel, was die Geste zu bedeuten hatte, und er kurz daran zog, als wolle er ausprobieren, ob der Arm auch halten würde. »Hier entlang«, sagte er. Ohne abzuwarten, bis Tom seine Sachen eingesammelt hatte, machte er sich an den Aufstieg zum Leuchtturm. Es war früher Nachmittag, und nach so vielen Stunden auf dem Meer brauchte Tom einen Moment, um sich an den festen Boden unter den Füßen zu gewöhnen, als er nach seiner Tasche griff und dem Leuchtturmwärter auf wackeligen Beinen folgte. Unterdessen schickten sich Ralph und Bluey an, die Vorräte auszuladen.

»Das Leuchtturmwärterhaus«, verkündete Whittnish, als sie sich einem niedrigen Gebäude mit Wellblechdach näherten. Dahinter waren drei große Regentonnen aufgereiht, und daneben standen einige Schuppen, um Vorräte und Ersatzteile für den Leuchtturm zu lagern. »Sie können Ihre Tasche in den Flur stellen«, sagte er und öffnete die Eingangstür. »Wir haben noch viel zu erledigen.« Mit diesen Worten machte er auf dem Absatz kehrt und steuerte schnurstracks auf den Leuchtturm zu. Er war zwar nicht mehr der Jüngste, aber ausgesprochen gut zu Fuß.

Später, als der alte Mann vom Leuchtturm erzählte, änderte sich sein Tonfall, als ginge es um einen treuen Hund oder eine Lieblingsrose. »Sie ist nach all den Jahren noch eine Schönheit«, meinte er. Der Leuchtturm aus weißem Stein hob sich wie ein Stück Kreide vom bleigrauen Himmel ab. Er war vierzig Meter hoch und stand in der Nähe der Klippe am höchsten Punkt der

Insel. Tom war nicht nur davon beeindruckt, dass er so viel höher war als die anderen Leuchttürme, in denen er gearbeitet hatte, sondern auch von seiner eleganten, schlanken Form.

Hinter der grünen Tür sah es mehr oder weniger aus wie erwartet. Man konnte den Raum mit wenigen Schritten durchmessen, und das Klacken ihrer Schuhe wurde wie Querschläger von dem grün lackierten Boden und den runden weißen Wänden zurückgeworfen. Die wenigen Möbelstücke – zwei Schränke und ein kleiner Tisch – hatten gewölbte Rückseiten, um in den kreisförmigen Raum zu passen, und drängten sich wie Buckelige an die Wände. In der Mitte ragte der dicke Eisenzylinder auf, der bis oben in den Laternenraum reichte und die Gewichte des Uhrwerks beherbergte, das früher die Lampe gedreht hatte.

Eine Treppe, höchstens einen halben Meter breit, begann spiralförmig an einer Seite der Wand und verschwand in dem massiven Metallboden der Etage darüber. Tom folgte dem alten Mann in die nächste, kleinere Etage, wo sich die Spirale an der gegenüberliegenden Wand in die Etage darüber fortsetzte. Und so ging es immer weiter, bis sie in der fünften Etage, direkt unter dem Laternenraum, angelangt waren – der Verwaltungszentrale des Leuchtturms. Hier im Wachraum befanden sich die Protokollbücher, das Morsegerät und das Fernglas. Natürlich waren in einem Leuchtturm Betten oder andere Möbelstücke zum Hinlegen verboten. Aber es gab wenigstens einen Holzstuhl mit von Generationen schwieliger Hände glatt polierten Armlehnen.

Das Barometer musste dringend geputzt werden, stellte Tom fest, bevor sein Blick auf einen Gegenstand neben den Seekarten fiel. Es war ein Wollknäuel, aus dem Stricknadeln lugten, und etwas, das wie der Anfang eines Schals aussah.

»Vom alten Docherty«, erklärte Whittnish mit einem Nicken.

Tom wusste, was sich Leuchtturmwärter so alles einfallen ließen, um die ereignislosen Stunden totzuschlagen: Sie schnitzten Gegenstände aus Walrosszähnen oder Muscheln oder bastelten Schachfiguren. Stricken kam ziemlich häufig vor.

Nachdem Whittnish Tom in das Protokollbuch und die Wetterbeobachtungen eingeführt hatte, zeigte er ihm die oberste Etage, die den Scheinwerfer beherbergte. Die Verglasung der Kanzel wurde nur von einem Gitterwerk aus Astragalen unterbrochen, die die Scheiben hielten. Draußen, rings um den Turm, verlief eine Galerie, und eine steile Leiter, die an der Kuppel lehnte, führte hinauf zu dem schmalen Laufsteg dicht unterhalb der im Wind wehenden Wetterfahne.

»Wirklich eine Schönheit«, stellte Tom fest und betrachtete die riesige Linse, viel größer als er selbst, auf ihrem Drehteller: ein Palast aus Prismen, der an einen gläsernen Bienenstock erinnerte. Das hier war das Herz von Janus, nichts als Licht, Klarheit und Schweigen.

Ein fast unmerkliches Lächeln spielte um die Lippen des alten Leuchtturmwärters, als er sagte: »Ich kenne sie, seit ich ein kleiner Junge war. Ja, eine Schönheit.«

Am folgenden Morgen stand Ralph am Landungssteg. »Wir stechen gleich in See. Sollen wir beim nächsten Mal alle Zeitungen mitbringen, die Sie verpasst haben?«

»Nachrichten, die schon Monate alt sind, sind nichts mehr wert. Da spare ich lieber das Geld und kaufe mir ein gutes Buch«, erwiderte Tom.

Ralph vergewisserte sich, dass an Bord alles in Ordnung war. »Nun, das war's dann. Jetzt gibt es kein Zurück mehr, mein Junge.«

Tom lachte spöttisch auf. »Da haben Sie wohl recht, Ralph.«

»Wir sind im Nu wieder hier. Drei Monate sind nicht die Welt, solange man nicht versucht, die Luft anzuhalten!«

»Wenn Sie den Leuchtturm gut behandeln, wird er Ihnen keine Schwierigkeiten machen«, meinte Whittnish. »Sie brauchen nur Geduld und ein wenig Grips.«

»Ich tue mein Bestes«, antwortete Tom und wandte sich an Bluey, der alles zum Aufbruch vorbereitete. »Dann also bis in drei Monaten, Bluey.«

»Aber klar doch.«

Das Schiff legte ab, wühlte das Wasser hinter sich auf und stemmte sich, begleitet von einem Dröhnen und einer Qualmwolke, gegen den Wind. Jeder zurückgelegte Meter drückte es immer weiter in den grauen Horizont wie einen Daumen in Knetmasse, bis es verschwunden war.

Darauf folgte ein Moment der Ruhe. Es war nicht wirklich still, denn die Wellen schlugen noch immer an die Felsen, der Wind heulte Tom um die Ohren, und eine offene Schuppentür klopfte einen zornigen Trommelwirbel. Doch etwas in Tom war zum ersten Mal seit Jahren endlich zur Ruhe gekommen.

Er stieg die Klippe hinauf und blieb stehen. Die Glocke einer Ziege bimmelte, zwei Hühner zankten. Und plötzlich gewannen diese nadelstichartigen Geräusche eine neue Bedeutung: Sie wurden von Lebewesen erzeugt. Tom erklomm die einhundertvierundachtzig Stufen zum Laternenraum und öffnete die Tür zur Galerie. Der Wind stürzte sich auf ihn wie ein Raubtier und stieß ihn zurück zur Tür, bis er sich mit aller Kraft vorwärtswarf und sich am eisernen Geländer festhielt.

Zum ersten Mal ließ er die Dimensionen auf sich wirken. Während er hoch über dem Meeresspiegel stand, betrachtete er gebannt, wie die See direkt unter ihm gegen die Klippen schlug. Das schwappende Wasser war milchig und zähflüssig wie weiße Farbe. Hin und wieder kam in einer Lücke im Schaum die dunkelblaue Schicht darunter in Sicht. Auf der anderen Seite der Insel bildete eine Reihe gewaltiger Felsen ein Bollwerk gegen die Brandung, sodass das Wasser dahinter so unbewegt war wie in einer Badewanne. Tom hatte das Gefühl, nicht aus dem Boden zu ragen, sondern vom Himmel herabzuhängen. Ganz langsam drehte er sich im Kreis und genoss die Leere. Es war, als würde seine Lunge nie groß genug sein, um so viel Luft einzuatmen. Seine Augen konnten dieses Übermaß an Platz nicht verarbeiten. Und er konnte das ganze Ausmaß des wogenden, dröhnenden Ozeans nicht hören. Einen kurzen Moment lang fühlte er sich entgrenzt.

Tom blinzelte und schüttelte rasch den Kopf. Er trieb auf einen Strudel zu, und um nicht hineingezogen zu werden, konzentrierte er sich auf seinen Herzschlag, auf den Boden unter seinen Füßen und seine Fersen in den Stiefeln. Er richtete sich zu voller Größe auf, suchte sich einen Fixpunkt an der Tür des Leuchtturms – ein gelockertes Scharnier – und beschloss, damit anzufangen. Mit etwas Greifbarem. Er musste sich mit etwas Greifbarem befassen, denn wer konnte wissen, wohin sein Verstand und seine Seele sonst geweht werden würden wie ein Ballon ohne Ballast? Nur so hatte er vier Jahre Blut und Wahnsinn überstanden: Wenn man im Schützengraben für zehn Minuten einnickte, musste man wissen, wo seine Waffe lag; immer die Gasmaske kontrollieren; sichergehen, dass die Untergebenen ihre Befehle bis auf den letzten Buchstaben verstanden hatten. Man dachte nicht in Kategorien von Jahren und Monaten, sondern nur an diese Stunde und vielleicht die nächste. Alles andere war Spekulation.

Er hob das Fernglas und suchte die Insel nach weiteren Lebenszeichen ab. Tom musste die Ziegen und Schafe tatsächlich sehen; sie zählen. Sich an das Konkrete halten. An die Messingbeschläge, die poliert, und die Glasflächen, die geputzt werden mussten – erst die Außenscheibe der Lampe, dann die Prismen selbst. Danach mussten die Zahnräder geölt werden, damit sie glatt liefen. Und er musste Quecksilber nachfüllen, damit die Lampe nicht ruckelte. Er griff nach jedem Gedanken wie nach den Sprossen einer Leiter, um sich wieder in die Wirklichkeit zurückzuhangeln. In sein Leben.

Als er an jenem Abend die Lampe anzündete, bewegte er sich so langsam und ehrfürchtig wie vermutlich die Priester vor Tausenden von Jahren im ersten Leuchtturm im altägyptischen Pharos. Er stieg die schmale Metalltreppe hinauf, die zu dem Drehteller der Lampe führte, und duckte sich durch die Öffnung in das Gerät. Zuerst bereitete er das Öl vor, indem er eine Flamme unter das Gefäß hielt, sodass der Inhalt verdampfte und als Gas in die Kuppel aufstieg. Dann entzündete er ein Streichholz, das den

Dampf in grellweißes Licht verwandelte. Anschließend ging er eine Etage tiefer und warf den Motor an. Das Licht begann, sich in einem genau festgelegten Rhythmus von fünfsekündlichen Blitzen zu drehen. Tom nahm einen Stift und schrieb in das große, in Leder gebundene Protokollbuch: *»Lampe angezündet um 17:09. Wind N/NO, 15 Knoten. Bewölkt, stürmisch. Meer 6.«* Er unterzeichnete mit seinen Initialen: *»T. S.«* Seine Handschrift übernahm und erzählte die Geschichte weiter, an der Whittnish vor nur wenigen Stunden und vor ihm Docherty gearbeitet hatten – er war ein Glied in der niemals abreißenden Kette von Leuchtturmwärtern, die das Licht bewachten.

Nachdem alles zu seiner Zufriedenheit erledigt war, kehrte er in sein Häuschen zurück. Sein Körper sehnte sich nach Schlaf, aber er wusste nur zu gut, dass man nicht arbeiten kann, wenn man nicht isst. In der Speisekammer neben der Küche standen Dosen mit Corned Beef, Erbsen und Birnen neben Ölsardinen und Zucker und einem großen Glas mit gestreiften Pfefferminzbonbons, für die die verstorbene Mrs. Docherty berüchtigterweise eine Schwäche gehabt hatte. Toms erstes Abendessen bestand aus einem großen Stück Brot, zurückgelassen von Whittnish, einem Stück Cheddar und einem schrumpeligen Apfel.

Die Flamme der Öllampe auf dem Küchentisch flackerte immer wieder. Der Wind setzte, begleitet vom Rauschen und Dröhnen der Wellen, seine uralte Fehde mit den Fenstern fort. Es faszinierte Tom, dass nur er allein all das hören konnte: der einzige Mensch im Umkreis von etwa hundertfünfzig Kilometern. Er dachte an die Möwen, die sich in ihre stacheligen Nester auf den Klippen duckten, und die Fische, die reglos im Schutz der Riffe und des eiskalten Wassers verharrten. Jedes Lebewesen brauchte einen Zufluchtsort.

Tom nahm die Öllampe mit ins Schlafzimmer. Sein Schatten presste sich wie der Scherenschnitt eines Riesen an die Wand, als er die Stiefel auszog und sich bis auf die lange Unterhose entkleidete. Sein Haar war steif vom Salz und seine Haut vom Wind wund gescheuert. Er schlug die Decke zurück, legte sich hin, schlief ein und fing an zu träumen, während sein Körper weiter mit Wind und Wellen schwankte. Die ganze Nacht hielt die Lampe des Leuchtturms hoch über ihm Wacht; ihr Schein durchschnitt die Dunkelheit wie ein Schwert.

Kapitel 4

Jeden Morgen, nachdem Tom bei Sonnenaufgang die Lampe gelöscht hat, macht er sich auf, um einen anderen Teil seines neuen Zuhauses zu erkunden, bevor er sein Tagwerk in Angriff nimmt. Die nördliche Seite der Insel besteht aus einer nackten Granitwand, die dem Ozean darunter trotzig den Kiefer entgegenreckt. Die Landschaft fällt in Richtung Süden sanft ab und verschwindet übergangslos im Wasser der seichten Lagune. Neben dem kleinen Strand befindet sich das Wasserrad, das Süßwasser von der Quelle bis hinauf zum Haus transportiert. Vom Festland bis zur Insel und darüber hinaus weist der Meeresgrund Risse auf, aus denen aus unerklärlichen Gründen Süßwasser quillt. Als die Franzosen im achtzehnten Jahrhundert dieses Phänomen schilderten, wurde es als Mythos abgetan. Doch es gibt im Meer tatsächlich immer wieder Süßwasservorkommen, ein Zaubertrick der Natur.

Tom gewöhnt sich einen festen Tagesablauf an. Es ist Vorschrift, dass er an jedem Sonntag die Flagge hisst, also tut er das als Erstes. Er hisst sie auch, wenn ein Kriegsschiff, wie es ebenfalls in den Vorschriften heißt, an der Insel vorbeikommt. Manche Leuchtturmwärter grummeln wegen dieser Zumutung, doch Tom empfindet die Regelmäßigkeit als beruhigend. Es ist ein Luxus, etwas so völlig Sinnloses zu tun: der Luxus der Zivilisation.

Er fängt an, Dinge zu reparieren, die seit Trimble Dochertys Niedergang schleifen gelassen wurden. Am wichtigsten ist der Leuchtturm selbst, wo neuer Kitt in den Astragalen der Scheinwerferverglasung dringend nötig ist. Als Nächstes besorgt er sich Kieselgur, schleift die wegen der Feuchtigkeit aufgequollene Schreibtischschublade ab und geht noch mal mit der Drahtbürste drüber. Er überpinselt die Stellen auf den Fußböden, wo der grüne Lack abgeblättert ist; bis Handwerker kommen, um den gesamten Leuchtturm zu streichen, wird es sicher noch eine Weile dauern.

Das Gerät weiß seine Bemühungen zu schätzen: Das Glas funkelt, das Messing glänzt, und das Licht dreht sich in seinem Quecksilberbad so mühelos wie eine Raubmöwe in der Luft. Manchmal findet er die Zeit, zu den Felsen hinunterzugehen und zu angeln oder an der Lagune einen Strandspaziergang zu machen. Er freundet sich mit den beiden schwarzen Glattechsen an, die sich im Holzschuppen häuslich niedergelassen haben, und versorgt sie gelegentlich mit Hühnerfutter. Seine eigenen Rationen teilt er sich gut ein, schließlich wird das Versorgungsschiff erst in einigen Monaten wiederkommen.

Es ist harte Arbeit, und er hat alle Hände voll zu tun. Im Gegensatz zu den Schiffsbesatzungen haben die Leuchtturmwärter keine Gewerkschaft, und so streikt niemand für mehr Gehalt oder bessere Arbeitsbedingungen. Hin und wieder ist Tom abends so erschöpft, dass ihm jeder Knochen im Leibe wehtut. Eine rasch heranziehende Gewitterfront macht ihm Sorgen, oder er ärgert sich, weil ein Hagelschauer seinen Gemüsegarten vernichtet hat. Aber wenn er nicht zu gründlich darüber nachdenkt, weiß er, wer er ist, und kennt seine Aufgaben. Er muss einfach dafür sorgen, dass das Licht immer brennt, mehr nicht.

Über das Weihnachtsmanngesicht mit den roten Wangen und dem Bart zog ein breites Grinsen. »Na, Tom Sherbourne, wie kommen Sie zurecht?« Ohne eine Antwort abzuwarten, warf Ralph ihm das dicke, nasse Tau zu, damit er es um den Poller wickelte. Tom sah nach drei Monaten so gesund und munter aus, wie man es sich bei einem Leuchtturmwärter nur wünschen konnte.

Tom hatte auf Ersatzteile für den Leuchtturm gewartet und gar nicht daran gedacht, dass er frische Lebensmittel bekommen würde. Außerdem hatte er vergessen, dass das Schiff auch Post an Bord hatte, und war deshalb überrascht, als Ralph ihm am Abend einige Umschläge aushändigte. »Wäre mir beinahe entfallen«, meinte der Kapitän. Es war ein Brief vom Bezirksleiter der Leuchtturmverwaltung dabei, der ihm das Arbeitsverhältnis und die Konditionen rückwirkend bestätigte. Außerdem ein Schreiben vom Amt für Wiedereingliederung, das ihn über kürzlich eingeführte Sozialleistungen für Kriegsveteranen wie Arbeitsunfähigkeitsrenten oder Darlehen zur Unternehmensgründung aufklärte. Da er nichts davon in Anspruch nehmen konnte, öffnete er den nächsten Brief, in dem ihm die Commonwealth Bank mitteilte, er habe für die fünfhundert Pfund auf seinem Konto vier Prozent Zinsen bekommen. Den mit der Hand beschrifteten Umschlag sparte er sich bis zum Schluss auf, denn er konnte sich nicht vorstellen, wer ihm geschrieben haben mochte, und befürchtete, es könnte irgendein hilfsbereiter Zeitgenosse sein, der ihm Neues über seinen Bruder oder seinen Vater zu berichten hatte.

Er öffnete das Kuvert.

»Lieber Tom, ich dachte, ich schreibe Ihnen, um mich zu vergewissern, dass Sie weder weggepustet noch aufs Meer hinausgetrieben worden sind. Und natürlich, dass der Mangel an Straßen Ihnen keine allzu großen Unbilden bereitet ...«

Er übersprang den Rest, um die Unterschrift zu lesen.

»Viele Grüße, Isabel Graysmark.«

In der Mitte des Briefs stand, sie hoffe, dass er dort draußen nicht zu einsam sei und dass er sich nach seinem Einsatz auf Janus und vor seiner Abreise bei ihr melden werde. Den Brief hatte sie mit einer kleinen Zeichnung verziert. Sie stellte einen Leuchtturmwärter dar, der pfeifend an seinem Leuchtturm lehnte, während hinter ihm ein riesiger Wal mit weit aufgerissenem Maul aus dem Wasser auftauchte. *»Passen Sie gut auf, dass Sie nicht vorher von einem Wal verspeist werden«*, hatte sie der Erklärung halber hinzugefügt.

Tom musste schmunzeln. Das Bild war wirklich urkomisch.

Und außerdem zeugte es von Arglosigkeit. Einfach nur den Brief in der Hand zu halten, sorgte dafür, dass er sich körperlich leichter fühlte.

»Können Sie noch einen Moment warten?«, fragte er Ralph, der sich gerade zum Aufbruch anschickte.

Tom hastete zum Schreibtisch, um Papier und Stift zu holen. Erst als er sich setzte, wurde ihm klar, dass er keine Ahnung hatte, was er schreiben sollte. Eigentlich wollte er ihr nichts sagen, sondern nur ein Lächeln schicken.

Liebe Isabel,
weder weggepustet noch (weiter) aufs Meer hinausgetrieben. Zum Glück. Ich habe viele Wale gesehen, aber bis jetzt hat noch keiner versucht, mich zu fressen. Vermutlich schmecke ich nicht so gut.
Ich schlage mich angesichts der Umstände hier recht wacker und komme auch gut ohne Straßen zurecht.
Ich vertraue darauf, dass Sie die Vogelwelt weiterhin ausreichend mit Nahrung versorgen, und freue mich auf ein Wiedersehen mit Ihnen, ehe ich Partageuse in drei Monaten – mit unbekanntem Ziel – verlasse.

Wie sollte er unterschreiben?

»Sind Sie bald fertig?«, rief Ralph.

»Sofort«, antwortete er und schrieb *»Tom«* darunter. Dann klebte er den Umschlag zu, adressierte ihn und reichte ihn dem Kapitän. »Könnten Sie den vielleicht für mich abschicken?«

Ralph las die Adresse und zwinkerte. »Ich gebe ihn persönlich ab. Ich muss sowieso dort vorbei.«

Kapitel 5

Als die sechs Monate um waren, kam Tom wieder in den Genuss von Mrs. Mewetts Gastfreundschaft, und zwar aus einem unerwarteten Grund: Die Stelle auf Janus war dauerhaft frei geworden. Trimble Docherty war nicht etwa wieder zur Vernunft gekommen, sondern hatte auch noch den letzten Rest Verstand verloren und war von der hohen, Granitklippe in Albany gesprungen, die man *The Gap* nannte – denn er war davon überzeugt, dass unten ein von seiner geliebten Frau gelenktes Boot vorbeifuhr. Also war Tom an Land zitiert worden, um die Arbeitsbedingungen zu erörtern, Formulare auszufüllen und ein wenig Urlaub zu machen, bevor er den Posten offiziell übernahm. Da er sich als ausgesprochen tüchtig erwiesen hatte, sparte Fremantle sich die Mühe, die Stelle noch einmal auszuschreiben.

»Unterschätzen Sie nicht, wie wichtig es ist, sich für die richtige Ehefrau zu entscheiden«, sagte Captain Hasluck, als Tom sich von ihm verabschiedete. »Die alte Moira Docherty hätte den Leuchtturm auch selbst betreiben können, so lange war sie mit Trimble zusammen gewesen. Um in einem Leuchtturm zu leben, muss eine Frau bestimmte Eigenschaften haben. Falls Ihnen die passende begegnet, greifen Sie rasch zu. Auch wenn Sie sich jetzt wohl ein bisschen werden gedulden müssen …«

Auf dem Rückweg zu Mrs. Mewetts Pension dachte Tom an die Hinterlassenschaften im Leuchtturm – Dochertys Strickzeug und das unberührte Bonbonglas seiner Frau in der Speisekammer. Zwei Leben waren zu Ende gegangen, ihre Spuren jedoch geblieben. Und er fragte sich, wie verzweifelt ein Mann sein musste, um vor lauter Trauer verrückt zu werden. Offenbar war dazu kein Krieg nötig.

Zwei Tage nach seiner Rückkehr nach Partageuse saß Tom stocksteif wie ein Walknochen im Wohnzimmer der Graysmarks, wo beide Eltern ihre einzige Tochter mit Argusaugen beobachteten. Um ein passendes Gesprächsthema ringend, hielt sich Tom an das Wetter, den reichlich vorhandenen Wind und die Cousins der Graysmarks in anderen Teilen Westaustraliens. Und so war es verhältnismäßig leicht, nicht über sich selbst sprechen zu müssen.

»Wann kehren Sie zurück?«, erkundigte sich Isabel, als sie ihn zum Tor begleitete.

»In zwei Wochen.«

»Dann sollten wir die besser ausnützen«, erwiderte sie, als sei der Bemerkung eine längere Unterhaltung vorangegangen.

»Sollten wir das?«, fragte Tom, gleichzeitig belustigt und überrascht. Er fühlte sich, als würde er rückwärts herumgewirbelt.

Isabel lächelte. »Ja, sollten wir.« Als sich das Licht in ihren Augen fing, hatte er den Eindruck, in sie hineinblicken zu können, und er sah eine Klarheit und Offenheit, die ihn anzog. »Kommen Sie mich morgen doch besuchen. Ich bereite ein Picknick vor. Wir können an die Bucht gehen.«

»Vielleicht sollte ich zuerst Ihren Vater fragen. Oder Ihre Mutter.« Er neigte den Kopf zur Seite. »Ich will ja nicht unhöflich sein, aber wie alt sind Sie?«

»Alt genug, um zu picknicken.«

»Und das bedeutet in Zahlen …?«

»Neunzehn. Beinahe. Also können Sie meine Eltern ruhig mir überlassen.« Mit diesen Worten winkte sie ihm zu und kehrte zurück ins Haus.

Beschwingt machte Tom sich auf den Weg zu Mrs. Mewett. Warum, konnte er nicht sagen. Er kannte dieses Mädchen ja kaum und wusste nur, dass sie viel lächelte und dass sich etwas in ihm einfach *gut* anfühlte.

Als sich Tom am nächsten Tag dem Haus der Graysmarks näherte, war er eher verwirrt als nervös und außerdem nicht sicher, weshalb er schon so bald wiederkam.

Mrs. Graysmark öffnete die Tür und lächelte. »Sie sind aber pünktlich«, hakte sie eine unsichtbare Strichliste ab.

»Das gewöhnt man sich bei der Army an ...«, antwortete Tom.

Isabel erschien mit einem Picknickkorb, den sie ihm überreichte. »Sie sind dafür verantwortlich, dass er heil ankommt«, verkündete sie, drehte sich zu ihrer Mutter um und küsste sie auf die Wange. »Mach's gut, Ma, bis später.«

»Aber geh nicht in die Sonne. Schließlich willst du dir nicht mit Sommersprossen die Haut ruinieren«, sagte diese zu ihrer Tochter und bedachte Tom mit einem Blick, der eine ernstere Botschaft enthielt als ihre Worte. »Viel Spaß beim Picknick. Und kommt nicht zu spät zurück.«

»Danke, Mrs. Graysmark. Das werden wir nicht.«

Isabel marschierte voran durch die wenigen Straßen der Stadt in Richtung Meer.

»Wohin gehen wir?«, fragte Tom.

»Das ist eine Überraschung.«

Sie schlenderten die auf beiden Seiten von dichten, struppigen Bäumen gesäumte Staubstraße zur Landzunge entlang. Es waren keine Riesen wie in dem etwa zwei Kilometer landeinwärts gelegenen Wald, sondern knorrige, gedrungene Gewächse, die die salzhaltige Luft und den kräftigen Wind vertragen konnten. »Es ist ein bisschen weit. Es wird doch nicht etwa zu anstrengend für Sie, oder?«, erkundigte sie sich.

Tom lachte. »Ich komme gerade noch ohne Spazierstock zurecht.«

»Nun, ich dachte nur, auf Janus braucht man nicht viel zu gehen, richtig?«

»Glauben Sie mir, das ständige Treppensteigen im Leuchtturm hält einen in Form.« Er wusste noch immer nicht, was er von diesem Mädchen und seiner ans Unheimliche grenzenden Fähigkeit, ihn aus dem Gleichgewicht zu bringen, halten sollte.

Je weiter sie kamen, desto spärlicher wurden die Bäume, während die Geräusche des Ozeans nun deutlicher zu hören waren.

»Für jemanden aus Sydney muss es in Partageuse ziemlich öde sein«, meinte Isabel.

»Ich bin noch nicht lange genug hier, um das beurteilen zu können.«

»Mag sein. Aber Sydney ... ich stelle es mir riesengroß und wundervoll vor.«

»Verglichen mit London ist es ein kleiner Fisch.«

Isabel errötete. »Oh, ich wusste gar nicht, dass Sie schon dort waren. Das ist sicher eine richtige Stadt. Vielleicht fahre ich ja einmal hin.«

»Ich würde behaupten, dass Sie es hier besser getroffen haben. London ist ... nun, es war ziemlich scheußlich, als ich auf Fronturlaub dort war. Grau und trist und kalt wie eine Leiche. Da ist mir Partageuse allemal lieber.«

»Gleich kommen wir zur schönsten Stelle hier. Zumindest finde ich, dass es die schönste ist.« Hinter den Bäumen war eine Landzunge zu sehen, die weit ins Meer hinausragte. Sie war lang und kahl, einige hundert Meter breit und wurde auf beiden Seiten von Wasser umspült. »Das ist die Spitze, nach der Point Partageuse benannt ist«, verkündete Isabel. »Mein Lieblingsplatz ist da unten links bei den großen Felsen.«

Sie gingen weiter bis zur Mitte der Landzunge. »Stellen Sie den Korb weg und folgen Sie mir«, wies sie ihn an. Im nächsten Moment riss sie sich ohne Vorwarnung die Schuhe von den Füßen und rannte los in Richtung der Felsen aus schwarzem Granit, die sich bis ins Wasser erstreckten.

Am Ufer holte Tom sie ein. Einige Felsen bildeten einen Kreis, in dem die Wellen wogten und plätscherten. Isabel legte sich auf den Boden und reckte den Kopf über die Kante. »Hören Sie«, sagte sie. »Hören Sie sich einfach die Geräusche an, die das Wasser macht. Wie in einer Höhle oder Kathedrale.«

Tom beugte sich vor und lauschte.

»Sie müssen sich hinlegen«, meinte sie.

»Um besser zu hören?«

»Nein, damit Sie nicht weggespült werden. Hier kann plötzlich Wasser hochspritzen. Wenn unerwartet eine große Welle kommt, landen Sie unter den Felsen, ehe Sie sich's versehen.«

Tom legte sich neben sie und hielt den Kopf in die Öffnung, wo die Wellen dröhnend und hallend hin- und herschwappten. »Erinnert mich an Janus.«

»Wie ist es denn da? Man hört ja so manches, aber es fährt außer dem Leuchtturmwärter und dem Versorgungsschiff nie jemand hin. Einmal, vor vielen Jahren, war ein Arzt dort, weil eine ganze Schiffsbesatzung wegen Typhus unter Quarantäne gestellt war.«

»Es ist ... Nun, wie kein anderer Ort auf der Erde. Es ist eine Welt für sich.«

»Das Wetter soll entsetzlich sein.«

»Es schlägt seine Kapriolen.«

Isabel setzte sich auf. »Sind Sie manchmal einsam?«

»Dafür bin ich zu beschäftigt. Ständig muss etwas repariert, überprüft oder aufgeschrieben werden.«

Sie neigte ein wenig skeptisch den Kopf zur Seite, ging aber nicht weiter darauf ein. »Gefällt es Ihnen?«

»Ja.«

Isabel lachte auf. »Sehr redselig sind Sie ja nicht.«

Tom erhob sich. »Hunger? Es ist sicher schon Zeit fürs Mittagessen.«

Er nahm Isabels Hand und half ihr beim Aufstehen. So eine zierliche Hand, weich und die Handfläche mit einer dünnen, rauen Schicht Sand bedeckt. Sie fühlte sich in seiner Hand so zart an.

Isabel servierte ihm Roastbeefsandwiches und Ingwerbier, gefolgt von Rosinenkuchen und knackigen Äpfeln.

»Schreiben Sie eigentlich an alle Leuchtturmwärter, die Dienst auf Janus haben?«, fragte Tom.

»Alle! So viele sind es ja nicht. Sie sind der erste neue seit Jahren.«

Tom zögerte, bevor er die nächste Frage aussprach. »Weshalb haben Sie geschrieben?«

Sie lächelte und trank einen Schluck Ingwerbier, bevor sie antwortete. »Weil es Spaß macht, mit Ihnen die Möwen zu füttern? Weil mir langweilig war? Weil ich noch nie einen Brief zu einem Leuchtturm geschickt habe?« Sie strich sich eine Haarsträhne aus der Stirn. »Hätte ich es besser lassen sollen?«

»Oh nein. Ich wollte nicht ... ich meine ...« Tom wischte sich die Hände an der Serviette ab. Er fühlte sich in ihrer Gegenwart ständig ein wenig konfus, was etwas völlig Neues für ihn war.

Tom und Isabel saßen am Ende des Anlegestegs von Partageuse. Es war einer der letzten Tage des Jahres 1920, und die Brise machte Musik, indem sie kleine Wellen gegen die Bootsrümpfe schwappen ließ und an den Tauen der Masten zupfte. Die Lichter des Hafens spiegelten sich im Wasser, und am Himmel funkelten die Sterne.

»Aber ich will alles wissen«, beharrte Isabel, deren nackte Füße über der Wasserfläche baumelten. »Sie können nicht einfach behaupten, dass es da nichts zu sagen gibt.« Sie hatte ihm dürre Fakten über seine Zeit an einer Privatschule und seinen Abschluss als Ingenieur an der Universität von Sydney aus der Nase gezogen und empfand seine Wortkargheit allmählich als ärgerlich. »Ich könnte Ihnen so viel erzählen – von meiner Oma, die mir Klavierstunden gegeben hat, was ich noch von meinem Opa weiß, obwohl der gestorben ist, als ich noch ganz klein war. Ich kann Ihnen beschreiben, wie es ist, in einer Kleinstadt wie Partageuse die Tochter des Schuldirektors zu sein. Und auch von meinen Brüdern Hugh und Alfie, die mit der Jolle herumgealbert haben und flussaufwärts zum Angeln gefahren sind.« Sie betrachtete das Wasser. »Ich vermisse diese Zeit noch immer.« Nachdenklich wickelte sie sich eine Haarlocke um den Finger und holte tief Luft. »Es ist ... als warte eine ganze Galaxie darauf, von einem erkundet zu werden. Und ich will mehr über Ihre erfahren.«

»Was möchten Sie sonst noch wissen?«

»Zum Beispiel etwas über Ihre Familie.«

»Ich habe einen Bruder.«

»Darf ich Sie nach seinem Namen fragen, oder haben Sie ihn vergessen?«

»Den vergesse ich nicht so schnell. Cecil.«

»Was ist mit Ihren Eltern?«

Tom betrachtete das Licht an der Spitze eines Masts. »Was soll mit ihnen sein?«

Isabel setzte sich auf und blickte ihm in die Augen. »Ich frage mich, was sich da drinnen tut.«

»Meine Mutter ist tot. Zu meinem Vater habe ich keinen Kontakt.« Ihr war der Schal von der Schulter gerutscht, und er zog ihn wieder hoch. »Wird Ihnen nicht ein wenig kühl? Wollen wir umkehren?«

»Warum möchten Sie nicht darüber reden?«

»Ich erzähle es Ihnen, wenn es Ihnen so wichtig ist. Allerdings würde ich es lieber nicht tun. Manchmal ist es besser, die Vergangenheit ruhen zu lassen.«

»Die Familie ist niemals Vergangenheit. Man nimmt sie überall hin mit.«

»Wie schade.«

Isabel richtete sich auf. »Schon gut. Gehen wir. Mum und Dad fragen sich bestimmt schon, wo wir abgeblieben sind«, sagte sie, und so schlenderten sie ernst den Anlegesteg zurück.

Als Tom in jener Nacht im Bett lag, wanderten seine Gedanken zu der Kindheit, auf die Isabel so neugierig gewesen war. Er hatte noch nie mit jemandem darüber gesprochen. Doch als er seine Erinnerungen nun Revue passieren ließ, fühlte sich der scharfe Schmerz an, als führe man mit der Zunge über einen abgebrochenen Zahn. Er sah sich mit acht Jahren, wie er seinen Vater weinend am Ärmel zupfte. »Bitte! Bitte, lass sie zurückkommen. Bitte, Daddy. Ich habe sie so lieb!« Aber sein Vater hatte seine Hand weggewischt wie einen Schmutzfleck. »Du wirst sie in diesem Haus nicht mehr erwähnen. Hast du verstanden, Sohn?«

Mit diesen Worten stolzierte sein Vater aus dem Zimmer. Toms Bruder Cecil, fünf Jahre älter und damals ein gutes Stück größer, verpasste ihm eine Kopfnuss. »Ich habe dich gewarnt, du Trottel. Ich habe dir doch gesagt, du sollst nicht von ihr sprechen.« Er folgte seinem Vater mit den gleichen wichtigtuerischen Schritten und ließ den kleinen Jungen mitten im Wohnzimmer stehen. Er hatte ein Spitzentaschentuch herausgeholt, das noch nach dem Parfüm seiner Mutter duftete, und es sich an die Wange gehalten, wobei er darauf achtete, dass es nicht mit seinen Tränen und seiner laufenden Nase in Berührung kam, denn er wollte es nicht benutzen, sondern den Duft und das Gefühl des Stoffs auf der Haut genießen.

Tom dachte an das gewaltige, leere Haus: an das Schweigen, das in jedem Raum in einer leicht unterschiedlichen Tonart dröhnte; an die nach Karbol riechende Küche, blitzsauber gehalten von einer langen Reihe von Haushälterinnen. Er erinnerte sich an den gefürchteten Geruch von Lux-Waschmittelflocken und seine Bestürzung, als er feststellen musste, dass eine Mrs. Soundso das Taschentuch gewaschen und gestärkt hatte. Sie hatte es in seiner Hosentasche entdeckt, es wie selbstverständlich in die Wäsche getan und damit den Duft seiner Mutter ausgelöscht. Das ganze Haus hatte er nach einer Ecke oder einem Schrank abgesucht, wo sich vielleicht ein Hauch dieses süßen Dufts gehalten hatte. Aber selbst in ihrem ehemaligen Schlafzimmer roch es nur nach Möbelpolitur und Mottenkugeln, als wäre ihr Geist endgültig ausgetrieben worden.

In der Teestube von Partageuse unternahm Isabel einen erneuten Anlauf.

»Ich habe nichts zu verbergen«, entgegnete Tom. »Ich halte es nur für Zeitverschwendung, in der Vergangenheit herumzuwühlen.«

»Und ich möchte nicht neugierig sein. Nur, dass Sie ein ganzes Leben hinter sich haben, eine Geschichte, und ich bin erst spät hinzugekommen. Ich möchte die Dinge besser verstehen. Sie besser verstehen.« Nach kurzem Zögern fügte sie schüchtern hinzu. »Wenn ich nicht über die Vergangenheit sprechen darf, kann ich dann über die Zukunft reden?«

»Über die Zukunft kann man eigentlich nicht reden. Nur darüber, wie wir sie uns vorstellen und was wir uns wünschen. Das ist nicht dasselbe.«

»Gut, und was wünschen Sie sich?«

Tom hielt kurz inne. »Ein Leben. Ich glaube, das genügt mir.« Er holte tief Luft. »Und was ist mit Ihnen?«

»Oh, ich wünsche mir dauernd irgendetwas!«, rief sie aus. »Dass wir beim Picknick der Sonntagsschule schönes Wetter haben. Ich wünsche mir – nicht lachen – einen netten Ehemann und ein Haus voller Kinder. Das Geräusch, wenn ein Kricketball eine Fensterscheibe zerschlägt, und dass es in der Küche nach Eintopf riecht. Die Mädchen singen zusammen Weihnachtslieder, und die Jungen spielen Fußball. Ich kann mir ein Leben ohne Kinder nicht vorstellen. Und Sie?« Einen Moment schien sie ins Träumen zu geraten und fügte dann hinzu: »Natürlich nicht jetzt sofort.« Sie zögerte. »Nicht wie Sarah.«

»Wer?«

»Meine Freundin Sarah Porter. Sie hat in meiner Straße gewohnt. Wir haben oft zusammen Familie gespielt. Sie war ein bisschen älter als ich und hat mich immer bemuttert.« Ihre Miene verdüsterte sich. »Sie ist ... in andere Umstände gekommen – mit sechzehn. Ihre Eltern haben sie nach Perth geschickt, damit es niemand sieht, und sie gezwungen, das Baby ins Waisenhaus zu geben. Sie sagten, es solle adoptiert werden, aber es hatte einen Klumpfuß.

Später hat sie dann geheiratet, und das Baby geriet in Vergessenheit. Und dann, eines Tages, hat sie mich gebeten, mit ihr heimlich nach Perth zu fahren, um das Waisenhaus zu besuchen. Das ›Kinderasyl‹ war nur ein paar Türen vom Irrenhaus entfernt. Oh, Tom, so etwas Schlimmes wie einen Saal voller mutterloser kleiner Kinder haben Sie noch nie gesehen. Und niemand, der sie lieb hatte. Sarah durfte ihrem Mann kein

Sterbenswörtchen verraten. Er hätte sie sofort vor die Tür gesetzt und ahnt bis heute nichts. Ihr Baby war noch da, aber sie konnte nichts weiter tun, als es anzuschauen. Das Seltsame ist, dass ich diejenige war, die nicht zu weinen aufhören konnte. Der Ausdruck auf den kleinen Gesichtern ist mir wirklich nahegegangen. Wer ein Kind ins Waisenhaus steckt, kann es genauso gut zur Hölle schicken.«

»Ein Kind braucht seine Mum«, stimmte Tom zu und musste an seine eigene denken.

»Sarah lebt inzwischen in Sydney. Ich habe sie aus den Augen verloren«, fügte Isabel hinzu.

Während der beiden Wochen sahen Tom und Isabel sich jeden Tag. Als Bill Graysmark seiner Frau vorwarf, diese ständigen Ausflüge zu zweit gehörten sich nicht, entgegnete sie: »Oh, Bill, das Leben ist so kurz. Sie ist ein vernünftiges Mädchen und weiß, was sie will. Außerdem wird sie es in diesen Zeiten schwer haben, überhaupt einen Mann zu finden, der noch alle Gliedmaßen hat. Einem geschenkten Gaul ...« Außerdem wusste sie, wie klein Partageuse war. Es gab keine Möglichkeit, irgendwelche unschicklichen Dinge zu treiben, ohne dass Dutzende von Augen und Ohren es bemerkten und beim kleinsten Anzeichen von Unmoral Meldung machten.

Tom war überrascht, wie sehr er sich auf diese Treffen mit Isabel freute. Es war ihr unbemerkt gelungen, seine Abwehr zu durchbrechen. Er hatte Spaß an ihren Anekdoten aus Partageuse und den Erläuterungen zur Geschichte der Stadt. So hatten die Franzosen diesen Flecken Erde zwischen den Ozeanen genannt, da das Wort sowohl »großzügig teilend« als auch »trennend« bedeutete. Sie erzählte ihm, wie sie von einem Baum gefallen war und sich den Arm gebrochen hatte. Und eines Tages hatten sie und ihre Brüder Mrs. Mewetts Ziege mit roten Punkten bemalt und dann bei ihr angeklopft, um zu melden, das Tier hätte die Masern. Sie berichtete ihm leise und stockend, ihre Brüder seien beide an der Somme gefallen, und sie wünsche sich so sehr, ihre Eltern wieder lächeln zu sehen.

Allerdings war Tom die Sache auch nicht ganz geheuer. Die Stadt war klein, und Isabel war einige Jahre jünger als er. Wahrscheinlich würde er sie nie wiedersehen, wenn er zum Leuchtturm zurückkehrte. Andere Männer hätten die Situation vielleicht ausgenützt, doch für Tom waren seine moralischen Prinzipien eine Art Heilmittel gegen seine Erlebnisse.

Isabel selbst fand nicht die richtigen Worte, um dieses neue Gefühl zu beschreiben – Aufregung vielleicht –, die bei jeder Begegnung mit diesem Mann Besitz von ihr ergriff. Er hatte etwas Geheimnisvolles an sich. So, als sei er hinter seinem Lächeln noch immer ganz weit weg. Sie wollte in sein Innerstes vordringen.

Wenn der Krieg sie eines gelehrt hatte, dann, dass nichts selbstverständlich und dass es gefährlich war, wichtige Dinge auf die lange Bank zu schieben. Das Leben konnte einem alles entreißen, was man liebte, und zwar unwiederbringlich. Allmählich breitete sich ein Gefühl der Dringlichkeit in ihr aus, das Bedürfnis, die Gelegenheit zu nutzen. Bevor eine andere es tat.

Am Abend vor seiner Rückkehr nach Janus schlenderten sie am Strand entlang. Obwohl der Januar erst zwei Tage alt war, erschien es Tom, als seien seit seiner Landung in Partageuse nicht nur sechs Monate, sondern Jahre vergangen.

Isabel blickte hinaus aufs Meer, wo die Sonne am Rand der Welt im grauen Wasser versank. »Ich habe mir überlegt, ob du mir einen Gefallen tun könntest, Tom.«

»Klar. Was ist es denn?«

»Ich habe mich gefragt«, erwiderte sie, ohne langsamer zu gehen, »ob du mich küssen würdest.«

Tom glaubte schon, sich wegen des Winds verhört zu haben, und da sie nicht stehen blieb, versuchte er zu ergründen, was sie gesagt haben mochte.

»Natürlich werde ich dich vermissen«, riet er. »Aber vielleicht können wir uns ja bei meinem nächsten Urlaub wiedersehen.«

Als sie ihn sonderbar ansah, fing er an, sich Sorgen zu machen. Selbst im Dämmerlicht konnte man erkennen, dass sie rot im Gesicht war.

»Es ... Es tut mir leid, Isabel, ich bin kein guter Redner ... in solchen Situationen.«

»Was für Situationen?«, hakte sie nach, enttäuscht von der Vorstellung, dass er so etwas offenbar öfter tat. Ein Mädchen in jedem Hafen.

»Nun ... beim Abschiednehmen. Ich komme gut allein zurecht. Und ich habe auch gern Gesellschaft. Es ist der Wechsel vom einen zum anderen, der mir zu schaffen macht.«

»Tja, dann werde ich es dir erleichtern. Ich gehe einfach. Jetzt gleich.« Sie wirbelte herum und lief den Strand entlang.

»Isabel! Isabel, warte!« Er eilte ihr nach und griff nach ihrer Hand. »Ich wollte nicht, dass du einfach so verschwindest ... nun, eben einfach so. Und ich tue dir den Gefallen. Ich werde dich vermissen. Es ist ... so schön, mit dir zusammen zu sein.«

»Dann nimm mich mit nach Janus.«

»Was? Du möchtest die Fahrt mitmachen?«

»Nein, dort leben.«

Tom lachte. »Ach, herrje, du hast manchmal komische Einfälle.«

»Es ist mein Ernst.«

»Das geht nicht«, entgegnete Tom, obwohl ihm etwas in ihrem Blick verriet, dass es durchaus im Bereich des Möglichen lag.

»Warum nicht?«

»Nun, aus etwa hundert Gründen, die mir nicht alle gleich einfallen. Der erste wäre, dass außer der Frau des Leuchtturmwärters Frauen auf Janus nicht gestattet sind.« Da sie schwieg, neigte er den Kopf ein wenig, als könne er so besser verstehen.

»Dann heirate mich!«

Er erstarrte. »Izz, ich kenne dich doch kaum! Außerdem habe

ich dich noch nie … nun, ich habe dich noch nicht einmal geküsst, Herrgott.«

»Dann wird es aber langsam Zeit!«, verkündete sie, als liege die Lösung auf der Hand. Sie stellte sich auf die Zehenspitzen und zog seinen Kopf zu sich hinunter, und ehe er wusste, wie ihm geschah, wurde er geküsst, ungeschickt zwar, aber mit viel Begeisterung.

Er machte sich los. »Du treibst ein gefährliches Spiel, Isabel. Du solltest nicht herumlaufen und aus heiterem Himmel Männer küssen. Nur, wenn du es ernst meinst.«

»Aber ich meine es ernst!«

Als Tom sie ansah, erwiderte sie herausfordernd seinen Blick und schob das zierliche Kinn vor. Wie würde es enden, wenn er diese Grenze überschritt? Ach, zum Teufel damit. Zum Teufel mit dem guten Betragen. Zum Teufel mit der Moral. Hier war ein schönes Mädchen, das ihn anflehte, sie zu küssen. Die Sonne ging unter, sein Urlaub war vorbei, und morgen um diese Zeit würde er irgendwo draußen in der Einöde sein. Er umfasste ihr Gesicht mit beiden Händen und beugte sich hinunter. »So geht das«, sagte er und küsste sie langsam, ohne an die Zeit zu denken. Er konnte sich an keinen Kuss erinnern, der sich so angefühlt hätte.

Schließlich wich er zurück und strich ihr eine Haarsträhne aus den Augen. »Am besten bringe ich dich jetzt nach Hause, sonst hetzen sie mir noch die Polizei auf den Hals.« Er legte ihr den Arm um die Schultern und schlenderte mit ihr den Strand entlang.

»Die Sache mit dem Heiraten habe ich ernst gemeint.«

»Du musst vollkommen übergeschnappt sein, mich heiraten zu wollen, Izz. Ein Leuchtturmwärter verdient nicht viel, und seine Ehefrau hat kein einfaches Leben.«

»Ich weiß, was ich will, Tom.«

Er blieb stehen. »Pass auf, ich möchte ja nicht gönnerhaft klingen, Isabel, aber du bist, tja, du bist ein gutes Stück jünger als ich. Ich werde dieses Jahr achtundzwanzig. Außerdem wage ich zu vermuten, dass du noch nicht mit vielen Männern gegangen bist.« Nach ihrem ersten Kuss hätte er sogar jede Wette gewagt, dass er der erste war.

»Was hat das damit zu tun?«

»Dass ... nun, du solltest die Sache an sich nicht mit dem ersten Mal verwechseln, wenn du ihr begegnest. Überleg es dir noch einmal. Ich verwette allen Tee in China, dass du mich in einem Jahr vergessen haben wirst.«

»Gib mir eine Chance«, sagte sie und küsste ihn noch einmal.

Kapitel 6

An klaren Sommertagen scheint Janus sich auf die Zehenspitzen zu stellen; man könnte schwören, dass die Insel manchmal höher aus dem Wasser ragt als sonst, und zwar nicht nur wegen der Gezeiten. Bei Unwettern kann sie völlig verschwinden, getarnt wie eine Göttin aus der griechischen Mythologie. Dann wieder bildet sich Nebel über dem Meer: warme, mit Salzkristallen geschwängerte Luft, die das Licht schluckt. Wenn es ein Buschfeuer gibt, kann der Rauch weit hinaus aufs Meer getrieben werden und bringt dicke, klebrige Asche mit, die den Sonnenuntergang üppig rotgolden verfärbt und die Verglasung des Laternenraums mit einer Schmutzschicht überzieht. Deshalb wird auf der Insel die allerhellste Lampe benötigt.

Von der Galerie aus betrachtet, erstreckt sich der Horizont sechzig Kilometer weit. Es erscheint Tom unfassbar, dass es so endlose Weiten geben kann, während in derselben Lebenszeit erst vor wenigen Jahren um jeden Zentimeter Boden gekämpft worden ist. Männer haben ihr Leben gelassen, nur damit man ein paar Meter Schlamm als »unser« anstelle von »ihrs« bezeichnen konnte – um sie am nächsten Tag wieder zu verlieren. Vielleicht war es dasselbe Beharren auf Besitzansprüche, das die Kartografen dazu veranlasst hat, diese Wasserfläche in zwei Ozeane aufzuteilen, obwohl es unmöglich festzulegen ist, wo genau die Strömung wechselt. Aufteilen. Benennungen finden. Unterschiede bestimmen. Einige Dinge ändern sich nie.

Auf Janus gibt es keinen Grund zu sprechen. Tom kann Monate dort verbringen, ohne seine eigene Stimme zu hören. Er weiß, dass manche Leuchtturmwärter regelmäßig singen, so wie man eine Maschine anlässt, um sich zu vergewissern, dass sie noch funktioniert. Doch Tom empfindet die Stille als befreiend. Er lauscht dem Wind und beobachtet die winzigen Feinheiten des Insellebens.

Hin und wieder kommt ihm Isabels Kuss in den Sinn, als hätte ein Lufthauch die Erinnerung herangetragen. Ihre Haut, ihr weicher Körper, und er denkt an die Jahre, in denen er sich so etwas nie hätte vorstellen können. Das Gefühl, einfach nur an ihrer Seite zu sein, sorgt dafür, dass er sich gereinigt und erfrischt fühlt. Und dennoch versetzt ihn diese Empfindung zurück in die Welt zerrissener Leiber und verrenkter Gliedmaßen. Der Sache einen Sinn zu verleihen, das ist die wahre Herausforderung. Dem Tod ins Auge geschaut zu haben, ohne an seinem Gewicht zu zerbrechen. Warum hat ausgerechnet er unverletzt überlebt? Plötzlich bemerkt Tom, dass er weint. Er weint um die Männer, die links und rechts von ihm dahingerafft wurden, während der Tod ihn verschmäht hat. Und er weint auch um die Männer, die durch seine Hand ihr Leben lassen mussten.

Im Leuchtturm wird jeder einzelne Tag dokumentiert. Man macht Einträge ins Protokollbuch, meldet, was geschehen ist, und erzeugt so Beweise dafür, dass die Welt sich weiterdreht. Als sich die Geister der Vergangenheit mit der Zeit in der klaren Janusluft auflösen, wagt Tom, an das Leben zu denken, das noch vor ihm liegt – etwas, das ihm jahrelang so unwahrscheinlich vorgekommen ist, dass er nicht darauf vertrauen konnte. In diesen Tagträumen spielt Isabel eine Rolle. Sie lacht trotz aller Widrigkeiten und ist unersättlich neugierig auf die Welt und für jeden Spaß zu haben. Mit Captain Haslucks Rat im Ohr geht er zum Holzschuppen, sucht ein Stück von der Wurzel eines Mallee-Eukalyptus aus und nimmt es mit in die Werkstatt.

Janus Rock,
15. März 1921

Liebe Isabel,
hoffentlich bist Du wohlauf, wenn Du diesen Brief erhältst. Mir geht es gut. Es gefällt mir hier. Wahrscheinlich findest Du das

seltsam, aber es ist so. Ich fühle mich wohl in der Stille. Janus hat etwas Magisches an sich. So einen Ort habe ich noch nie erlebt.
Ich wünschte, Du könntest die Sonnenaufgänge und Sonnenuntergänge hier sehen. Und die Sterne: Sie drängen sich nachts am Himmel, und zu beobachten, wie die Sternbilder dahinziehen, ist ein bisschen so, als schaue man auf die Uhr. Das Wissen, dass sie aufgehen werden, ganz gleich, wie scheußlich der Tag auch war und was alles nicht geklappt hat, ist beruhigend. Es hat mir in Frankreich geholfen, die Dinge ins richtige Licht zu rücken. Die Sterne gab es schon vor den Menschen. Sie schienen einfach immer weiter, egal, was auch geschah. Genauso ist für mich auch der Leuchtturm hier. Ich stelle ihn mir als Splitter eines Sterns vor, der auf die Erde gefallen ist: Er leuchtet, unabhängig von den Umständen – Sommer, Winter, Unwetter, Sonnenschein. Darauf kann sich der Mensch verlassen.
Ich höre jetzt besser auf, dummes Zeug zu schreiben. Der eigentliche Sinn und Zweck dieses Briefs ist, Dir eine kleine Schatulle mitzuschicken, die ich für Dich geschnitzt habe. Hoffentlich kannst Du sie gebrauchen. Du kannst ja Schmuck darin aufbewahren, oder Haarspangen und ähnlichen Krimskrams.
Wahrscheinlich hast Du es Dir inzwischen anders überlegt, und ich wollte Dir nur sagen, dass das in Ordnung geht. Du bist ein wundervolles Mädchen, und ich habe unsere gemeinsame Zeit genossen.
Morgen kommt das Schiff. Dann gebe ich den Brief Ralph mit.
Tom

Janus Rock,
15. Juni 1921

Liebe Isabel,
ich schreibe rasch noch diese Zeilen, denn die Jungs wollen ablegen. Ralph hat mir Deinen Brief gebracht. Es war schön,

von Dir zu hören, und ich freue mich, dass Dir die Schatulle gefallen hat.
Danke für die Fotografie. Du siehst wunderschön aus, allerdings nicht so frech wie im wirklichen Leben. Ich weiß schon genau, wo im Laternenraum ich sie hinstelle, damit Du aus dem Fenster schauen kannst.
Nein, ich finde Deine Frage gar nicht seltsam. Wenn ich es mir genauer überlege, kannte ich im Krieg viele Kameraden, die während ihres dreitägigen Fronturlaubs in England geheiratet haben und dann zurückkamen, um weiterzukämpfen. Die meisten glaubten, dass sie nicht mehr lange unter den Lebenden weilen würden, und ihren Mädchen ging es genauso. Da ich Dir, mit ein wenig Glück, hingegen eine lange Zeit erhalten bleiben werde, denke gründlich darüber nach. Ich bin bereit, den Sprung ins kalte Wasser zu wagen, wenn Du es auch bist. Ich kann Ende Dezember Sonderurlaub beantragen, weshalb Du noch ein wenig Bedenkzeit hast. Ich hätte Verständnis dafür, wenn Du Deine Meinung änderst. Wenn nicht, verspreche ich Dir, dass ich für immer für Dich sorgen und mir die größte Mühe geben werde, Dir ein guter Ehemann zu sein. Dein Tom

Die nächsten sechs Monate schleppten sich dahin. Da Tom bis jetzt keinen Grund zum Warten gehabt hatte, hatte er sich daran gewöhnt, die Tage als Selbstzweck zu betrachten. Nun aber war da ein Hochzeitsdatum. Vorbereitungen mussten getroffen und Anträge gestellt werden. In jeder freien Minute ging er in der Hütte hin und her und entdeckte wieder etwas, das reparaturbedürftig war: Das Küchenfenster schloss nicht richtig. Um den Wasserhahn aufzudrehen, musste man die Kraft eines Mannes haben. Was würde Isabel hier draußen brauchen? Dem letzten Schiff hatte er eine Einkaufsliste mitgegeben: Farbe, um die Zimmer zu verschönern, ein Spiegel für den Frisiertisch, neue Handtücher und Tischdecken, Noten für das altersschwache Klavier – er hatte es nie angerührt, wusste aber, dass Isabel gerne spielte. Nach kurzem Zögern wurden auch die Posten »neue

Bettlaken, zwei Kopfkissen und eine Daunendecke« in die Liste aufgenommen.

Als das Schiff endlich erschien, um Tom für den großen Tag ans Festland zu bringen, marschierte Neville Whittnish den Bootssteg hinauf, um ihn während seiner Abwesenheit zu vertreten.

»Alles in Ordnung?«

»Hoffentlich«, entgegnete Tom.

»Sie wissen, wie man einen Leuchtturm führt, das muss ich Ihnen lassen«, verkündete Whittnish nach einer kurzen Inspektion.

»Danke«, erwiderte Tom, aufrichtig berührt von dem Kompliment.

»Sind Sie bereit, mein Junge?«, fragte Ralph, als sie sich anschickten, in See zu stechen.

»Das weiß nur der liebe Gott«, antwortete Tom.

»Ein wahreres Wort wurde nie gesprochen.« Ralph wandte sich zum Horizont. »Los geht's, meine Schöne. Um unseren hochdekorierten Captain Sherbourne zu seiner Liebsten zu tragen.«

Ralph sprach mit dem Schiff wie Whittnish mit dem Leuchtturm – als wären es Lebewesen, die ihnen am Herzen lagen. Seltsam, an was ein Mann so alles sein Herz hängen kann, dachte Tom. Er betrachtete den Turm. Wenn er ihn wiedersah, würde sich sein Leben von Grund auf geändert haben. Kurz wurde er von Zweifeln ergriffen. Würde Isabel Janus genauso lieben wie er? Würde sie seine Welt verstehen?

Kapitel 7

»Siehst du? Weil sich das Licht so hoch über dem Meeresspiegel befindet, reicht es über die Erdkrümmung hinaus – über den Horizont. Nicht der Strahl selbst, sondern die Aura, das Leuchten.« Tom stand hinter Isabel auf der Galerie des Leuchtturms, hatte die Arme um sie geschlungen und stützte das Kinn auf ihre Schulter. Die Januarsonne malte goldene Pünktchen in ihr dunkles Haar. Es war 1922 und ihr zweiter Tag allein auf Janus. Zurück nach einigen Tagen Flitterwochen in Perth, und dann sofort auf die Insel.

»Es ist, als könne man in die Zukunft sehen«, erwiderte Isabel. »Man greift der Zeit vor und rettet das Schiff, bevor es überhaupt weiß, dass es Hilfe braucht.«

»Je höher der Turm und je größer die Linse, desto weiter reicht der Strahl. Dieser hier leuchtet so weit wie sonst keiner.«

»Ich war noch nie im Leben so hoch oben! Das ist wie Fliegen!«, rief sie aus und machte sich los, um den Turm noch einmal zu umrunden. »Und wie nennt man den Blitz noch mal ... Da gab es doch ein bestimmtes Wort ...«

»Kennung. Jeder Leuchtturm hat seine eigene Kennung. Diese Lampe blitzt viermal bei jeder Umdrehung. Und die dauert zwanzig Sekunden. So erkennt jedes Schiff am Fünfsekundenblitz, dass das hier Janus ist, nicht Leeuwin, Breaksea oder ein anderer Turm.«

»Und woran?«

»Schiffe haben eine Liste aller Leuchttürme an Bord, die sie auf ihren Fahrten passieren. Für einen Kapitän ist Zeit Geld. Deshalb ist er immer versucht, die Ecke des Kaps zu schneiden, damit er als Erster ihre Ladung löschen und eine neue an Bord nehmen kann. Außerdem spart man sich die Heuer für die Mannschaft, wenn man weniger Tage auf See ist. Der Leuchtturm soll sie abschrecken und sie daran hindern, sich in Gefahr zu begeben.«

Durch die Scheibe sah Isabel die schweren schwarzen Jalousien des Laternenraums. »Wozu sind die da?«, fragte sie.

»Zum Schutz! Der Linse ist es gleichgültig, welches Licht sie verstärkt. Stell dir vor, was sie tagsüber bei Stillstand mit Sonnenlicht machen würde, wenn sie schon eine kleine Flamme in eine Million Lux verwandeln kann. Da ist es keine gute Idee, sich in ihre Nähe zu wagen. Also muss man sie schützen. Und auch sich selbst – ich würde gebraten werden, wenn ich mich ohne Vorhänge tagsüber hier aufhalten würde. Komm rein, ich zeige dir, wie sie funktioniert.«

Die Eisentür fiel hinter ihnen ins Schloss, als sie in den Laternenraum gingen und durch die Öffnung in die Lampe stiegen.

»Das ist eine Linse der besten Qualität – etwas Helleres gibt es nicht.«

Isabel betrachtete die Regenbogen, die die Prismen abstrahlten. »Das ist so *schön.*«

»Das dicke Glasstück in der Mitte nennt man Kernlinse. Dieser hier hat vier, aber die Anzahl kann sich abhängig von der Kennung unterscheiden. Die Lichtquelle muss genau auf einer Linie damit sein, damit die Linse das Licht bündeln kann.«

»Und die vielen gläsernen Kreise rings um die Kernlinsen?«

Um das Zentrum der Linse waren verschiedene dreieckige Glasbögen angeordnet wie die Ringe auf einer Dartscheibe.

»Die ersten acht brechen das Licht. Sie beugen den Strahl so, dass er weder in Richtung Mond noch zum Meeresgrund zeigt, wo er niemandem nützt, sondern hinaus aufs Meer, also gewissermaßen um die Ecke biegt. Die Ringe über und unter der Eisenstange – siehst du?, es sind vierzehn – werden dicker, je weiter entfernt sie von der Mitte sind. Sie reflektieren das Licht wieder nach unten, sodass es sich zu einem Strahl bündelt und sich nicht in alle Richtungen verteilt.«

»Also kann kein bisschen Licht ungenützt verschwinden«, stellte Isabel fest.

»So könnte man es ausdrücken. Und dann hätten wir auch noch die Lampe selbst«, sagte er und wies auf das kleine, mit Maschendraht umschlossene Gerät auf einem Metallständer in der Mitte des Raums.

»Wirkt nicht sehr beeindruckend.«

»Ist es jetzt auch nicht. Doch dieser Maschendraht ist eine weiß glühende Hülle und lässt das verdampfte Öl so hell leuchten wie ein Stern, sobald das Licht verstärkt wird. Heute Nacht zeige ich es dir.«

»Unser eigener Stern! Als wäre die Welt nur für uns gemacht! Mit Sonnenschein und dem Meer. Und wir haben einander, auch nur für uns.«

»Wahrscheinlich glauben die bei der Leuchtturmbehörde, dass *sie* mich ganz für sich haben«, erwiderte Tom.

»Keine neugierigen Nachbarn, keine langweiligen Verwandten.« Sie knabberte an seinem Ohr. »Nur du und ich ...«

»Und die Tiere. Zum Glück gibt es auf Janus keine Schlangen. Auf anderen Inseln in dieser Gegend wimmelt es von den Biestern. Allerdings leben hier ein paar Spinnenarten, die auch zubeißen können. Also halt die Augen offen. Außerdem ...« Tom hatte Schwierigkeiten, seinen Vortrag über die hiesige Fauna zu beenden, weil Isabel ihn immer weiter küsste, zärtlich an seinem Ohr herumbiss und die Hände in die Gesäßtaschen seiner Hose steckte, sodass er Schwierigkeiten hatte zu denken, geschweige denn, einen zusammenhängenden Satz herauszubringen. »Es ist eine ernste ...«, mühte er sich weiter, »Angelegenheit, die ich dir hier klarzumachen versuche, Izz. Du musst auf der Hut sein ...« Er stöhnte auf, als ihre Finger ihr Ziel gefunden hatten.

»Vor mir ...«, kicherte sie. »Ich bin die größte Gefahr auf dieser Insel.«

»Nicht hier, Izz. Nicht mitten in der Laterne.« Er holte tief Atem. »Lass uns nach unten gehen.«

Isabel lachte. »Doch, hier!«

»Das ist Staatseigentum.«

»Was, musst du es ins Protokollbuch eintragen?«

Tom hüstelte verlegen. » Theoretisch schon ... Die Sachen hier sind ziemlich empfindlich und kosten mehr Geld, als du und ich im Leben je zu Gesicht bekommen werden. Ich möchte nicht derjenige sein, der sich eine Ausrede einfallen lassen muss, weil etwas kaputtgegangen ist. Komm mit nach unten.«

»Und wenn ich mich weigere?«, neckte sie ihn.

»Nun, dann muss ich«, er hob sie auf seine Hüfte, »dich wohl zwingen, Liebling«, entgegnete er und trug sie die vielen schmalen Stufen hinunter.

»Ach, es ist himmlisch hier!«, verkündete Isabel am nächsten Tag und blickte auf den brettebenen türkisfarbenen Ozean hinaus. Trotz Toms eindringlicher Warnungen vor dem Wetter hatte der Wind zur Begrüßung einen Waffenstillstand erklärt, und die Sonne schien wieder wundervoll warm.

Tom war mit ihr zur Lagune gegangen, einem breiten Becken mit ruhigem ultramarineblauem und höchstens eins achtzig tiefem Wasser, in dem sie nun schwammen.

»Schön, dass es dir hier gefällt. Wir kriegen nämlich erst in drei Jahren wieder Landurlaub.«

Sie legte die Arme um ihn. »Ich bin, wo ich sein möchte, und zwar zusammen mit dem Mann, bei dem ich sein will. Sonst zählt nichts.«

Beim Sprechen schwenkte Tom sie sanft im Kreis herum. »Manchmal kommen durch die Ritzen in den Felsen Fische hier herein. Man kann sie mit einem Netz oder einfach nur mit bloßen Händen fangen.«

»Wie heißt denn dieses Becken?«

»Es hat keinen Namen.«

»Findest du nicht, dass alles einen Namen verdient hat?«

»Dann gib ihm eben einen.«

Isabel überlegte eine Weile. »Hiermit taufe ich dich auf den

Namen ›Paradiesbecken‹«, verkündete sie und bespritzte einen Felsen mit Wasser. »Das hier wird mein Schwimmbad.«

»Normalerweise kann dir hier nichts passieren. Aber halte für alle Fälle die Augen offen.«

»Was meinst du damit?«, fragte Isabel. Sie paddelte vor sich hin und hörte nur mit halbem Ohr zu.

»Die Haie schaffen es für gewöhnlich nicht durch die Felsen, außer es gibt eine besonders hohe Flut oder einen Sturm. Also kann dir in dieser Hinsicht vermutlich nichts geschehen ...«

»Vermutlich?«

»Aber du musst auf Seeigel achten. Pass auf, wenn du unter Wasser einen Felsen berührst. Die Stacheln können in deinem Fuß stecken bleiben, abbrechen und sich entzünden. Im Sand am Rand des Wassers graben sich manchmal Stachelrochen ein. Wenn du auf den Stachel an ihrer Schwanzflosse trittst, hast du ein Problem. Und wenn der Stachel dich in der Herzgegend erwischt, nun ...« Er bemerkte, dass Isabel ganz still geworden war.

»Alles in Ordnung, Izz?«

»Es klingt irgendwie anders, wenn du es so aufzählst. Schließlich können wir nirgendwo Hilfe holen.«

Tom nahm sie in die Arme und zog sie ans Ufer. »Ich werde dich beschützen, Liebling. Keine Angst«, sagte er und lächelte. Er küsste ihre Schultern und bettete dann ihren Kopf in den Sand, um sie auf den Mund zu küssen.

In Isabels Schrank hängen neben den vielen dicken Wintersachen ein paar geblümte Kleider – leicht zu waschen und strapazierfähig, wenn sie ihren neuen Pflichten nachgeht, die Hühner füttert, die Ziegen melkt, Gemüse erntet und die Küche putzt. Auf ihren Wanderungen rings um die Insel mit Tom trägt sie eine alte Hose von ihm, die sie fast einen halben Meter hochkrempeln und mit einem rissigen Ledergürtel zusammenhalten muss, und dazu eines seiner kragenlosen Hemden. Da sie gern den Boden unter ihren Füßen spürt, geht sie barfuß, sooft sie kann. Doch auf den Klippen trägt sie die Turnschuhe, um ihre

Fußsohlen vor dem schartigen Granit zu schützen. So erkundet sie die Grenzen ihrer neuen Welt.

Eines Morgens, kurz nach ihrer Ankunft, beschloss sie, ein wenig berauscht von der Freiheit hier, ein Experiment zu wagen. »Was hältst du von der neuen Mode?«, fragte sie Tom, als sie ihm mittags im Evaskostüm ein belegtes Brot in den Wachraum brachte. »An einem so schönen Tag brauche ich keine Kleider.«

Er zog eine Augenbraue hoch und bedachte sie mit einem schiefen Lächeln. »Sehr hübsch. Aber du wirst bald genug davon haben, Izz.« Er nahm das Brot entgegen und streichelte ihr Kinn. »Man muss einige Dinge beachten, wenn man auf einer Leuchtturminsel überleben und nicht den Verstand verlieren will, Liebling: regelmäßige Mahlzeiten, jeden Tag den Kalender umblättern ...« Er lachte auf. »Und seine Sachen anbehalten. Glaube mir, Schatz.«

Errötend trat sie den Rückzug an und schlüpfte in mehrere Kleiderschichten – Unterhemd, Unterrock, Kleid und Strickjacke. Dann stieg sie in ihre Gummistiefel und fing an, im grellen Sonnenschein mit übertriebenem Krafteinsatz Kartoffeln auszugraben.

»Hast du eine Karte von der Insel?«, wollte Isabel von Tom wissen.

Er schmunzelte. »Hast du Angst, dich zu verirren? Du bist jetzt doch schon seit einigen Wochen hier! Wenn du immer in die entgegengesetzte Richtung zum Wasser gehst, bist du irgendwann zu Hause. Der Leuchtturm ist sicher auch eine Orientierungshilfe.«

»Ich möchte einfach nur eine Karte. Gibt es eine?«

»Natürlich. Von dem gesamten Gebiet hier existieren Karten, wenn du dich dafür interessierst. Ich kann mir nur nicht vorstellen, was du damit anfangen willst. Du kannst hier nirgendwo hin.«

»Tu mir einfach den Gefallen, mein lieber Mann«, antwortete sie und küsste ihn auf die Wange.

Später am Vormittag erschien Tom mit einer großen Rolle in der Küche und hielt sie Isabel gespielt feierlich hin. »Ihr Wunsch ist mir Befehl, Mrs. Sherbourne.«

»Ich danke Ihnen«, erwiderte sie im selben Tonfall. »Das wäre alles. Sie dürfen sich jetzt entfernen, Sir.«

Ein Lächeln spielte um Toms Lippen, und er kratzte sich am Kinn. »Was führst du im Schilde, junge Frau?«

»Das geht dich nichts an!«

In den nächsten Tagen brach Isabel jeden Tag zu kleinen Expeditionen auf und schloss nachmittags die Schlafzimmertür, obwohl Tom weit weg und mit seiner Arbeit beschäftigt war.

Nachdem sie eines Abends das Geschirr abgetrocknet hatte, holte sie die Rolle und überreichte sie Tom. »Das ist für dich.«

»Danke, Liebling«, sagte Tom, der gerade ein eselsohriges Buch über das Knüpfen von Knoten las. »Ich lege sie morgen wieder zurück.«

»Aber sie ist für *dich.*«

Tom blickte auf. »Das ist doch die Karte, oder?«

Sie grinste ihn spitzbübisch an. »Das weißt du erst, wenn du hinschaust, richtig?«

Tom entrollte die Karte und stellte fest, dass die Karte sich verändert hatte. Sie war überall mit kleinen Anmerkungen, farbigen Skizzen und Pfeilen versehen. Sein erster Gedanke war, dass es sich bei der Karte um staatliches Eigentum handelte und dass man ihm bei der nächsten Kontrolle die Leviten lesen würde. Außerdem waren neue Namen darauf verzeichnet.

»Und?« Isabel lächelte. »Ich fand es einfach falsch, dass Orte keinen Namen haben. Also habe ich sie getauft, siehst du?«

Buchten, Klippen, Felsen und Wiesen waren mit winzigen Buchstaben beschriftet und trugen nun wie das Paradiesbecken Namen: Stürmische Ecke, Gefährlicher Felsen, Schiffbruchstrand, Ruhebucht, Toms Aussichtspunkt, Izzys Klippe und noch viele mehr.

»Wahrscheinlich habe ich sie nie als verschiedene Örtlichkeiten empfunden. Für mich ist das Ganze einfach nur Janus«, antwortete Tom und schmunzelte.

»Sie sind alle völlig unterschiedlich. Jeder Ort hat einen Namen verdient wie die Zimmer in einem Haus.«

Tom betrachtete auch das Haus nicht wirklich als eine Ansammlung von Zimmern. Er wohnte einfach darin. Außerdem machte ihn die Zerstückelung der Insel und die Unterteilung in gut und schlecht, gefährlich und ungefährlich, auf unerklärliche Weise traurig. Er sah Janus lieber als Einheit. Es war ihm auch unangenehm, dass einige Örtlichkeiten nun seinen Namen trugen. Janus gehörte nicht ihm. Es war eher umgekehrt, so wie es die Eingeborenen mit dem Land hielten. Seine Aufgabe bestand nur darin, darauf zu achten.

Er sah seine Frau an, die ihr Werk mit einem stolzen Lächeln musterte. Wenn sie den Dingen Namen geben wollte, konnte es ja nicht schaden. Und vielleicht würde sie eines Tages ja seine Sicht der Dinge verstehen.

Wenn Tom eine Einladung zu einem Treffen seines Bataillons erhält, antwortet er immer. Stets schickt er Glückwünsche und eine kleine Spende fürs Kasino. Aber er geht nie hin. Nun, als Leuchtturmwärter könnte er das auch nicht, selbst wenn er es wollte. Er weiß, dass es Menschen gibt, die es als tröstlich empfinden, bekannte Gesichter zu sehen und in alten Anekdoten zu schwelgen. Doch er möchte nichts damit zu tun haben. Er hat Freunde verloren – Männer, denen er vertraut und mit denen er gekämpft, getrunken und vor Angst gezittert hat. Männer, mit denen er sich ohne Worte verständigen konnte, so als seien sie Teil seines Körpers. Er denkt an die Sprache, die sie miteinander verbunden hat: Wörter, die sie erfanden, um eine bislang unbekannte Situation zu beschönigen. »Ananas«, »Würstchen«, »Plumpudding« – alles Bezeichnungen für die verschiedenen Typen von Granaten, die immer wieder im Schützengraben landeten. Die Läuse, die Verpflegung, der Heimatschuss, der dafür sorgte, dass man nach England ins Krankenhaus geschafft wurde – alles hatte einen eigenen Namen. Er fragt sich, wie viele Männer diesen geheimen Jargon noch beherrschen.

Manchmal, wenn er neben Isabel aufwacht, ist er noch immer erstaunt und außerdem erleichtert, dass sie lebt. Sicherheitshalber beobachtet er genau ihre Atmung. Dann schmiegt er den Kopf an ihren Rücken und genießt es, wie weich ihre Haut ist und wie sich ihr Körper im Schlaf sanft hebt und senkt. Es ist das größte Wunder, das er je gesehen hat.

Kapitel 8

»Vielleicht waren ja alle Erlebnisse, auf die ich gerne verzichtet hätte, Prüfungen, um festzustellen, ob ich dich auch verdiene, Izz.«

Seit Isabels Ankunft auf Janus waren inzwischen drei Monate vergangen, und sie lagen auf einer Decke im Gras. Der Aprilabend war noch verhältnismäßig warm, und am Himmel funkelten die Sterne. Isabel hatte die Augen geschlossen und kuschelte sich in Toms Armbeuge, während er ihren Hals streichelte.

»Du bist meine andere Hälfte des Himmels«, sagte er.

»Ich wusste gar nicht, dass du ein Dichter bist!«

»Oh, das ist nicht von mir. Ich habe es irgendwo gelesen. Ein lateinisches Gedicht? Ein griechischer Mythos? Jedenfalls etwas in diese Richtung.«

»Du und deine teure Privatschule!«, neckte sie ihn.

Isabel hatte Geburtstag. Tom hatte Frühstück und Abendessen für sie gemacht und zugesehen, wie sie die Schleife von dem aufziehbaren Grammophon entfernte, das er mit Ralphs und Blueys Hilfe auf die Insel geschmuggelt hatte. Es war der Ausgleich dafür, dass das Klavier, das er ihr anfangs so stolz präsentiert hatte, nach jahrelanger Vernachlässigung unbespielbar war. Den ganzen Tag hatte sie Chopin und Brahms gehört, und nun hallten die Klänge von Händels *Messias* vom Leuchtturm herüber, wo sie das Gerät wegen der besseren Akustik aufgestellt hatten.

»Ich liebe es, wenn du das tust«, meinte Tom, der gerade beobachtete, wie sie sich eine Haarlocke um den Zeigefinger wickelte, bis eine Sprungfeder entstand, und sie wieder losließ.

»Oh, Mum findet, dass es eine schlechte Angewohnheit ist«, erwiderte sie, plötzlich verlegen. »Offenbar mache ich das schon immer. Ich bemerke es gar nicht.« Tom nahm eine ihrer Haarsträhnen und schlang sie um seinen eigenen Finger, dass sie sich entrollte wie eine Luftschlange.

»Erzähl mir noch einen Mythos«, sagte Isabel.

Tom überlegte. »Wusstest du, dass das Wort Januar von Janus abgeleitet ist? Der Monat ist nach demselben Gott benannt wie diese Insel. Er hat zwei Gesichter, eines in jede Richtung. Ein ziemlich hässlicher Bursche.«

»Und wofür ist er zuständig.«

»Türen. Er schaut immer in zwei Richtungen und ist zwischen zwei Sichtweisen hin und her gerissen. Der Januar blickt nach vorn ins neue Jahr und zurück ins alte. Er sieht die Vergangenheit und die Zukunft. Und die Insel blickt auf zwei verschiedene Ozeane, hinunter zum Südpol und hinauf zum Äquator.«

»Schon kapiert«, erwiderte Isabel und kniff ihn lachend in die Nase. »War nur ein Scherz. Ich habe es gern, wenn du mir etwas erzählst. Erklär mir noch einmal die Sterne. Wo ist noch einmal der Zentaur?«

Tom küsste ihre Fingerspitze und streckte ihren Arm aus, bis er auf das Sternenbild wies. »Da.«

»Hast du den am liebsten.«

»Am liebsten habe ich dich. Lieber als alle Sterne zusammen.«

Er beugte sich herunter, um ihren Bauch zu küssen. »Eigentlich sollte ich sagen, dass ich euch beide am liebsten habe, richtig? Oder was ist, wenn es Zwillinge werden? Oder Drillinge?«

Toms Kopf hob und senkte sich sanft mit Isabels Atemzügen.

»Kannst du etwas hören? Spricht es schon mit dir?«, fragte sie.

»Ja, es sagt, ich soll seine Mum ins Bett bringen, bevor ihr kalt wird.« Mit diesen Worten nahm er seine Frau in die Arme und trug sie zur Hütte, während der Chor im Leuchtturm *»For unto us a Child is born«* anstimmte.

Isabel hatte voller Stolz ihrer Mutter in einem Brief von dem erwarteten Nachwuchs berichtet. »Oh, ich wünschte, ich könnte ... ich weiß nicht, zum Festland schwimmen, um es ihnen zu sagen.

Es bringt mich um, auf das Schiff zu warten!« Sie küsste Tom. »Sollen wir deinem Dad schreiben? Deinem Bruder?«

Tom stand auf und hantierte mit dem Geschirr auf dem Abtropfbrett herum. »Nicht nötig«, sagte er nur.

Sein Gesichtsausdruck, beklommen, aber nicht zornig, verriet Isabel, dass sie besser nicht nachhaken sollte. Sanft nahm sie ihm das Geschirrtuch aus der Hand. »Ich erledige das«, sagte sie. »Du hast schon genug zu tun.«

Tom berührte sie an der Schulter. »Dann arbeite ich weiter an deinem Stuhl«, erwiderte er und zwang sich zu einem Lächeln, als er die Küche verließ.

Im Schuppen betrachtete er die Einzelteile des Schaukelstuhls, den er für Isabel schreinern wollte. Er hatte versucht, sich an den zu erinnern, auf dem seine Mutter ihn gewiegt und ihm Geschichten erzählt hatte. Sein Körper wusste noch, wie es sich angefühlt hatte, von ihr im Arm gehalten zu werden – etwas, das er schon vor Jahrzehnten verloren hatte. Er fragte sich, ob ihr Kind auch noch in vielen Jahrzehnten Isabels Berührung im Gedächtnis haben würde. Die Mutterschaft war etwas Geheimnisvolles. Wie tapfer musste eine Frau sein, um sich darauf einzulassen, dachte er, während er über den Lebensweg seiner Mutter nachsann. Doch Isabel schien sich nicht die geringsten Sorgen zu machen. »Das ist die Natur, Tom. Wovor sich also fürchten?«

Als er seine Mutter endlich aufgespürt hatte, war er einundzwanzig gewesen und hatte gerade seinen Abschluss als Ingenieur in der Tasche gehabt. Endlich war er sein eigener Herr. Die Adresse, die der Privatdetektiv ihm gegeben hatte, gehörte zu einem Gästehaus in Darlinghurst. Als er vor der Tür stand, krampften sich ihm vor Hoffnung und Angst die Eingeweide zusammen, und er war plötzlich wieder acht Jahre alt. Unter den Türen entlang des engen Flurs drangen Geräusche der Verzweiflung hervor – im ersten Zimmer schluchzte ein Mann. »So kann es nicht weitergehen!«, rief eine Frau, begleitet von Babygeschrei. Ein Stück weiter entfernt war das heftige Poltern des Kopfbretts eines Betts zu hören, als die Frau, die davor lag, vermutlich ihren Lebensunterhalt verdiente.

Tom warf einen Blick auf die mit Bleistift geschriebene Notiz. Ja, die Zimmernummer stimmte. Er versuchte, sich an die schlafliedsanfte Stimme seiner Mutter zu erinnern: »Kopf hoch, mein kleiner Thomas. Sollen wir ein Pflaster auf den Kratzer kleben?«

Als niemand auf sein Klopfen reagierte, versuchte er es noch einmal. Nach einer Weile drehte er zögernd am Türknauf, und die Tür ging tatsächlich auf. Der unverkennbare Geruch seiner Mutter schlug ihm entgegen, und es dauerte einen Sekundenbruchteil, bis er bemerkte, dass noch etwas Verdorbenes mitschwang – billiger Fusel und Zigaretten. Im trüben Dämmerlicht konnte er ein ungemachtes Bett und einen schäbigen, braun gemusterten Sessel erkennen. Das Fenster hatte einen Sprung, und die einsame Rose war längst in ihrer Vase verwelkt.

»Suchen Sie Ellie Sherbourne?« Die Stimme gehörte einem drahtigen Mann mit schütterem Haar, der plötzlich hinter ihm an der Tür stand.

Es war seltsam, jemanden ihren Namen aussprechen zu hören. Und dazu noch *»Ellie«* – er hatte an sie nie als »Ellie« gedacht. »Mrs. Sherbourne, richtig. Wann kommt sie denn zurück?«

Der Mann schnaubte. »Gar nicht mehr. Was ein Jammer ist, weil sie mir noch eine Monatsmiete schuldet.«

Irgendetwas stimmte nicht mit der Wirklichkeit. Sie passte nicht zu dem Wiedersehen, wie er es sich seit Jahren ausgemalt und erträumt hatte. Toms Puls beschleunigte sich. »Haben Sie eine Nachsendeadresse?«

»Dort, wo die jetzt ist, kriegt sie keine Post mehr. Sie ist vor drei Wochen gestorben. Ich wollte gerade ihre Sachen ausräumen.«

Keine der Szenen, die Tom sich vorgestellt hatte, hatte so geendet. Er stand da wie erstarrt.

»Gehen Sie mir aus dem Weg oder wollen Sie hier einziehen?«, fragte der Mann mürrisch.

Tom zögerte. Dann zückte er die Brieftasche und holte fünf

Pfund heraus. »Für ihre Miete«, sagte er leise und eilte, mit den Tränen kämpfend, den Flur entlang davon.

Der winzige Funke Hoffnung, den Tom so lange am Leben erhalten hatte, war erloschen, in einer Seitengasse in Sydney und in einer Welt, die am Rande eines Krieges stand. Einen knappen Monat später hatte er sich freiwillig gemeldet und als nächste Verwandte seine Mutter und die Adresse des Gästehauses angegeben. Die Musterungsoffiziere waren nicht groß an Einzelheiten interessiert.

Nun strich Tom mit der Hand über das glatt gehobelte Holz und versuchte, sich vorzustellen, was er seiner Mutter nun schreiben würde, wenn sie noch am Leben gewesen wäre – wie er ihr von dem Baby erzählt hätte.

Dann griff er zum Maßband und wandte sich dem nächsten Holzstück zu.

»Zebedee.« Isabel sah Tom mit todernster Miene an. Nur um ihre Mundwinkel zuckte es leicht.

»Was?«, fragte Tom und hielt in seiner Fußmassage inne.

»Zebedee«, wiederholte sie und steckte die Nase wieder in ihr Buch, damit er ihren Gesichtsausdruck nicht bemerkte.

»Das kann doch nicht dein Ernst sein! Was für ein Name ...«

Ein gekränkter Ausdruck huschte über ihr Gesicht. »So hieß mein Großonkel. Zebedee Zanzibar Graysmark.«

Tom betrachtete sie zweifelnd, während sie weitersprach. »Ich habe Großmutter auf ihrem Totenbett versprochen, dass ich, falls ich je einen Sohn haben sollte, ihn nach ihrem Bruder benennen würde. Ich muss mein Wort halten.«

»Eigentlich hatte ich mir etwas Normaleres vorgestellt.«

»Soll das heißen, mein Großonkel war nicht normal?« Isabel konnte sich nicht mehr beherrschen und bekam einen Lachanfall. »Erwischt! Jetzt habe ich dich richtig reingelegt!«

»Du hinterlistiges Geschöpf! Das sollst du mir büßen!«

»Nein, nicht! Aufhören!«

»Keine Gnade«, erwiderte er, während er sie am Bauch und am Hals kitzelte.

»Ich ergebe mich!«

»Zu spät!«

Sie lagen auf der Wiese, die in die Schiffbruchbucht überging. Es war später Nachmittag, und das weiche Licht verfärbte den Sand gelb.

Plötzlich hielt Tom inne.

»Was ist?«, fragte Isabel und spähte unter dem langen Haar hervor, das ihr ins Gesicht hing.

Er strich es ihr aus den Augen und betrachtete sie schweigend, bis sie seine Wange berührte. »Tom?«

»Manchmal haut es mich noch immer um. Vor drei Monaten waren wir nur zu zweit, und auf einmal ist da ein anderes Leben, einfach aufgetaucht aus dem Nichts, wie ...«

»Wie ein Baby.«

»Ja, ein Baby. Aber es steckt noch mehr dahinter, Izz. Wenn ich früher, bevor du hier warst, im Laternenraum saß, habe ich darüber nachgedacht, was das Leben ist. Ich meine, verglichen mit dem Tod ...« Er hielt inne. »Jetzt rede ich Unsinn. Ich bin besser still.«

Isabel schob ihm die Hand unter das Kinn. »Du sprichst so selten über das, was in dir vorgeht, Tom. Erzähl es mir.«

»Ich kann es nicht richtig ausdrücken. Woher kommt das Leben?«

»Ist das wichtig?«

»Ob das *wichtig* ist?«, entgegnete er.

»Das ist ein Geheimnis, das wir nicht verstehen.«

»Manchmal wollte ich eine Antwort darauf, so viel kann ich dir erklären. Wenn ich den letzten Atemzug eines Mannes sah, wollte ich ihn fragen: ›Wo bist du jetzt? Nur vor wenigen Sekunden warst du hier neben mir, und jetzt haben ein paar Metallstückchen deine Haut durchschlagen, und weil sie dich schnell genug getroffen haben, bist du jetzt anderswo. Wie kann das sein?‹«

Isabel schlang den Arm um die Knie und zupfte mit der anderen Hand an dem Gras neben ihr. »Glaubst du, die Menschen erinnern sich an dieses Leben, wenn sie gehen müssen? Meinst du, meine Oma und mein Opa treiben es, sagen wir mal, im Himmel miteinander?«

»Keine Ahnung«, antwortete Tom.

»Wenn wir beide tot sind, Tom«, fügte sie mit plötzlicher Leidenschaft hinzu, »wird Gott uns nicht trennen, oder? Er wird uns erlauben zusammenzubleiben.«

Tom umarmte sie. »Schau, was ich angerichtet habe. Ich hätte meinen dummen Mund halten sollen. Komm, wir waren doch gerade dabei, uns einen Namen zu überlegen. Und ich wollte ein armes Baby vor dem Schicksal bewahren, ein Leben als Zebedee Zanzibar führen zu müssen. Wo sind wir bei den Mädchennamen?«

»Alice, Amelia, Annabel, April, Ariadne ...«

Tom zog die Augenbrauen hoch. »Und schon wieder legt sie los ... Ariadne! Sie wird es schon schwer genug haben, in einem Leuchtturm aufzuwachsen. Wir wollen sie nicht auch noch mit einem Namen belasten, über den sich die Leute lustig machen.«

»Nur noch zweihundert Seiten«, erwiderte Isabel und grinste.

Als Tom an jenem Abend von der Galerie blickte, kehrte er wieder zu seiner Frage zurück. Wo war die Seele seines Babys zuvor gewesen? Wo würde sie hingehen? Wo waren die Seelen der Männer, die mit ihm Witze gerissen und salutiert hatten und durch den Schlamm gewatet waren?

Und hier war er nun, gesund und in Sicherheit, mit einer wunderschönen Ehefrau und einer Seele, die beschlossen hatte, sich zu ihnen zu gesellen. Aus heiterem Himmel und am äußersten Zipfel der Welt erschien plötzlich ein Baby. So lange hatte er auf der Todesliste gestanden, dass es ihm unmöglich erschien, das Leben könnte sich zu seinen Gunsten entscheiden.

Er kehrte in den Laternenraum zurück und betrachtete das

Foto von Isabel an der Wand. Das Geheimnis hinter allem. Das Geheimnis.

Toms zweites mit dem letzten Schiff eingetroffenes Geschenk war *Die Aufzucht und Erziehung des Kindes: Ein Ratgeber für die australische Mutter* von Dr. Samuel B. Griffith gewesen. Isabel las in jeder freien Minute darin.

Sie bombardierte Tom mit Informationen. »Wusstest du, dass die Kniescheiben eines Babys nicht aus Knochen bestehen? Ab welchem Alter, glaubst du, lassen sich Babys mit dem Teelöffel füttern?«

»Keine Ahnung, Izz.«

»Los, rate!«

»Wirklich! Woher soll ich das wissen?«

»Ach, du bist ein Spielverderber!«, beschwerte sie sich und beugte sich wieder über das Buch, um weitere Fakten zutage zu fördern.

Nur wenige Wochen später war das Buch an den Rändern gewellt und voller Grasflecken, weil sie so viel Zeit draußen verbrachte.

»Du bekommst ein Baby. Du musst keine Prüfung ablegen.«

»Ich will alles richtig machen. Schließlich kann ich nicht schnell kurz mal nach nebenan gehen und Mum fragen, richtig?«

»Oh, Izzy Bella.« Tom lachte.

»Was? Was ist so komisch?«

»Nichts. Überhaupt nichts. Ich würde nichts an dir verändern wollen.«

Sie lächelte und küsste ihn. »Du wirst ein wundervoller Dad sein.« Ihr Blick wurde fragend.

»Was ist?«, wollte Tom wissen.

»Nichts.«

»Nein, sag es.«

»*Dein* Dad. Warum redest du nie über ihn?«

»Unser Verhältnis ist ziemlich kühl.«

»Aber wie war er?«

Tom überlegte. Wie sollte er ihn bloß beschreiben? Wie sollte er seinen Augenausdruck schildern, den unsichtbaren Graben, der ihn immer umgab, sodass man nie richtig an ihn herankam? »Er hatte recht. Immer recht. Ganz gleich, was das Thema war. Er kannte die Regeln und hielt sich daran, und wenn die ganze Welt untergegangen wäre.« Tom dachte an die hochgewachsene, stocksteife Gestalt, die – so hart und kalt wie ein Grabmal – ihren Schatten über seine Kindheit geworfen hatte.

»War er streng?«

Tom lachte höhnisch auf. »Streng wäre noch milde ausgedrückt.« Nachdenklich stützte er das Kinn in die Hand. »Vielleicht wollte er nur sichergehen, dass seine Söhne nicht über die Stränge schlugen. Bei der kleinsten Kleinigkeit wurde der Lederriemen ausgepackt. Nun, zumindest bei mir. Cecil hat mich immer verpetzt, weshalb er mit einer milden Strafe davonkam.« Wieder lachte er auf. »Eines verrate ich dir – der Drill bei der Army ist mir deshalb leichtgefallen. Alles hat seine Vorteile.« Seine Miene wurde ernst. »Und wahrscheinlich habe ich es deshalb besser im Krieg ausgehalten, weil ich wusste, dass es niemandem das Herz brechen würde, wenn das Telegramm kommt.«

»Oh, Tom, sag so etwas nicht!«

Er zog ihren Kopf an seine Brust und strich schweigend über ihr Haar.

Manchmal ist der Ozean nicht der Ozean – nicht blau, ja, nicht einmal Wasser, sondern ein heftiger und wuchtiger Gewaltausbruch in einer Wildheit, wie nur die Götter sie hervorrufen können. Er stürzt sich auf die Insel, dass die Gischt über den Leuchtturm hinwegspritzt, und bricht Brocken aus den Klippen. Dazu gibt er Geräusche von sich wie eine brüllende Bestie, deren Wut keine Grenzen kennt. Das sind die Nächte, in denen der Leuchtturm am dringendsten gebraucht wird.

Wenn ein sehr schweres Unwetter tobt, verbringt Tom nötigenfalls die ganze Nacht im Leuchtturm, wärmt sich an einem Kerosinofen und trinkt süßen Tee aus einer Thermosflasche. Er denkt an die armen Teufel draußen in den Schiffen und dankt Gott dafür, dass er in Sicherheit ist. Dabei hält er Ausschau nach als Notsignal abgefeuerten Leuchtkugeln und hält die Jolle bereit zum Ablegen, obwohl die bei einem solchen Seegang vermutlich nicht viel ausrichten könnte.

In einer Nacht Anfang Mai saß Tom mit Bleistift und Notizbuch bewaffnet da und rechnete. Sein Jahresgehalt betrug dreihundertsiebenundzwanzig Pfund. Wie viel kostete ein Paar Kinderschuhe? Laut Ralph hatten Kinder einen atemberaubenden Schuhverschleiß. Und dann waren da auch noch die Kleider. Und die Schulbücher. Wenn er Leuchtturmwärter auf einer Insel blieb, würde Isabel die Kinder natürlich zu Hause unterrichten müssen. Allerdings fragte er sich in Nächten wie diesen, ob es richtig war, anderen Menschen, geschweige denn Kindern, ein solches Leben aufzuzwingen. Doch diese Sorge legte sich, als er an die Worte von Jack Throssel dachte, einem Leuchtturmwärter, den er im Osten kennengelernt hatte. »Für Kinder das Beste, was man sich vorstellen kann, das schwöre ich Ihnen«, hatte er damals zu Tom gesagt. »Meine sechs haben sich prima gemacht. Ständig haben sie irgendwelche Streiche im Kopf, erkunden die Höhlen oder bauen Hütten. Eine Bande richtiger kleiner Pioniere. Und die Missus sorgt dafür, dass die Schulbildung nicht zu kurz kommt. Glauben Sie mir, es ist ein Klacks, Kinder in einem Leuchtturm großzuziehen.«

Tom berechnete weiter, wie er ein wenig mehr sparen konnte, um genug für Kleider, Arztbesuche und weiß Gott sonst noch alles zur Seite zu legen. Der Gedanke, dass er Vater werden würde, löste in ihm gleichzeitig Nervosität, Aufregung und Angst aus.

Irgendwann begann er, in Erinnerungen an seinen eigenen Vater zu schwelgen. Und da der Sturm den Leuchtturm umtoste, war Tom in dieser Nacht taub für alle anderen Geräusche. Auch für Isabels Hilferufe.

Kapitel 9

»Soll ich dir eine Tasse Tee holen?«, fragte Tom hilflos. Er war ein praktisch veranlagter Mensch: Wenn man ihm ein empfindliches technisches Gerät anvertraute, konnte er es warten. Wenn ein Defekt auftrat, behob er ihn erfolgreich und in aller Seelenruhe. Doch beim Anblick seiner trauernden Frau wusste er sich keinen Rat.

Isabel blickte nicht auf.

»Vincent's Powders vielleicht?«, versuchte er es weiter. Die Erste-Hilfe-Maßnahmen, in denen Leuchtturmwärter unterwiesen wurden, schlossen »die Wiederbelebung vermeintlich Ertrunkener«, die Behandlung von Unterkühlung und Sonnenstich, das Desinfizieren von Wunden und sogar die Grundlagen des Amputierens ein. Die Frauenheilkunde war allerdings im Lehrgang nicht zur Sprache gekommen, weshalb die Vorgänge bei einer Fehlgeburt für Tom ein Mysterium darstellten.

Seit dem schrecklichen Unwetter waren zwei Tage vergangen. Zwei Tage, seit die Fehlgeburt eingesetzt hatte. Obwohl Isabel noch immer blutete, gestattete sie Tom nicht, einen Notruf abzuschicken. Nachdem Tom während des Sturms die ganze Nacht Wache gehalten hatte, hatte er kurz vor Morgengrauen den Scheinwerfer gelöscht und war zur Hütte zurückgekehrt. Er wollte nur noch schlafen, doch als er ins Schlafzimmer kam, hatte er Isabel zusammengekrümmt auf einem blutgetränkten Bett vorgefunden. Noch nie hatte Tom einen so verzweifelten Ausdruck auf ihrer Miene gesehen. »Es tut mir so leid«, hatte sie gesagt. »So leid, Tom.« Im nächsten Moment wurde sie von einer erneuten Schmerzwelle ergriffen und hielt sich stöhnend den Bauch, damit es endlich aufhörte.

»Was nützt schon ein Arzt?«, fragte sie nun. »Das Baby ist tot.« Ihr Blick schweifte durchs Zimmer. »Was bin ich nur für eine

Versagerin ...«, murmelte sie. »Andere Frauen bekommen ihre Babys so nebenbei.«

»Izzy Bella, lass das.«

»Es ist ganz bestimmt meine Schuld, Tom.«

»Das stimmt nicht, Izz.« Er zog ihren Kopf an seine Brust und küsste immer wieder ihr Haar. »Du wirst wieder eines haben. Eines Tages werden fünf Kinder im Haus herumtoben, sodass du ständig über sie stolperst, und das hier wird sein wie ein böser Traum.« Er legte ihr ein Umschlagtuch um. »Es ist wunderschön draußen. Komm und setz dich auf die Veranda. Das tut dir sicher gut.«

Sie saßen nebeneinander in Rattansesseln. Isabel, eine blau karierte Decke auf dem Schoß, beobachtete, wie die Sonne über den spätherbstlichen Himmel zog.

Es erinnerte sie daran, dass ihr die Insel bei ihrer Ankunft so leer erschienen war wie eine unbenutzte Leinwand. Mit der Zeit hatte sie dann gelernt, wie mit Toms Augen zu sehen und die winzigen Veränderungen wahrzunehmen. Die Wolken, die sich bildeten, zu Formationen gruppierten und über den Himmel wanderten; die Form der Wellen, die sich von Wind und Jahreszeit leiten ließen und einem, wenn man sie zu deuten wusste, verrieten, wie morgen das Wetter werden würde. Auch die Vögel, die manchmal aus dem Nirgendwo erschienen, waren ihr inzwischen vertraut – sie wurden zufällig hierhergetragen wie Samen im Wind oder angespülter Seetang.

Isabel betrachtete die beiden Tannen und war von der Einsamkeit der Bäume plötzlich zu Tränen gerührt. »Es sollte hier Wälder geben«, sagte sie unvermittelt. »Ich vermisse die Bäume, Tom. Ich vermisse ihre Blätter, ihren Geruch und die Tatsache, dass es so viele sind – oh, Tom, ich vermisse die Tiere: Ich vermisse sogar die Kängurus! Das alles fehlt mir so.«

»Das weiß ich, Izzy, mein Liebling.«

»Du etwa nicht?«

»Ich brauche auf der ganzen Welt nur dich, Izz, und du bist hier. Alles andere wird sich klären. Lass dir einfach Zeit.«

Ein durchsichtiger, samtiger Schleier bedeckte alles, ganz gleich, wie gründlich Isabel auch staubwischte – ihr Hochzeitsfoto, das Foto von Hugh und Alfie in ihren Uniformen, 1916, in der Woche, als sie sich freiwillig gemeldet hatten. Sie grinsten, als seien sie zu einem Fest eingeladen. Sie waren zwar nicht die größten Burschen in der australischen Armee, aber strotzend vor Tatendrang, und sahen mit ihren nagelneuen Schlapphüten wirklich schneidig aus.

Isabels Nähkästchen war leidlich aufgeräumt, allerdings nicht so penibel ordentlich wie das ihrer Mutter. Nadeln und Stecknadeln steckten in dem gepolsterten hellgrünen Futter. Die beiden Hälften eines Taufkleidchens lagen unfertig da, die Arbeit daran mitten im Stich zum Stillstand gekommen wie eine defekte Uhr.

Die kurze Perlenkette, die Tom ihr zur Hochzeit geschenkt hatte, befand sich in der von ihm geschnitzten Schatulle. Sonst waren ihre Haarbürste und ein Schildpattkamm die einzigen Gegenstände auf dem Frisiertisch.

Isabel ging ins Wohnzimmer und betrachtete den Staub, den Riss in der Wand neben dem Fensterrahmen und die abgewetzte Kante des dunkelblauen Teppichs. Der Ofen musste sauber gemacht werden, und das Futter der Vorhänge wurde wegen der extremen Wetterverhältnisse allmählich fadenscheinig. Doch allein der Gedanke, etwas davon in Angriff zu nehmen, erforderte mehr Kraft, als Isabel aufbringen konnte. Noch vor wenigen Wochen war sie so von Vorfreude und Lebenslust erfüllt gewesen. Inzwischen empfand sie das Zimmer wie einen Sarg; ihr Leben war an dessen Rand stehen geblieben.

Sie schlug das Fotoalbum auf, das ihre Mutter als Abschiedsgeschenk für sie angelegt hatte. Es waren Aufnahmen von ihr als Kind. Auf der Rückseite jedes Bildes war der Name des Fotostudios, Gutcher's, aufgedruckt. Ein Foto zeigte ihre Eltern an ihrem Hochzeitstag, ein anderes das Haus. Sie strich mit dem Finger über den Tisch und berührte das Spitzendeckchen, das ihre Großmutter für ihre eigene Aussteuer geklöppelt hatte. Dann ging sie zum Klavier und klappte es auf.

Das Walnussholz war an manchen Stellen rissig. Eavestaff, London, stand in goldenen Buchstaben über dem Tastenfeld. Oft hatte sie sich die Reise des Instruments nach Australien ausgemalt und auch das andere Leben, das es hätte führen können – in einem englischen Haus oder in einer Schule, vielleicht ächzend unter fehlerhaften Tonleitern, gespielt von kleinen, ungeschickten Fingern. Oder möglicherweise sogar auf einer Bühne. Und dennoch war es durch eine Verkettung höchst unwahrscheinlicher Umstände dazu bestimmt worden, auf dieser Insel zu stehen, der Stimme beraubt von Einsamkeit und Wetter.

Sie drückte so langsam auf das Schlüssel-C, dass kein Geräusch entstand. Die warme Elfenbeintaste war so glatt wie die Fingerspitzen ihrer Großmutter, und die Berührung weckte Erinnerungen an nachmittägliche Klavierstunden. Das gegengleiche Spielen einer a-Moll-Tonleiter, erst in einer Oktave, dann in der nächsten und der übernächsten. Das Aufprallen eines Kricketballs auf Holz, als Hugh und Alfie draußen herumtollten, während sie, eine »junge Dame«, sich in »Kultiviertheit« unterweisen ließ und lauschte, während ihre Großmutter ihr wieder einmal erklärte, wie wichtig es sei, die Handgelenke anzuheben.

»Gegengleiche Tonleitern sind so dumm!«, beschwerte sich Isabel.

»Nun, du weißt offenbar alles über Tonleitern, mein Kind«, merkte ihre Großmutter an.

»Kann ich nicht Kricket spielen, Oma? Nur ein bisschen, dann komme ich zurück.«

»Kricket ist kein Spiel für Mädchen. Und jetzt weiter. Die Etüde von Chopin«, entgegnete sie und schlug ein mit Bleistiftnotizen und kleinen schokoladeverschmierten Fingerabdrücken übersätes Notenheft auf.

Wieder strich Isabel über die Taste. Plötzlich wurde sie von Sehnsucht ergriffen. Nicht nur nach Musik, sondern nach der Zeit, als sie nach draußen gelaufen war, ihren Rock gerafft hatte, um für ihre Brüder die Torwartin zu geben. Sie drückte auf einige andere Tasten, als könnten sie jenen Tag zurückholen. Doch es war nur das gedämpfte Klacken von Holz auf das Spielwerk zu hören, weil die Filzbeschichtung abgewetzt war.

»Es ist sinnlos«, meinte sie achselzuckend zu Tom, als er hereinkam. »Offenbar ist es hinüber. So wie ich.« Und sie brach in Tränen aus.

Einige Tage später standen die beiden an der Klippe.

Tom klopfte auf das kleine, aus Treibholz gezimmerte Kreuz, bis es fest im Boden steckte. »31. Mai 1922. Unvergessen«, hatte er auf die Bitte seiner Frau hineingeschnitzt.

Er nahm die Schaufel und hob ein Loch für den Rosmarinbusch aus, den Isabel im Kräutergarten ausgegraben hatte. Er spürte, wie Übelkeit in ihm aufstieg, als sich der Anflug einer Erinnerung zwischen das Einschlagen des Kreuzes und das Graben des Lochs spannte. Seine Handflächen wurden feucht, obwohl die Tätigkeit nur wenig körperliche Anstrengung erforderte.

Isabel beobachtete von hoch oben auf der Klippe aus, wie die *Windward Spirit* anlegte. Ralph und Bluey würden den Weg auch allein finden. Also überflüssig, sie zu begrüßen. Sie klappten die Landungsbrücke aus, und zu Isabels Überraschung folgte ihnen ein dritter Mann von Bord. Es wurden doch keine Mechaniker erwartet ...

Tom kam den Pfad hinauf, während die anderen drei am Bootssteg warteten. Der Fremde, der eine schwarze Tasche bei sich hatte, schien nach der Überfahrt Schwierigkeiten zu haben, das Gleichgewicht wiederzufinden.

Isabels Gesicht war verzerrt vor Wut, als Tom sich näherte. »Wie kannst du es wagen!«

Tom zuckte zusammen. »Was wagen?«

»Du hast es getan, obwohl ich es dir verboten habe! Nun, du kannst ihn gleich wieder wegschicken. Er braucht gar nicht erst heraufzukommen. Er ist hier unerwünscht.«

Isabel sah immer aus wie ein Kind, wenn sie wütend war. Am liebsten hätte Tom losgelacht, und sein Grinsen erzürnte sie noch mehr. Sie stemmte die Hände in die Hüften. »Ich habe dir gesagt, dass ich keinen Arzt brauche, und du hast hinter meinem Rücken einen gerufen. Ich werde nicht zulassen, dass er an mir herumfingert und mir Dinge sagt, die ich ohnehin schon weiß. Du solltest dich schämen! Tja, dann kümmere dich mal allein um deine Gäste.«

»Izzy!«, rief Tom ihr nach. »Izzy, warte. Schmoll jetzt nicht, Liebling. Das ist kein ...« Doch sie war bereits außer Hörweite.

»Nun?«, fragte Ralph, als er Tom eingeholt hatte. »Wie hat sie reagiert? Wahrscheinlich macht sie vor Freude Luftsprünge!«

»Nicht unbedingt.« Tom steckte die Fäuste in die Hosentaschen.

»Aber ...« Ralph musterte ihn verdattert. »Ich dachte wirklich, sie würde sich freuen. Hilda hat ihren ganzen Charme einsetzen müssen, um ihn zu überreden herzukommen, und normalerweise ist meine Frau mit ihrem Charme nicht sehr freigiebig.«

»Sie ...« Tom überlegte, ob er es ihm erklären sollte. »Sie hat es in den falschen Hals gekriegt. Tut mir leid. Jetzt bockt sie. Und wenn das passiert, kann man nur die Luken verriegeln und warten, bis der Sturm vorüberzieht. Was, wie ich fürchte, heißt, dass ich die Brote fürs Mittagessen selbst schmieren muss.«

Bluey und der Mann kamen näher, und nachdem alle einander vorgestellt worden waren, gingen die vier ins Haus.

Isabel saß auf der Wiese unweit der Bucht, die sie »Gefährliche Bucht« genannt hatte. Sie kochte vor Wut. Es war eine Schande, ihre schmutzige Wäsche vor anderen Leuten auszubreiten, und sie war außer sich, weil Ralph und Bluey nun sicher Bescheid wussten. Wahrscheinlich hatten sie die ganze Überfahrt damit verbracht, den peinlichen Zwischenfall und sonst noch alle möglichen Dinge zu erörtern. Dass Tom gegen ihren ausdrücklichen Wunsch einen Arzt geholt hatte, war für sie wie ein Verrat.

Sie beobachtete das Wasser und die vom Wind aufgewühlten Wellen, die noch am Vormittag so glatt und am Kamm eingerollt gewesen waren. Stunden vergingen. Isabel bekam Hunger und wurde müde, weigerte sich aber, sich dem Haus zu nähern, solange der Arzt da war. Stattdessen konzentrierte sie sich auf ihre Umgebung. Sie nahm die Oberflächenstruktur jedes Blatts und seinen genauen Grünton wahr. Sie lauschte den unterschiedlichen Geräuschen, die Wind, Wasser und Vögel erzeugten. Im nächsten Moment hörte sie einen fremden Klang. Einen durchdringenden Ton, kurz und immer wieder. Vom Leuchtturm? Aus dem Haus? Es war nicht das übliche Klappern von Metall aus der Werkstatt. Da war er wieder, diesmal in einer anderen Tonlage. Auf Janus wurden Geräusche in ihre Bestandteile zerlegt und verzerrt, wenn sie über die Insel wehten. Zwei Möwen landeten ganz in Isabels Nähe und zankten sich um einen Fisch, sodass das ohnehin leise Geräusch in ihrem Kreischen unterging.

Isabel wandte sich wieder ihren Grübeleien zu, bis sie ein unverkennbarer Klang, den der wechselnde Wind herantrug, aufmerken ließ. Es war eine Tonleiter: Noch ein wenig wackelig zwar, doch der Anschlag verbesserte sich mit jeder Wiederholung.

Ralph oder Bluey erwähnten das Klavier nie, und Tom hätte nicht spielen können, und wenn es um sein Leben gegangen wäre. Offenbar war es der verdammte Arzt, der seine Finger einfach nicht bei sich behalten konnte. Nie war es ihr gelungen, dem Klavier einen Ton zu entlocken, und nun schien es zu singen. Die Wut trieb Isabel den Pfad entlang, um den Eindringling vom Instrument, ihrem Körper und aus ihrem Haus zu vertreiben.

Sie kam zu den Nebengebäuden, wo Tom, Ralph und Bluey gerade Mehlsäcke stapelten.

»Hallo, Isab ...«, begann Ralph, doch sie marschierte schnurstracks an ihm vorbei ins Haus.

Isabel stürmte ins Wohnzimmer. »Falls es Ihnen nichts ausmacht, das ist ein sehr empfindliches ...«, setzte sie an, verstummte aber beim Anblick des völlig zerlegten Klaviers. Daneben stand ein offener Werkzeugkasten. Der Fremde drehte die

Mutter über einer der kupfernen Basssaiten mit einem winzigen Schlüssel und schlug dabei die dazugehörige Taste an.

»Eine mumifizierte Möwe! Das war das Problem«, verkündete er, ohne sich umzuschauen. »Nun, zumindest eines davon. Das und etwa zwanzig Jahre Sand, Salzwasser und der Himmel weiß, was sonst noch passiert ist. Wenn ich einige der Filzbespannungen ausgetauscht habe, wird es gleich besser klingen.« Beim Sprechen schlug er weiter die Taste an und betätigte den Schraubenschlüssel. »Ich habe im Leben schon alles Mögliche gesehen. Tote Ratten. Sandwiches. Eine ausgestopfte Katze. Über die Dinge, die in einem Klavier landen, könnte ich ein Buch schreiben, obwohl ich keine Ahnung habe, wie sie da hineingeraten sind. Allerdings wette ich darauf, dass die Möwe nicht von selbst hineingeflogen ist.«

Vor Schreck verschlug es Isabel die Sprache. Ihr Mund stand immer noch offen, als sie eine Hand auf der Schulter spürte. Sie drehte sich um, sah Tom vor sich und lief feuerrot an.

»Die Überraschung ist mir wohl geglückt, was?«, meinte er und küsste sie auf die Wange.

»Nun ... nun, es war ...« Isabels Stimme erstarb.

Er legte ihr eine Hand um die Taille. So standen sie beide da, Stirn an Stirn, bis sie in lautes Gelächter ausbrachen.

In den nächsten beiden Stunden saß Isabel da und sah dem Klavierstimmer dabei zu, wie er dem Instrument einen immer strahlenderen Klang entlockte. Die Töne waren wieder zu hören, und zwar lauter als je zuvor. Zum Schluss spielte er noch ein paar Akkorde aus dem »Halleluja«.

»Ich habe mein Bestes getan, Mrs. Sherbourne«, sagte er und packte seine Sachen zusammen. »Eigentlich müsste es in die Werkstatt, doch der Transport hin und zurück würde mehr schaden als nutzen. Es ist nicht perfekt, aber spielbar.« Er zog den Klavierhocker heraus. »Wollen Sie es mal versuchen?«

Isabel setzte sich ans Klavier und spielte eine gegenläufige Tonleiter in a-Moll.

»Ja, das ist viel besser als vorher!«, stellte sie fest. Sie begann mit einer Arie von Händel und verlor sich in ihren Erinnerungen, als sich jemand räusperte. Es war Ralph, der hinter Bluey in der Tür stand.

»Nicht aufhören!«, sagte Bluey, als sie sich umdrehte, um die beiden zu begrüßen.

»Es tut mir leid, dass ich vorhin so unhöflich war!«, entschuldigte sie sich und wollte aufstehen.

»Kein Problem«, erwiderte Ralph. »Und das hier ist von Hilda«, fügte er hinzu und förderte einen mit einer roten Schleife verschnürten Gegenstand hinter seinem Rücken zutage.

»Oh, soll ich es gleich aufmachen?«

»Das musst du sogar. Wenn ich ihr nicht in allen Einzelheiten schildere, ob es dir gefallen hat, wird sie mir das nie verzeihen!«

Isabel entfernte das Einwickelpapier und hatte die Goldbergvariationen von Bach in der Hand.

»Tom glaubt, dass du solche Sachen mit geschlossenen Augen spielen kannst.«

»Ich habe schon jahrelang nicht mehr gespielt. Aber, oh, ich liebe diese Stücke! Vielen Dank!« Sie fiel Ralph um den Hals und küsste ihn auf die Wange. »Und dir auch, Bluey«, fügte sie hinzu. Diesmal traf der Kuss versehentlich seinen Mund, weil er gerade den Kopf bewegte.

Er lief feuerrot an und blickte zu Boden. »Ich hatte nicht viel damit zu tun«, antwortete er, doch Tom widersprach. »Glaub ihm kein Wort. Er ist bis nach Albany gefahren, um den Klavierstimmer abzuholen, und hat gestern den ganzen Tag dafür gebraucht.«

»In diesem Fall kriegst du noch einen Kuss«, verkündete sie und küsste ihn auf die andere Wange.

»Und Sie auch!«, wandte sie sich an den Klavierstimmer und küsste ihn ebenfalls.

Als Tom an jenem Abend die Leuchte überprüfte, wurde er dabei von Bach begleitet. Die wohlgesetzten Töne wehten die Treppen des Leuchtturms hinauf, hallten im Laternenraum wider und schwebten zwischen den Prismen umher. Isabel war ein Geheimnis wie das Quecksilber, das das Licht zum Kreisen brachte. Es konnte heilen oder vergiften, das ganze Gewicht der Leuchte tragen, aber ihr Licht auch in Tausende nicht zu fassende Teilchen brechen und es in alle Richtungen streuen, sodass es sich selbst entfloh. Er trat hinaus auf die Galerie. Als die Lichter der *Windward Spirit* am Horizont verschwanden, sprach er ein lautloses Gebet für Isabel und ihr gemeinsames Leben. Dann wandte er sich dem Protokollbuch zu und schrieb in die Rubrik »Bemerkungen« für Mittwoch, den 13. September 1922: *»Besuch per Versorgungsschiff: Archie Pollock, Klavierstimmer. Vorherige Genehmigung eingeholt.«*

TEIL II

Kapitel 10

27. April 1926

Isabels Lippen waren bleich, und sie hatte den Blick gesenkt. Noch immer legte sie sich manchmal die Hand auf den Bauch, bis seine flache Form sie daran erinnerte, dass er leer war. Ihre Blusen wiesen hin und wieder weiterhin Flecken von der Muttermilch auf, die in den ersten Wochen so reichlich geflossen war. Ein Festmahl für einen nie erschienenen Gast. Dann brach sie wieder in Tränen aus, als hätte sie es gerade erst erfahren.

Isabel stand da, die Bettwäsche in der Hand: Die Hausarbeit hörte niemals auf, so wie der Leuchtturm niemals innehielt. Nachdem sie das Bett gemacht und ihr gefaltetes Nachthemd unter das Kissen gelegt hatte, ging sie hinauf zur Klippe, um eine Weile bei den Gräbern zu sitzen. Das neue pflegte sie sehr gewissenhaft und fragte sich, ob der junge Rosmarin wohl gedeihen würde. Sie zupfte ein paar Unkräuter rings um die beiden älteren Kreuze aus, die nun, einige Jahre später, von einer Salzschicht überzogen waren. Der Rosmarin wuchs trotz der Stürme tapfer weiter.

Als der Wind Babygeschrei herantrug, wanderte ihr Blick instinktiv zu dem neuen Grab. Bevor die Vernunft sich zu Wort meldete, glaubte sie fast, es sei alles nur ein Irrtum gewesen, und ihr letztes Kind sei nicht zu früh und tot geboren worden, sondern lebte und atmete.

Die Sinnestäuschung endete, doch das Weinen dauerte an. Im nächsten Moment ertönte Toms Ruf von der Galerie: »Izzy!« rief er. »Ein Boot!« Er wies auf die Bucht. »Am Strand ist ein Boot!« So schnell sie konnte, folgte sie ihm zu der Jolle.

Der Mann darin war tot, doch Tom hob ein schreiendes Bündel aus dem Bug.

»Du heiliger Strohsack!«, rief er aus. »Mein Gott, Izzy. Es ist …«

»Ein Baby! Oh, mein Gott! Oh, Tom, Tom! Hier, gib es mir!«

Zurück in der Hütte krampfte sich Isabels Bauch beim Anblick des Babys zusammen. Ihre Arme wussten instinktiv, wie man es hielt, wiegte und beruhigte. Als sie das kleine Mädchen mit warmem Wasser wusch, fiel ihr auf, wie frisch, straff, weich und absolut faltenfrei seine Haut war. Sie küsste nacheinander die winzigen Fingerspitzen und knabberte die Nägel ein wenig ab, damit das Kind sich nicht kratzte. Dann stützte sie den Hinterkopf des Babys mit der Handfläche, tupfte ihm mit ihrem besten Taschentuch den eingetrockneten Schleim von den Nasenlöchern und wischte ihm die salzigen Tränen von den Augen. Die Situation schien mit einer anderen Badeszene zu verschmelzen. Dem Waschen eines anderen Gesichts, so als wäre die Handlung niemals unterbrochen worden.

In diese Augen zu blicken, war, als schaue man in das Angesicht Gottes. Keine Maske, keine Verstellung: Die Hilflosigkeit des Babys war überwältigend. Dass dieses vollkommene Geschöpf, diese zart geformte Verbindung von Blut, Knochen und Haut, ihr ausgerechnet jetzt so plötzlich in den Schoß gefallen war, erfüllte sie mit Ehrfurcht. Dass das Baby hier eingetroffen war, kaum zwei Wochen nach … Es war unmöglich, es als Zufall abzutun. Das Baby war empfindlich wie eine fallende Schneeflocke und hätte so leicht schmelzen und sich in Luft auflösen können, hätte die Strömung es nicht schnurstracks und wohlbehalten an den Schiffbruchstrand getragen.

In einer Welt ohne Worte, in einer Sprache von Lebewesen zu Lebewesen, teilte das Baby Isabel durch ein Lockern der Muskeln und einer Entspannung des Genicks mit, dass es ihr vertraute. So knapp dem Tod entronnen, verbanden sich nun zwei Leben, so wie sich Wasser mit Wasser mischt.

Eine Unzahl von Gefühlen stürmte auf Isabel ein: Bewunderung, als die winzigen Händchen nach einem ihrer Finger griffen; ein Schmunzeln über den niedlichen kleinen Po, der noch nahtlos in die Beine überging; Staunen, als ein Atemzug die Luft einsog und sie in Blut, in Seele, verwandelte. Und hinter alldem schwang eine dumpfe, schmerzhafte Leere mit.

»Jetzt hast du mich zum Weinen gebracht, mein Kleines«, sagte Isabel. »Wie hast du das geschafft? Du wundervolles, traumhaftes kleines Ding.« Sie hob das Baby wie eine heilige Opfergabe aus dem Bad, legte es auf ein weiches, weißes Handtuch und fing an, es trocken zu tupfen, wie man es bei Tinte tut, damit sie nicht verschmiert – so, als könne sie es auslöschen, wenn sie nicht vorsichtig war. Das Baby ließ es geduldig über sich ergehen, mit Talkumpuder eingestäubt und in eine frische Windel gewickelt zu werden. Ohne zu zögern, ging Isabel zur Kommode im Kinderzimmer und wählte eines der vielen ungetragenen Kleidungsstücke aus. Sie nahm ein gelbes, oben mit Entchen besticktes Kleidchen und zog es dem Kind vorsichtig an.

Ein Wiegenlied summend, wobei sie hin und wieder einen Takt unter den Tisch fallen ließ, öffnete sie die winzige Hand und betrachtete die Handlinien: vorhanden ab dem Augenblick der Geburt – ein vorgezeichneter Weg, der das Baby an diese Küste geführt hatte. »Oh, mein wunderschönes Kleines«, sagte sie. Inzwischen schlief das erschöpfte Baby tief und fest. Es atmete kurz und flach. Isabel hielt es in einem Arm, während sie mit der anderen Hand ein Laken in der Wiege ausbreitete und die Decke ausschüttelte, die sie aus weicher Lammwolle gehäkelt hatte. Sie brachte es nicht über sich, das Baby hinzulegen – einen Moment noch. In einer Welt jenseits allen Bewusstseins verschwor sich die Flut der Stoffe, die ihren Körper noch vor kurzer Zeit auf die Mutterschaft vorbereitet hatten, dazu, ihre Gefühle zu steuern und ihre Muskeln zu lenken. Im Keim erstickte Instinkte erwachten wieder zum Leben. Isabel trug das Baby in die Küche, legte es auf ihren Schoß und blätterte das Buch mit Namen durch.

Ein Leuchtturmwärter muss Buch führen. Jeder Gegenstand auf seinem Posten wird aufgelistet, gelagert, gewartet und kontrolliert. Der behördlichen Überprüfung entgeht nichts. Der stellvertretende Leiter der Leuchtturmbehörde hat ein Auge auf alles, von den Röhren für die Brenner bis hin zur Tinte für die Protokollbücher, von den Besen im Schrank bis hin zum Stiefelkratzer an der Tür. Alles ist in der ledergebundenen Inventurliste aufgeführt – selbst die Schafe und Ziegen. Nichts wird ohne schriftliche Genehmigung aus Fremantle weggeworfen oder beseitigt. Bei kostspieligen Dingen muss sogar eine Erlaubnis aus Melbourne eingeholt werden. Und Gott steh dem Leuchtturmwärter bei, dem eine Kiste Glühstrümpfe oder vier Liter Öl fehlen, ohne dass er mit einer triftigen Begründung aufwarten kann. Trotz ihres Einsiedlerlebens werden Leuchtturmwärter ständig unter die Lupe genommen und beobachtet wie Motten in einem Glas, und es gibt kein Entrinnen. Schließlich kann man einen Leuchtturm nicht jedem x-Beliebigen anvertrauen.

Die Protokollbücher erzählen die Lebensgeschichte des Leuchtturmwärters in ordentlicher Handschrift. Die genaue Minute, in der die Lampe angezündet wurde, die genaue Minute, in der er sie am nächsten Morgen gelöscht hat. Das Wetter. Vorbeifahrende Schiffe. Welche haben Signale abgesetzt und welche sich durch raue See gekämpft, zu sehr mit den Wellen beschäftigt, um per Morse oder – manchmal kam es noch immer vor – Flaggenzeichen mitzuteilen, woher sie kamen oder wohin sie wollten? Hin und wieder gestattet sich ein Leuchtturmwärter die kleine Freiheit, den Anfang eines neuen Monats mit einer Wellenlinie oder einem Schnörkel zu markieren. Oder er hält schlau fest, der Leuchtturminspektor habe seinen Sonderurlaub als Lohn für lange Dienstzeit genehmigt, denn schließlich ist alles, was geschrieben steht, in Stein gemeißelt. Doch weiter gehen die Freiheiten nicht. Das Protokollbuch ist so etwas wie das Evangelium. Janus ist keine Niederlassung einer Versicherungsgesellschaft. Die Schiffe erwarten hier keine Vorhersagen. Also ist es unwahrscheinlich, dass irgendjemand noch einmal einen Blick in das Buch wirft, wenn Tom es abgeschlossen hat. Dennoch wird er beim Schreiben von einer eigenartigen Ruhe ergriffen.

Die Windstärke wird noch nach demselben Prinzip gemessen wie im Zeitalter der Segelschiffe: *»ruhig (0–2, ausreichend für Frachter)«* bis *»Orkan (12 – kein Segel hält mehr stand, nicht einmal bei voller Fahrt)«*. Tom liebt diese Sprache. Wenn er sich an das Chaos erinnert, an die Jahre, in denen die Tatsachen zurechtgebogen wurden und man unmöglich wissen, geschweige denn beschreiben konnte, was passierte, wenn Explosionen den Boden ringsherum erbeben ließen, genießt er den Luxus, einfache Wahrheiten zu Papier zu bringen.

Deshalb war es das Protokollbuch, das Tom an dem Tag, als das Boot eintraf, zuerst in den Sinn kam. Es war ihm in Fleisch und Blut übergegangen, jede Kleinigkeit, die wichtig werden konnte, zu melden, und zwar nicht nur weil ihn die Dienstvorschriften dazu verpflichteten, sondern auch die Gesetze des Commonwealth. Die Informationen, die er beisteuerte, mochten nur ein winziges Teilchen eines Puzzlespiels sein, doch nur er konnte sie liefern. Und deshalb war es von Bedeutung, dass er es tat. Eine Leuchtkugel, eine Rauchfahne am Horizont, ein Stück angespültes Metall, das vielleicht von einem Wrack stammte – alles wurde in seiner gleichmäßigen und gut leserlichen Handschrift vermerkt, deren Buchstaben sich sanft und ruhig nach rechts neigten.

Er saß an seinem Schreibtisch unter dem Laternenraum, wo sein treuer Füllfederhalter wartete, um den Tag zu dokumentieren. Ein Mann war tot. Menschen mussten benachrichtigt und Nachforschungen angestellt werden. Er zog mehr Tinte auf, obwohl der Füller noch fast voll war, las noch ein paar Eintragungen auf den vorangegangenen Seiten nach und blätterte dann zurück zu seinem allerersten Eintrag an jenem grauen Mittwoch, an dem er sechs Jahre zuvor auf Janus eingetroffen war. Seitdem war ein Tag auf den anderen gefolgt wie der Wechsel der Gezeiten, und noch nie – ganz gleich, wie erschöpft er wegen dringender Reparaturen, Nachtwachen während eines Unwetters, der Grübeleien, was er hier eigentlich tat, oder an den verzweifelten

Tagen, an denen Isabel wieder eine Fehlgeburt gehabt hatte, auch gewesen war – war es ihm so schwergefallen, einen Eintrag zu Papier zu bringen. Aber sie hatte ihn angefleht, noch einen Tag zu warten.

Seine Gedanken kehrten zu dem Nachmittag vor nur zwei Wochen zurück, als er vom Angeln zurückgekehrt und von Isabels Schreien empfangen worden war: »Tom! Tom, mach schnell!« Er stürmte in die Hütte und fand sie auf dem Küchenboden vor.

»Tom! Etwas stimmt da nicht«, stieß sie unter Stöhnen hervor. »Es kommt! Das Baby kommt.«

»Bist du sicher?«

»Natürlich bin ich nicht sicher!«, zischte sie. »Ich weiß nicht, was los ist! Ich habe nur ... O mein Gott, Tom, es tut so weh!«

»Ich helfe dir auf«, schlug er entsetzt vor und kniete sich neben sie.

»Nein! Beweg mich nicht.« Sie keuchte, rang mit den Schmerzen um jeden Atemzug und japste beim Sprechen. »Es tut so weh. O Gott, es soll aufhören!«, schluchzte sie, während Blut durch ihr Kleid und auf den Boden sickerte.

Diesmal war es anders als zuvor. Isabel war fast im siebten Monat, weshalb Toms frühere Erfahrungen hier nichts nutzten. »Sag mir, was ich tun soll, Izz. Was soll ich tun?«

Sie nestelte an ihrer Kleidung und versuchte, den Schlüpfer auszuziehen.

Tom hob ihre Hüften an und streifte ihn ihr über die Knöchel, während sie sich hin- und herwand und ihre Schreie über die Insel hallten.

Die Wehen dauerten nicht lang, kamen aber zu früh. Hilflos musste Tom zusehen, wie das Baby – und es war eindeutig ein Baby, *sein* Baby – aus Isabels Körper glitt. Es war klein und blutverschmiert: ein grausiges Modell des Kindes, auf das sie so lange gewartet hatten, überflutet mit Blut, Gewebe und Schleim der Frau, die so gar nicht auf seine Ankunft vorbereitet gewesen war.

Es maß von Kopf bis Fuß etwa dreißig Zentimeter und war

nicht schwerer als ein Sack Zucker. Außerdem bewegte es sich nicht; es gab keinen Mucks von sich. Hin und her gerissen zwischen Ehrfurcht und Entsetzen, hielt Tom es in den Händen und wusste nicht, was er tun oder fühlen sollte.

»Gib es mir!«, schrie Isabel. »Gib mir mein Baby! Ich will es festhalten!«

»Ein kleiner Junge«, brachte Tom nur heraus, als er seiner Frau den warmen Körper reichte. »Es war ein kleiner Junge.«

Das dumpfe Heulen des Windes verstummte nicht. Die späte Nachmittagssonne schien weiter durchs Fenster und breitete eine golden leuchtende Decke über die Frau und ihr Beinahe-Baby. Die alte Küchenuhr ließ immer noch mit einem pedantischen Ticken die Minuten verstreichen. Ein Leben war gekommen und gegangen, ohne dass die Natur auch nur eine Sekunde innegehalten hätte. Die Maschinerie von Zeit und Raum läuft einfach weiter, während die Menschen hineingeschüttet werden wie Korn in eine Mühle.

Isabel war es gelungen, sich ein wenig aufzusetzen und sich an die Wand zu lehnen. Schluchzend betrachtete sie den winzigen Körper, den sie sich in ihrer Zuversicht größer und kräftiger vorgestellt hatte – als ein Kind von dieser Erde. »Mein Baby, mein Baby, mein Baby, mein Baby«, flüsterte sie wie einen Zauberspruch, um es vielleicht zum Leben zu erwecken. Das Gesicht des kleinen Geschöpfs war so ernst wie das eines ins Gebet versunkenen Mönchs. Die Augen waren geschlossen, der Mund war zugekniffen: Es war bereits in die Welt zurückgekehrt, die es offenbar nur widerstrebend verlassen hatte.

Noch immer zählten die Uhrzeiger rechthaberisch die Minuten ab. Eine halbe Stunde war vergangen, ohne dass Isabel etwas gesagt hätte.

»Ich hole dir eine Decke.«

»Nein!« Sie griff nach seiner Hand. »Lass uns nicht allein.«

Tom setzte sich neben sie und legte ihr den Arm um die Schultern, als sie, an seine Brust gelehnt, bitterlich schluchzte. Das Blut an den Rändern der Lachen auf dem Boden trocknete schon. Tod, Blut, die Verwundeten zu trösten – all das war ihm vertraut. Aber nicht so: eine Frau, ein Baby, keine Explosionen und auch kein Schlamm. Alles war genauso wie immer: Die Teller mit dem Weidendekor waren ordentlich im Abtropfständer aufgereiht. Ein Geschirrtuch hing über der Tür des Backrohrs. Der Kuchen, den Isabel am Vormittag gebacken hatte, lag gestürzt auf dem Abkühlgitter. Über die Kuchenform war noch ein feuchtes Tuch gebreitet.

»Was tun wir jetzt? Mit dem ... mit ihm?«, fragte Tom nach einer Weile.

Isabel betrachtete den kalten Körper in ihren Armen. »Mach den Badeofen an.«

Tom warf ihr einen Blick zu.

»Bitte mach ihn an.«

Tom, der immer noch nicht ganz verstand, aber nicht wollte, dass sie sich aufregte, erhob sich und tat es.

»Füll Wasser in den Wäschezuber, wenn es warm ist«, sagte sie, als er zurückkam.

»Falls du baden möchtest, trage ich dich, Izz.«

»Nicht für mich. Ich muss ihn waschen. Im Wäscheschrank liegen die guten Laken – die, die ich bestickt habe. Holst du mir eines?«

»Izz, mein Liebling, dafür ist doch noch Zeit. Du bist jetzt am wichtigsten. Ich setze jetzt einen Funkspruch ab und lasse ein Schiff kommen.«

»Nein!« Ihr Tonfall war schrill. »Nein! Ich will ... Ich will keine fremden Leute hier haben. Niemand soll es erfahren. Noch nicht.«

»Aber, Schatz, du hast so viel Blut verloren. Du bist leichenblass. Wir sollten einen Arzt rufen, der dich ans Festland bringt.«

»Der Wäschezuber, Tom. Bitte?«

Als das Wasser warm war, füllte Tom den Metallzuber, stellte ihn neben Isabel auf den Boden und reichte ihr einen Waschlappen. Sie tauchte ihn ins Wasser und begann, mit dem im Waschlappen steckenden Finger ganz, ganz sanft das wässrige Blut von der durchscheinenden Gesichtshaut des Babys zu wischen. Das Baby schien weiter zu beten und war offenbar in ein geheimes Gespräch mit Gott vertieft, als sie den Waschlappen im warmen Wasser ausspülte. Sie wrang ihn aus und beobachtete das Baby eindringlich, vielleicht in der Hoffnung, dass die Augenlider flattern oder die winzigen Finger zucken könnten.

»Izz«, sagte Tom leise und berührte ihr Haar. »Du musst jetzt auf mich hören. Ich koche dir einen Tee mit viel Zucker und möchte, dass du ihn mir zuliebe trinkst, einverstanden? Dann decke ich dich zu und mache hier ein wenig sauber. Du gehst nirgendwo hin und lässt dich von mir pflegen. Keine Widerrede. Außerdem gebe ich dir Morphiumtabletten gegen die Schmerzen und Eisentabletten, die du nehmen wirst, um mir eine Freude zu machen.« Seine Stimme war ruhig und leise und stellte lediglich Tatsachen fest.

Doch Isabel war in ihr Ritual versunken und reinigte weiter das tote Baby, dessen Nabelschnur noch mit der auf dem Boden liegenden Nachgeburt verbunden war. Als Tom ihr eine Decke über die Schultern legte, hob sie kaum den Kopf. Er kehrte mit einem Eimer und einem Lappen zurück und fing an, das Blut aufzuwischen.

Isabel tauchte die Leiche in die Wanne, um sie zu baden, wobei sie darauf achtete, dass das Gesicht nicht unter Wasser geriet. Dann trocknete sie das tote Baby mit dem Handtuch ab und wickelte es mit der Nachgeburt in ein anderes, dass es verschnürt war wie ein Paket.

»Tom, breitest du das Laken auf dem Tisch aus?«

Er schob die Kuchendose beiseite und arrangierte das zur Hälfte gefaltete bestickte Laken auf der Tischplatte. Isabel reichte ihm das Bündel. »Leg ihn darauf«, sagte sie, worauf er das tote Baby auf das Laken bettete.

»Und jetzt müssen wir uns um dich kümmern«, verkündete Tom. »Es ist noch heißes Wasser da. Komm, wir waschen dich. Stütz dich auf mich. Ganz, ganz langsam. Immer mit der Ruhe.«

Auf dem Weg von der Küche ins Bad zog sie eine Spur aus dicken roten Tropfen hinter sich her. Diesmal war er es, der ihr Gesicht mit einem Waschlappen abtupfte, diesen im Becken ausspülte und wieder von vorn anfing.

Eine Stunde später lag Isabel in einem sauberen Nachthemd und das Haar zu einem Zopf geflochten im Bett. Als Tom ihr Gesicht streichelte, gab sie sich schließlich der Erschöpfung und dem Morphium geschlagen. In der Küche beendete Tom die Reinigungsarbeiten und weichte die schmutzige Wäsche im Wäschezuber ein. Als es dunkel wurde, setzte er sich an den Tisch, zündete die Lampe an und sprach ein Gebet für das tote Baby. Die gewaltige Weite, die winzige Leiche, die Ewigkeit und die Uhr, die das Vergehen der Zeit anmahnte, all das ergab noch weniger Sinn als in Ägypten oder in Frankreich. Er hatte so viele Menschen sterben gesehen. Doch dieser stille Tod war etwas anderes: Er fühlte sich, als blicke er ihm, nun, da Schüsse und Geschrei fehlten, zum ersten Mal ins unverhüllte Angesicht. Die Männer, die er an die Grenze des Lebens begleitet hatte, würden von einer Mutter betrauert werden. Aber auf dem Schlachtfeld waren die geliebten Angehörigen so weit fort, dass sie sich der Vorstellungskraft entzogen. Mitzuerleben, wie ein Kind im Augenblick der Geburt seiner Mutter entrissen wurde – der einzigen Frau auf der Welt, die Tom etwas bedeutete –, löste einen viel entsetzlicheren Schmerz aus. Er betrachtete die Schatten, die das Baby warf. Daneben stand der mit einem Tuch bedeckte Kuchen wie ein verhüllter Zwilling.

»Noch nicht, Tom, ich sage es ihnen, wenn ich bereit dazu bin«, beharrte Isabel am folgenden Tag. Sie hütete noch immer das Bett.

»Aber deine Mum und dein Dad werden es wissen wollen. Sie erwarten, dass du mit dem nächsten Boot nach Hause kommst. Sie erwarten ihr erstes Enkelkind.«

Isabel sah ihn hilflos an. »Genau! Sie erwarten ihr erstes Enkelkind, und ich habe es verloren.«

»Sie werden sich Sorgen um dich machen, Izz.«

»Warum sie also aufregen? Bitte, Tom. Es ist unsere Angelegenheit. *Meine* Angelegenheit. Wir brauchen es nicht überall herumzuposaunen. Sollen sie noch ein wenig weiterträumen. Ich schicke ihnen einen Brief, wenn im Juni das Schiff kommt.«

»Aber bis dahin dauert es Wochen!«

»Tom, ich kann einfach nicht.« Eine Träne fiel auf ihr Nachthemd. »Wenigstens sind ihnen so noch ein paar glückliche Tage vergönnt ...«

Also hatte er nachgegeben und das Protokollbuch schweigen lassen.

Doch das war etwas anderes gewesen, eine Privatsache. Die Ankunft der Jolle ließ ihm keinen solchen Spielraum. Zuerst vermerkte er den Dampfer, den er am Morgen gesichtet hatte, die *Manchester Queen* mit Kurs auf Kapstadt. Anschließend notierte er die ruhigen Wetterbedingungen und die Temperatur und legte dann den Stift weg. Morgen. Er würde die ganze Geschichte vom Eintreffen des Boots morgen erzählen, sobald er die Morsezeichen abgesetzt hatte. Kurz überlegte er, ob er Platz freilassen und die Lücke später ausfüllen sollte oder ob es das Beste sei, einfach zu behaupten, das Boot sei erst später erschienen. Er entschied sich für die Lücke. Am Morgen würde er morsen und sagen, sie seien mit dem Baby zu beschäftigt gewesen, um früher Kontakt aufzunehmen. Im Protokollbuch würde die Wahrheit stehen, wenn auch mit einem Tag Verzögerung. Er sah sein eigenes Spiegelbild in der Scheibe über der »Leuchtturm-Verordnung, Stand: 1911« und erkannte im ersten Moment das Gesicht nicht.

»Ich bin nicht unbedingt ein Fachmann auf diesem Gebiet«, sagte Tom am Nachmittag nach der Ankunft des Babys zu Isabel.

»Und du wirst auch nie einer werden, wenn du stocksteif herumstehst. Ich möchte bloß, dass du sie kurz hältst, während ich nachschaue, ob das Fläschchen warm genug ist. Mach schon, sie beißt nicht«, erwiderte sie und lächelte. »Zumindest noch nicht.«

Obwohl das Baby kaum so lang war wie Toms Arm, griff er danach wie nach einem Oktopus.

»Hör doch mal auf zu zappeln«, befahl Isabel und brachte seine Arme in die richtige Position. »Gut, und jetzt bleib so … und nun …« Sie gab ihm das Baby zurück. »In den nächsten zwei Minuten gehört sie dir.« Isabel ging in die Küche.

Zum ersten Mal im Leben war Tom mit einem Baby allein. Er verharrte in Habachtstellung, voller Angst, die Musterung nicht zu bestehen. Das Kind fing an zu strampeln und ruderte so heftig mit Armen und Beinen, dass es Tom in die Bredouille brachte.

»Ganz ruhig! Hab doch ein bisschen Gnade mit einem armen Mann«, flehte er, während er sich abmühte, damit das Baby ihm nicht aus den Händen rutschte.

»Vergiss nicht, das Köpfchen zu stützen«, rief Isabel. Sofort schob er die Hand unter den Hinterkopf des Babys und stellte fest, wie winzig er ihm in der Handfläche lag. Als das Kind sich wieder wand, wiegte er es sanft. »Komm schon, sei kein Spielverderber. Sei brav zu deinem Onkel Tom.«

Als das Baby ihn anblinzelte und ihm direkt in die Augen sah, wurde Tom plötzlich von einem fast körperlichen Schmerz ergriffen. Die Kleine eröffnete ihm einen Einblick in eine Welt, die er nun sicher niemals kennenlernen würde.

Isabel kehrte mit dem Fläschchen zurück. »Hier.« Sie drückte es Tom in die Hand, führte es an den Mund des Babys und zeigte ihm, wie man vorsichtig seine Lippen anstupste, bis es zu saugen begann. Tom war fasziniert davon, wie der Vorgang sich entwickelte. Allein die Tatsache, dass das Baby keine Ansprüche an ihn stellte, weckte in ihm eine Ehrfurcht, die sein Verständnis überstieg.

Als Tom wieder in den Leuchtturm ging, machte Isabel sich in der Küche zu schaffen und bereitete das Abendessen vor, während das Baby schlief. Sobald sie ein Weinen hörte, eilte sie ins Kinderzimmer und nahm es aus der Wiege. Das Baby war unruhig, drückte wieder das Gesicht an Isabels Bluse und begann, an dem dünnen Baumwollstoff zu saugen.

»Oh, mein Schatz, hast du etwa schon wieder Hunger? In dem

Buch des alten Doc Griffith steht, dass man aufpassen muss, dir nicht zu viel zu geben. Aber vielleicht noch ein Tröpfchen ...« Sie wärmte ein wenig Milch auf und bot dem Baby das Fläschchen an. Doch diesmal wandte das Kind den Kopf vom Sauger ab und griff weinend nach der einladend warmen Brustwarze, die durch den Stoff seine Wange berührte.

»Komm schon, hier ist dein Fläschchen, mein Liebes«, flötete Isabel, aber das Baby ruderte immer verzweifelter mit Armen und Beinen und presste sich an Isabels Brust.

Isabel erinnerte sich an den scharfen Schmerz beim Milcheinschuss, der ihre Brüste hatte schwer und wund werden lassen, ohne dass ein Baby daran gesaugt hätte. Es war ihr wie eine besonders grausame Laune der Natur erschienen. Und nun sehnte sich dieses Baby nach ihrer Milch oder vielleicht auch nur nach Trost, nachdem die Gefahr des Verhungerns gebannt war. Lange Zeit hielt sie inne, und das Weinen, die Sehnsucht und der Verlust wirbelten in ihren Gedanken durcheinander. »Ach, du kleiner Liebling«, murmelte sie schließlich und knöpfte ihre Bluse auf. Sekunden später hatte das Baby angedockt und saugte zufrieden, obwohl nur ein paar Tropfen Milch kamen.

So saßen sie schon eine geraume Weile da, als Tom in die Küche trat. »Wie geht es dem ...?« Bei dem Anblick, der sich ihm bot, brach er mitten im Satz ab.

Isabel sah ihn mit einer Mischung aus Arglosigkeit und schlechtem Gewissen an. »Es war der einzige Weg, sie zu beruhigen.«

»Aber ... nun ...« In seinem Schreck konnte Tom die Frage nicht in Worte fassen.

»Sie war außer sich und hat das Fläschchen abgelehnt ...«

»Aber ... Aber sie hat es doch vorhin auch angenommen. Ich hab es selbst gesehen ...«

»Ja, weil sie am Verhungern war. Sicher buchstäblich.«

Tom starrte sie weiter entgeistert an.

»Es ist das Natürlichste von der Welt, Tom. Das Beste, was ich für sie tun kann. Schau nicht so schockiert.« Sie streckte die Hand nach ihm aus. »Komm her, Liebling. Lächle.«

Tom nahm ihre Hand, doch seine Verwirrung blieb. Und tief in seinem Inneren breitete sich zunehmend Beklommenheit aus.

An diesem Nachmittag leuchteten Isabels Augen so lebendig, wie Tom es schon lange nicht mehr gesehen hatte. »Komm und schau!«, rief sie aus. »Ist sie nicht wunderschön? Sie passt so gut hier hinein!« Isabel wies auf die Wiege aus Korbgeflecht, in der das Baby schlief. Die kleine Brust hob und senkte sich friedlich, ein winziges Echo der Wellen rund um die Insel.

»Wie eine Walnuss in der Schale, findest du nicht?«, stellte Tom fest.

»Ich würde sie auf unter drei Monate schätzen.«

»Woran merkst du das?«

»Ich hab es nachgeschlagen.« Tom zog eine Augenbraue hoch. »Bei *Dr. Griffith*. Außerdem habe ich Karotten und weiße Rüben geerntet und mit dem letzten Hammelfleisch einen Eintopf gekocht. Das heutige Abendessen soll etwas ganz Besonderes werden.«

Tom runzelte verdattert die Stirn.

»Wir müssen Lucy begrüßen und für ihren armen Vater ein Gebet sprechen.«

»Falls er das war«, erwiderte Tom. »Und *Lucy*?«

»Nun, sie braucht einen Namen. Lucy bedeutet Licht, das ist doch wunderbar, oder?«

»Izzy Bella.« Er lächelte und strich ihr sanft übers Haar. Dann wurde seine Miene ernst. »Sei vorsichtig, Liebling. Ich möchte nicht, dass dir wehgetan wird ...«

Als Tom an jenem Abend die Lampe anzündete, konnte er sein Unbehagen weder vertreiben noch feststellen, ob es aus der Vergangenheit – wiedererwachte Trauer – oder aus einer düsteren Vorahnung herrührte. Auf dem Rückweg die schmale Wendeltreppe und die verschiedenen Etagen hinunter spürte er eine Schwere in der Brust, das Gefühl, in eine Dunkelheit zurückzugleiten, von der er eigentlich geglaubt hatte, dass er ihr entronnen war.

Am Abend verspeisten sie ihr Abendessen, begleitet vom Schniefen des Babys und einem gelegentlichen Gurgeln, das ein Lächeln auf Isabels Lippen zauberte. »Ich frage mich, was aus ihr werden soll«, überlegte sie laut. »Die Vorstellung, dass sie wie Sarah Porters kleiner Junge in einem Waisenhaus enden könnte, ist so traurig.«

Später liebten sie sich zum ersten Mal seit der Totgeburt. Isabel erschien Tom verändert: selbstsicher und entspannt. Anschließend küsste sie ihn und sagte: »Lass uns im Frühling einen Rosengarten anlegen. Einer, der noch sein wird, wenn wir es nicht mehr sind.«

»Ich schicke heute Morgen das Signal«, verkündete Tom, als er kurz nach Morgengrauen vom Löschen der Lampe zurückkehrte. Das perlmuttfarbene Tageslicht stahl sich ins Schlafzimmer und liebkoste das Gesicht des Babys. Es war während der Nacht aufgewacht, weshalb Isabel es geholt und zwischen sie gelegt hatte. Nun hielt sie den Finger an die Lippen, wies mit dem Kopf auf das schlafende Kind, stand auf und folgte Tom in die Küche.

»Setz dich, Liebling, ich mache Tee«, flüsterte sie und hantierte so leise wie möglich mit Tassen, Kanne und Kessel. »Tom, ich habe nachgedacht«, sagte sie, während sie den Kessel aufsetzte.

»Worüber, Izzy?«

»Lucy. Es kann kein Zufall sein, dass sie kurz nach …« Sie brauchte den Satz nicht zu beenden. »Wir können sie nicht einfach in ein Waisenhaus abschieben.« Sie wandte sich zu Tom um und nahm seine Hände. »Liebling, ich finde, sie sollte bei uns bleiben.«

»So sei doch vernünftig, Schatz! Sie ist ein reizendes Baby, aber sie gehört uns nicht. Wir dürfen sie nicht behalten.«

»Warum nicht? Überleg mal. Rein praktisch gedacht. Wer weiß denn, dass sie hier ist?«

»Wenn Ralph und Bluey in ein paar Wochen hier erscheinen, werden sie die Ersten sein.«

»Ja, aber wie mir letzte Nacht eingefallen ist, werden sie nicht ahnen, dass *ich* nicht die Mutter bin. Alle halten mich noch für schwanger. Sie werden nur verwundert sein, weil sie zu früh gekommen ist.«

Tom starrte sie mit offenem Mund an. »Aber ... Izzy, hast du den Verstand verloren? Ist dir klar, was du da sagst?«

»Ich spreche von Nächstenliebe, mehr nicht. Von der Liebe zu einem Baby, Schatz.« Sie umfasste seine Hände fester. »Deshalb schlage ich vor, dass wir dieses Geschenk annehmen. Wie lange wünschen wir uns jetzt schon ein Baby, *beten* für ein Baby?«

Tom drehte sich zum Fenster um und schlug mit einem Auflachen die Hände vors Gesicht. Dann breitete er flehend die Arme aus. »Um Himmels willen, Isabel! Wenn ich den Burschen im Boot melde, wird ihn irgendwann jemand erkennen. Und in diesem Fall werden sie herausfinden, dass da auch ein Baby war. Vielleicht nicht sofort, aber auf lange Sicht ...«

»Dann solltest du es eben nicht melden.«

»Nicht melden?« Sein Tonfall war plötzlich streng.

Sie streichelte sein Haar. »Nicht melden, Liebling. Wir haben nichts verbrochen, sondern nur ein gestrandetes Baby bei uns aufgenommen. Dem armen Mann verhelfen wir zu einem ordentlichen Begräbnis. Und das Boot ... Nun, das lassen wir einfach wieder treiben.«

»Izzy, Izzy! Du weißt, dass ich alles für dich tun würde, Liebling. Doch dieser Mann, wer immer er auch sein und was er getan haben mag, hat es verdient, dass man sich richtig seiner annimmt. Und zwar so, wie es das Gesetz vorsieht. Was, wenn die Mutter gar nicht tot ist und seine Frau die beiden voller Sorge erwartet?«

»Welche Frau würde ihr Baby aus den Augen lassen? Finde dich damit ab, Tom: Sie ist *ganz bestimmt* ertrunken.« Wieder umfasste sie seine Hände. »Mir ist klar, wie wichtig Vorschriften für dich sind, und dass wir damit theoretisch gegen sie verstoßen würden. Aber wozu gibt es diese Vorschriften? Um Menschenleben zu retten! Und mehr verlange ich nicht, Liebling: Ich möchte dieses Leben retten. Sie ist hier und braucht uns, und wir können ihr helfen. Bitte.«

»Izzy, ich kann nicht. Die Entscheidung liegt nicht bei mir. Verstehst du das nicht?«

Ihre Miene verfinsterte sich. »Wie kannst du so hartherzig sein? Du interessierst dich ja nur für deine Vorschriften, deine Schiffe und deinen verdammten Leuchtturm.«

Diese Vorwürfe hatte Tom schon öfter zu hören bekommen, wenn Isabel, verzweifelt vor Trauer nach ihren Fehlgeburten, ihre Wut an dem einzigen anwesenden Menschen ausgelassen hatte. Doch er hatte weiter seine Pflicht getan, sie getröstet, so gut er konnte, und seine eigene Trauer für sich behalten. Wieder einmal spürte er, dass sie gefährlich nah am Abgrund stand. Diesmal vielleicht sogar näher als je zuvor.

Kapitel 11

Auf einem mit Seetang gepolsterten Felsen saß eine neugierige Möwe und beobachtete Tom. Ihre undurchdringlichen Augen folgten ihm, als er den Mann, dem inzwischen der unverkennbare Geruch des Todes anhaftete, in das Segeltuch wickelte. Es war schwer zu sagen, wer er im Leben gewesen sein mochte. Sein Gesicht wirkte weder sehr alt noch sehr jung. Er war zierlich und blond und hatte eine kleine Narbe an der linken Wange. Tom fragte sich, wer ihn wohl vermisste und wer Grund hatte, ihn zu lieben oder zu hassen.

Die alten Gräber, in denen die Opfer des Schiffbruchs beerdigt waren, befanden sich in dem tiefer gelegenen Gebiet unweit des Strands. Als Tom sich anschickte, ein neues Loch auszuheben, übernahmen seine Muskeln ganz automatisch das Kommando und führten die vertrauten Bewegungen aus dem Gedächtnis aus, ein Ritual, von dem er geglaubt hatte, dass es für immer der Vergangenheit angehörte.

Als er sich zum ersten Mal zum täglichen Begräbnisdienst gemeldet hatte, hatte er sich beim Anblick der Leichen, die in einer Reihe dalagen und auf seine Schaufel warteten, übergeben müssen. Doch nach einer Weile war es eine Pflicht unter vielen geworden. Er hatte gehofft, einen mageren Kerl oder einen abzubekommen, dem es die Beine abgerissen hatte, weil man so weniger schwer tragen musste. Dann schaufelte man das Grab zu, markierte es, salutierte und ging. Es wurde Alltag: Man hoffte auf die, von denen am wenigsten übrig war. Tom erschauderte bei dem Gedanken, dass er das damals gar nicht sonderbar gefunden hatte.

Bei jedem Kontakt mit dem sandigen Boden seufzte die Schaufel leise auf. Nachdem Tom die Erde zu einem ordentlichen Hügel flach geklopft hatte, hielt er inne, um ein kurzes Gebet für den bedauernswerten Fremden zu sprechen. Allerdings ertappte er sich dabei, dass er stattdessen flüsterte: »Vergib mir, Herr, für diese und alle meine Sünden. Und vergib Isabel. Du weißt, dass sie ein guter Mensch ist und dass sie viel gelitten hat. Vergib uns beiden. Sei gnädig.« Er bekreuzigte sich und kehrte zurück zum Boot, um es ins Wasser zu schleppen. Als er ihm einen Schubs versetzte, brach sich das Sonnenlicht funkelnd in einem Gegenstand. Er spähte in die Jolle. Etwas Glänzendes war unter den Sparren des Bugs eingeklemmt, sodass er es zunächst nicht freibekam. Nach einigem Zerren hatte er schließlich ein kaltes, hartes Objekt in der Hand, das klappernd zum Leben erwachte: eine silberne Rassel mit eingravierten Putten und Monogramm.

Er drehte sie hin und her, als erwarte er, dass sie mit ihm sprechen und ihm irgendeinen Hinweis geben würde. Dann steckte er die Rassel ein: eine Erklärung für die Ankunft dieses seltsamen Paars auf der Insel. Er wusste, er würde nachts nur schlafen können, wenn er sich Izzys Version der Dinge zu eigen machte, nämlich, dass das Kind eine Waise war. Etwas anderes durfte er gar nicht erst denken, weshalb er vor allem, was das Gegenteil hätte belegen können, die Augen verschließen musste. Er richtete den Blick auf die Linie, wo der Ozean auf den Himmel traf wie ein geschürztes Lippenpaar. Es war besser, ahnungslos zu bleiben.

Tom vergewisserte sich, dass die südliche Strömung das Boot ergriffen hatte, und watete zurück an den Strand. Er war froh, dass der salzige Gestank des faulenden Seetangs auf den Felsen den Geruch des Todes aus seinen Nasenlöchern vertrieb. Eine winzige Sandkrabbe huschte unter einem Sims hervor, krabbelte rasch zu einem verendeten Kugelfisch hinüber, der selbst im Tod aufgeblasen und stachelig war, und begann, mit den Scheren winzige Stückchen des Fischbauchs in ihr Maul zu befördern. Erschaudernd machte Tom sich auf den Weg den steilen Pfad hinauf.

»An den meisten Tagen gibt es hier kein Entrinnen vor dem Wind. Das stört nicht weiter, wenn man eine Möwe oder ein Albatros ist. Man braucht sich nur anzuschauen, wie sie mit den Luftströmungen treiben, als ruhten sie sich aus.« Tom saß auf der Veranda und deutete auf einen großen silbrigen Vogel, der von einer anderen Insel hierhergelangt war und trotz der bewegten Luft an einem Faden in einem reglosen Himmel zu schweben schien.

Das Baby achtete nicht auf Toms Finger, sondern sah ihm, gebannt von der Bewegung seiner Lippen und dem Vibrieren in seiner Brust, in die Augen. Dann jauchzte es, ein hohes Geräusch, das an Schluckauf erinnerte. Tom versuchte zu ignorieren, dass sein Herz darauf einen Satz machte, und fuhr mit seinen Erläuterungen fort. »Aber diese kleine Bucht da ist der einzige Ort, wo man vielleicht ein bisschen Ruhe hat, weil sie nach Norden zeigt und der Wind fast nie von Norden kommt. Auf dieser Seite befindet sich der Indische Ozean – angenehm ruhig und warm. Auf der anderen Seite ist das Südpolarmeer – wild und sehr gefährlich. Von dem sollte man sich fernhalten.«

Anstelle einer Antwort zog das Kind einen Arm unter der Decke hervor, und Tom ließ es zu, dass sich sein Händchen um seinen Zeigefinger schloss. In der Woche seit der Ankunft des Babys hatte er sich an das Gurgeln und seine still schlafende Anwesenheit in der Wiege gewöhnt, die durch das Haus zu wehen schien wie der Geruch nach frischem Brot oder Blumen. Es bereitete ihm Sorge, dass er angefangen hatte, morgens die Ohren zu spitzen, ob die Kleine schon wach war, und sie, ohne nachzudenken, aus der Wiege nahm, wenn sie weinte.

»Du verliebst dich in sie, richtig?«, meinte Isabel, die ihn von der Tür aus beobachtet hatte. Als Tom die Stirn runzelte, fügte sie hinzu. »Sie ist unwiderstehlich.«

»All ihre kleinen Gesten ...«

»Du wirst ein Dad sein wie aus dem Bilderbuch.«

Er rutschte in seinem Sessel herum. »Izz, es ist trotzdem falsch, es nicht zu melden.«

»Schau sie dir doch nur an. Sieht sie aus, als ob wir etwas falsch gemacht hätten?«

»Aber genau das ist es ja. Wir brauchen nichts falsch zu machen. Wir könnten sie jetzt melden und die Adoption beantragen. Es ist noch nicht zu spät, Izz. Wir könnten es noch in Ordnung bringen.«

»Adoption?« Isabel erstarrte. »Niemals würden sie ein Baby auf eine abgelegene Leuchtturminsel schicken: kein Arzt, keine Schule. Keine *Kirche*, was sie vermutlich am meisten stören würde. Selbst wenn sie zur Adoption freigegeben wird, werden sie sie einem Ehepaar überlassen, das in einer Stadt lebt. Außerdem würde der Papierkrieg eine Ewigkeit dauern. Sie würden uns kennenlernen wollen. Du würdest niemals freibekommen, um den Termin wahrzunehmen, und unser nächster Landurlaub ist erst in anderthalb Jahren fällig.« Sie legte ihm die Hand auf die Schulter. »Ich weiß, dass wir es schaffen werden. Ich weiß, dass du ein wundervoller Dad sein wirst. Aber *die* wissen das nicht.«

Sie betrachtete das Baby und berührte seine weiche Wange mit dem Finger. »Die Liebe ist größer als alle Vorschriften, Tom. Wenn du das Boot gemeldet hättest, wäre sie jetzt schon in einem grässlichen Waisenhaus.« Sie legte ihm die Hand auf den Arm. »Unsere Gebete sind erhört worden. Die Gebete des Babys sind erhört worden. Wer wäre so undankbar, es wegzuschicken?«

So nahtlos verband sich der Wurzelstock von Isabels Kinderwunsch – das innerste und dringendste Anliegen ihres nach der letzten Totgeburt verwundeten und aufgewühlten Herzens – mit dem Schössling, dem mutterlosen Baby, wie ein veredelter Trieb mit einem Rosenbusch verwächst. Trauer und zeitlicher Abstand schlossen die Wunde und knüpften das Band in einer Geschwindigkeit, wie nur die Natur es vermag.

Als Tom an diesem Abend aus dem Laternenraum zurückkehrte, saß Isabel vor dem ersten Kaminfeuer in diesem Jahr und stillte das Baby auf dem Schaukelstuhl, den er vor vier Jahren gezimmert hatte. Da sie ihn nicht bemerkte, beobachtete er sie eine Weile schweigend. Sie ging instinktiv richtig mit dem Kind um und schloss es in jede ihrer Bewegungen ein. Tom drängte seine bohrenden Zweifel zurück. Vielleicht hatte Isabel ja recht. Wie konnte er diese Frau von einem Baby trennen?

Isabel hatte das Gebetbuch in der Hand, in dem sie seit der ersten Fehlgeburt häufiger blätterte. Nun las sie lautlos »Die Kirche der Frauen«, Gebete für Frauen nach der Geburt. »Höret, Kinder und die Frucht des Leibes sind ein Erbe und ein Geschenk des Herrn ...«

Am nächsten Morgen stand Isabel, das Baby im Arm, neben Tom im Laternenraum, während er das Signal absetzte. Er hatte sich den Wortlaut gründlich überlegt, und anfangs zitterten seine Finger. Sosehr ihm davor gegraut hatte, die Totgeburt zu melden, machte ihm das hier noch viel mehr zu schaffen. *»Baby zu früh gekommen – stopp – hat uns beide überrascht – stopp – Isabel erholt sich gut – stopp – keine ärztliche Hilfe nötig – stopp – ein Mädchen – stopp – Lucy ...«* Er wandte sich an Isabel. »Sonst noch etwas?«

»Das Gewicht. Die Leute wollen immer das Gewicht wissen.« Sie erinnerte sich an Sarah Porters Baby. »Schreib dreitausendachthundert Gramm.«

Tom starrte sie an, erstaunt, wie mühelos ihr die Lüge über die Lippen kam. Er wandte sich wieder der Tastatur zu und tippte.

Als die Antwort kam, dechiffrierte er sie und trug sie ins Morsebuch ein. *»Glückwunsch – stopp – wundervolle Nachrichten – stopp – habe den Bevölkerungszuwachs auf Janus vorschriftsgemäß registriert – stopp – Ralph und Bluey gratulieren – stopp – Großeltern werden umgehend informiert – stopp.«* Tom seufzte auf und spürte einen Druck in der Brust. Er ließ sich ein wenig Zeit, ehe er Isabel von der Antwort berichtete.

In den kommenden Wochen blühte Isabel auf. Sie ging singend ihrer Hausarbeit nach und konnte nicht anders, als Tom den ganzen Tag mit Küssen und Umarmungen zu überschütten. Er war hingerissen von ihrem überglücklichen Lächeln. Und das

Baby? Das Baby war friedlich und zutraulich. Es stellte die Umarmungen, die es umfingen, die Hände, die es liebkosten, und die Lippen, die es küssten und »Mamma ist hier, Lucy« flöteten, nicht infrage, wenn es in den Schlaf gewiegt wurde.

Außerdem gedieh das Kind eindeutig. Seine Haut schien einen sanften Schein abzustrahlen. Isabels Brüste reagierten auf das Saugen und produzierten schon nach Wochen wieder Milch, die »Relaktation«, die Dr. Griffith in allen medizinischen Details beschrieb. Das Baby saugte, ohne zu zögern, so als hätten die beiden eine Art Pakt geschlossen. Allerdings gewöhnte Tom sich an, morgens nach dem Löschen der Lampe ein wenig länger im Laternenraum zu bleiben. Immer wieder ertappte er sich dabei, dass er im Protokollbuch zum 27. April zurückblätterte und auf die freie Stelle starrte.

Man konnte einen Mann mit Vorschriften umbringen, Tom wusste das. Und dennoch waren es manchmal Regeln, die Menschen von Wilden und Ungeheuern unterschieden. Die Regeln besagten, dass man lieber Gefangene machte, statt zu töten. Die Regeln verlangten, dass die feindlichen Sanitäter ebenso ihre Verwundeten aus dem Niemandsland bergen konnten wie man selbst die eigenen. Aber es lief immer wieder auf dieselbe Frage hinaus: Durfte er Isabel das Baby wegnehmen? Falls das Kind wirklich allein auf der Welt war? Konnte es richtig sein, es einer Frau zu entreißen, die es vergötterte, um es den Launen des Schicksals auszuliefern?

Tom fing nachts an, vom Ertrinken zu träumen. Er ruderte verzweifelt mit Armen und Beinen, um irgendwo Halt zu finden, doch da war nichts, um sich daraufzustellen oder sich über Wasser zu halten. Nur eine Meerjungfrau, nach deren Schwanz er griff und die ihn immer tiefer ins dunkle Wasser hineinzog, bis er keuchend und durchgeschwitzt aufwachte, während Isabel friedlich neben ihm schlief.

Kapitel 12

»Hallo, Ralph, schön dich zu sehen. Wo ist Bluey?«

»Da hinten!«, rief der Matrose, der hinter einigen Obstkisten am Heck verborgen war. »Wie geht's, wie steht's, Tom? Freust du dich, dass wir da sind?«

»Immer, Kumpel, schließlich seid ihr die Jungs, die den Schnaps bringen, richtig?«, erwiderte er und lachte, während er die Leine festmachte. Der alte Motor tuckerte und keuchte, als das Schiff längsseits anlegte, und erfüllte die Luft mit schwarzem Dieselqualm. Es war Mitte Juni, der erste Besuch des Versorgungsschiffs seit der Ankunft des Babys sieben Wochen zuvor.

»Die Seilbrücke ist fertig. Die Seilwinde ist auch bereit.«

»Hoppla, hast du es aber eilig, Tom!«, rief Ralph aus. »Wir wollen uns doch nicht hetzen, oder? Heute ist ein wunderschöner Tag. Wir können uns also Zeit lassen. Schließlich müssen wir die neue Erdenbürgerin begrüßen! Meine Hilda hat mich mit Sachen für die Kleine beladen wie ein Packpferd. Ganz zu schweigen von den stolzen Großeltern.«

Ralph kam die Landungsbrücke entlang und umarmte Tom fest. »Herzlichen Glückwunsch, mein Junge. Einfach toll. Insbesondere nach ... nach allem, was passiert ist.«

Bluey folgte seinem Beispiel. »Ja, Glückwunsch. Von Ma soll ich dich auch grüßen.«

Toms Blick senkte sich aufs Wasser. »Danke. Vielen Dank. Ich weiß es zu schätzen.«

Als sie den Pfad hinaufstiegen, hob sich Isabel von einer Wäscheleine mit Windeln ab, die wie Signalwimpel im kräftigen Wind wehten. Einige Haarsträhnen waren ihrem Dutt entwischt.

Ralph näherte sich mit ausgebreiteten Armen. »Na, man sieht es dir wirklich an. Nichts bringt eine Frau mehr zum Erblühen, als wenn sie etwas Kleines bekommt. Rosige Wangen und glänzendes Haar, genau wie bei meiner Hilda, als sie unsere zur Welt gebracht hat.«

Isabel errötete wegen des Kompliments und küsste den alten Mann rasch auf die Wange. Sie küsste auch Bluey, der den Kopf senkte und murmelte: »Glückwunsch, Isabel.«

»Kommt alle rein. Der Kessel ist schon aufgesetzt, und es gibt Kuchen«, sagte sie.

Als sie an dem alten Tisch saßen, wanderte Isabels Blick immer wieder zu dem Kind hinüber, das in seiner Wiege schlief.

»Alle Frauen in Partageuse haben über dich gesprochen. Ganz allein ein Kind zu kriegen! Natürlich haben die Farmersfrauen nicht mit der Wimper gezuckt – Mary Linford hat erzählt, sie hätte drei ohne Hilfe bekommen. Aber in der Stadt waren sie schwer beeindruckt. Hoffentlich hat Tom sich nicht allzu dumm angestellt.«

Das Paar wechselte einen Blick. Tom setzte schon zu einer Antwort an, aber Isabel drückte fest seine Hand. »Er war wundervoll. Einen besseren Mann könnte ich mir nicht wünschen.« Sie hatte Tränen in den Augen.

»Nach dem, was ich von hier aus sehen kann, ist sie ein hübsches kleines Ding«, stellte Bluey fest. Allerdings lugte nur ein zartes, von einer Haube umrahmtes Gesichtchen aus der flauschigen Decke hervor.

»Sie hat Toms Nase, richtig?«, verkündete Ralph.

»Nun ...« Tom zögerte. »Ich glaube nicht, dass ich meine Nase einem kleinen Mädchen wünsche.«

»Schon verstanden!« Ralph kicherte. »Mr. Sherbourne, mein Freund, ich brauche dein Autogramm auf den Formularen. Am besten erledigen wir das jetzt.«

Tom war erleichtert, vom Tisch aufstehen zu können. »Wird gemacht. Folgen Sie mir in mein Büro, Captain Addicott, Sir«, erwiderte er, während Bluey sich über die Wiege beugte und das Baby bewunderte.

Der junge Mann griff in die Wiege und schüttelte die Rassel vor dem Gesicht des Babys, das inzwischen hellwach war. Als es aufmerksam hinsah, schüttelte er sie noch einmal. »Du bist ein kleiner Glückspilz, was? Eine elegante Silberrassel! Wie für eine Prinzessin. So etwas Tolles habe ich noch nie gesehen! Engel auf dem Griff und so. Engel für einen Engel ... Und die hübsche weiche Decke ...«

»Ach, die sind noch von ...«, Isabels Stimme erstarb, »von früher übrig.«

Bluey errötete. »Entschuldige. Da bin ich wohl ins Fettnäpfchen getreten ... Am besten mache ich dann mal mit dem Ausladen weiter. Danke für den Kuchen.« Mit diesen Worten trat er durch die Küchentür den Rückzug an.

Janus Rock,
Juni 1926

Liebe Mum, lieber Dad,
ja, Gott hat uns einen Engel geschickt, um uns Gesellschaft zu leisten. Die kleine Lucy hat unsere Herzen im Sturm erobert! Sie ist ein wunderschönes kleines Mädchen – absolut vollkommen. Sie schläft viel, isst brav und macht uns überhaupt keine Schwierigkeiten.
Ich wünschte, Ihr könntet sie sehen und im Arm halten. Sie verändert sich mit jedem Tag, und bis Ihr sie kennenlernen werdet, wird sie kein Baby mehr sein. Bei unserem nächsten Landurlaub wird sie schon laufen können. Doch sie ist wirklich ein Traum. Ich habe ihre Fußsohle in Karmin getaucht – in einem Leuchtturm muss man erfinderisch sein ... Meisterwerk beiliegend.
Tom ist ein Bilderbuchvater. Seit wir Lucy haben, ist es so anders auf Janus. Im Moment ist sie noch problemlos zu versorgen – ich lege sie in ihre Wiege, und wenn ich Eier einsammeln oder melken muss, nehme ich sie mit. Sobald sie zu krabbeln anfängt, wird es vermutlich ein bisschen schwieriger werden. Aber wir

wollen ja nichts überstürzen. Ich könnte Euch so viel von ihr erzählen – wie dunkel ihr Haar ist und wie gut sie nach dem Baden riecht. Ihre Augen sind auch ziemlich dunkel. Doch ich werde ihr nicht gerecht. Sie ist hübscher, als ich es beschreiben kann. Obwohl ich sie erst seit ein paar Wochen kenne, kann ich mir ein Leben ohne sie nicht mehr vorstellen. Also, Oma und Opa (!), dann höre ich mal besser auf, damit das Schiff den Brief mitnehmen kann. Sonst dauert es nämlich wieder drei Monate, bis Ihr ihn bekommt!

Mit ganz, ganz lieben Grüßen,
Isabel

PS. Ich habe heute Morgen Euren Brief gelesen, den das Schiff gebracht hat. Danke für die schöne Häschendecke. Und die Puppe ist so niedlich. Auch die Bücher haben mich sehr gefreut. Ich sage ihr immer Kinderreime vor, also werden ihr die neuen sicher gefallen.
PPS. Tom bedankt sich für den Pullover. Allmählich wird es hier winterlich kalt.

Der Neumond war nur eine schmale Sichel am Himmel, der sich allmählich verdunkelte. Tom und Isabel saßen auf der Veranda. Der Lichtkegel der Lampe umkreiste sie. Lucy war in Toms Armen eingeschlafen.

»Es ist schwierig, anders zu atmen als sie«, sagte er und betrachtete das Baby.

»Was meinst du damit?«

»Es ist wie ein Bann, findest du nicht. Immer, wenn sie schläft, fange ich an, im gleichen Rhythmus zu atmen. Etwa so, wie ich Dinge auch im Gleichklang mit den Rotationen der Lampe tue. Das macht mir Angst«, fügte er, mehr an sich selbst gewandt, hinzu.

Isabel lächelte. »Das ist nur Liebe, Tom. Vor der Liebe brauchst du dich nicht zu fürchten.«

Tom erschauderte. Er stellte nämlich fest, dass Lucy einen Weg in sein Herz gefunden hatte, genauso wie er sich ein Leben auf dieser Welt ohne Isabel nicht vorstellen konnte. Und er wünschte sich, das Kind hätte einen rechtmäßigen Platz darin gehabt.

Jeder, der schon einmal auf einer Leuchtturminsel gearbeitet hat, kann bestätigen, welche Macht die Einsamkeit auf einen ausübt. Die Leuchttürme sind rings um die australische Küste verteilt wie aus einer Esse geschleuderte Funken. Einige von ihnen werden kaum je von einer Menschenseele zur Kenntnis genommen. Doch gerade ihre Abgeschiedenheit verhindert, dass der gesamte Kontinent von der Welt abgeschnitten wird, denn sie sichern die Transportwege für die Schiffe ab, die aus Tausenden von Kilometern Entfernung eintreffen und – im Austausch gegen Wolle, Weizen, Kohle und Gold – Maschinen, Bücher und Stoffe bringen: die Früchte des Erfindergeists gegen die Schätze der Erde.

Die Einsamkeit spinnt einen eigenartigen Kokon, indem sie den Verstand auf einen Ort, einen Zeitpunkt und einen Rhythmus bündelt – das Rotieren der Lampe. Die Insel kennt keine anderen menschlichen Stimmen, keine anderen Fußabdrücke. Auf einer Leuchtturminsel kann man seine Lebensgeschichte nach Belieben selbst schreiben. Niemand wird einem widersprechen, nicht die Möwen, nicht die Prismen und auch nicht der Wind.

Und so treibt Isabel immer weiter hinein in eine von der Gnade Gottes geprägte Welt, in der Gebete erhört werden und die göttliche Vorsehung, zusammen mit der richtigen Strömung, Babys bringt. »Tom, wie konnten wir nur so viel Glück haben?«, fragt sie. Ehrfürchtig sieht sie zu, wie ihre wundervolle Tochter wächst und gedeiht. Sie erfreut sich an den Entdeckungen, die jeder Tag diesem kleinen Geschöpf eröffnet: sich umdrehen, zu krabbeln beginnen, die ersten Sprechversuche. Allmählich ziehen die Stürme mit dem Winter in einen anderen Teil der Welt; der Sommer kommt und mit ihm ein hellblauer Himmel und eine strahlende goldene Sonne.

»Los, rauf mit dir«, sagt Isabel, lacht und hebt Lucy auf ihre Hüfte, während sie zu dritt den Pfad hinunter zum funkelnden Strand gehen, um dort zu picknicken. Tom pflückt verschiedene Blätter – Segge und Essbare Mittagsblume –, Lucy schnuppert und kaut daran und verzieht wegen der neuen Sinneseindrücke das Gesicht. Er bindet winzige Sträußchen für sie oder zeigt ihr die schimmernden Schuppen einer Stachelmakrele oder einer blauen Makrele, die er an den Felsen auf der Seite der Insel gefangen hat, wo der Meeresboden in jäher Dunkelheit abfällt. In stillen Nächten weht die Luft Isabels beruhigende Stimme herüber, wenn sie Lucy im Kinderzimmer Geschichten von Snugglepot und Cuddlepie vorliest, während Tom in der Werkstatt Dinge repariert.

Ganz gleich, was richtig und was falsch ist, Lucy war nun einmal hier, und Isabel hätte keine bessere Mutter sein können. Jeden Abend betete sie zu Gott und dankte ihm für ihre Familie, ihre Gesundheit, ihr glückliches Leben und die Geschenke, mit denen er sie überschüttet hatte.

Tage brachen an, liefen aus wie die Wellen am Strand und hinterließen kaum eine Spur der Zeit, die verging, in dieser winzigen von Arbeiten, Schlafen, Essen und Hinschauen geprägten Welt. Isabel weinte ein wenig, als sie ein paar von Lucys Sachen aus ersten Babytagen wegpacken musste. »Es kommt mir vor wie gestern, dass sie noch so klein war«, meinte sie zu Tom, während sie alles ordentlich in Seidenpapier wickelte – einen Schnuller, die Rassel, die ersten Babykleidchen und ein winziges Paar Kinderstiefelchen. So wie jede andere Mutter überall auf der Welt.

Als ihre Regel ausblieb, wurde Isabel von Aufregung ergriffen. Nun, nachdem sie alle Hoffnung aufgegeben hatte, würde ihr Wunsch vielleicht doch noch in Erfüllung gehen. Sie beschloss, noch ein wenig zu warten und zu beten, bevor sie Tom etwas sagte. Allerdings stellte sie fest, dass sie immer wieder in Tagträume von einem Bruder oder einer Schwester für Lucy abschweifte. Ihr floss das Herz über. Doch dann setzten die Blutungen wieder ein, stärker, heftiger und schmerzhafter als zuvor und einem nicht vorhersehbaren Rhythmus folgend. Manchmal hatte sie Kopfschmerzen, und sie schwitzte nachts oft. Dann wieder vergingen Monate, in denen sie überhaupt nicht blutete. »Wenn wir Landurlaub haben, gehe ich zu Dr. Sumpton. Mach dir keine Sorgen«, meinte sie zu Tom, denn sie wollte sich nicht beklagen. »Ich bin stark wie ein Ochse, Liebling. Du brauchst dir wirklich nicht den Kopf zu zerbrechen.« Sie war verliebt – in ihren Mann und in ihr Baby –, und das genügte ihr.

Die Monate verstrichen, geprägt von den eigentümlichen Ritualen in einem Leuchtturm – dem Anzünden der Lampe, dem Hissen der Flagge, dem Filtern der Quecksilberlösung, um hineingeratenes Öl zu entfernen. Hinzu kamen die üblichen Formulare und die herrischen Briefe des Chefmechanikers mit dem Inhalt, dass Schäden an den Dampfröhren einzig und allein durch Nachlässigkeit und mangelnde Fachkenntnis des Leuchtturmwärters, nicht etwa durch Qualitätsmängel, hervorgerufen werden könnten. Das Protokollbuch wechselte mitten auf der Seite von 1926 zu 1927: Papierverschwendung gab es bei der Leuchtturmbehörde nicht – die Bücher waren teuer. Tom dachte über die amtliche Gleichgültigkeit im Umgang mit dem Jahreswechsel nach – so als ließe sich die Leuchtturmbehörde von etwas Banalem wie dem Verstreichen von Zeit nicht berühren. Und eigentlich hatte sie gar nicht so unrecht, denn der Blick von der Galerie war am Neujahrstag auch nicht anders als an Silvester.

Ab und zu ertappte Tom sich dabei, dass er wieder die Seite des 27. April 1926 aufschlug, bis das Buch sich irgendwann automatisch an dieser Stelle öffnete.

Isabel arbeitete hart. Der Gemüsegarten gedieh. Das Haus war blitzblank. Sie wusch und flickte Toms Sachen und kochte seine Lieblingsgerichte. Lucy wuchs. Die Lampe drehte sich. Die Zeit verging.

Kapitel 13

»Bald ist es ein Jahr her«, sagte Isabel. »Der 27. April ist ja gewissermaßen ihr Geburtstag.«

Tom war in der Werkstatt und schliff den Rost von einer verbogenen Türangel. Er legte die Feile weg. »Ich frage mich ... wann sie wohl wirklich Geburtstag hat.«

»Der Tag ihrer Ankunft genügt mir.« Isabel küsste das Kind, das rittlings auf ihrer Hüfte saß und an einer Brotkruste knabberte.

Lucy streckte die Arme nach Tom aus.

»Tut mir leid, Kleines, aber ich habe schmutzige Hände. Bei Mama bist du jetzt am besten aufgehoben.«

»Ich fasse es kaum, wie sehr sie gewachsen ist. Inzwischen wiegt sie eine Tonne«, meinte Isabel, lachte und schob Lucy mit einem Ruck ein Stück höher. »Ich backe einen Geburtstagskuchen.« Das Kind schmiegte den Kopf an Isabels Brust und bestreute sie mit Brotkrümeln. »Der Zahn macht dir Ärger, was, Liebes? Deine Wangen sind so rot. Sollen wir Zahnpulver drauftun?« Sie wandte sich an Tom. »Bis später, Liebling. Ich gehe besser ins Haus. Die Suppe steht noch auf dem Herd.« Mit diesen Worten verschwand sie.

Grelles Licht fiel zum Fenster herein und auf Toms Werkbank. Er musste das Metall geradeklopfen, und jeder Schlag hallte wie ein Knall von den Wänden wider. Obwohl er wusste, dass er heftiger ausholte als nötig, konnte er nicht damit aufhören. Vor dem Gefühl, das das Gerede über Geburtstage und Jahrestage in ihm auslöste, gab es kein Entrinnen. Weiter drosch er mit dem Hammer kräftig auf das Stück Metall ein, bis es unter der Wucht zerbrach. Er nahm die beiden zerschmetterten Hälften und starrte wie betäubt darauf.

Tom blickte vom Lehnsessel auf. Seit der Geburtstagsfeier des Babys waren einige Wochen vergangen.

»Es spielt keine Rolle, was du ihr vorliest«, meinte Isabel. »Es ist einfach gut für sie, wenn sie verschiedene Wörter hört.« Sie setzte Lucy auf seinen Schoß und machte sich wieder ans Brotbacken.

»Dadadadad«, sagte das Kind.

»Bubububub«, erwiderte Tom. »Also, soll ich dir eine Geschichte vorlesen?« Die kleine Hand wurde ausgestreckt, griff jedoch nicht nach dem schweren Märchenbuch auf dem Tisch neben ihnen, sondern nach einer beigefarbenen Broschüre, die sie ihm hinhielt. Er lachte. »Das gefällt dir ganz sicher nicht, mein Häschen. Es sind keine Bilder drin.« Er nahm stattdessen das Märchenbuch, aber Lucy schwenkte weiter die Broschüre. »Dadadadad.«

»Wenn du unbedingt meinst, Kleines!« Wieder lachte er. Das Kind schlug eine Seite auf und zeigte auf die Wörter, wie es das bei Tom und Isabel beobachtet hatte. »Also gut«, begann Tom. *»Dienstvorschriften für Leuchtfeuerwärter. Nummer neunundzwanzig: ›Leuchtfeuerwärtern ist es unter gar keinen Umständen gestattet, sich von ihren eigenen Interessen, privat oder anderweitig, in der Ausübung ihrer Pflichten beeinträchtigen zu lassen, da sie für die Sicherheit der Schifffahrt von größter Bedeutung sind; an dieser Stelle seien sie daran erinnert, dass ihre Weiterbeschäftigung oder Beförderung im Dienst von der strikten Befolgung ihrer Befehle und Regularien, ihrem Verhalten, ihrem Fleiß, ihrer Abstinenz sowie der Sauberkeit und Ordnung, sowohl was ihre eigene Person und die ihrer Familien als auch sämtliche Teile des Leuchtturms und der dazugehörigen Anlage angeht, abhängig ist.‹ Nummer dreißig: ›Fehlverhalten, Streitlust, Trunksucht oder Unmoral von Seiten des Leuchtfeuerwärters‹«*, er hielt inne, um Lucys Finger aus seiner Nase zu entfernen, *»›führen zur Bestrafung oder Entlassung des Missetäters. Sollte ein Familienmitglied des Leuchtfeuerwärters sich eine der o.g. Verfehlungen zuschulden kommen lassen, kann die betreffende Person vom Leuchtturmposten entfernt werden.‹«* Er hielt erneut inne.

Ein Schauder überlief ihn, und sein Herz schlug schneller. Die winzige Hand, die auf seinem Kinn landete, holte ihn in die Gegenwart zurück. Geistesabwesend führte er sie an die Lippen. Lucy grinste ihn an und gab ihm einen schmatzenden Kuss.

»Komm, lass uns lieber *Dornröschen* lesen«, schlug er vor und griff zum Märchenbuch, obwohl er Schwierigkeiten hatte, sich zu konzentrieren.

»Bitte sehr – Tee und Toast im Bett, meine Damen!«, verkündete Tom und stellte das Tablett neben Isabel ab.

»Vorsicht, Luce«, sagte Isabel. Es war Sonntagmorgen, und sie hatte das kleine Mädchen zu sich ins Bett geholt, nachdem Tom gegangen war, um die Lampe zu löschen. Nun krabbelte das Kind auf das Tablett zu, um nach der kleinen Tasse Tee – eigentlich nur warme Milch mit einem braunen Tröpfchen darin – zu greifen, die Tom für sie gemacht hatte.

Tom kehrte zurück, setzte sich neben Isabel und hob Lucy auf sein Knie. »So, Lulu«, meinte er und half ihr, die Tasse beim Trinken mit beiden Händen festzuhalten. So sehr war er mit seiner Aufgabe beschäftigt, dass er Isabels Schweigen erst nach einer Weile bemerkte. Als er sich umdrehte, sah er Tränen in ihren Augen.

»Izzy, Izzy, was hast du denn, Liebling?«

»Nichts, Tom. Gar nichts.«

Er wischte ihr eine Träne von der Wange.

»Manchmal bin ich so glücklich, dass es mir Angst macht, Tom.«

Während er ihr übers Haar strich, fing Lucy an, Blasen in ihren Tee zu pusten. »Hoppla, mein Fräulein. Trinkst du das noch oder hattest du genug?«

Das Kind gurgelte weiter mit dem Tee und hatte offenbar Riesenspaß an dem Geräusch.

»Gut, ich glaube, das reicht.« Vorsichtig nahm er ihr die Tasse ab, worauf sie von ihm zu Isabel hinüberkletterte und weiter Spuckeblasen produzierte.

»Wie reizend!« Isabel lachte unter Tränen. »Komm her, du kleines Äffchen!« Sie drückte ihr einen schmatzenden Kuss auf den Bauch.

Lucy wand sich kichernd. »Noch mal!«, rief sie.

Isabel tat ihr den Gefallen.

»Ihr seid eine schlimmer als die andere!«, stellte Tom fest.

»Manchmal fühle ich mich wie betrunken, so sehr liebe ich sie. Und dich auch. Wenn man mich auffordern würde, auf einer geraden Linie zu gehen, würde ich es wahrscheinlich nicht schaffen.«

»Auf Janus gibt es keine geraden Linien, also bist du aus dem Schneider«, erwiderte Tom.

»Mach dich nicht über mich lustig, Tom. Es ist, als ob ich vor Lucy farbenblind gewesen wäre. Jetzt hat sich die Welt völlig verändert. Sie ist heller, und ich kann weiter sehen. Ich bin noch am selben Ort. Die Vögel sind dieselben, das Wasser ist dasselbe, und die Sonne geht auf und unter wie immer, aber ich wusste bis jetzt nicht, warum, Tom.« Sie zog das Kind an sich. »Lucy ist der Grund ... Und du hast dich auch verändert.«

»Wie?«

»Ich glaube, du hast Anteile an dir entdeckt, von denen du vor ihrer Ankunft nichts geahnt hast. Ecken in deinem Herzen, die das Leben stillgelegt hatte.« Sie fuhr mit dem Finger seinen Mund nach. »Ich weiß, dass du nicht gerne über den Krieg sprichst, aber ... Nun, wahrscheinlich hat er dich betäubt.«

»Meine Füße. Er hat meine Füße betäubt, und zwar ziemlich häufig – das lag am gefrorenen Schlamm.« Tom gelang nur ein schiefes Grinsen über seinen versuchten Scherz.

»Hör auf, Tom, ich versuche, etwas zu sagen. Es ist mein Ernst, verdammt, und du hast mich gerade mit einem albernen Witz abgewimmelt, als wäre ich ein Kind, das die Wahrheit nicht versteht, sodass man sie ihm nicht zumuten kann.«

Diesmal hatte Toms Antwort nichts Scherzhaftes an sich. »Du verstehst es wirklich nicht, Isabel. Kein zivilisierter Mensch sollte so etwas je verstehen müssen. Es zu schildern, wäre, als würde man eine ansteckende Krankheit verbreiten.« Er drehte sich zum Fenster um. »Ich habe mich so verhalten, damit Menschen wie du und Lucy vergessen können, dass es je geschehen ist. Damit es niemals wieder geschieht. ›Der Krieg, der alle Kriege beenden soll‹, erinnerst du dich? Er gehört nicht auf diese Insel. In dieses Bett.«

Toms Züge waren hart geworden, und sie erkannte eine bis jetzt nie da gewesene Entschlossenheit. Vermutlich war sie es gewesen, die ihm geholfen hatte, das alles heil zu überstehen.

»Es ist nur ...«, versuchte Isabel es erneut. »Nun, keiner von uns weiß, ob es uns in einem Jahr oder in hundert Jahren noch gibt. Ich will nur sichergehen, dass dir klar ist, wie dankbar ich dir bin, Tom. Für alles. Insbesondere dafür, dass du mir Lucy gegeben hast.«

Als Toms Lächeln bei den letzten Worten erstarrte, sprach Isabel rasch weiter. »Das hast du, Liebling. Du hast eingesehen, wie sehr ich sie gebraucht habe, und mir ist bewusst, dass es dir nicht leichtgefallen ist, Tom. Das hätten nicht viele Männer für ihre Frau getan.«

Jäh aus einer Traumwelt gerissen, spürte Tom, wie ihm die Handflächen feucht wurden. Sein Herz begann zu klopfen, und er wäre am liebsten losgerannt – ganz gleich, wohin, Hauptsache weit weg von der Entscheidung, die er getroffen hatte und die sich plötzlich wie ein schwerer eiserner Kragen um seinen Hals legte.

»Es wird Zeit, dass ich mich an die Arbeit mache. Ich lasse euch in Ruhe euren Toast essen«, sagte er und verließ langsam das Zimmer, damit es nicht nach Flucht aussah.

Kapitel 14

Als Toms zweite dreijährige Dienstzeit 1927 kurz vor Weihnachten endete, machte sich die Familie auf die Reise von Janus Rock nach Point Partageuse, während eine Vertretung im Leuchtturm die Stellung hielt. Es war der zweite Landurlaub des Paars und würde Lucys erste Fahrt zum Festland sein. Während Isabel alles für die Ankunft des Schiffs vorbereitete, spielte sie mit dem Gedanken, eine Ausrede zu erfinden, um mit dem kleinen Mädchen auf der sicheren Insel bleiben zu können.

»Hast du etwas, Izz?«, fragte Tom, als er sah, dass sie vor dem Bett mit dem offenen Koffer stand und mit ausdrucksloser Miene aus dem Fenster starrte.

»Nein, nein«, erwiderte sie rasch. »Ich vergewissere mich nur, dass ich nichts vergessen habe.«

Er wollte schon hinausgehen, kehrte aber noch einmal um und legte ihr die Hand auf die Schulter. »Nervös?«

Sie griff nach einem Paar Socken und rollte es zusammen. »Nein, überhaupt nicht«, antwortete sie und legte die Socken in den Koffer. »Überhaupt nicht.«

Das Unbehagen, das Isabel Tom zu verheimlichen versucht hatte, legte sich beim Anblick von Lucy in Violets Armen, als ihre Eltern sie vom Landungssteg abholten. Ihre Mutter weinte, lächelte und lachte gleichzeitig. »Endlich!« Mit einem ehrfürchtigen Kopfschütteln untersuchte sie das Kind von Kopf bis Fuß und berührte sein Gesicht, sein Haar und seine kleine Hand. »Meine wundervolle Enkelin. Fast zwei Jahre musste ich warten, bis ich dich endlich zu sehen bekomme! Ist sie meiner alten Tante Clem nicht wie aus dem Gesicht geschnitten?«

Isabel hatte Monate damit verbracht, Lucy auf die Begegnung mit Fremden vorzubereiten. »In Partageuse gibt es viele, viele

Menschen, Luce. Und sie werden dich alle gern haben. Vielleicht ist es am Anfang ein bisschen seltsam, aber du brauchst dich nicht zu fürchten.« Vor dem Schlafengehen hatte sie dem kleinen Mädchen Geschichten von der Stadt und ihren Bewohnern erzählt.

Lucy war sehr neugierig auf die zahlreichen Leute, die plötzlich um sie herumwimmelten. Isabel wurde ein wenig unbehaglich, als ihr alle zu ihrer hübschen Tochter gratulierten. Selbst die alte Mrs. Mewett kitzelte das kleine Mädchen unter dem Kinn, als sie sie in der Kurzwarenhandlung trafen, wo sie gerade ein Haarnetz erwerben wollte. »Ach, Kinder«, seufzte sie wehmütig. »Ein Geschenk Gottes.« Isabel traute ihren Ohren nicht.

Kurz nach ihrer Ankunft schleppte Violet die ganze Familie zu Gutcher's Fotostudio. Vor einer mit Farnen und griechischen Säulen bemalten Leinwandkulisse wurde Lucy mit Tom und Isabel, mit Bill und Violet und allein in einem riesigen Rattansessel fotografiert. Anschließend bestellte man Abzüge, um sie nach Janus mitzunehmen, an Cousins nah und fern zu schicken oder sie eingerahmt auf den Kaminsims und aufs Klavier zu stellen. »Drei Generationen Graysmark-Frauen«, verkündete Violet strahlend beim Anblick des Fotos, auf dem sie, neben Isabel sitzend, Lucy auf dem Knie hielt.

Lucy hatte Großeltern, die sie vergötterten. Gott macht keine Fehler, dachte Isabel. Er hatte das kleine Mädchen an den richtigen Ort geschickt.

»Oh, Bill«, sagte Violet am Abend der Ankunft zu ihrem Mann. »Dem Himmel sei Dank. Dem Himmel sei Dank ...«

Violet hatte ihre Tochter zuletzt vor drei Jahren beim ersten Landurlaub des Paars gesehen, als sie noch wegen ihrer zweiten Fehlgeburt getrauert hatte.

»Das ist eben die Natur«, hatte Violet erklärt. »Du musst tief durchatmen und weitermachen. Wenn Gott es so will, wirst du Kinder bekommen. Sei einfach geduldig und bete. Denn beten ist das Allerwichtigste.«

Allerdings hatte sie Isabel einen Teil der Wahrheit vorenthalten und ihr verschwiegen, wie oft sie miterlebt hatte, dass ein Kind trotz eines sengend heißen Sommers oder bitterkalten Winters ausgetragen worden war, nur um an Scharlach oder Diphterie zugrunde zu gehen. Dann wurden die Kleidchen ordentlich weggepackt, bis sie vielleicht dem Nachfolger passten. Auch erwähnte sie nicht, in welche Verlegenheiten man geraten konnte, wenn sich jemand beiläufig erkundigte, wie viele Kinder man hatte. Eine gelungene Geburt war nur der erste Schritt auf einem langen, steinigen Weg. Violet, in deren Haus es schon vor Jahren still geworden war, wusste das nur zu gut.

Die zuverlässige und pflichtbewusste Violet Graysmark, ehrenwerte Gattin eines angesehenen Mannes, hielt die Motten aus den Schränken und das Unkraut aus den Blumenbeeten fern. Sie stutzte die Rosen zurück, sodass sie sogar im August blühten. Ihr Zitronenquark war beim Kirchenbasar stets als Erstes ausverkauft, und ihr Rezept für Rosinenkuchen war sogar für die Broschüre des Ortsverbands der christlichen Frauenvereinigung ausgewählt worden. Ja, sie dankte Gott jeden Abend dafür, wie gut sie es getroffen hatte. Doch an manchen Nachmittagen, wenn sich der Garten bei Sonnenuntergang von Grün zu einem stumpfen Braun verfärbte, während sie an der Spüle stand und Kartoffeln schälte, war in ihrem Herzen nicht genug Raum, um all die Verzweiflung zu fassen. Und als Isabel bei ihrem letzten Besuch geweint hatte, hätte Violet am liebsten auch bittere Tränen vergossen, sich die Haare gerauft und ihr gesagt, dass sie die Trauer kannte, die es bedeutete, den Erstgeborenen zu verlieren – kein Mensch und auch nicht alles Geld der Welt könne das wiedergutmachen, und der Schmerz verginge niemals wieder. Sie wollte ihr erklären, dass man davon verrückt werden und versuchen könne, mit Gott darüber zu verhandeln, welches Opfer man bringen müsse, um sein Kind zurückzubekommen.

Als Isabel schlief und Bill neben dem heruntergebrannten Kaminfeuer döste, ging Violet zu ihrem Schrank und holte die alte Keksdose vom obersten Regal. Sie kramte darin herum und schob ein paar Pennys, einen kleinen Spiegel, eine Uhr und eine Brieftasche beiseite, bis sie auf den vom jahrelangen wiederholten Öffnen an den Kanten abgewetzten Umschlag stieß. Dann setzte sie sich aufs Bett und las im gelben Schein der Lampe die unbeholfene Handschrift, obwohl sie den Inhalt schon auswendig kannte.

Sehr geehrte Mrs. Graysmark,
hoffentlich empfinden Sie es nicht als aufdringlich, dass ich Ihnen schreibe, denn Sie kennen mich nicht. Ich heiße Betsy Parmenter und wohne in Kent.
Vor zwei Wochen habe ich meinen Sohn Fred besucht, der wegen schwerer Schrapnellwunden von der Front ins Lazarett geschickt wurde. Er lag im 1. Southern General Hospital in Stourbridge, und da meine Schwester ganz in der Nähe lebt, konnte ich ihn jeden Tag sehen.
Ich schreibe Ihnen, weil eines Nachmittags ein verwundeter australischer Soldat eingeliefert wurde, bei dem es sich, wie ich annehme, um Ihren Sohn Hugh handelte. Es ging ihm sehr schlecht, da er, was Sie sicher wissen, erblindet war und einen Arm verloren hatte. Trotzdem konnte er noch ein wenig sprechen und schwärmte von seiner Familie und seiner Heimat Australien. Er war ein sehr tapferer Junge. Ich sah ihn jeden Tag, und anfangs hatte man große Hoffnung, dass er genesen würde. Doch dann entwickelte er offenbar eine Blutvergiftung, und es ging bergab mit ihm.
Ich wollte Ihnen nur sagen, dass ich ihm Blumen – die ersten Tulpen blühten gerade; sie sind ja so reizend – und Zigaretten mitgebracht habe. Ich glaube, mein Fred und er verstanden sich sehr gut. Er hat sogar ein wenig von dem Rosinenkuchen gegessen, den ich für ihn gebacken hatte, was mich wirklich gefreut hat, und er schien ihm zu schmecken. An dem Vormittag, als sich sein Zustand verschlechterte, war ich da, und wir haben zu dritt das Vaterunser gesprochen und »Herr, bleib bei mir« gesungen. Die Ärzte haben seine Schmerzen so gut wie möglich gelindert, und ich glaube, dass er gegen Ende nicht zu schlimm

leiden musste. Auch ein Vikar kam und hat ihn gesegnet.
Ich möchte Ihnen sagen, wie sehr wir alle das große Opfer zu schätzen wissen, das Ihr tapferer Sohn gebracht hat. Er hat seinen Bruder Alfie erwähnt, und ich bete dafür, dass er wohlbehalten zu Ihnen zurückkehrt.
Ich entschuldige mich dafür, dass ich erst so spät schreibe, doch nur eine Woche nach Ihrem Sohn ist auch mein Fred gestorben, und ich musste deshalb, wie Sie sich sicher denken können, vieles erledigen.
Mit den besten Wünschen und Gebeten,
(Mrs.) Betsy Parmenter

Hugh hatte Tulpen nur aus Büchern gekannt, dachte Violet, und es tröstete sie, dass er vielleicht eine berührt und ihre Form abgetastet hatte. Sie fragte sich, ob Tulpen wohl dufteten.

Sie erinnerte sich an die ernste und beinahe schuldbewusste Miene des Postboten, als er ihr einige Wochen später das Päckchen brachte: braunes Packpapier, mit einer Paketschnur versehen und an Bill adressiert. In ihrer Trauer las sie nicht einmal die Aufschrift auf dem Formblatt: Das war überflüssig. So viele Frauen hatten schon die klägliche Sammlung der Gegenstände erhalten, die vom Leben ihres Sohnes übrig geblieben waren.

In dem beiliegenden Schreiben aus Melbourne hieß es:

Sehr geehrter Herr,
in der Anlage finden Sie per Einschreiben ein Päckchen mit der Habe des verstorbenen Gefreiten Nr. 4497 Graysmark, 28. Bataillon, eingetroffen an Bord der Themistocles, *Auflistung des Inhalts anbei.*
Ich wäre Ihnen sehr verbunden, wenn Sie so freundlich wären, mir mitzuteilen, ob Sie es unversehrt erhalten haben, indem Sie die beiliegende Empfangsbestätigung unterzeichnen und zurücksenden.
Mit freundlichen Grüßen
Major J. M. Johnson
Leiter der Registratur

Auf einem separaten Schreiben von »The Kit Store, 110 Greyhound Road, Fulham, London SW« waren die Gegenstände aufgeführt: »Rasierspiegel, Gürtel, drei Pennys, Armbanduhr mit Lederband, Mundharmonika.« Wie seltsam, dass sich Alfies Mundharmonika unter Hughs Besitztümern befand. Violet betrachtete noch einmal Liste, Formulare, Brief und Päckchen und las den Namen. A. H. Graysmark. Nicht H. A.: Alfred Henry, nicht Hugh Albert. Sofort lief sie zu ihrem Mann. »Bill! Oh, Bill!«, rief sie. »Es hat eine schreckliche Verwechslung gegeben!«

Nach einem umfangreichen Briefwechsel, vonseiten der Graysmarks auf Papier mit schwarzem Rand, wussten sie schließlich, dass Alfie am selben Tag gestorben war wie Hugh, und zwar nur drei Tage nach seiner Ankunft in Frankreich. Die beiden Brüder, die gemeinsam demselben Regiment beigetreten waren, waren stolz auf ihre aufeinanderfolgenden Dienstnummern gewesen. Der Funker, der mit eigenen Augen gesehen hatte, wie Hugh lebend auf einer Trage abtransportiert wurde, hatte den Befehl missachtet, das Beileidstelegramm wegen des Todes von A. H. Graysmark abzuschicken, da er angenommen hatte, dass H. A. gemeint sei. Und so hatte Violet erst durch ein schlichtes Päckchen vom Tod ihres zweiten Sohnes erfahren. »Solche Fehler ereigneten sich eben auf dem Schlachtfeld«, sagte sie.

Bei ihrem letzten Besuch im Elternhaus war sich Isabel wieder der Düsternis bewusst geworden, die sich seit dem Tod ihrer Brüder über alles gesenkt hatte. Der Verlust war in das Leben ihrer Mutter eingesickert wie ein Fleck. Als es geschah, war Isabel vierzehn gewesen und hatte im Wörterbuch nachgeschlagen. Sie hatte in Erfahrung gebracht, dass es ein eigenes Wort gab, um eine Frau zu beschreiben, die ihren Mann verloren hatte. Sie war nun eine *Witwe*. Ein Mann wurde zum *Witwer*. Doch wenn Eltern ein Kind verloren, existierte keine gesonderte Bezeichnung für ihre Trauer. Sie blieben Mutter und Vater, selbst wenn sie keinen Sohn oder keine Tochter mehr hatten. Das erschien ihr seltsam. Und was sie selbst betraf, fragte sie sich, ob sie eigentlich noch eine Schwester war, denn ihre beiden geliebten Brüder waren ja tot.

Es war, als wäre eine der Granaten von der französischen Front mitten in ihrer Familie explodiert und hätte einen Krater hinterlassen, den sie nie wieder zuschütten oder einebnen konnte. Violet verbrachte Tage damit, die Zimmer ihrer Söhne zu putzen und die silbernen Rahmen der Fotos zu polieren, die sie zeigten. Bill verfiel in Schweigen. Wenn Isabel versuchte, ihn in ein Gespräch zu verwickeln, antwortete er nicht oder verließ sogar das Zimmer. Sie kam zu dem Schluss, dass es ihre Pflicht war, ihren Eltern weder Mühen noch Sorgen zu bereiten. Sie war der Trostpreis, das, was anstelle ihrer Söhne übrig geblieben war.

Die Begeisterung ihrer Eltern bestätigte Isabel in der Überzeugung, dass es die richtige Entscheidung gewesen war, Lucy zu behalten. Nun lösten sich auch noch die letzten Zweifel in Wohlgefallen auf. Das Baby hatte das Leben so vieler Menschen erhellt. Nicht nur ihres und Toms, sondern auch das dieser beiden alten Leute, die über einem schweren Schicksalsschlag den Mut verloren hatten.

Beim Weihnachtsessen sprach Bill Graysmark ein Gebet und dankte Gott mit erstickter Stimme dafür, dass er ihnen Lucy geschenkt hatte. Später in der Küche vertraute Violet Tom an, ihr Mann sei wie verwandelt, seit er von Lucys Geburt gehört habe. »Es hat Wunder gewirkt. Wie ein Zaubertrank.«

Sie betrachtete den rosafarbenen Hibiskus draußen vor dem Fenster. »Schon die Nachricht von Hughs Tod hat Bill schwer getroffen. Doch als er erfuhr, dass auch noch Alfie gefallen war, hat er fast den Verstand verloren. Lange Zeit wollte er es nicht glauben und sagte, so etwas könne einfach nicht geschehen. Monatelang hat er hierhin und dorthin geschrieben, fest entschlossen, eine Verwechslung nachzuweisen. In gewisser Weise war ich froh darüber und stolz auf ihn, dass er die Nachricht nicht ohne Weiteres hinnehmen wollte. Allerdings gab es hier viele Leute, die mehr als einen Sohn verloren haben. Ich wusste, dass es stimmte. Und irgendwann waren seine Kraft und sein Lebensmut zu Ende.« Sie holte Luft. »Aber inzwischen …«, sie blickte mit einem seligen Lächeln auf, »ist er wieder wie früher, und das haben wir nur Lucy zu verdanken. Ich wette, deine kleine Tochter bedeutet Bill genauso viel wie dir. Sie hat ihm die Welt zurückgegeben.« Sie stellte sich auf die Zehenspitzen und küsste Tom auf die Wange. »Danke.«

Während die Frauen nach dem Mittagessen das Geschirr spülten, saß Tom mit Lucy draußen im Schatten auf dem Rasen. Sie lief hin und her und kehrte immer wieder zurück, um ihn abzuküssen. »Herrje, danke, Kleines!«, rief er aus und lachte. »Friss mich nicht auf.« Sie blickte ihn aus Augen an, die stets die seinen suchten wie einen Spiegel, bis er sie an sich zog und sie kitzelte.

»Ach, der Bilderbuchvater!«, ertönte eine Stimme hinter ihm. Tom drehte sich um und stellte fest, dass sein Schwiegervater auf ihn zukam.

»Ich wollte mal schauen, wie du klarkommst. Viv fand immer, dass ich ein Händchen für unsere drei hatte.« Bei den letzten Worten huschte ein Schatten über sein Gesicht. Im nächsten Moment hatte er sich wieder gefasst und streckte die Arme aus. »Komm zu Opa. Komm und zieh ihn am Bart. Ach, meine kleine Prinzessin!«

Lucy tapste auf ihn zu und hielt ihm die Hände hin. »Also rauf mit dir«, sagte er und hob sie hoch. Sofort griff sie nach seiner Uhrkette und holte die Uhr aus der Westentasche.

»Willst du wissen, wie spät es ist? Schon wieder?«, fragte Bill, lachte, klappte feierlich das goldene Gehäuse auf und zeigte ihr das Zifferblatt. Sofort schloss sie es und forderte, dass er es wieder öffnete. »Für Violet ist es schwierig«, meinte er zu Tom.

Tom stand auf und klopfte sich das Gras von der Hose. »Was gibt es, Bill?«

»Dass Isabel so weit weg ist, und jetzt auch noch die Kleine …« Er hielt inne. »Es muss doch möglich sein, eine Stelle in Partageuse zu finden. Schließlich hast du studiert, Herrgott …«

Tom trat beklommen von einem Fuß auf den anderen.

»Oh, ich kenne den Spruch – einmal Leuchtturmwärter, immer Leuchtturmwärter.«

»So heißt es wenigstens«, erwiderte Tom.

»Und stimmt es?«

»Mehr oder weniger.«

»Aber du könntest kündigen, wenn du wirklich wolltest?«

Tom überlegte, bevor er antwortete. »Bill, ein Mann könnte seine Frau verlassen, wenn er wirklich wollte. Dadurch wird es nicht richtiger.«

Bill sah ihn zweifelnd an.

»Es wäre nicht fair, sich ausbilden zu lassen, Berufserfahrung zu sammeln und sich dann aus dem Staub zu machen. Außerdem gewöhnt man sich daran.« Nachdenklich schaute er zum Himmel. »Ich gehöre dorthin. Und Isabel ist glücklich.«

Das Kind streckte die Arme nach Tom aus, der es sofort auf seine Hüfte setzte.

»Aber pass gut auf meine Mädchen auf. Ich verlasse mich auf dich.«

»Ich tue mein Bestes. Ehrenwort.«

Am ersten Weihnachtsfeiertag war das Kirchenfest ein wichtiges Ereignis in Partageuse. Die Zusammenkunft von Einwohnern der Stadt und der näheren Umgebung hatte sich schon vor langer Zeit eingebürgert, angeregt von einem geschäftstüchtigen Menschen, der Vorteile darin gesehen hatte, eine Wohltätigkeitsveranstaltung an einem Tag abzuhalten, an dem sich niemand unter dem Vorwand, zur Arbeit zu müssen, drücken konnte – und an dem auch niemand eine Ausrede hatte, nicht großzügig zu sein.

Neben dem Verkauf von Kuchen, Bonbons und Marmeladengläsern, die gelegentlich in der sengenden Sonne barsten, war die Veranstaltung für Wettkämpfe sportlicher und anderer Natur berühmt: Eierlauf, dreibeiniger Wettlauf, Sackhüpfen – all das war an diesem Tag im Angebot. Auch die Wurfbude erfreute sich großer Beliebtheit. Nur die Schießbude war nach dem Krieg abgeschafft worden, da sie wegen der neu erworbenen Treffsicherheit der einheimischen Männer zum Verlustgeschäft geworden war.

Jeder konnte mitmachen, ja, es wurde sogar erwartet. Die Familien genossen den Tag, an dem Frikadellen und Würstchen über einem riesigen Fass gegrillt und für Sixpence pro Portion verkauft wurden. Tom saß mit Lucy und Isabel auf einer Decke im Schatten. Sie aßen Grillwürstchen im Brötchen, während Lucy ihr Mittagessen in seine Bestandteile zerlegte und auf einem Teller neu anrichtete.

»Meine Brüder waren Meister im Wettlaufen«, sagte Isabel. »Sie haben sogar das dreibeinige Rennen gewonnen. Ich glaube, Mum hat auch noch den Pokal, den ich einmal im Sackhüpfen bekommen habe.«

Tom schmunzelte. »Ich wusste gar nicht, dass ich mit einer Sportskanone verheiratet bin.«

Sie versetzte ihm spielerisch einen Klaps auf den Arm. »Ich verrate dir nur die Familienlegenden der Graysmarks.«

Tom versuchte gerade, das Durcheinander einzudämmen, das von Lucys Teller zu rutschen drohte, als ein Junge mit einer angesteckten Rosette, Block und Bleistift erschien. »Verzeihung, ist das Ihr Baby?«, fragte er.

Tom erstarrte. »Verzeihung?«

»Ich wollte nur wissen, ob das Ihr Baby ist.«

Tom sagte zwar etwas, war aber nicht zu verstehen.

Der Junge wandte sich an Isabel. »Ist das Ihr Baby, Missus?«

Kurz runzelte Isabel die Stirn und nickte dann langsam, als sie endlich verstand. »Suchst du Teilnehmer für das Väterrennen?«

»Genau.« Er setzte den Bleistift an. »Wie schreibt sich denn Ihr Name?«, wollte er von Tom wissen.

Wieder blickte Tom Isabel an, doch auf ihrem Gesicht malte sich nicht die Spur von Unbehagen. »Ich kann ja buchstabieren, falls du es vergessen hast«, neckte sie ihn.

Tom wartete darauf, dass sie bemerkte, wie erschrocken er war, aber sie lächelte unbeirrt weiter. »Laufen ist nicht unbedingt meine Stärke«, meinte er schließlich.

»Aber alle Dads machen mit«, protestierte der Junge, der sich offenbar bis jetzt noch keine Absage eingefangen hatte.

Tom legte sich seine Worte sorgfältig zurecht. »Ich würde es nicht einmal in die erste Runde schaffen.«

Als der Junge sich trollte, um sein nächstes Opfer zu finden, meinte Isabel fröhlich: »Keine Sorge, Lucy, ich nehme dafür am Mütterrennen teil, damit wenigstens einer deiner Eltern sich für dich zum Narren macht.« Tom erwiderte ihr Lächeln nicht.

Dr. Sumpton wusch sich die Hände, während Isabel sich hinter dem Vorhang wieder anzog. Sie hatte ihr Versprechen gehalten, in Partageuse zum Arzt zu gehen.

»Organisch betrachtet ist alles in Ordnung«, verkündete er.

»Und? Was ist es dann? Bin ich krank?«

»Ganz und gar nicht. Sind nur im Wechsel«, erwiderte der Arzt, während er sich etwas in der Krankenakte notierte. »Sie haben Glück, dass Sie bereits ein Kind haben, weshalb es für Sie nicht so schwer ist wie für andere Frauen, wenn er so ungewöhnlich früh einsetzt. Was die anderen Symptome betrifft, fürchte ich, dass Sie einfach die Zähne zusammenbeißen und sie ertragen müssen. In etwa einem Jahr haben Sie es ausgestanden. Das ist eben die Natur.« Er lächelte sie aufmunternd an. »Und dann werden Sie erleichtert sein: Schluss mit den Menstruationsbeschwerden. Einige Frauen würden Sie beneiden.«

Auf dem Rückweg zum Haus ihrer Eltern unterdrückte Isabel die Tränen. Sie hatte Lucy, sie hatte Tom – und das in Zeiten, in denen viele Frauen den am meisten geliebten Menschen verloren hatten. Es wäre eine übertriebene Forderungshaltung gewesen, mehr zu verlangen.

Einige Tage später unterschrieb Tom die Formulare für eine weitere dreijährige Dienstzeit. Der Bezirksleiter, der aus Fremantle anreiste, um den Verwaltungsakt zu überwachen, achtete genau auf Handschrift und Unterschrift und verglich sie mit den früheren. Beim kleinsten Zittern würde Tom seinen Dienst nicht mehr antreten dürfen. Quecksilbervergiftungen kamen häufig vor: Wenn man sie schon in einem Stadium entdeckte, in dem lediglich die Handschrift zu wackeln begann, vermied man es, einen Leuchtturmwärter loszuschicken, der am Ende seines nächsten Einsatzes vollends den Verstand verloren haben würde.

Kapitel 15

Lucys Taufe, die eigentlich in der ersten Woche ihres Urlaubs hätte stattfinden sollen, musste wegen eines langwierigen »Unwohlseins« von Reverend Norkells verschoben und konnte erst am Tag vor ihrer Rückkehr nach Janus abgehalten werden. Es war ein glühend heißer Vormittag. Ralph und Hilda begleiteten Tom und Isabel zu Fuß zur Kirche. Nur einige Mallee-Eukalyptusbäume neben den Grabsteinen boten Schatten, als sie darauf warteten, dass die Türen geöffnet wurden.

»Hoffentlich ist Norkells nicht wieder voll«, sagte Ralph.

»Aber Ralph!«, schalt Hilda. Um das Thema zu wechseln, wandte sie sich mitleidig einem neuen Grabstein zu, der nur wenige Meter entfernt stand. »So ein Jammer.«

»Was ist, Hilda?«, fragte Isabel.

»Oh, das arme Baby und sein Vater. Alle beide ertrunken. Wenigstens haben sie jetzt endlich einen Grabstein.«

Isabel erstarrte. Im ersten Moment befürchtete sie, in Ohnmacht zu fallen, und die Geräusche um sie herum klangen plötzlich erst ganz weit entfernt, dann wieder dröhnend laut. Sie versuchte, den leuchtend goldenen Buchstaben auf dem Stein einen Sinn zu entnehmen. *»In liebendem Gedenken an Franz Johannes Roennfeldt, innig geliebter Ehemann von Hannah, und ihre reizende Tochter Grace Ellen. Behütet von Gott.«* Und darunter: *»Selig sind, die da Leid tragen.«* Am Fuße des Grabsteins lagen frische Blumen. Angesichts der Hitze konnten sie vor höchstens einer Stunde hinterlassen worden sein.

»Was ist geschehen?«, erkundigte sie sich, während ihre Hände und Füße zu prickeln begannen.

»Ach, eine Tragödie«, erwiderte Ralph und schüttelte den Kopf. »Hannah, geborene Potts.« Isabel erkannte den Namen sofort. »Septimus Potts, der Geldsack, wie ihn alle nannten. Der reichste Mann im Umkreis hier. Er ist vor gut fünfzig Jahren als mittelloser Waisenjunge aus London gekommen und hat mit Holz ein Vermögen verdient. Seine Frau starb, als die beiden Töchter noch klein waren. Wie hieß die andere noch mal, Hilda?«

»Gwen. Hannah ist die ältere. Die beiden haben ein teures Internat in Perth besucht.«

»Dann, vor ein paar Jahren, hat Hannah ausgerechnet einen Deutschen geheiratet ... Tja, der alte Potts hat danach kein Wort mehr mit ihr gewechselt und ihr den Geldhahn zugedreht. Sie haben in der heruntergekommenen Hütte neben dem Wasserwerk gewohnt. Nach der Geburt des Babys hat sich der Alte allerdings wieder beruhigt. Jedenfalls ist es im vorletzten Jahr am Heldengedenktag zu einer kleinen Rangelei gekommen ...«

»Nicht jetzt, Ralph.« Hilda wies ihn mit einem Blick zurecht.

»Ich erzähle ihnen doch nur ...«

»Das ist wohl kaum der richtige Zeitpunkt und Ort.« Sie wandte sich an Isabel. »Sagen wir einfach, es hat zwischen Frank Roennfeldt und einigen Einheimischen ein Missverständnis gegeben, worauf er mit dem Baby in ein Ruderboot gesprungen ist. Sie ... nun, sie haben es ihm krummgenommen, dass er Deutscher war. Oder wenigstens beinahe. Es ist überflüssig, genauer darauf einzugehen. Nicht bei einer Taufe. Am besten vergessen wir die Angelegenheit.«

Isabel hatte mit angehaltenem Atem zugehört und schnappte nun unwillkürlich nach Luft, da ihr Körper nach Sauerstoff verlangte.

»Ja, ich weiß!«, stimmte Hilda zu. »Und es kommt noch schlimmer ...«

Tom warf Isabel einen eindringlichen Blick zu. Seine Augen waren weit aufgerissen, und Schweißperlen standen ihm auf der Oberlippe. Er fragte sich, ob die anderen wohl sein Herz schlagen hören konnten, so wild pochte es.

»Nun, der Bursche war kein Seemann«, fuhr Ralph fort. »Offenbar hatte er schon seit seiner Kindheit ein schwaches Herz und war der Strömung hier nicht gewachsen. Ein Sturm kam auf, und die beiden wurden nie wieder gesehen. Sicher sind sie ertrunken. Der alte Potts hat eine Belohnung für Hinweise ausgesetzt: eintausend Guineen!« Er schüttelte den Kopf. »Das hätte wohl jeden aufgescheucht, der etwas wusste. Ich habe mir sogar überlegt, ob ich selbst suchen soll! Ich bin zwar nicht unbedingt ein Freund der Deutschen ... aber ein Baby ... knapp zwei Monate alt. Einem Baby kann man wohl kaum einen Vorwurf machen, oder? Der kleine Wurm.«

»Die arme Hannah hat sich nie von dem Schock erholt.« Hilda seufzte. »Ihr Vater hat sie erst vor ein paar Monaten dazu überreden können, den Grabstein aufzustellen.« Sie hielt inne, um sich die Handschuhe hochzuziehen. »Seltsam, wie das Leben so spielt. Sie ist mit mehr Geld geboren, als man zählen kann, hat an der Universität von Sydney irgendeinen Abschluss gemacht und die Liebe ihres Lebens geheiratet – und jetzt sieht man sie manchmal durch die Stadt irren, als hätte sie kein Zuhause.«

Isabel fühlte sich, als hätte sie jemand in Eiswasser gestoßen, und die Blumen auf dem Grab – ein Hinweis, dass die Mutter ganz in der Nähe war – schienen sie zu verhöhnen. Ihr wurde schwindelig, sodass sie sich an einen Baum lehnen musste.

»Ist dir nicht gut, Kind?«, erkundigte sich Hilda.

»Alles in Ordnung. Es ist nur die Hitze. Mir geht es gleich wieder besser.«

Die schweren Türen aus Dscharraholz öffneten sich, und der Vikar trat aus der Kirche. »Alles bereit für den großen Tag?«, fragte er und blinzelte ins Licht.

»Wir müssen etwas sagen! Jetzt! Die Taufe kann nicht stattfinden ...«, zischte Tom Isabel in der Sakristei zu, während Bill und Violet den Gästen in der Kirche ihr Enkelkind präsentierten.

»Tom, das ist unmöglich.« Isabels Atem ging flach, und sie war kreidebleich im Gesicht. »Es ist zu spät!«, fügte sie hinzu.

»Wir müssen die Sache in Ordnung bringen und den Leuten sofort reinen Wein einschenken!«

»Wir können nicht!« Ihr schwindelte immer noch, während sie sich das Hirn nach einer schlüssigen Begründung zermarterte. »Das dürfen wir Lucy nicht antun! Wir sind die einzigen Eltern, die sie kennt. Und was genau sollen wir denn sagen? Dass uns plötzlich eingefallen ist, ich hätte gar kein Baby bekommen?« Sie wurde aschfahl. »Und was ist mit dem Toten? Wir sind schon zu weit gegangen.« Alle Instinkte rieten ihr, auf Zeit zu spielen. Für eine andere Lösung war sie viel zu verwirrt und verängstigt. Dennoch bemühte sie sich um einen ruhigen Tonfall. »Wir sprechen später darüber. Jetzt müssen wir die Taufe abhalten.« Als sich ein Lichtstrahl in ihren meergrünen Augen fing, erkannte Tom die Furcht darin. Sie trat einen Schritt auf ihn zu und fuhr im nächsten Moment zurück, als seien sie zwei einander abstoßende Magneten.

Die Schritte des Vikars übertönten das Stimmengewirr der Gäste in der Kirche, als er näher kam. In Toms Kopf wirbelten die Gedanken wild durcheinander. *»In Gesundheit und Krankheit, in guten wie in schlechten Tagen.«* Die Worte, die er vor Jahren in dieser Kirche ausgesprochen hatte, wollten ihm nicht aus dem Kopf.

»Alles ist bereit«, verkündete der Vikar strahlend.

»Ist dieses Kind bereits getauft worden?«, begann Reverend Norkells. Die Menschen, die sich am Taufbecken versammelt hatten, antworteten mit: »Nein.« Neben Tom und Isabel standen Ralph als Pate und Isabels Cousine Freda als Patin.

Die Taufpaten hatten Kerzen in der Hand und antworteten auf die Fragen des Vikars: »Weist du, im Namen dieses Kindes, den Teufel und alle seine Werke zurück …?«

»Ich weise sie alle zurück«, erwiderten die Paten im Chor.

Während die Worte von den Sandsteinmauern widerhallten, starrte Tom auf seine blank polierten neuen Stiefel und konzentrierte sich auf die schmerzhafte Wasserblase an seiner Ferse.

»Wirst du gehorsam Gottes heiligen Willen und seine Gebote befolgen …?«

»Das werde ich.«

Bei jedem Gelöbnis bewegte Tom den in steifem Leder steckenden Fuß und gab sich dem Schmerz hin.

Lucy war begeistert von den Buntglasfenstern, die strahlten wie ein Feuerwerk, und Isabel musste trotz ihrer Aufgewühltheit daran denken, dass das Kind noch nie so leuchtende Farben gesehen hatte.

»Oh, gnädiger Gott, mach, dass der alte Adam in diesem Kind begraben wird, sodass der neue in ihm auferstehen kann ...«

Tom dachte an das anonyme Grab auf Janus und hatte das Gesicht von Frank Roennfeldt vor sich, bevor er es mit der Plane abgedeckt hatte. Abwesend und ausdruckslos hatte er es Tom überlassen, sein eigener Ankläger zu sein.

Von draußen drangen die Rufe der Kinder herein, die auf dem Hof der Kirche Kricket spielten, sodass die Geräusche von Abschlägen und Geschrei durch die Luft hallten.

In der zweiten Sitzreihe stieß Hilda Addicott ihre Sitznachbarin an. »Schau, Tom hat eine Träne im Auge. Er hat wirklich ein weiches Herz«, flüsterte sie. »Obwohl er ein Baum von einem Mann ist, ist er so feinfühlig.«

Norkells nahm das Kind in die Arme. »Gebt diesem Kind einen Namen«, sagte er.

»Lucy Violet«, erwiderten sie.

»Lucy Violet, ich taufe dich im Namen des Vaters, des Sohnes und des Heiligen Geistes«, verkündete der Priester und goss dem kleinen Mädchen, das einen Protestschrei ausstieß, Wasser über den Kopf. Im nächsten Moment begann Mrs. Rafferty der alten Holzorgel eine Vertonung des dreiundzwanzigsten Psalms zu entlocken.

Noch ehe der Gottesdienst vorüber war, entschuldigte sich Isabel und hastete zum Toilettenhäuschen am Ende des Pfads. In dem kleinen Ziegelgebäude war es heiß wie in einem Backofen, und sie musste die Fliegen verscheuchen, ehe sie sich vorbeugen und heftig übergeben konnte. Ein Gecko klebte an der Wand und beobachtete sie schweigend. Als sie an der Kette zog, huschte er zum sicheren Wellblechdach hinauf.

»Magenverstimmung«, erklärte sie ihrer Mutter mit schwacher Stimme, als sie sich wieder zu ihren Eltern gesellte, um möglichen Fragen zuvorzukommen. Sie streckte die Arme nach Lucy aus und drückte sie so fest an sich, das das Kind die Hände gegen Isabels Brust stemmte, um sich ein wenig Platz zu schaffen.

Beim anschließenden Essen im Palace Hotel saß Isabels Vater neben Violet am Tisch. Sie trug ein blaues Baumwollkleid mit weißem Spitzenkragen. Ihr Korsett zwickte, und von dem festen Dutt, zu dem sie ihr Haar zusammengesteckt hatte, bekam sie Kopfschmerzen. Dennoch war sie fest entschlossen, sich von nichts den Tag verderben zu lassen – die Taufe ihres ersten und, wie sie inzwischen von Isabel wusste, einzigen Enkelkinds.

»Tom ist so anders als sonst, findest du nicht, Vi? Normalerweise trinkt er ja kaum, aber heute scheint ihm der Whisky zu schmecken.« Bill zuckte die Achseln, als müsse er sich selbst überzeugen. »Wahrscheinlich zur Feier des Tages.«

»Ich glaube, er ist nur nervös. So ein wichtiges Ereignis. Isabel fühlt sich auch ein wenig schlecht. Sicher die Magenbeschwerden.«

Ralph stand mit Tom an der Bar. »Das kleine Mädchen war sehr wichtig für deine Frau. Sie ist wie ausgewechselt«, sagte Ralph.

Tom drehte das leere Glas zwischen den Händen hin und her. »Es hat ganz neue Seiten an ihr zutage gefördert, so viel steht fest.«

»Wenn ich mich daran erinnere, wie es war, als sie das Baby verloren hat ...« Obwohl Tom fast unmerklich zusammenzuckte, sprach Ralph weiter. »Beim ersten Mal habe ich geglaubt, ein Gespenst vor mir zu haben, als ich nach Janus kam. Und beim zweiten Mal war es noch schlimmer.«

»Ja, es war eine schwere Zeit für sie.«

»Nun, der liebe Gott richtet schließlich doch alles, oder?« Ralph lächelte.

»Wirklich, Ralph? Er kann es nicht für alle richten. Zum Beispiel nicht gleichzeitig für die Deutschen und für uns ...«

»So etwas sagt man nicht, mein Junge. Für dich ist doch alles gut ausgegangen!«

Tom lockerte Kragen und Krawatte – plötzlich erschien ihm der Raum stickig.

»Fehlt dir was, mein Junge?«, erkundigte sich Ralph.

»Schlechte Luft hier drin. Ich glaube, ich gehe mir mal die Beine vertreten.« Allerdings war es draußen nicht besser. Die Luft schien eine zähe Masse wie geschmolzenes Glas zu sein und erstickte ihn eher als ihm das Atmen zu erleichtern.

Wenn er nur allein mit Isabel sprechen könnte, und zwar ganz ruhig ... dann würde alles gut werden. Es musste doch möglich sein, alles in Ordnung zu bringen. Tom richtete sich auf, atmete tief durch und kehrte langsam zurück ins Hotel.

»Sie schläft tief und fest«, verkündete Isabel und schloss die Tür des Zimmers, wo das Kind umgeben von Kissen lag, damit es nicht aus dem Bett fiel. »Sie war heute so brav und hat sich bei der Taufe trotz der vielen Leute wacker geschlagen und nur geweint, als sie nass gespritzt wurde.« Im Laufe des Tages hatte sich das Zittern in ihrer Stimme, das Hildas Enthüllung ausgelöst hatte, wieder gelegt.

»Ach, sie ist ein Engel«, erwiderte Violet und lächelte. »Ich weiß gar nicht, was wir tun sollen, wenn sie morgen wieder abreist.«

»Ich weiß. Aber ich verspreche, euch zu schreiben und euch alles von ihr zu erzählen«, antwortete Isabel. Sie seufzte auf. »Am besten gehen wir auch schlafen. Morgen in aller Herrgottsfrüh legt das Schiff ab. Kommst du, Tom?«

Tom nickte. »Gute Nacht, Violet, gute Nacht, Bill«, sagte er, überließ sie ihrem Puzzle und folgte Isabel ins Schlafzimmer.

Nun waren sie zum ersten Mal an diesem Tag allein miteinander. »Wann werden wir es ihnen sagen?«, fragte er, sobald sich die Tür hinter ihnen geschlossen hatte. Seine Miene war angespannt, und seine Schultern wirkten verkrampft.

»Gar nicht«, zischte Isabel.

»Was soll das heißen?«

»Wir müssen nachdenken, Tom. Wir brauchen Zeit. Morgen müssen wir weg. Wenn wir jetzt reden, obwohl du morgen Abend wieder deinen Dienst antreten musst, wird die Hölle los sein. Sobald wir zurück auf Janus sind, überlegen wir uns eine Lösung. Wir dürfen nichts überstürzen oder etwas tun, das wir später bereuen werden.«

»Isabel, in dieser Stadt gibt es eine Frau, die ihre Tochter für tot hält, obwohl sie noch lebt. Außerdem hat sie keine Ahnung, was aus ihrem Mann geworden ist. Der Himmel allein weiß, was sie durchgemacht hat. Je früher wir sie von ihren Leiden erlösen ...«

»Das alles ist so ein Schock. Wir dürfen keine Fehler machen, und zwar nicht nur, was Hannah Potts, sondern auch was Lucy angeht. Bitte, Tom. Wir können im Moment beide nicht klar denken. Wir wollen uns Zeit lassen. Und jetzt sollten wir ein wenig schlafen, bevor es morgen losgeht.«

»Ich komme später nach«, entgegnete er. »Ich brauche frische Luft.« Mit diesen Worten schlüpfte er lautlos hinaus auf die rückwärtige Veranda, ohne auf Isabels Flehen, er möge doch bleiben, zu achten.

Draußen war es kühler. Tom saß, die Hände vors Gesicht geschlagen, in der Dunkelheit in einem Rattansessel. Aus der Küche hörte er ein Klappern, als Bill das letzte Puzzleteilchen wieder in seiner Holzschachtel verstaute. »Isabel brennt offenbar darauf, nach Janus zurückzukehren. Sie sagt, sie hielte die Menschenmengen nicht mehr so gut aus«, meinte Bill, während er den Deckel auf die Schachtel setzte. »Und dabei würde man sich auf dieser Seite von Perth schwertun, überhaupt eine Menschenmenge zusammenzutrommeln.«

Violet schnitt den Docht der Kerosinlampe zurück. »Nun, sie war schon immer exzentrisch«, antwortete sie. »Nur unter uns, aber ich habe den Eindruck, dass sie Lucy allein für sich haben will.« Sie seufzte. »Ohne die Kleine wird es still hier werden.«

Bill legte Violet den Arm um die Schulter. »Das weckt Erinnerungen, richtig? Weißt du noch, wie Hugh und Alfie als Kleinkinder waren? Prächtige kleine Burschen, die beiden.« Er kicherte. »Zum Beispiel damals, als sie die Katze tagelang in den Küchenschrank gesperrt haben.« Er hielt inne. »Es ist zwar nicht dasselbe, aber Großvater zu sein kommt gleich danach, findest du nicht? Es ist fast so schön, als wären die Jungen wieder da.«

Violet zündete die Lampe an. »Manchmal habe ich daran gezweifelt, dass wir es überstehen werden, Bill. Ich habe nicht gehofft, dass uns noch ein glücklicher Tag vergönnt sein würde.« Sie pustete das Streichholz aus. »Endlich sind unsere Gebete erhört worden.« Nachdem sie den gläsernen Lampenschirm auf die Lampe gesetzt hatte, ging sie voraus ins Schlafzimmer.

Ihre Worte hallten in Toms Kopf wider, als er den süßen Duft des Nachtjasmins einatmete, der seine Verzweiflung nicht zur Kenntnis nahm.

Kapitel 16

In der ersten Nacht auf Janus umtoste der Wind den Laternenraum und drückte gegen die dicken Glasscheiben des Turms, als suche er nach einer Schwachstelle. Während Tom die Lampe anzündete, ließ er seinen Streit mit Isabel Revue passieren, der begonnen hatte, sobald das Versorgungsschiff wieder in See gestochen war.

Sie war beharrlich geblieben. »Wir können die Vergangenheit nicht rückgängig machen, Tom. Glaubst du, ich hätte mir nicht das Hirn nach einer Lösung zermartert?« Sie presste die Puppe, die sie gerade vom Boden aufgehoben hatte, an ihre Brust. »Lucy ist ein glückliches und gesundes kleines Mädchen. Sie hier herauszureißen, wäre ... oh, Tom, es wäre ein Albtraum für sie!« Sie war gerade dabei, Bettwäsche zu mangeln, und ging zwischen Wäschekorb und Schrank hin und her. »Ganz gleich, wie man es auch betrachtet, Tom, wir haben es nun einmal getan. Lucy vergöttert dich und du sie auch. Du hast nicht das Recht, ihr den liebenden Vater wegzunehmen.«

»Und was ist mit ihrer liebenden Mutter? Ihrer Mutter, die noch am Leben ist? Wie kann das gerecht sein, Izz?«

Ihr Gesicht war gerötet. »Findest du es vielleicht gerecht, dass wir drei Babys verloren haben? Findest du es gerecht, dass Alfie und Hugh Tausende von Kilometern entfernt von hier begraben sind, während du unversehrt herumläufst? Natürlich ist es nicht gerecht, Tom. Ganz und gar nicht gerecht! Wir müssen das annehmen, was das Leben uns auftischt.«

Mit diesem Seitenhieb hatte sie Toms wundesten Punkt getroffen. Auch noch all die Jahre später wurde er das widerwärtige Gefühl nicht los, ein Betrüger zu sein – nicht den Tod hatte er betrogen, sondern seine Kameraden, weil er auf ihre Kosten unverletzt davongekommen war. Zwar sagte ihm die Logik, dass es sich nur um einen Zufall handelte, aber Isabel merkte ihm an, dass sie ihm den Wind aus den Segeln genommen hatte.

»Tom, wir müssen tun, was das Beste für Lucy ist.«

»Izzy, bitte.«

»Kein Wort mehr, Tom!«, unterbrach sie ihn. »Wir haben keine andere Wahl, als das kleine Mädchen so zu lieben, wie es das verdient hat. Und ihm niemals, niemals wehzutun!« Die Puppe fest in der Hand, eilte sie aus dem Zimmer.

Während Tom nun auf den aufgewühlten Ozean und die Wellen mit ihren weißen Schaumkronen hinausblickte, näherte sich die Dunkelheit von allen Seiten. Die Linie zwischen Meer und Himmel war immer schwieriger auszumachen, da das Tageslicht von Sekunde zu Sekunde schwand. Das Barometer fiel. Es würde noch vor dem Morgen einen Sturm geben. Tom überprüfte den Messinggriff der Tür zur Galerie und sah zu, wie sich die Leuchte gleichmäßig und ungerührt weiterdrehte.

An jenem Abend kümmerte sich Tom um den Leuchtturm, während Isabel an Lucys Bettchen saß und sie beim Einschlafen beobachtete. Den Tag zu überstehen, hatte sie all ihre Kraft gekostet, und ihre Gedanken wirbelten noch immer durcheinander wie die Sturmböen draußen. Sie sang, beinahe im Flüsterton, das Schlaflied, auf dem Lucy stets bestand: *»Blow the wind southerly, southerly, southerly …«* Ihre zitternde Stimme hatte Mühe, den Ton zu halten. *»I stood by the lighthouse the last time we parted, till darkness came down o'er the deep rolling sea, and no longer I saw the bright bark of my lover …«*

Als Lucy endlich schlief, öffnete Isabel ihr die kleine Hand, um die rosafarbene Muschel zu entfernen, die das Kind fest umklammert hielt. Die Übelkeit, an der sie seit dem Vorfall am Grabstein litt, wurde stärker, und sie kämpfte dagegen an, indem sie die Spirale der Muschel mit dem Finger nachfuhr und Trost in der makellos glatten Oberfläche und der ausgewogenen Form suchte. Das Lebewesen, das sie geschaffen hatte, war längst tot und hatte nur dieses Kunstwerk zurückgelassen. Ihr schoss durch den Kopf, dass auch Hannahs Mann ein lebendes Kunstwerk zurückgelassen hatte: dieses kleine Mädchen.

Lucy schob den Arm über den Kopf, und kurz verdüsterte sich ihre Miene, als sich ihre Finger um die nicht mehr vorhandene Muschel schlossen.

»Ich werde nicht dulden, dass dir jemand wehtut, mein Schatz, und verspreche, dich immer zu beschützen«, flüsterte Isabel. Und dann tat sie etwas, das schon seit einigen Jahren nicht mehr vorgekommen war. Sie kniete sich hin und senkte den Kopf. »Gott, ich darf mich nicht anmaßen, deine Wege je verstehen zu wollen. Ich kann nur versuchen, mich der Aufgabe würdig zu erweisen, die du mir übertragen hast. Gib mir die Kraft, die ich dazu brauche.« Einen Moment lang wurde sie von einem heftigen Zweifel ergriffen, sodass sie am ganzen Leib zu zittern begann und sich erst durch regelmäßiges Durchatmen beruhigen konnte. »Hannah Potts – Hannah Roennfeldt …«, fuhr sie fort, um sich an den Gedanken zu gewöhnen, »steht ebenfalls unter deiner Obhut, das weiß ich genau. Schenk uns Frieden. Uns allen.« Sie lauschte dem Wind, der draußen wehte, und dem Meer und spürte, wie ihr der Abstand das Gefühl der Sicherheit zurückgab, das die letzten beiden Tage ihr genommen hatten. Isabel legte die Muschel neben Lucys Bett, wo diese sie beim Aufwachen sofort finden würde, und verließ, leise und von neuer Entschlossenheit beseelt, den Raum.

Für Hannah Roennfeldt brachte der Montag im Januar, der auf die Taufe folgte, ein großes Ereignis.

Als sie zum Briefkasten ging, rechnete sie eigentlich damit, ihn leer vorzufinden, denn sie hatte erst am Vortag hineingesehen, als Teil des Rituals, das sie entwickelt hatte, um seit dem schrecklichen Heldengedenktag vor knapp zwei Jahren die Zeit totzuschlagen. Zuerst stattete sie stets dem Polizeirevier einen Besuch ab, wo sie sich manchmal mit einem fragenden Blick begnügte, worauf der Constable Harry Garstone wortlos den Kopf schüttelte. Nachdem sie gegangen war, meinte sein Kollege Constable Lynch manchmal: »Die arme Frau. Stell dir mal vor, so zu enden …« Dann schüttelte auch er den Kopf und wandte sich wieder seinen Formularen zu.

Anschließend suchte Hannah jeden Tag einen anderen Teil des Strands nach einem Hinweis ab – Treibholz oder vielleicht ein Stück Metall von einer Ruderpinne.

Wenn sie damit fertig war, nahm sie einen Brief an ihren Mann und ihr Kind aus der Tasche. Manchmal legte sie dem Schreiben etwas bei – einen Zeitungsausschnitt, der berichtete, ein Zirkus werde bald in die Stadt kommen, oder einen Kinderreim, mit der Hand geschrieben und mit bunten Zeichnungen verziert. Den Brief warf sie ins Meer, in der Hoffnung, dass ihre geliebte Familie in einem der Ozeane die Tinte spüren würde, die das Wasser dem Umschlag entzog.

Auf dem Rückweg machte sie in der Kirche Rast, wo sie schweigend in der letzten Reihe neben der Statue des heiligen Judas saß. Manchmal blieb sie, bis die langen Schatten der Eukalyptusbäume auf die Buntglasfenster fielen und sich ihre Votivkerzen in kalte, harte Wachshaufen verwandelt hatten. Solange sie hier im Schatten verharrte, war es so, als gäbe es Frank und Grace noch. Wenn es sich nicht länger vermeiden ließ, ging sie nach Hause und öffnete den Briefkasten – allerdings erst, wenn sie sich stark genug fühlte, um die Enttäuschung zu verkraften, weil er wie immer leer war.

Zwei Jahre lang hatte sie an jede Einrichtung geschrieben, die ihr einfiel – Krankenhäuser, Hafenmeistereien, Seefahrermissionen: an jeden, der vielleicht etwas gehört oder gesehen haben könnte. Doch sie hatte nur höfliche Antworten erhalten, man werde ihr Bescheid geben, falls man etwas Neues über ihren vermissten Mann und ihre Tochter erführe.

An jenem Januarmorgen war es heiß, und die Elstern sangen ihr Lied, plätschernde Töne, die sich wie Farbkleckse über die Eukalyptusbäume unter dem blassblauen Himmel legten. Hannah ging wie in Trance den wenige Meter langen Plattenweg zwischen Veranda und Briefkasten entlang. Die Gardenien und Kranzschlingen, die ihr mit ihrem süßen, üppigen Duft hätten Trost spenden können, nahm sie schon lange nicht mehr zur Kenntnis. Der Briefkasten aus verrostetem Eisen knirschte, als sie ihn öffnete – er war genauso erschöpft und unwillig, sich zu bewegen, wie sie. Etwas Weißes befand sich darin. Hannah blinzelte. Ein Brief.

Eine Schnecke hatte bereits ihre Spur darübergezogen, sodass das Papier rings um die angeknabberte Stelle funkelte wie ein Regenbogen. Eine Briefmarke fehlte. Die Handschrift war gleichmäßig und bestimmt.

Hannah kehrte mit dem Brief zurück ins Haus und platzierte ihn so auf dem Esstisch, dass der Rand des Kuverts parallel zur Tischkante lag. Lange saß sie davor, ehe sie einen Brieföffner mit Perlmuttgriff nahm und den Umschlag vorsichtig aufschlitzte, um den Inhalt nicht zu beschädigen.

Sie zog einen kleinen Briefbogen heraus, auf dem folgender Wortlaut stand:

Sorgen Sie sich nicht um sie. Das Baby ist in guten Händen und wird geliebt und versorgt, und so wird es auch immer bleiben. Ihr Mann hat seinen Frieden in Gottes Hand gefunden. Ich hoffe, dass dieser Brief Sie tröstet.
Beten Sie für mich.

Es war dunkel im Haus, denn die schweren Brokatvorhänge waren zum Schutz gegen den grellen Sonnenschein zugezogen. Im wilden Wein an der rückwärtigen Veranda zirpten die Zikaden so schrill, dass es Hannah in den Ohren surrte.

Sie betrachtete die Handschrift. Die Worte entstanden vor ihren Augen, doch sie konnte sie nicht ganz entwirren. Ihr Herz klopfte so heftig, dass es ihr den Atem raubte. Beinahe hatte sie damit gerechnet, dass der Brief verschwinden würde, wenn sie ihn öffnete. Ähnliche Sinnestäuschungen hatte sie schon öfter gehabt: Sie glaubte, sie hätte auf der Straße einen Blick auf Grace erhascht – auf ihr rosafarbenes Kleidchen vielleicht. Doch dann war es doch nur ein Päckchen in dieser Farbe oder der Rock einer Frau. Oder sie sah einen Mann, von dem sie hätte schwören können, dass es Frank war. Manchmal zupfte sie ihn sogar am Ärmel, nur um die verdatterte Miene eines Fremden vor sich zu haben, der nicht mehr Ähnlichkeit mit ihm hatte als Kreide mit Käse.

»Gwen?«, rief sie, als sie endlich die Sprache wiedergefunden hatte. »Gwen, könntest du einmal kurz herkommen?«, rief sie ihre Schwester herbei, voll Angst, der Brief könnte sich in Luft auflösen, wenn sie auch nur einen Muskel regte. Vielleicht war es ja wieder nur Einbildung.

Gwen hatte ihre Stickerei noch in der Hand. »Hast du mich gerufen, Hanny?«

Anstelle einer Antwort wies Hannah nur mit einer furchtsamen Kopfbewegung auf den Brief, worauf ihre Schwester danach griff. »Wenigstens etwas«, dachte Hannah. »Er ist tatsächlich vorhanden.«

Eine Stunde später verließen die beiden Schwestern das schlichte Holzhaus und machten sich auf den Weg nach Bermondsey, die steinerne Villa von Septimus Potts, die auf einem Hügel am Stadtrand stand.

»Und er war heute erst im Briefkasten?«, erkundigte er sich.

»Ja«, antwortete Hannah, noch immer perplex.

»Wer würde so etwas tun, Dad?«, fragte Gwen.

»Jemand, der weiß, dass Grace am Leben ist, natürlich!«, erwiderte Hannah. Den Blick, den ihr Vater und ihre Schwester wechselten, bemerkte sie nicht.

»Hannah, mein Kind, es ist schon sehr lange her«, wandte Septimus ein.

»Das ist mir klar!«

»Er meint nur«, ergänzte Gwen, »es sei ein wenig seltsam, dass wir nicht schon früher etwas gehört haben. Und jetzt schreibt dir jemand aus heiterem Himmel.«

»Aber es ist ein Hinweis!«, beharrte Hannah.
»Oh, Hanny.« Gwen schüttelte den Kopf.

Später am selben Tag saß Sergeant Knuckey, der oberste Polizist von Point Partageuse, verlegen auf einem gedrungenen Großmutterstuhl, balancierte eine zarte Teetasse auf seinem breiten Knie und versuchte, sich gleichzeitig Notizen zu machen.

»Und Sie haben keinen Fremden in der Nähe des Hauses beobachtet, Miss Potts?«, wandte er sich an Gwen.

»Niemanden.« Sie stellte das Milchkännchen zurück auf den Tisch. »Wir bekommen normalerweise keinen Besuch.«

Er schrieb wieder etwas auf.

»Und?«

Knuckey wurde klar, dass Septimus ihm eine Frage gestellt hatte. Wieder untersuchte er den Brief. Eine ordentliche Handschrift. Schlichtes Papier. Nicht mit der Post verschickt. Von einem Ortsansässigen? Der Himmel wusste, dass hier noch immer Leute lebten, denen es Freude machte, Menschen zu schikanieren, die sich mit Deutschen abgaben. »Ich fürchte, der Brief ist nicht sehr aufschlussreich.« Geduldig lauschte er Hannahs Einwänden, dem Brief müssten doch Hinweise zu entnehmen sein. Außerdem fiel ihm auf, dass Vater und Schwester ein wenig verlegen wirkten, so als finge eine schrullige Tante an, beim Abendessen über Jesus Christus zu schwadronieren.

Als Septimus den Sergeant zur Tür brachte, setzte dieser die Mütze auf und meinte leise: »Für mich ist das ein grausamer Scherz. Es ist allmählich wirklich an der Zeit, das Kriegsbeil gegen die Deutschen zu begraben. Es war zwar eine schreckliche Sache, aber solche Streiche gehören sich nicht. Ich an Ihrer Stelle würde das mit dem Brief nicht an die große Glocke hängen. Sonst rufen Sie nur Trittbrettfahrer auf den Plan.« Nachdem er Septimus die Hand geschüttelt hatte, marschierte er die lange, von Eukalyptusbäumen gesäumte Einfahrt entlang.

Zurück im Arbeitszimmer, legte Septimus Hannah die Hand auf die Schulter. »Kopf hoch, Mädchen, lass dich von so etwas nicht unterkriegen.«

»Aber ich verstehe das nicht, Dad. Sie muss noch am Leben sein. Warum sonst sollte sich jemand die Mühe machen, so einen Brief zu schreiben und zu lügen, und noch dazu aus heiterem Himmel?«

»Weißt du was, mein Kind. Was hältst du davon, wenn ich die Belohnung verdopple? Auf zweitausend Guineen. Falls jemand wirklich Hinweise für uns hat, werden wir es bald erfahren.« Während Septimus seiner Tochter noch eine Tasse Tee einschenkte, war er ausnahmsweise nicht froh, dass er sich vermutlich nicht von seinem Geld würde trennen müssen.

Obwohl Septimus Potts in der Geschäftswelt von Partageuse und Umgebung tonangebend war, konnten nicht viele von sich behaupten, dass sie ihn gut kannten. Er verteidigte seine Familie wie ein Löwe, auch wenn sein hartnäckigster Gegner schon immer das Schicksal gewesen war. Septimus war fünf Jahre alt gewesen, als er 1869 in Fremantle von Bord der *Queen of Cairo* gegangen war. Um den Hals trug er ein kleines Holzschild, das seine Mutter ihm nach dem tränenreichen Abschiedskuss am Hafen in London umgehängt hatte. »Ich bin ein braver christlicher Junge. Bitte sorgen Sie für mich«, stand darauf.

Septimus war das siebte und letzte Kind eines Schrotthändlers aus Bermondsey, der sich nur drei Jahre nach der Geburt seines Sohnes unter den Hufen eines durchgegangenen Zugpferds von dieser Welt verabschiedet hatte. Seine Mutter hatte ihr Bestes versucht, um die Familie zusammenzuhalten. Doch als einige Jahre später die Schwindsucht an ihren Kräften zu zehren begann, hatte sie gewusst, dass sie für die Zukunft ihrer Kinder sorgen musste. So viele wie möglich wurden an Verwandte in und rings um London verteilt, wo sie den Menschen, die sie bei sich aufnahmen, als kostenlose Arbeitskräfte zur Verfügung standen. Nur ihr Jüngster war noch zu klein und deshalb ein nutzloser Esser, weshalb eine der letzten Handlungen seiner Mutter darin bestand, für ihn eine Schiffspassage nach Westaustralien zu buchen. Nur für ihn allein.

Wie er es Jahrzehnte später ausdrückte, wecke eine Erfahrung wie diese in einem Menschen entweder Todessehnsucht oder Lebenshunger, und er ginge davon aus, dass der Tod noch früh genug bei ihm anklopfen würde. Als ihn also eine rundliche, sonnengebräunte Frau von der Seefahrermission unter ihre Fittiche nahm und ihn in ein »gutes Zuhause« im Südwesten schickte, beklagte er sich nicht und stellte auch keine Fragen. Wer hätte ihm auch zugehört? Und so fing er ein neues Leben in Kojonup, einer Stadt ein ganzes Stück östlich von Partageuse, bei Walt und Sarah Flindell an, einem Ehepaar, das seinen Lebensunterhalt mühsam mit dem illegalen Schlagen von Sandelholz bestritt. Die beiden waren zwar gute Menschen, allerdings auch schlau genug, um zu wissen, dass das leichte Sandelholz auch von einem Kind verladen und bewegt werden konnte, und erklärten sich deshalb einverstanden, dem kleinen Jungen ein Dach über dem Kopf zu geben. Und was Septimus betraf, fühlte er sich nach der Zeit auf dem Schiff wie im Paradies, da er endlich festen Boden unter den Füßen hatte und bei Leuten lebte, die ihm nicht sein tägliches Brot missgönnten.

Und so lernte Septimus das neue Land kennen, in das er wie ein Paket ohne Empfängeradresse verschickt worden war, und wusste Walts und Sarahs sachliche Art bald zu schätzen. In ihrer kleinen Hütte auf einem Stück gerodetem Land gab es weder Fensterscheiben noch fließendes Wasser, doch in den Anfangstagen schien von allem, was benötigt wurde, immer genug vorhanden zu sein.

Als die Sandelholzbäume, deren Holz manchmal mehr wert war als Gold, schließlich wegen des Raubbaus beinahe verschwunden waren, suchten sich Walt und Septimus Arbeit in einem der neuen Sägewerke, die in der Gegend um Partageuse wie Pilze aus dem Boden schossen. Der Bau von Leuchttürmen entlang der Küste hatte das Verschiffen von Fracht auf dieser Route von einem Glücksspiel in ein berechenbares Geschäftsrisiko verwandelt, und neue Bahnlinien und Anlegestege machten es möglich, die Wälder abzuholzen und gleich von der Haustür aus in die ganze Welt zu transportieren.

Septimus arbeitete unermüdlich, betete folgsam und nahm samstags bei der Frau des Pastors Unterricht im Lesen und Schreiben. Er gab nie unnötig auch nur einen halben Penny zu viel aus und ließ sich keine Gelegenheit entgehen, einen zu verdienen. Obwohl er nie größer wurde als eins fünfundsechzig in Stiefeln, hielt er sich wie ein viel größerer Mann und kleidete sich stets so ordentlich, wie seine Mittel es gestatteten. Manchmal hieß das, dass er beinahe elegant wirkte. Doch zumeist musste er noch um Mitternacht seine Sachen waschen, um nach der ganztägigen Schicht das Sägemehl zu entfernen, wenn er sonntags sauber angezogen zur Kirche gehen wollte.

Sein Fleiß und seine Zielstrebigkeit entpuppten sich als Vorteil, als im Jahr 1892 ein frisch gekürter Baronet aus Birmingham auf der Suche nach einer ungewöhnlichen Möglichkeit, sein Kapital anzulegen, die Kolonie bereiste. Septimus witterte eine Chance, sich mit einem Geschäft selbstständig zu machen, und überredete den Baronet, das Geld in ein kleines Grundstücksgeschäft zu stecken. Dank seiner Geschicklichkeit gelang es Septimus, die Einlagesumme zu verdreifachen, und indem er seinen Anteil mit mäßigem Risiko und ertragreich neu investierte, hatte er bald das nötige Startkapital beisammen. Als die Kolonie sich 1901 dem neu gegründeten Land Australien anschloss, gehörte er zu den wohlhabendsten Holzhändlern im Umkreis von vielen Kilometern.

Die Wirtschaft florierte. Septimus heiratete Ellen, eine Debütantin aus Perth, und Hannah und Gwen wurden geboren. Bermondsey, der Familienwohnsitz, wurde in Sachen Eleganz und Wohlstand zum Vorbild des ganzen Südwestens. Doch dann, bei einem ihrer berühmten Picknicks im Busch, das stets auf blendend weißem Leinen und mit funkelndem Silber serviert wurde, wurde seine geliebte Frau dicht oberhalb ihrer Stiefeletten aus hellem Leder von einer Braunschlange gebissen und starb binnen einer Stunde.

Das Leben, dachte Septimus, als seine Töchter am Tag der Ankunft des geheimnisvollen Briefs in ihr Häuschen zurückgekehrt waren ... Man konnte ihm einfach nicht über den Weg trauen. Was es einem mit der einen Hand gab, nahm es einem mit der anderen wieder weg. Gerade hatte er sich nach der Geburt des Babys wieder mit Hannah versöhnt, als ihr Mann und das Kind sich einfach in Luft auflösten und seine Tochter völlig verzweifelt zurückließen. Und jetzt streute jemand, der nur Ärger machen wollte, wieder Salz in die Wunden. Nun, man musste sich an den schönen Dingen erfreuen und erleichtert sein, dass es nicht noch schlimmer gekommen war.

Sergeant Knuckey saß an seinem Schreibtisch, klopfte mit dem Bleistift auf die Schreibtischunterlage und betrachtete die kleinen grauen Punkte, die dabei entstanden. Die arme Frau. Wer konnte es ihr verdenken, dass sie sich ihr Baby zurückwünschte? Seine Irene weinte noch immer manchmal um den kleinen Billy, obwohl seit seinem Tod durch Ertrinken als Kleinkind inzwischen zwanzig Jahre vergangen waren. Sie hatten zwar noch fünf weitere Kinder bekommen, aber die Trauer blieb.

Nein, es bestand nicht mehr die geringste Chance, dass das Baby am Leben war. Dennoch griff er nach einem Blatt Papier und verfasste einen Bericht über den Zwischenfall. Mrs. Roennfeldt verdiente es, dass man sich wenigstens an die Vorschriften hielt.

Kapitel 17

»Ihr Mann hat in Gottes Hand seinen Frieden gefunden.« Immer wieder liest Hannah Roennfeldt am Tag des Eintreffens des geheimnisvollen Briefs diesen Satz. Grace lebt, aber Frank ist tot. Das eine will sie glauben, das andere nicht. Frank. Franz. Sie erinnert sich an den sanften Mann, dessen Leben so oft auf den Kopf gestellt worden ist, auf dem verschlungenen Weg, der ihn irgendwann zu ihr geführt hat.

Die erste Kurve hat ihn als sechzehnjährigen Jungen aus seinem behüteten Leben in Wien gerissen, da die Spielschulden seines Vaters die Familie zwangen, zu Verwandten nach Kalgoorlie zu fliehen, einer Stadt, so weit weg von Österreich, dass nicht einmal der hartnäckigste Gläubiger die Verfolgung aufgenommen hätte. Vom Luxus direkt in die Armut, sodass der Sohn in der Bäckerei von Onkel und Tante, die sich nach ihrer Ankunft vor vielen Jahren von Fritz und Mitzie in Clive und Millie umbenannt hatten, das Bäckerhandwerk hatte erlernen müssen. Es sei wichtig, sich anzupassen, sagten sie. Seine Mutter sah das ein, doch sein Vater hatte sich mit dem Stolz und Starrsinn, die auch zu seinem finanziellen Untergang geführt hatten, einer gesellschaftlichen Eingliederung verweigert, sich noch im selben Jahr vor den Zug nach Perth geworfen und Frank damit zum Haushaltsvorstand gemacht.

Einige Monate später, bei Kriegsausbruch, erfolgte dann die Internierung als feindlicher Ausländer, erst auf Rottnest Island, dann im Osten, und das bei einem Jungen, der inzwischen nicht nur entwurzelt und in Trauer war, sondern auch noch verachtet wurde, und zwar wegen Vorgängen am anderen Ende der Welt, die sich seinem Einfluss entzogen.

Und nie hatte er sich beklagt, dachte Hannah. Franks Lächeln war noch so freundlich und offen wie eh und je, als sie ihn 1922 in Partageuse kennenlernte, wo er eine Stelle in der Bäckerei angenommen hatte.

Sie erinnerte sich noch an ihre erste Begegnung auf der Main Street. Der Frühlingsmorgen war zwar sonnig, doch im Oktober noch ein wenig kühl. Lächelnd hatte Frank ihr ein Umschlagtuch hingehalten, das sie als ihr eigenes erkannte.

»Das haben Sie gerade im Buchladen liegen gelassen«, sagte er.

»Vielen Dank. Sehr nett von Ihnen.«

»Ein wunderschönes Umschlagtuch, und diese Stickereien! Meine Mutter hatte früher auch so eines. Chinesische Seide ist sehr teuer. Es wäre ein Jammer, es zu verlieren.« Mit einem respektvollen Nicken wandte er sich zum Gehen.

»Ich habe Sie noch nie hier gesehen«, meinte Hannah. Und auch einen charmanten Akzent wie seinen hatte sie noch nie gehört.

»Ich habe gerade in der Bäckerei angefangen. Mein Name ist Frank Roennfeldt. Ich freue mich, Sie kennenzulernen.«

»Nun, dann willkommen in Partageuse, Mr. Roennfeldt. Hoffentlich gefällt es Ihnen hier. Ich bin Hannah Potts.« Sie verlagerte ihre Einkäufe in die andere Hand, um sich das Umschlagtuch über die Schultern zu wickeln.

»Wenn Sie gestatten«, sagte er und schlang es ihr mit einer geschickten Bewegung um. »Ich wünsche Ihnen einen wunderschönen Tag.« Wieder das offene Lächeln. Die Sonne fing sich in seinen blauen Augen und brachte sein helles Haar zum Leuchten.

Als Hannah über die Straße zu ihrem wartenden Einspänner ging, bemerkte sie, dass eine Frau sie böse ansah und auf den Boden spuckte. Hannah war zwar schockiert, sagte aber nichts.

Einige Wochen später stattete sie wieder einmal Maisie McPhees kleinem Buchladen einen Besuch ab. Beim Eintreten erkannte sie Frank, der an der Theke stand und von einer älteren Dame attackiert wurde, die zur Untermauerung ihrer Worte ihren Spazierstock schwenkte. »Es ist unfassbar, Maisie McPhee!«, verkündete die Frau. »Allein die Vorstellung, dass Sie Bücher verkaufen, mit denen Sie die dreckigen Deutschen unterstützen. Ich habe einen Sohn und einen Enkel an diese Bestien verloren und hätte nie von Ihnen erwartet, dass Sie ihnen Geld schicken wie das Rote Kreuz.«

Während Maisie sprachlos dastand, ergriff Frank das Wort. »Ich bedaure es, falls ich Sie beleidigt haben sollte«, sagte er. »Es ist nicht Miss McPhees Schuld.« Lächelnd hielt er ihr das aufgeschlagene Buch hin. »Sehen Sie? Es sind nur Gedichte.«

»Nur Gedichte, da lachen ja die Hühner!«, schimpfte die Frau und klopfte mit dem Spazierstock auf den Boden. »Die haben noch nie ein vernünftiges Wort von sich gegeben. Als ich gehört habe, dass wir einen Hunnen in der Stadt haben, hätte ich Sie nicht für so frech gehalten, unter unserer Nase herumzuspazieren! Und was Sie betrifft, Maisie ...« Sie drehte sich zur Theke um. »Ihr Vater dreht sich jetzt wahrscheinlich im Grabe herum.«

»Bitte, es tut mir entsetzlich leid«, meinte Frank. »Miss McPhee, behalten Sie das Buch. Ich wollte niemanden kränken.« Er legte einen Zehnshillingschein auf die Theke und rauschte an Hannah vorbei, ohne sie zu bemerken. Die Frau stürmte nach ihm hinaus, wenn auch in die entgegengesetzte Richtung.

Maisie und Hannah starrten einander einen Moment an, bevor die Buchhändlerin sich wieder fasste und ein strahlendes Lächeln aufsetzte. »Haben Sie Ihre Liste dabei, Miss Potts?«

Während Maisie diese studierte, wanderte Hannahs Blick zu dem liegen gelassenen Buch, denn sie war neugierig, wie so ein kleiner, in moosgrünes Leder gebundener Band zu einem solchen Zornesausbruch hatte führen können. Als sie es aufschlug, stach ihr die gotische Schrift auf dem Deckblatt ins Auge: *»Das Stundenbuch – Rainer Maria Rilke«*. Da sie in der Schule nicht nur Französisch, sondern auch Deutsch gelernt hatte, war ihr Rilke ein Begriff.

»Und«, sagte sie und nahm zwei Pfundnoten aus der Tasche, »haben Sie etwas dagegen, wenn ich das Buch mitnehme?« Als Maisie sie erstaunt ansah, fügte Hannah hinzu: »Es wird langsam Zeit, dass wir die Vergangenheit ruhen lassen, finden Sie nicht?«

Die Buchhändlerin wickelte das Buch in braunes Papier ein und verschnürte es. »Tja, um ehrlich zu sein, spare ich mir so die Mühe, es nach Deutschland zurückzuschicken. Sonst wird es sowieso niemand kaufen.«

Kurz darauf legte Hannah das kleine Päckchen auf die Theke in der Bäckerei. »Könnten Sie das hier vielleicht Mr. Roennfeldt geben? Er hat es im Buchladen vergessen.«

»Er ist hinten. Ich rufe ihn.«

»Oh, das ist nicht nötig. Vielen Dank«, erwiderte sie und verließ den Laden.

Einige Tage später stattete Frank ihr einen Besuch ab, um sich zu bedanken, und ihr Leben nahm eine andere Wendung, die ihr am Anfang glücklicher erschien, als sie sich je hätte träumen lassen.

Septimus Potts' Freude darüber, dass seine Tochter einen Verehrer gefunden hatte, verwandelte sich in Enttäuschung, als er erfuhr, dass dieser nur Bäcker war. Doch da er sich an seine eigene bescheidene Herkunft erinnerte, beschloss er, dem Mann seinen Beruf nicht zum Vorwurf zu machen. Als er jedoch hörte, dass es sich bei dem Mann überdies um einen Deutschen – wenn auch um einen, der seit Längerem im Ausland lebte – handelte, wurde aus Enttäuschung Verachtung. Die Auseinandersetzungen mit Hannah begannen kurz nach Anfang der Beziehung, und da sie sich beide, was den Dickkopf anging, nichts vorzuwerfen hatten, rückte keiner auch nur einen Zentimeter von seiner Position ab.

Schon nach zwei Monaten hatte der Streit seinen Höhepunkt erreicht. Septimus Potts lief im Wohnzimmer hin und her und versuchte, die Nachricht zu verdauen. »Hast du jetzt völlig den Verstand verloren?«

»Das ist aber mein Wunsch, Dad.«

»Einen Hunnen zu *heiraten*!« Er betrachtete das Foto von Ellen, das in einem verschnörkelten Silberrahmen auf dem Kaminsims stand. »Deine Mutter würde mir das nie verzeihen. Ich habe ihr versprochen, dich ordentlich zu erziehen ...«

»Und das hast du, Dad, das hast du.«

»Nun, irgendetwas muss schiefgegangen sein, wenn du vorhast, einen verdammten deutschen Bäcker zum Mann zu nehmen.«

»Er ist Österreicher.«

»Wo liegt der Unterschied? Muss ich dich mit ins Veteranenheim nehmen und dir die Jungs zeigen, denen ein Gasangriff das Hirn aufgeweicht hat? Abgesehen davon, dass ich das verdammte Krankenhaus von meinem Geld habe bauen lassen!«

»Du weißt ganz genau, dass Frank gar nicht im Krieg war. Er saß in einem Internierungslager und hat nie einer Fliege etwas zuleide getan.«

»Hannah, so sei doch vernünftig. Du bist ein recht gut aussehendes Mädchen. Es gibt genug junge Männer, hier, verdammt, sogar in Perth, Sydney oder Melbourne, die sich glücklich schätzen würden, dich zur Frau zu bekommen.«

»Glücklich schätzen, etwas von deinem Geld abzukriegen, meinst du wohl.«

»Also sind wir wieder bei diesem Thema. Du bist dir wohl zu fein für mein Geld, mein Fräulein?«

»Das ist es nicht, Dad ...«

»Ich habe geschuftet wie ein Sklave, um es so weit zu bringen, und schäme mich nicht, für das, was ich bin, oder für meine Herkunft. Aber dir stehen alle Möglichkeiten offen.«

»Ich wünsche mir nur die Möglichkeit, mein eigenes Leben zu führen.«

»Schau, wenn du dich für wohltätige Zwecke engagieren möchtest, kannst du bei den Eingeborenen auf der Missionsstation leben. Du brauchst dein Wohltätigkeitsprojekt nicht gleich zu heiraten.«

Seine Tochter war hochrot im Gesicht, und ihr Herz klopfte nach diesem letzten Seitenhieb – nicht nur vor Empörung, sondern aus einer vagen Angst heraus, dass er vielleicht recht haben könnte. Was, wenn sie Franks Antrag nur annahm, um den Bewerbern, denen es auf nichts als auf ihr Geld ankam, eins auszuwischen? Oder, um ihn für alles zu entschädigen, was er erlitten hatte? Doch dann dachte sie an die Gefühle, die sein Lächeln in ihr auslöste, und an die Art, wie er das Kinn hob, wenn er über eine ihrer Fragen nachdachte, und sie war sich ihrer Sache wieder sicher.

»Er ist ein anständiger Mann, Dad. Gib ihm eine Chance.«

»Hannah.« Septimus legte ihr die Hand auf die Schulter. »Du weißt, dass du für mich das Wichtigste auf der Welt bist.« Er strich ihr übers Haar. »Du hast dir als kleines Mädchen nicht von deiner Mutter die Haare bürsten lassen, weißt du noch? ›Pa‹, hast du gesagt. ›Ich will, dass Pa es macht!‹ Und ich habe es getan. Abends hast du am Kamin auf meinem Knie gesessen, und ich habe dir die Haare gebürstet, während das Teegebäck auf dem Feuer röstete. Wir haben aufgepasst, dass deine Mutter die Butter nicht bemerkt, die du dir aufs Kleid getropft hattest. Und dein Haar hat geschimmert wie das einer persischen Prinzessin. – Warte einfach noch eine Weile«, hatte ihr Vater gefleht.

Falls er nur Zeit brauchte, um sich an die Vorstellung zu gewöhnen und seine Meinung zu ändern ... Hannah war schon kurz davor nachzugeben, als er fortfuhr: »Dann wirst du die Dinge so sehen wie ich und verstehen, dass du einen schweren Fehler machst.« Er holte tief Luft, wie er es immer tat, wenn er eine wichtige geschäftliche Entscheidung fällte. »Und du wirst deinem Glücksstern dafür danken, dass ich es dir ausgeredet habe.«

Sie machte sich los. »Ich lasse mich nicht gönnerhaft behandeln. Du kannst mich nicht daran hindern, Frank zu heiraten.«

»Du meinst wohl, dich davor retten.«

»Ich bin alt genug, um ohne dein Einverständnis zu heiraten, und das werde ich nötigenfalls auch.«

»Falls es dir gleichgültig ist, was du *mir* damit antust, denk wenigstens an deine Schwester. Du weißt doch, was die Leute hier dazu sagen werden.«

»Die Leute hier sind xenophobische Heuchler.«

»Ach, da war das Studium offenbar jeden Penny wert, denn

jetzt kannst du deinen Vater mundtot machen, indem du ihm Fremdwörter an den Kopf wirfst.« Er sah ihr in die Augen. »Ich hätte nie gedacht, dass ich einmal so mit dir reden muss, liebes Mädchen, doch wenn du diesen Mann heiratest, tust du das ohne meinen Segen. Und ohne mein Geld.«

Aber Hannah hatte die Haltung bewahrt, die Septimus erst an ihrer Mutter so bewundert hatte, und war ruhig und kerzengerade dagestanden. »Wenn du unbedingt willst, Dad, dann ist es eben so.«

Nach der kleinen Hochzeit, der Septimus trotzig fernblieb, wohnte das Paar in bescheidenen Verhältnissen in Franks windschiefem Holzhaus am Stadtrand. Hannah gab Klavierunterricht und brachte einigen Holzfällern Lesen und Schreiben bei. Manche von ihnen erfüllte es mit Genugtuung, dass sie nun, wenn auch nur für eine Stunde in der Woche, die Tochter ihres Arbeitgebers bezahlten, doch die meisten Menschen respektierten Hannah wegen ihrer gütigen Art, ihrer Offenheit und ihres Feingefühls.

Sie war glücklich, denn sie hatte einen Mann gefunden, der sie bis ins Innerste verstand. Mit ihm konnte sie über Philosophie und klassische Mythologie sprechen; sein Lächeln vertrieb ihre Sorgen und machte die Entbehrungen erträglicher.

Im Laufe der Jahre begegneten die Menschen dem Bäcker, der seinen Akzent nie völlig verlor, zunehmend mit Nachsicht. Einige, wie Billy Wisharts Frau oder Joe Rafferty und dessen Mutter, wechselten zwar noch immer demonstrativ die Straßenseite, wenn sie ihm begegneten, doch ansonsten entspannte sich die Lage. Im Jahr 1925 befanden Hannah und Frank, dass ihre Lebensumstände und Einkünfte inzwischen zuverlässig genug waren, um ein Kind in die Welt zu setzen, und im Februar 1926 wurde ihre Tochter geboren.

Hannah hatte noch Franks sanfte Tenorstimme im Ohr, wenn er dem Baby vorsang und dabei die Wiege schaukelte. »Schlaf, Kindlein, schlaf. Dein Vater hüt' die Schaf. Die Mutter schüttelt's

Bäumelein, da fällt herab ein Träumelein. Schlaf, Kindlein, schlaf.«

»Ich kann mir kein glücklicheres Leben vorstellen«, hatte er ihr in dem kleinen, von einer Paraffinlampe erhellten Zimmer gesagt, obwohl er Rückenschmerzen hatte und auf einem dringend reparaturbedürftigen Stuhl saß. Und das Leuchten in seinem Gesicht kam nicht vom Lampenlicht, sondern wurde von dem winzigen Wesen in seiner Wiege verursacht, dessen regelmäßige Atemzüge darauf hinwiesen, dass es endlich eingeschlafen war.

In jenem März war der Altar mit Vasen voller Gänseblümchen und Kranzschlinge aus Franks und Hannahs Garten geschmückt, deren süßer Duft über die leeren Sitzreihen bis in den hintersten Winkel der Kirche wehte. Hannah trug ein hellblaues Kleid mit einem passenden breitkrempigen Filzhut, Frank seinen Hochzeitsanzug, in den er vier Jahre später noch hineinpasste. Seine Cousine Bettina war mit ihrem Mann Wilf aus Kalgoorlie gekommen, um als Taufpaten zu fungieren. Nun lächelten die beiden das Baby in Hannahs Armen liebevoll an.

Reverend Norkells stand am Taufbecken und nestelte an den bunten Bändern des Gebetbuchs herum, um die richtige Seite für die Taufzeremonie zu finden. Seine Ungeschicklichkeit mochte mit der Alkoholfahne zusammenhängen, die er verströmte. »Ist dieses Kind schon einmal getauft worden?«, begann er.

Es war ein brütend heißer Samstagnachmittag. Eine dicke Schmeißfliege brummte herum und näherte sich immer wieder dem Taufbecken, um daraus zu trinken, wurde jedoch jedes Mal von den Paten verjagt. Als sie sich einmal zu oft heranwagte, versetzte Wilf ihr einen Schlag mit dem Fächer seiner Frau, sodass sie ins Weihwasser stürzte wie ein Betrunkener in einen Graben. Ohne innezuhalten, fischte der Vikar sie heraus und fragte: »Weist du im Namen dieses Kindes den Teufel und alle seine Werke zurück ...?«

»Ich weise sie alle zurück«, erwiderten die Paten im Chor.

Noch während sie sprachen, knarzte die Kirchentür, weil jemand zögerlich von außen dagegendrückte. Vor Freude bekam Hannah Herzklopfen, als sie ihren Vater erkannte, der an Gwens Arm langsam auf die letzte Sitzreihe zusteuerte und niederkniete. Sie hatte nicht mehr mit ihm gesprochen, seit sie ihr Elternhaus verlassen hatte, um zu heiraten, und damit gerechnet, dass er auf die Einladung zur Taufe reagieren würde wie üblich – mit Schweigen.

»Ich versuche mein Bestes, Hanny!«, hatte Gwen versprochen. »Aber du weißt ja, was für ein sturer alter Esel er ist. Doch ich schwöre dir, dass ich komme, ganz gleich, was er sagt. Das geht jetzt schon viel zu lange so.«

Nun wandte Frank sich zu Hannah um. »Siehst du?«, flüsterte er. »Irgendwann findet Gott immer eine Lösung.«

»Oh, gnädiger Gott, mach, dass der alte Adam in diesem Kind begraben wird, damit der neue in ihm auferstehen kann ...« Die Worte hallten von den Mauern wider, und das Baby schniefte und zappelte in den Armen seiner Mutter. Als es zu greinen begann, hielt Hannah den Knöchel ihres kleinen Fingers an die winzigen Lippen, und es begann, zufrieden daran zu nuckeln. Die Taufe ging weiter. Norkells nahm das Kind und sagte zu den Paten: »Gebt diesem Kind einen Namen.«

»Grace Ellen.«

»Grace Ellen, ich taufe dich im Namen des Vaters, des Sohnes und des Heiligen Geistes.«

Während des restlichen Gottesdiensts starrte das Kind auf die leuchtenden Buntglasfenster und war genauso fasziniert, wie es das zwei Jahre später wieder sein würde, wenn es sie ein zweites Mal vom Taufbecken aus betrachtete, diesmal in den Armen einer anderen Frau.

Danach blieb Septimus in seiner Bankreihe sitzen. Als Hannah langsam den Mittelgang entlangkam, zappelte das Baby in seiner Decke und reckte das Köpfchen mal in die eine, mal in die andere Richtung. Neben ihrem Vater blieb Hannah stehen. Dieser erhob sich, als sie ihm sein Enkelkind hinhielt. Nach kurzem Zögern schloss er das Baby in die Arme.

»Grace Ellen. Deine Mutter wäre gerührt«, brachte er nur noch heraus, bevor ihm eine Träne aus dem Auge quoll. Ehrfürchtig betrachtete er das Kind.

Hannah berührte ihn am Arm. »Komm, ich möchte dir Frank vorstellen«, sagte sie und führte ihn den Gang entlang.

»Bitte, kommt doch herein«, forderte Hannah ihren Vater auf, als dieser mit Gwen an ihrem Gartentor stand. Septimus zögerte. Das winzige Holzhäuschen, kaum mehr als eine Hütte, erinnerte ihn an die schäbige Bude der Flindells, in der er aufgewachsen war. Als er eintrat, versetzten ihn die wenigen Schritte um fünfzig Jahre zurück.

Im Wohnzimmer plauderte er höflich, aber steif, mit Franks Cousins. Er lobte Franks köstlichen Taufkuchen und das kleine, aber leckere Büfett. Dabei musterte er aus dem Augenwinkel die Risse in den Wänden und die Löcher im Teppich.

Bevor er sich verabschiedete, nahm er Hannah beiseite und zog die Brieftasche heraus. »Ich möchte euch ein bisschen Geld für ...«

Hannah schob sanft seine Hand weg. »Schon gut, Dad, wir kommen zurecht«, protestierte sie.

»Natürlich tut ihr das. Aber da ihr jetzt ein Kleines ...«

Sie legte ihm die Hand auf den Arm. »Wirklich. Es ist sehr nett von dir, doch wir schaffen es auch allein. Besuch uns bald wieder.«

Lächelnd küsste er erst das Baby, dann seine Tochter auf die Stirn. »Danke, Hanny«, sagte er und fügte im Flüsterton hinzu: »Ellen hätte gewollt, dass ihre Enkelin gut behütet wird. Und ich ... ich habe dich vermisst.«

Noch in derselben Woche wurden aus Perth, Sydney und anderen Städten Geschenke für das Baby geliefert: ein Kinderbett, eine Kommode aus Mahagoni, Kleidchen, Hauben und Pflegeartikel. Die Enkelin von Septimus Potts sollte das Beste haben, was man für Geld kaufen konnte.

»Ihr Mann hat seinen Frieden in Gottes Hand gefunden.« Der Brief stürzt Hannah gleichzeitig in Trauer und macht ihr neue Hoffnungen. Gott hat ihr den Mann genommen, aber ihre Tochter gerettet. Sie weint, nicht nur vor Schmerz, sondern weil sie sich schämt, wenn sie sich an jenen Tag erinnert.

Die Stadt breitet den Schleier des Vergessens über manche Ereignisse. Schließlich ist es eine kleine Gemeinde, und jeder weiß, dass ein Pakt, etwas unter den Teppich zu kehren, gelegentlich ebenso wichtig ist wie das gemeinsame Gedenken. Kinder können aufwachsen, ohne etwas von den Jugendsünden ihres Vaters oder von den unehelichen Geschwistern zu ahnen, die fünfzig Kilometer entfernt wohnen und den Namen eines anderen Mannes tragen. Geschichte ist nichts weiter als die Version der Ereignisse, auf die sich eine Gemeinschaft geeinigt hat. Unter dem Schutzmantel des Schweigens, das die Scham betäubt, kann das Leben weitergehen. Männer, die aus dem Krieg zurückkehrten, hätten viel über die Angst und Verzweiflung von Kameraden im Angesicht des Todes erzählen können, sagten aber nur, der Betreffende sei tapfer gestorben. Soweit die Zivilbevölkerung im Bilde ist, hat nie ein Soldat ein Bordell besucht, sich wie ein Berserker gebärdet oder Reißaus vor dem Feind genommen. Im Krieg gewesen zu sein, ist Strafe genug. Und wenn Frauen das Geld für den Ratenkredit oder die Küchenmesser vor einem Ehemann verstecken müssen, der nicht ganz bei Verstand ist, tun sie das ohne ein Wort und gestehen es manchmal nicht einmal sich selbst ein.

Deshalb kann Hannah Roennfeldt die Erinnerung daran, wie sie Frank verloren hat, mit niemandem teilen. »Wem nützt es, Salz in die Wunden zu streuen?«, meinen die Leute, ängstlich darauf bedacht, dass in Partageuse wieder Normalität einkehrt. Doch Hannah hat es nicht vergessen.

Heldengedenktag. Die Pubs sind voll – überall Männer, die entweder selbst im Krieg gewesen sind oder Brüder verloren haben. Männer, zurück aus Gallipoli oder von der Somme, auch jetzt, zehn Jahre später, noch immer nicht hinweg über die seelischen Folgen der Granatenangriffe oder die Auswirkungen des Senfgases. Es ist der 26. April 1926. In den Hinterzimmern der Pubs finden heimliche Partien Münzenwerfen statt, denn die Polizei drückt an diesem Tag ein Auge zu. Ja, die Polizisten spielen sogar mit, schließlich waren sie auch im Krieg. Das Bier Marke Emu Bitter fließt in Strömen, die Stimmen werden lauter, die Lieder derber. Es gibt so viel, was in Alkohol ertränkt werden muss. Die Männer sind an ihre Arbeitsplätze auf Farmen, an Schreibtischen oder in Klassenzimmern zurückgekehrt und haben weitergemacht – sie haben einfach weitergemacht wie zuvor, weil ihnen, verdammt noch mal, nichts anderes übrig blieb. Und je mehr sie trinken, desto schwerer fällt ihnen das Vergessen und umso größer wird das Bedürfnis, auf etwas oder jemanden einzuprügeln – ein fairer Kampf, Mann gegen Mann. Dreckige Türken, dreckige Hunnen, dreckige Schweinekerle.

Und da kommt ihnen Frank Roennfeldt wie gerufen. Der einzige Deutsche in der Stadt, nur dass er Österreicher ist. Er ist der beste Feindesersatz, den sie finden können. Und als sie ihn abends mit Hannah die Straße entlangschlendern sehen, fangen sie an »Tipperary« zu pfeifen, die Hymne der britischen Soldaten. Hannah wird nervös und gerät ins Stolpern. Sofort nimmt Frank ihr Grace ab, greift nach der Strickjacke, die seine Frau über dem Arm trägt, bedeckt das Baby damit. Dann gehen die beiden rasch und mit gesenktem Kopf weiter.

Die Männer im Pub bekommen Spaß an der Sache und strömen hinaus auf die Straße. Die Burschen aus den anderen Pubs entlang der Main Street folgen ihnen, und dann kommt einer auf die witzige Idee, Frank den Hut vom Kopf zu reißen, was er auch prompt tut.

»Ach, lassen Sie uns doch in Ruhe, Joe Rafferty!«, schimpft Hannah. »Gehen Sie zurück in den Pub.« Mit diesen Worten beschleunigen sie ihren Schritt.

»Lassen Sie uns in Ruhe!«, äfft Joe sie mit Falsettstimme nach. »Dreckiger Fritz! Ihr seid doch alle gleich, nichts als Feiglinge!« Er wendet sich an die Menschenmenge. »Und jetzt schaut euch die beiden mit ihrem niedlichen kleinen Baby an.« Seine Sprache ist verwaschen. »Wusstet ihr, dass die Deutschen Babys gefressen haben? Diese Schweine haben sie bei lebendigem Leibe gebraten.«

»Verschwinden Sie, oder wir holen die Polizei!«, ruft Hannah. Im nächsten Moment erstarrt sie beim Anblick der beiden Constables Harry Garstone und Bob Lynch, die, Bierseidel in der Hand und ein hämisches Grinsen unter ihren gewachsten Schnurrbärten, auf der Veranda des Hotels stehen.

Der Zorn entlädt sich so plötzlich, als hätte jemand ein Streichholz angezündet. »Los, Jungs, wir wollen uns einen kleinen Spaß mit den Hunnenfreunden machen!«, erhebt sich ein Schrei. »Lasst uns verhindern, dass das Baby gefressen wird.« Ein Dutzend Betrunkene heftet sich an die Fersen des Paares. Hannah kann nicht mithalten, weil sie wegen ihres Korsetts nicht richtig Luft bekommt. »Grace, Frank!«, ruft sie. »Rette Grace!« Er flieht mit dem kleinen Bündel vor dem Mob, der ihn die Straße hinunter zum Anlegesteg treibt. Das Herz klopft ihm bis zum Halse und gerät aus dem Takt, und ein Schmerz schießt ihm durch den Arm, als er die wackeligen Bohlen entlanghastet und in das erstbeste Ruderboot springt. Er rudert hinaus aufs Meer, wo er in Sicherheit ist. Nur, bis die Leute zur Vernunft gekommen sind und wieder Ruhe einkehrt.

Er hat schon Schlimmeres erlebt.

Kapitel 18

Während Isabel ihren täglichen Pflichten nachgeht – immer in Bewegung, immer beschäftigt –, spürt sie körperlich, wo Lucy gerade ist, so als seien sie durch einen unsichtbaren Liebesfaden miteinander verbunden. Nie ist sie ungehalten – ihre Nachsicht mit dem Kind ist grenzenlos. Ob nun Essen auf den Boden fällt oder schmutzige Fingerabdrücke die Wände verunzieren, niemals fällt ein harsches Wort oder ein zorniger Blick. Wenn Lucy nachts weinend aufwacht, tröstet Isabel sie liebevoll. Sie hat das Geschenk angenommen, das das Leben ihr gemacht hat. Und damit auch die Lasten.

Wenn das Kind nachmittags schläft, geht sie zu den Holzkreuzen an der Landzunge. Hier ist ihre Kirche, ihr geweihter Ort, wo sie um Beistand betet und darum, eine gute Mutter zu sein. Sie spricht auch ein allgemein gehaltenes Gebet für Hannah Roennfeldt. Isabel hat nicht das Recht, die Wendungen des Schicksals infrage zu stellen. Hier draußen ist Hannah nur ein vager Gedanke. Sie hat keinen Körper, keine Präsenz, während Lucy ... Isabel kennt jede ihrer Gesten und Rufe. Sie ist Zeugin des Wunders, dass sich dieses kleine Mädchen von Tag zu Tag weiterentwickelt, wie ein Wunder, das erst im Laufe der Zeit Gestalt annimmt. Eine völlig neue Persönlichkeit zeigt sich, als das Mädchen anfängt, Wörter zu verstehen und zu benutzen und auszudrücken, was es empfindet und wer es ist.

Und so sitzt Isabel in ihrer Kapelle ohne Wände, Fenster und Pastor und dankt Gott. Und wenn Gedanken an Hannah Roennfeldt sich einschleichen, ist ihre Reaktion stets dieselbe: Sie kann Lucy einfach nicht fortschicken. Sie hat nicht das Recht, Lucys Glück aufs Spiel zu setzen. Und Tom? Tom ist ein guter Mensch. Tom wird das Richtige tun, so wie immer. Darauf kann sie sich verlassen. Irgendwann wird er sich mit der Situation abfinden.

Allerdings klafft mittlerweile zwischen ihnen eine hauchdünne, aber unüberwindliche Kluft, ein unsichtbares Streifchen Niemandsland.

Langsam kehrt auf Janus wieder der Alltag ein und nimmt Tom mit den unzähligen Details seiner Rituale in Anspruch. Wenn er manchmal aus düsteren Träumen erwacht, die von zerbrochenen Wiegen und Kompassen ohne Ausrichtung handeln, schiebt er sein Unbehagen beiseite und lässt sich vom Tageslicht eines Besseren belehren. Und die Einsamkeit lullt ihn mit ihrem Wiegenlied aus Lügen ein.

»Du weißt doch, was heute ist, oder Luce?«, fragte Isabel, während sie dem kleinen Mädchen den Pullover über den Kopf zog und aus jedem Ärmel eine Hand zutage förderte. Seit ihrer Rückkehr nach Janus im Januar 1928 waren sechs Monate vergangen.

Lucy hob ein wenig den Kopf, als ob der veränderte Winkel ihr beim Nachdenken helfen würde.

»Soll ich dir einen Tipp geben?«

Sie nickte.

Isabel streifte ihr die erste kleine Socke über. »Komm, das andere Füßchen. Ja, genau. Gut, der Tipp ist, dass du heute Abend vielleicht Orangen kriegst, wenn du ganz brav bist …«

»Schiff!«, rief das kleine Mädchen aus, rutschte vom Schoß seiner Mutter und sprang, einen Schuh am Fuß, den anderen in der Hand, hin und her. »Das Schiff kommt! Das Schiff kommt!«

»Richtig. Sollen wir für Ralph und Bluey das Haus schön aufräumen?«

»Ja!«, antwortete Lucy, bereits auf dem Weg in die Küche. »Alf und Booey kommen, Dadda!«, jubelte sie.

Tom hob sie hoch und küsste sie. »Na, mein kleiner Schlaumeier. Hast du dich ganz alleine daran erinnert, oder hat dir jemand geholfen?«

»Das hat Mama gesagt«, gestand Lucy mit einem Grinsen, befreite sich zappelnd und lief zurück zu Isabel.

Bald machten sich die beiden in Galoschen und Mänteln auf den Weg zum Hühnerstall. Lucy trug eine Miniaturausgabe des Korbs, den Isabel in der Hand hatte.

»Eine richtige Modenschau«, stellte Tom fest, als er auf dem Weg zum Schuppen an ihnen vorbeikam.

»Besser warm eingepackt als glamourös«, entgegnete Isabel und küsste ihn rasch. »Und jetzt auf zur Eierexpedition.«

Im Hühnerstall griff Lucy mit beiden Händen nach jedem Ei. Die Arbeit, die bei Isabel nur wenige Sekunden gedauert hätte, wurde bei ihr zum feierlichen Ritual. Erst wurde das Ei an die Wange gehalten. »Noch warm!«, oder »Eiskalt«, meldete sie den Stand der Dinge. Dann reichte sie das Ei zur sicheren Aufbewahrung an Isabel weiter. Das letzte durfte sie in ihren eigenen Korb befördern. »Danke, Daphne. Danke, Speckle ...«, bedankte sie sich anschließend bei jeder Henne für ihren Beitrag.

Im Gemüsegarten hielt sie den Spatenstiel, während Isabel die Kartoffeln ausgrub.

»Ich glaube, ich sehe eine ...«, sagte Isabel und wartete, bis Lucy die hellere Stelle im sandigen Boden entdeckt hatte.

»Hier!«, verkündete Lucy, steckte die Hand ins Loch und förderte einen Stein zutage.

»Fast.« Isabel lächelte. »Versuch es doch ein Stückchen daneben. Schau, ein bisschen näher an dieser Seite.«

»Toffel!« Strahlend hob Lucy ihre Beute hoch, sodass ihr Erde in Haar und Augen rieselte, worauf sie zu weinen begann.

»Lass mal schauen«, meinte Isabel tröstend und wischte sich die Hände an der Hose ab, bevor sie sich dem Auge widmete. »So, und jetzt ein Blinzeln für Mama. Alles weg, Luce.« Das kleine Mädchen öffnete und schloss noch ein paarmal die Augen.

»Alles weg«, stimmte es schließlich zu. »Mehr Toffeln«, sagte sie und machte sich wieder auf die Suche.

Im Haus fegte Isabel alle Zimmer und schob den sandigen Staub in den Ecken zu Haufen zusammen, um ihn mit dem Kehrblech aufzunehmen. Als sie von einer kurzen Überprüfung des Brots im Backrohr zurückkehrte, fand sie eine durch das ganze Haus führende Spur vor, weil Lucy sich selbst mit dem Kehrblech versucht hatte.

»Guck, Mama! Ich helfe.«

Seufzend betrachtete Isabel den kleinen Staubsturm. »So könnte man es auch nennen ...« Sie hob Lucy auf. »Danke. Braves Mädchen. Und um sicherzugehen, dass der Boden wirklich sauber ist, fegen wir ihn jetzt noch mal. Lucy Sherbourne, die geborene Hausfrau«, fügte sie kopfschüttelnd hinzu.

Später erschien Tom in der Tür. »Ist sie fertig?«

»Ja«, erwiderte Isabel. »Gesicht gewaschen. Hände gewaschen. Keine klebrigen Finger.«

»Dann komm mit rauf, Kleines.«

»Die Treppe hoch. Dadda?«

»Ja, die Treppe hoch.« Sie ging neben ihm her zum Turm. Am Fuß der Treppe hob sie die Arme, damit er sie von hinten an den Händen fassen konnte. »Und jetzt, Häschen, zählen wir. Eins, zwei, drei.« Auf diese Weise stiegen sie quälend langsam die Treppe hinauf. Tom zählte jede Stufe mit, selbst nachdem Lucy längst aufgegeben hatte.

Oben im Wachraum streckte Lucy die Hände aus. »Fernglas.«

»Fernglas kommt gleich«, erwiderte Tom. »Erst rauf auf den Tisch.« Nachdem er sie auf die Karten gesetzt hatte, reichte er ihr das Fernglas, stützte das Gewicht aber mit seinen eigenen Händen.

»Kannst du etwas sehen?«

»Wolken.«

»Ja, von denen gibt es heute ziemlich viele. Und das Schiff?«

»Nein.«

»Bist du sicher?« Tom lachte. »Dir würde ich nicht die Wache überlassen. Und was ist das da drüben? Siehst du? Dort, wo mein Finger ist.«

Lucy strampelte mit den Beinen. »Alf und Booey! Orangen.«

»Hat Mama gesagt, dass es Orangen gibt? Nun, dann wollen wir mal die Daumen drücken.«

Es dauerte über eine Stunde, bis das Schiff anlegte. Tom und Isabel standen am Steg. Lucy saß auf Toms Schultern.

»Gleich ein ganzes Empfangskomitee!«, verkündete Ralph.

»Hallo!«, rief Lucy. »Leute! Hallo, Alf, hallo, Boo.«

Bluey sprang auf den Steg und zog an dem Tau, das Ralph ihm zuwarf. »Vorsicht, Lucy«, sagte er zu dem kleinen Mädchen. »Damit du nicht über das Tau stolperst.« Er sah Tom an. »Herrje, sie ist ja eine richtige junge Dame, kein Baby mehr!«

Ralph lachte. »Wusstest du nicht, dass Babys größer werden?«

Bluey befestigte das Tau. »Es fällt mir mehr auf, weil wir sie nur alle paar Monate zu Gesicht bekommen. Die Kinder in der Stadt sieht man jeden Tag. Da merkt man nicht so, wie sie wachsen.«

»Und plötzlich hat man einen Kleiderschrank vor sich, wie du einer bist!«, witzelte Ralph. Er trat auf den Steg und versteckte dabei etwas hinter seinem Rücken. »So, und wer hilft mir jetzt, die Sachen auszuladen?«

»Ich!«, krähte Lucy.

Ralph zwinkerte Isabel zu und förderte eine Dose mit Pfirsichen zutage. »Also gut. Hier ist etwas wirklich, wirklich Schweres für dich zu tragen.«

Lucy nahm die Dose mit beiden Händen.

»Ach, Luce, sei bloß vorsichtig damit! Wir bringen sie ins Haus.« Isabel wandte sich an die Männer. »Gib mir auch etwas mit, wenn du möchtest, Ralph.«

Er kletterte zurück an Bord, um die Post und ein paar leichte Päckchen zu holen.

»Wir sehen uns gleich oben. Ich setze den Kessel auf.«

»Lucy ist so still«, stellte Tom fest, als die Erwachsenen nach dem Mittagessen am Küchentisch saßen und Tee tranken.

»Hmmm«, erwiderte Isabel. »Eigentlich sollte sie das Bild für Mum und Dad fertigmalen. Ich schaue mal nach.« Doch bevor sie losgehen konnte, kam Lucy in die Küche. Sie trug einen Unterrock von Isabel, der über den Boden schleifte, ein Paar hochhackige Schuhe und die blaue Glasperlenkette, die Isabels Mutter mit dem heutigen Schiff mitgeschickt hatte.

»Lucy!«, schimpfte Isabel. »Warst du an meinen Sachen?«

»Nein«, antwortete das Mädchen mit weit aufgerissenen Augen.

Isabel errötete. »Normalerweise zeige ich meine Unterwäsche nicht in der Öffentlichkeit herum«, meinte sie zu den Besuchern. »Komm, Lucy, so holst du dir noch den Tod. Wir wollen dich wieder richtig anziehen. Und dann müssen wir darüber reden, dass du nicht an Mamas Sachen gehen und immer die Wahrheit sagen sollst.« Sie bemerkte den Ausdruck nicht, der bei dieser letzten Bemerkung über Toms Gesicht huschte.

Zufrieden trottet Lucy hinter Isabel her, wenn sie sich daranmachen, die Eier einzusammeln. Die frisch geschlüpften Küken, die von Zeit zu Zeit auftauchen, faszinieren sie, und sie hält sie sich ans Kinn, um zu spüren, wie flauschig ihr goldenes Gefieder ist. Wenn sie beim Ernten von Karotten und Rüben hilft, zieht sie manchmal so fest an, dass sie, begleitet von einem Schwall Erde, rücklings hinfällt. »Lucy, du Dummerchen!« Isabel lacht dann. »Los, hoch mit dir.«

Am Klavier sitzt sie auf Isabels Knie und drischt auf die Tasten ein. Isabel hält ihren Zeigefinger und hilft ihr »Three Blind Mice« zu klimpern. »Selber, Mama«, sagt das Kind und fängt wieder mit dem Getöse an.

Stundenlang sitzt Lucy auf dem Küchenfußboden, bearbeitet die Rückseite von veralteten Formularen mit ihren Buntstiften und produziert ein unkenntliches Gekritzel, das sie stolz präsentiert. »Das sind Mama, Dadda und Lulu Leuchtturm.« Der vierzig Meter hohe Turm mit dem Stern darin in ihrem Garten ist für sie etwas Selbstverständliches. Neben Wörtern wie »Hund«

und »Katze« beherrscht sie auch Ausdrücke wie »Prisma« und »Lichtbrechung«.

»Das ist mein Stern«, erklärt sie Isabel eines Abends und deutet darauf. »Dadda hat ihn mir geschenkt.«

Sie erzählt Tom kurze Geschichten, die von Fischen, Möwen und Fischen handeln. Wenn sie zusammen zum Strand gehen, nimmt sie gern eine Hand von Tom und eine von Isabel und lässt sich von den beiden durch die Luft schwenken. »Lulu Leuchtturm« ist ihr Lieblingswort, und sie benutzt es, wenn sie sich selbst in ihren Kritzelbildern malt oder sich in Geschichten beschreibt.

Die Meere sind unendlich. Sie kennen keine Grenzen. Der Wind hört niemals auf. Manchmal verschwindet er, allerdings nur, um anderswo Schwung zu holen und sich wieder auf die Insel zu stürzen. Was er damit bezwecken will, ist Tom ein Rätsel. Hier spielt sich das Leben im Maßstab von Riesen ab. Die Zeit bemisst sich in Jahrmillionen. Felsen, die aus der Entfernung aussehen wie an die Küste gerollte Würfel, entpuppen sich als mehrere hundert Meter breite Kolosse, rund geschliffen von den Jahrtausenden und so zur Seite gekippt, dass ihre Schichten als senkrechte Streifen zu sehen sind.

Tom beobachtet Lucy und Isabel beim Schwimmen im Paradiesbecken. Das Mädchen ist vom Planschen im Salzwasser ebenso begeistert wie von dem leuchtend blauen Seestern, den es gefunden hat. Ihre Finger umklammern das Tier, und sie strahlt so stolz, als hätte sie es selbst gemacht. »Dadda, schau. Mein Seestern!« Tom hat Schwierigkeiten, die beiden Kategorien von Zeit miteinander zu versöhnen: die Existenz der Insel und die eines Kindes.

Es erstaunt ihn, dass ihm das winzige Leben dieses Mädchens mehr bedeutet als all die Jahrtausende davor. Er bemüht sich, Ordnung in seine Gefühle zu bringen. Wie kann es sein, dass er gleichzeitig Zuneigung und Beklommenheit verspürt, wenn sie ihm einen Gutenachtkuss gibt oder ihm ein aufgeschürftes Knie hinhält, damit er es heileküsst, mit der Zauberkraft, wie sie nur Eltern besitzen?

Auch was Isabel angeht, ist er zwischen Liebe und Begierde und dem Eindruck, keine Luft mehr zu bekommen, hin und her gerissen. Zwei Empfindungen reiben sich unversöhnlich aneinander.

Manchmal, allein im Leuchtturm, ertappt er sich bei dem Versuch, sich Hannah Roennfeldt vorzustellen. Ist sie groß? Ist sie mollig? Ist in Lucys Gesicht eine Ähnlichkeit mit ihr zu erkennen? Doch wenn er sich bemüht, sie sich auszumalen, sieht er nur Hände, die ein weinendes Gesicht verdecken, und wendet sich mit einem Schauder wieder seiner Arbeit zu.

»Wir dürfen es Dadda nicht sagen. Erst, wenn ich dir ein Zeichen gebe.«

Lucy sah Isabel feierlich an. »Ich darf nichts sagen«, wiederholte sie und nickte. »Kriege ich einen Keks?«

»Gleich. Lass mich nur die Sachen fertig einpacken.«

Das Septemberschiff hatte 1928 einige zusätzliche Päckchen gebracht, die Bluey Isabel heimlich hatte zustecken können, während Ralph Tom mit dem Entladen des Schiffs abgelenkt hatte. Eine Geburtstagsüberraschung für Tom zu planen, war keine leichte Aufgabe: Schon Monate zuvor hatte sie ihrer Mutter eine Liste mit Bestellungen geschickt. Und da Tom der Inhaber des Bankkontos war, hatte sie ihr versprochen, das Geld beim nächsten Landurlaub zurückzuzahlen.

Tom war gleichzeitig einfach und schwierig zu beschenken: Er war mit allem zufrieden, was er bekam, wünschte sich aber eigentlich nichts. Und so hatte sie sich für einen Füllhalter von Conway Stewart und die neueste Ausgabe des *Wisden Cricketeers' Almanack* entschieden: etwas Praktisches und etwas zur Unterhaltung. Als sie eines Abends mit Lucy draußen gesessen und sie gefragt hatte, was sie Dadda schenken wolle, hatte das kleine Mädchen nachdenklich eine Haarsträhne um den Finger gewickelt. »Die Sterne«, hatte es schließlich geantwortet.

Isabel hatte gelacht. »Ich glaube nicht, dass wir das schaffen, Luce.«

»Ich will aber«, hatte Lucy trotzig protestiert.

Da hatte Isabel eine Idee. »Was, wenn wir ihm eine Karte von den Sternen kaufen? Einen Atlas?«

»Ja!«

»Und was willst du vorn hineinschreiben?«, erkundigte sich Isabel, als sie nun vor dem dicken Buch saßen. Sie führte Lucy die Hand und schrieb in krakeligen Buchstaben wie angewiesen: »Für meinen Dadda, in Liebe für immer und immer ...«

»Mehr«, beharrte Lucy.

»Mehr was?«

»Mehr ›immers‹. Für immer und immer und immer und immer ...«

Isabel lachte. »Immer und immer und immer und immer«, zog sich wie eine Raupe über die Seite. »Und was dann? Sollen wir schreiben: ›Von Deiner Dich liebenden Tochter Lucy‹?«

»Von Lulu Leuchtturm.«

Das Kind begann, die Buchstaben unterstützt von seiner Mutter zu formen, doch bald wurde ihr langweilig, und sie kletterte mitten im Federstrich von Isabels Schoß.

»Mama, mach du es fertig«, befahl sie lässig.

Also beendete Isabel die Unterschrift und fügte in Klammern hinzu: »Ausgeführt von Isabel Sherbourne, Sekretärin und Mädchen für alles der oben genannten Unterzeichnerin.«

Als Tom das Geschenk auspackte, schwieriges Unterfangen, weil Lucy ihm dabei die Augen zuhielt, sagte er: »Ein Buch ...«

»Es ist ein Antlass!«, rief Lucy.

Tom betrachtete das Geschenk. *»Brown's Sternenatlas. Zeigt alle leuchtenden Sterne mit ausführlichen Erklärungen, wie man sie erkennt. Geeignet für Navigationszwecke und Prüfungen vor der Handelskammer.«* Schmunzelnd wandte er sich an Isabel. »Lucy ist ein kluges Mädchen, so etwas zu organisieren.«

»Lies, Dadda. Innen. Ich habe etwas geschrieben.«

Als Tom das Buch aufschlug, sah er die lange Widmung. Er lächelte zwar weiter, aber etwas an dem Wortlaut »Für immer und immer und immer und immer und immer …« stieß ihm auf. »Für immer« war ein Ding der Unmöglichkeit, insbesondere für dieses Kind an diesem Ort. Er küsste Lucy auf den Scheitel. »Es ist wunderschön, Lulu Leuchtturm. Das schönste Geschenk, das ich je bekommen habe.«

Kapitel 19

»Wenn wir wenigstens dieses eine Mal gewinnen, wird es keine absolute Pleite«, meinte Bluey. Die australische Kricketmannschaft hatte das erste der vier Qualifikationsspiele der Saison 1928 / 1929 auf heimischem Boden verloren. Das Märzschiff traf ein, als die letzten Spiele noch in Melbourne liefen. Bluey hatte Tom beim Ausladen über die Höhepunkte aufgeklärt. »Donald Bradman hat seinen großen Moment. Wir sind noch drin. Hat Larwood von der englischen Mannschaft ganz schön eingeheizt, stand in der Zeitung. Aber ich sag dir was – das Spiel dauert jetzt schon vier Tage. Offenbar wird es sich diesmal eine Weile hinziehen.«

Während Ralph in die Küche ging, um Lucy eines von Hildas üblichen Geschenken zu überreichen, stapelten Tom und der Matrose die restlichen Mehlsäcke im Schuppen.

»Ein Cousin von mir arbeitet dort«, verkündete Bluey und wies mit dem Kopf auf das aufgestempelte Emblem der Firma, das einen Dingo darstellte.

»In der Mühle?«, hakte Tom nach.

»Ja. Offenbar zahlen sie gut. Und er bekommt so viel kostenloses Mehl, wie er will.«

»Jeder Beruf hat seine Vorzüge.«

»Klar. Ich zum Beispiel kriege so viel frische Luft, wie ich atmen kann, und so viel Wasser, wie ich zum Schwimmen brauche.« Bluey lachte und vergewisserte sich, dass der Kapitän nicht in Hörweite war. »Er meint, er könnte mir jederzeit eine Stelle dort besorgen.« Er hielt inne. »Manchmal überlege ich auch, ob ich nicht vielleicht in einem Lebensmittelladen arbeiten soll«, wechselte er bemüht lässig das Thema.

Das klang gar nicht nach Bluey, der für gewöhnlich die Spielergebnisse von Sheffield Shield erörterte oder meldete, er habe ein bisschen Geld beim Pferderennen gewonnen. Manchmal sprach er auch über seinen Bruder Merv, der schon am ersten Tag in Gallipoli gefallen war, oder Ada, seine verwitwete Mutter, die zu Hause das Regiment führte. Tom spürte, dass heute etwas anders war. »Wie kommst du darauf?«

Bluey rückte einen Sack mit einem Tritt gerade. »Wie ist es denn so, wenn man verheiratet ist?«

»Was?« Der erneute Themenwechsel brachte Tom aus dem Konzept.

»Ich meine – ist es schön?«

Toms Blick ruhte auf dem Lieferschein. »Hast du mir etwas zu sagen, Bluey?«

»Nein.«

»Schon gut.« Tom nickte. Wenn er sich lange genug in Geduld übte, würde irgendwann eine zusammenhängende Geschichte dabei herausspringen. Das geschah meistens. Nach einer Weile.

Bluey rückte den nächsten Sack gerade. »Sie heißt Kitty. Kitty Kelly. Ihr Dad ist Inhaber des Lebensmittelladens. Wir gehen miteinander.«

Tom zog die Augenbrauen hoch und lächelte. »Das freut mich für dich.«

»Und, tja, ich weiß nicht so recht ... Ich dachte, wir sollten vielleicht heiraten.« Als er Toms Gesichtsausdruck sah, fügte er rasch hinzu: »Wir *müssen* nicht heiraten, daran liegt es nicht. Denn wir haben noch nie ... Ich meine, ihr Dad behält sie immer im Auge. Und ihre Mutter. Und ihre Brüder. Und die Cousine ihrer Mum ist Mrs. Mewett. Also kannst du dir denken, wie die Familie so ist.«

Tom lachte. »Und wie lautet deine Frage?«

»Es ist ein wichtiger Schritt. Gut, alle tun es irgendwann. Aber ich habe mir überlegt ... nun, woran merkt man es ...«

»Ich bin nicht unbedingt Experte in diesen Dingen. Ich bin zum ersten Mal verheiratet und übe immer noch. Warum fragst du nicht Ralph? Er und Hilda sind schon verheiratet, seit Methusalem ein kleiner Junge war, und haben mehrere Kinder großgezogen. Offenbar haben sie es gut hingekriegt.«

»Ralph kann ich es nicht sagen.«

»Warum nicht?«

»Kitty möchte, dass ich nicht mehr zur See fahre, sondern in die Lebensmittelbranche einsteige, wenn wir heiraten. Anscheinend hat sie zu große Angst, dass ich eines Tages ertrinken und nicht von der Arbeit nach Hause kommen könnte.«

»Eine richtige Frohnatur, was?«

Bluey verzog besorgt das Gesicht. »Aber jetzt mal im Ernst. Wie ist es denn so, verheiratet zu sein und ein Kind zu haben?«

Tom fuhr sich mit der Hand durchs Haar und dachte eine Weile ziemlich beklommen über die Frage nach. »Wir sind nicht unbedingt eine typische Familie. Nicht viele Familien leben so wie wir – draußen in der Einöde in einem Leuchtturm. Die ehrliche Antwort lautet, dass es von der Tagesform abhängt. Die Ehe hat ihre Vorteile und ihre Schattenseiten. Und es ist um einiges komplizierter, als allein zu sein, so viel kann ich dir verraten.«

»Ma sagt, ich bin noch zu jung, um so eine Entscheidung zu treffen.«

Tom musste unwillkürlich grinsen. »Wahrscheinlich wird deine Ma das auch noch sagen, wenn du fünfzig bist. Es geht nicht um deine Entscheidungsfähigkeit, sondern um dein Bauchgefühl. Vertrau deinem Gefühl, Bluey.« Er zögerte. »Es ist nicht immer ein Zuckerschlecken, selbst wenn du das richtige Mädchen gefunden hast. Du lässt dich für lange Zeit auf etwas ein, ohne zu wissen, was kommt. Und du musst alles annehmen, was das Leben bringt. Drücken gilt nicht.«

»Dadda, schau!« Lucy erschien in der Tür des Schuppens und schwenkte einen Plüschtiger, Hildas Geschenk. »Er knurrt«, verkündete sie. »Hör zu.« Sie drehte das Plüschtier um, worauf ein Geräusch ertönte.

Tom hob sie hoch. Durch das kleine Fenster sah er Ralph den Pfad entlang und auf sie zukommen. »Bist du nicht ein Glückspilz?« Er kitzelte sie am Hals.

»Glückspilz Lucy!«, jubelte sie und lachte.

»Und wie ist es, Dad zu sein?«, erkundigte sich Bluey.

»So wie jetzt.«

»Nein, ausführlicher. Das ist eine wichtige Frage, Kumpel.«

Toms Miene wurde ernst. »Darauf kann einen nichts vorbereiten. Du würdest nicht glauben, wie sehr ein Baby einen knackt, Bluey. Man wird absolut wehrlos. Ein echter Überraschungsangriff.«

»Mach, dass er knurrt, Dadda«, drängte Lucy. Tom gab ihr einen Kuss und stellte das Plüschtier wieder auf den Kopf.

»Aber behalt es für dich, Kumpel, einverstanden?«, sagte Bluey und fügte nach einer kurzen Pause hinzu. »Doch es wissen sowieso alle, dass du schweigen kannst wie ein Grab.« Und dann knurrte er zur Freude des kleinen Mädchens wie ein Tiger.

Manchmal ist man derjenige, der Glück im Leben hat, und das kurze Streichholz bleibt bei einem anderen armen Teufel hängen. Dann hält man am besten den Mund und macht einfach weiter. Tom nagelte gerade ein Brett an die Wand des Hühnerstalls, um ein Loch zu flicken, das der Wind in der letzten Nacht gerissen hatte. Sein halbes Leben brachte er damit zu, Dinge vor dem Wind zu schützen. Aber man durfte sich eben nicht unterkriegen lassen und musste sein Möglichstes tun.

Blueys Fragen hatten alte Gefühle aufgewühlt. Doch jedes Mal, wenn Tom an die fremde Frau in Partageuse dachte, die ihr Kind verloren hatte, wurde ihr Bild von Isabels überlagert: Auch sie hatte Kinder verloren und würde nie mehr welche bekommen können. Als Lucy hier aufgetaucht war, hatte sie nichts von Hannahs Existenz gewusst und nur das Beste für das Baby gewollt. Und trotzdem ... Ihm war klar, dass es nicht nur um Lucys Wohl ging. Isabel hatte einen Herzenswunsch, den er ihr nun niemals würde erfüllen können. Sie hatte alles aufgegeben: Bequemlichkeit, Familie, Freunde – und das, nur um hier draußen mit ihm zusammen zu sein. Immer wieder sagte er sich, dass er ihr diese eine Sache nicht wegnehmen durfte.

Isabel war müde. Gerade war der Proviant geliefert worden, und sie hatte sich darangemacht, die Lebensmittelvorräte aufzufüllen, Brot und einen Rosinenkuchen gebacken und einen Sack Pflaumen in Marmelade verwandelt, die den Rest des Jahres reichen würde. Sie hatte kaum eine Minute Zeit gehabt, die Küche zu verlassen – und ausgerechnet in dieser Minute hatte Lucy beschlossen, näher an den Herd heranzugehen, um an der köstlichen Mischung zu schnuppern, und sich prompt die Hand am Marmeladentopf verbrannt. Die Verletzung war zwar nicht schwer, reichte aber, um einem Kind den Schlaf zu rauben. Tom hatte die Verbrennung verbunden und Lucy Aspirin verabreicht, doch sie war abends noch immer unruhig.

»Ich nehme sie mit in den Leuchtturm. Da kann ich sie im Auge behalten. Ich muss sowieso noch die Inventurformulare ausfüllen. Du siehst völlig erledigt aus.«

In ihrer Erschöpfung stimmte Isabel zu.

Das Kind auf einem Arm, Kissen und Decke im anderen, trug Tom Lucy die Treppe hinauf in den Wachraum und legte sie auf den Kartentisch. »So, da wären wir, Kleines«, sagte er, aber sie nickte bereits ein.

Tom fing an, Zahlenreihen zu addieren und die verbrauchten Liter Öl und Kartons mit Glühstrümpfen aufzulisten. Über ihm im Laternenraum drehte sich die Leuchte, stetig und begleitet von einem dunklen, leisen Summen. Weit unter sich konnte er im Haus eine Öllampe brennen sehen.

Er saß seit einer Stunde an der Arbeit, als er unwillkürlich aufblickte und feststellte, dass Lucy ihn beobachtete. Ihre Augen funkelten im Dämmerlicht. Als ihre Blicke sich trafen, lächelte sie, und wieder einmal wurde Tom davon überwältigt, was für ein Wunderwerk sie war – so schön und so arglos. Sie hob ihre verbundene Hand und betrachtete sie. »Ich habe mir wehgetan, Dadda«, meinte sie, und ihre Miene verfinsterte sich. Dann streckte sie die Arme aus.

»Leg dich wieder schlafen, Kleines«, sagte Tom und wollte sich seiner Arbeit zuwenden.

Doch das Kind erwiderte: »Schlaflied, Dadda.« Und die Arme blieben ausgestreckt.

Tom nahm sie auf den Schoß und wiegte sie sanft. »Wenn ich dir etwas vorsingen würde, würdest du Albträume kriegen, Lulu. Mama ist bei uns die Sängerin, nicht ich.«

»Ich habe mir an der Hand wehgetan, Dadda«, wiederholte sie und hielt zum Beweis ihre Verletzung hoch.

»Ich weiß, Häschen.« Vorsichtig küsste er den Verband. »Bald ist es wieder gut. Du wirst schon sehen.« Er küsste sie auf die Stirn und streichelte ihr feines blondes Haar. »Ach, Lulu, Lulu. Wie bist du nur hierhergekommen?« Er blickte in die pechschwarze Nacht hinaus. »Wie bist du nur in meinem Leben gelandet?«

Er spürte, wie ihre Muskeln sich entspannten, als sie langsam einnickte. Ihr Kopf schmiegte sich in seine Armbeuge, während er, so leise, dass er es selbst kaum hören konnte, die Frage stellte, die ihn ständig quälte: »Wie hast du es angestellt, dass ich mich so fühle?«

Kapitel 20

»Ich habe nicht gewusst, dass er versucht hat, Kontakt mit mir aufzunehmen.« Tom saß neben Isabel auf der Veranda und drehte den alten, zerfledderten Umschlag immer wieder in den Händen hin und her. Er war an ihn, unter der Adresse 13. Bataillon, AIF, gerichtet. Jeder verfügbare Zentimeter war mit Nachsendeadressen und Anweisungen übersät, die in einem herrischen, mit blauem Stift niedergeschriebenen Befehl endeten: *»Zurück an Absender«* – an Edward Sherbourne, Esquire, Toms Vater. Der Brief war vor drei Tagen in einem kleinen Paket eingetroffen, als das Junischiff die Nachricht von seinem Tod brachte.

Das förmliche Schreiben der Anwaltskanzlei Church, Hattersley & Parfitt beschränkte sich auf die Tatsachen: Kehlkopfkrebs, 18. Januar 1929. Sie hatten einige Monate gebraucht, um Tom aufzuspüren. Sein Bruder Cecil war Alleinerbe, mit Ausnahme des Medaillons seiner Mutter, beigelegt dem Brief, der Tom quer durch die Welt gefolgt war.

Nach dem Anzünden der Lampe an diesem Abend hatte er das Paket im Laternenraum geöffnet und war beim Anblick der strengen, spitz zulaufenden Handschrift anfangs wie betäubt gewesen.

»Merrivale«
Sydney,
16. Oktober 1915

Lieber Thomas,
ich schreibe Dir, weil ich weiß, dass Du Dich freiwillig gemeldet hast. Mit Worten konnte ich noch nie gut umgehen, doch da Du nun so weit weg bist und die Möglichkeit besteht, dass Du zu

Schaden kommen könntest, bevor wir Gelegenheit haben, miteinander zu sprechen, scheint ein Brief der einzige Weg zu sein.
Es gibt vieles, was ich Dir nicht erklären kann, ohne den Namen Deiner Mutter in den Schmutz zu ziehen, und ich möchte nicht noch mehr Schaden anrichten, als bereits geschehen ist. Deshalb wird einiges ungesagt bleiben. Es gibt jedoch einen Punkt, in dem ich mir Vorwürfe machen muss, und deshalb möchte ich die Sache aus der Welt schaffen. Ich habe ein Medaillon beigelegt, das ich Dir auf Wunsch Deiner Mutter übergeben sollte, als sie ging. Es enthält ihr Porträt, weshalb ich es damals für besser hielt, Dich nicht an sie zu erinnern. Darum bin ich ihrer Bitte nicht gefolgt. Es war keine leichte Entscheidung zu beschließen, dass Dein Leben ohne ihren Einfluss eine günstigere Wendung nehmen würde.
Da sie nun tot ist, halte ich es für richtig, ihrer Bitte, wenn auch ziemlich verspätet, nachzukommen.
Ich habe versucht, Dich zu einem guten Christen zu erziehen, und dafür gesorgt, dass Du die bestmögliche Schulbildung erhältst. Hoffentlich habe ich Dir ein Gefühl dafür vermitteln können, was richtig und was falsch ist, denn alle weltlichen Erfolge und Freuden können den Verlust Deiner unsterblichen Seele nicht wettmachen.
Ich bin stolz auf das Opfer, das Du durch Deinen Kriegsdienst gebracht hast. Du hast Dich zu einem verantwortungsbewussten jungen Mann entwickelt, und nach dem Krieg würde ich Dir gerne eine Position in der Firma anbieten. Cecil ist der geborene Geschäftsmann, und ich nehme an, dass er die Leitung der Fabrik übernehmen wird, wenn ich mich zur Ruhe setze. Doch ich bin sicher, dass sich für Dich ein geeigneter Wirkungskreis finden lässt.
Es hat mich geschmerzt, durch Dritte erfahren zu müssen, dass Du Dich eingeschifft hast. Ich hätte mich über die Gelegenheit gefreut, Dich in Uniform zu sehen und mich von Dir zu verabschieden. Doch vermutlich möchtest Du nichts mehr mit

mir zu tun haben, seit Du Deine Mutter aufgespürt und von ihrem Ableben gehört hast. Deshalb überlasse ich es Dir. Solltest Du Dich entscheiden, auf diesen Brief zu antworten, wäre ich sehr froh darüber. Schließlich bist Du mein Sohn, und ehe Du nicht selbst Vater bist, wirst Du nicht ganz verstehen, was diese Worte bedeuten.
Falls Du jedoch nicht reagieren solltest, werde ich das respektieren und Dich nicht mehr behelligen. Dennoch werde ich dafür beten, dass Du die Kämpfe unbeschadet überstehst und siegreich an diese Gestade zurückkehrst.
Dein Dich liebender Vater,
Edward Sherbourne

Seit Toms letztem Gespräch mit diesem Mann schien eine Lebenszeit vergangen zu sein. Wie viel Überwindung musste es ihn gekostet haben, einen solchen Brief zu schreiben! Dass sein Vater sich nach ihrem Abschied im Zorn die Mühe gemacht hatte, sich mit ihm in Verbindung zu setzen, war nicht nur eine Überraschung, sondern auch ein Schock. Tom wusste nicht, was er davon halten sollte, und fragte sich inzwischen, ob sein Vater so kalt gewesen war, um eine Verletzung zu verbergen. Zum ersten Mal erhaschte er einen kurzen Blick hinter die abweisende Fassade. Für einen Moment stellte er sich vor, dass dieser streng prinzipientreue Mann von der Frau, die er liebte, unglaublich gekränkt worden, aber nicht in der Lage gewesen war, es zu zeigen.

Tom hatte seine Mutter aus einem ganz bestimmten Grund aufgesucht. Als er mit gewienerten Schuhen und sauberen Fingernägeln vor der Tür des Gästehauses gestanden hatte, hatte er seine Ansprache noch ein letztes Mal geübt. »Es tut mir leid, dass ich dich in Schwierigkeiten gebracht habe.« Damals hatte er sich so zittrig gefühlt wie das Kind, das dreizehn Jahre lang gewartet hatte, um diese Worte auszusprechen, und schon befürchtet, sich jeden Moment übergeben zu müssen. »Ich habe nur gesagt, dass ich ein Automobil gesehen habe. Dass ein Automobil vor dem Haus gewesen ist. Ich wusste ja nicht …«

Erst viele Jahre später hatte er wirklich verstanden, welche tragischen Folgen seine Redseligkeit gehabt hatte. Sie war zur unfähigen Mutter erklärt und aus seinem Leben verbannt worden. Allerdings war er mit seiner Pilgerfahrt und seiner Suche nach Vergebung zu spät gekommen. Nun würde er nie mehr die Stimme seiner Mutter hören, die ihn von der Schuld freisprach, sie verraten zu haben, so arglos er damals auch gewesen sein mochte. Worte hatten die Eigenschaft, auch dorthin durchzusickern, wo sie nicht hingehörten. Und so hatte er gelernt, dass es das Beste war, die Dinge für sich zu behalten.

Er betrachtete das Porträt seiner Mutter in dem Medaillon. Vielleicht hatten seine Eltern ihn ja beide geliebt, wenn auch auf eine sehr irregeleitete Weise. Plötzlich empfand er Wut auf seinen Vater, der so beiläufig davon ausgegangen war, dass er das Recht hatte, ihn von seiner Mutter zu trennen: im berechtigten Zorn zwar, aber dennoch so zerstörerisch.

Erst als er sah, dass ein kleiner Tropfen die Tinte zu winzigen Rinnsalen verlaufen ließ, bemerkte er, dass er weinte. »*… und ehe Du nicht selbst Vater bist, wirst Du nicht verstehen, was diese Worte bedeuten …*«

»Obwohl du ihn jahrelang nicht gesehen hast, war er dennoch dein Dad«, sagte Isabel neben ihm auf der Veranda. »Man hat nur einen Dad im Leben. Natürlich geht es dir nah, Liebling.«

Tom fragte sich, ob Isabel die Ironie ihrer Worte klar war.

»Komm, Luce, trink einen Schluck Kakao«, rief sie unvermittelt.

Das kleine Mädchen kam angelaufen und griff mit beiden Händen nach der Tasse. Anschließend wischte sie sich den Mund mit dem Unterarm, nicht mit der schmutzigen Hand, ab und gab die Tasse zurück. »Tata!«, jubelte sie. »Ich reite jetzt nach Pataterz und besuche Oma und Opa.« Mit diesen Worten rannte sie zurück zu ihrem Schaukelpferd.

Tom betrachtete das Medaillon in seiner Handfläche. »Jahrelang dachte ich, dass sie mich hasst, weil ich ihr Geheimnis verraten habe. Ich wusste nichts von dem Medaillon ...« Er schob die Unterlippe hoch und verzog den Mund. »Dann wäre alles anders gewesen.«

»Mir ist klar, dass ich dazu nichts sagen kann. Ich wünschte nur, ich könnte ... keine Ahnung ... es dir erleichtern.«

»Mama, ich habe Hunger«, rief Lucy, als sie zurückkam.

»Kein Wunder, wenn du so viel herumtobst!«, erwiderte Isabel und nahm sie in die Arme. »Komm, komm und umarm Daddy ganz fest. Er ist heute traurig.« Und sie setzte das Kind auf seinen Schoß, damit sie ihn beide an sich drücken konnten.

»Lächle, Daddy«, sagte das kleine Mädchen. »So«, fügte sie mit einem breiten Grinsen hinzu.

Das Licht fiel in einem schrägen Winkel durch die Wolken und suchte Zuflucht vor dem Regen, der aus der Ferne heranzog. Lucy saß auf Toms Schultern und genoss strahlend den erhöhten Aussichtspunkt.

»Hier runter!«, rief sie und zeigte mit dem Finger nach links. Tom änderte den Kurs und trug sie das Feld hinunter. Eine der Ziegen hatte ein Loch in den provisorischen Zaun gebissen und war entkommen, und nun bestand Lucy darauf, beim Suchen zu helfen.

An der Bucht fehlte jede Spur von dem Tier. Aber weit konnte es ja nicht gekommen sein. »Wir suchen anderswo«, schlug Tom vor. Er stieg die Anhöhe wieder hinauf und drehte sich um die eigene Achse. »Wohin jetzt, Lulu? Entscheide du.«

»Da unten!« Wieder zeigte sie mit dem Finger auf die andere Seite der Insel. Sie gingen los.

»Wie viele Wörter kennst du, die klingen wie Ziege?«

»Fliege!«

»Richtig. Noch welche?«

»Fliege?«, wiederholte das Kind.

Tom lachte und kitzelte sie am Bauch. »Fliege, Ziege ... und wenn wir schon beim Thema sind ... schau, Luce, da unten am Strand.«

»Da ist sie! Komm, wir rennen hin, Dadda!«

»Besser nicht, Häschen. Wir wollen sie nicht verscheuchen. Also müssen wir ganz leise sein.«

Da Tom abgelenkt war, war ihm zunächst nicht klar, was sich das Tier als neue Weide ausgesucht hatte.

»Runter mit dir, Kleines.« Er hob Lucy über die Schultern und stellte sie ins Gras. »Sei brav und warte hier, während ich Flossie hole. Wenn ich ihr dieses Seil ans Halsband binde, kommt sie sicher mit. Ganz ruhig, Flossie. Mach jetzt keinen Ärger.«

Die Ziege blickte auf und trottete ein paar Schritte weiter.

»Genug jetzt. Bleib stehen.« Tom packte sie schnell am Halsband und befestigte das Seil. »So. Das wäre geschafft. Und jetzt, Lulu ...«

Als er sich umdrehte, begannen seine Arme zu prickeln. Im nächsten Moment wurde ihm bewusst, was der Grund dafür war. Lucy saß auf einem kleinen Hügel, wo das Gras dichter wuchs als auf dem flachen Boden darum herum. Für gewöhnlich mied Tom diesen Teil der Insel, der ihm stets düster und bedrückend erschien, ganz gleich wie sonnig der Tag auch sein mochte.

»Schau, ich habe einen Sitzplatz gefunden, Dadda«, verkündete Lucy und strahlte.

»Lucy! Komm sofort da runter!«, rief Tom, ohne nachzudenken.

Lucy verzog das Gesicht und brach vor Schreck in Tränen aus. Sie war noch nie zuvor angeschrien worden und weinte deshalb bitterlich.

Rasch hob Tom sie hoch. »Entschuldige, Lulu, ich wollte dir keine Angst machen«, sagte er und schämte sich wegen seiner heftigen Reaktion. Um sein Entsetzen zu verbergen, ging er rasch ein paar Schritte weiter. »Aber das ist kein guter Sitzplatz.«

»Warum nicht?« Sie schluchzte. »Es ist mein ganz besonderer Sitzplatz. Er hat Zauberkräfte.«

»Weil ...« Er drückte ihr Köpfchen an seinen Hals. »Weil es

eben kein guter Sitzplatz ist, Kleines.« Er küsste sie auf den Scheitel.

»War ich ungezogen?«, fragte Lucy verdattert.

»Nein, nicht ungezogen. Du nicht, Lulu.« Er küsste ihre Wange und strich ihr das helle Haar aus den Augen.

Doch als er sie so im Arm hielt, wurde ihm zum ersten Mal seit Jahren wirklich bewusst, dass dieselben Hände, die sie nun berührten, ihren Vater in sein Grab gelegt hatten. Mit geschlossenen Augen erinnerte er sich daran, wie sich seine Muskeln angefühlt hatten, und an das Gewicht des Mannes, das er nun mit dem seiner Tochter verglich. Lucy erschien ihm plötzlich schwerer.

Er spürte, dass ihm jemand auf die Wange klopfte. »Dadda! Schau mich an!«, rief das Kind.

Tom schlug die Augen auf und betrachtete sie schweigend. Dann holte er tief Luft. »Komm, wir bringen Flossie nach Hause. Möchtest du das Seil halten?«, fragte er.

Sie nickte. Er wickelte ihr das Seil um die Hand und trug sie auf der Hüfte den Hügel hinauf.

Am Nachmittag wollte Lucy auf einen Stuhl klettern. Doch zuerst drehte sie sich zu Tom um. »Ist das ein guter Sitzplatz, Dadda?«

Er blickte nicht von der Türklinke auf, die er gerade reparierte. »Ja, Das ist ein guter Sitzplatz, Lulu«, antwortete er, ohne nachzudenken.

Als Isabel sich neben sie setzen wollte, stieß Lucy einen Schrei aus. »Nein! Mama, nicht auf diesen Stuhl! Das ist kein guter Sitzplatz.«

Isabel lachte auf. »Ich sitze doch immer dort, Schätzchen. Ich finde den Stuhl wunderschön.«

»Es ist kein guter Platz, sagt Dadda!«

»Wovon redet sie, Dadda?«

»Das erkläre ich dir später«, erwiderte er und griff zum Schraubenzieher, in der Hoffnung, dass Isabel es vergessen würde.

Doch weit gefehlt.

»Was sollte dieses Palaver, wer wo sitzen darf?«, fragte Isabel, nachdem sie Lucy zu Bett gebracht hatte. »Gerade hat sie sich schrecklich angestellt, weil ich mich auf ihr Bett gesetzt habe, um ihr eine Gutenachtgeschichte zu erzählen. Sie meinte, du würdest sehr böse werden.«

»Ach, nur ein Spiel, das sie erfunden hat. Wahrscheinlich denkt sie morgen nicht mehr daran.«

Doch Lucy hatte an diesem Nachmittag den Geist von Frank Roennfeldt geweckt, und die Erinnerung an sein Gesicht verfolgte Tom, sobald er in Richtung der Gräber blickte.

»... ehe Du nicht selbst Vater bist ...« Er hatte viel über Lucys Mutter nachgedacht, begriff aber erst jetzt, wie sehr er sich an ihrem Vater versündigt hatte. Seinetwegen war er im Tod nicht von einem Priester oder Pastor begleitet worden. Niemals würde er, zumindest in der Erinnerung, in Lucys Herzen weiterleben. Einen Moment lang hatten nur ein paar Meter Sand Lucy von ihrer wahren Herkunft getrennt – von Roennfeldt und Generationen seiner Vorfahren. Tom wurde eiskalt bei der Vorstellung, dass er vielleicht sogar – und das war gar nicht so unwahrscheinlich – Verwandte des Mannes getötet hatte, der ihr Erzeuger war. Plötzlich erhoben sich, lebensecht und anklagend, die Gesichter der Feinde aus dem Grab in seinem Gedächtnis, in das er sie verbannt hatte.

Als Isabel und Lucy am nächsten Morgen die Eier einsammeln gingen, machte sich Tom daran, das Wohnzimmer aufzuräumen. Er verstaute Lucys Stifte in einer Keksdose und schichtete ihre Bücher zu einem Stapel. Darunter befand sich auch das Gebetbuch, das Ralph ihr zur Taufe geschenkt hatte und aus dem Isabel ihr oft vorlas. Er blätterte die zarten Seiten mit dem Goldrand durch. Morgengebete, Kommunion ... Sein Blick blieb an dem 37. Psalm hängen, *»Noli aemulari«. »Entrüste dich nicht über die Bösen, sei nicht zornig auf die Übeltäter. Denn wie Gras verwelken sie rasch, verdorren wie das grüne Kraut.«*

Isabel, die das kleine Mädchen huckepack trug, und Lucy kehrten lachend zurück. »Oh, ist das sauber hier! Waren die Heinzelmännchen da?«, fragte Isabel.

Tom klappte das Buch zu und legte es oben auf den Stapel. »Ich versuche nur, ein wenig Ordnung zu schaffen«, erwiderte er.

Ein paar Wochen später saßen Ralph und Tom, die gerade die letzten Septembervorräte ausgeladen hatten, an die Steinmauer des Lagerschuppens gelehnt da. Bluey war unten am Schiff und reparierte etwas an der Ankerkette. Isabel und Lucy buken in der Küche Lebkuchenmänner. Es war ein anstrengender Vormittag gewesen, und nun gönnten sich die beiden Männer in den ersten schwachen Strahlen der Frühjahrssonne eine Flasche Bier.

Wochenlang hatte Tom sich auf diesen Moment vorbereitet und sich überlegt, wie er das Thema anschneiden sollte, wenn das Schiff kam. Er räusperte sich. »Hast du je ... etwas Böses getan, Ralph?«, begann er.

Der alte Mann sah Tom zweifelnd an. »Was ist denn das für eine komische Frage?«

Trotz aller Überlegungen hatte Tom sich ungeschickt ausgedrückt. »Ich meine ... nun ... wie man etwas geradebiegt, das man in den Sand gesetzt hat. Wie man es wiedergutmacht.« Er betrachtete den schwarzen Schwan auf dem Etikett der Bierflasche und nahm all seinen Mut zusammen. »Ich spreche von einer ernsten Angelegenheit.«

Ralph trank einen Schluck Bier, senkte den Kopf und nickte langsam. »Was möchtest du mir denn sagen? Nicht, dass mich das etwas angeht. Ich will mich nicht einmischen.«

Tom rührte sich nicht. Er ahnte, welche körperliche Erleichterung er verspüren würde, wenn er sich die Wahrheit über Lucy von der Seele redete. »Der Tod meines Vaters hat mich über alle meine Fehler im Leben nachdenken lassen und darüber, wie ich sie in Ordnung bringe, bevor ich sterbe.« Er wollte schon weitersprechen, doch das Bild, wie Isabel ihren tot geborenen Sohn badete, brachte ihn zum Verstummen.

»Ich werde nie ihre Namen erfahren ...« Er war überrascht, wie rasch die Lücke von anderen Gedanken und Schuldgefühlen gefüllt worden war.

»Wessen Namen?«

Tom zögerte. Er fühlte sich, als stünde er am Rande eines Abgrunds und überlege, ob er springen solle. Er trank einen Schluck Bier. »Die der Männer, die ich getötet habe.« Die Worte waren grausam und schonungslos.

Ralph ließ sich mit seiner Antwort Zeit. »Nun, das tut man eben in einem gottverdammten Krieg. Man tötet, oder man wird getötet.«

»Je mehr Zeit vergeht, desto wahnwitziger erscheint mir das, was ich getan habe.« Tom kam sich vor, als wäre er körperlich in jedem einzelnen Moment Vergangenheit gefangen und würde von einer Schraubzwinge zusammengepresst, die jede im Laufe der Jahre aufgestaute Empfindung, jeden schuldbewussten Gedanken in ihn hineindrückte. Er rang nach Atem. Ralph wartete wortlos ab.

Plötzlich zitterte Tom am ganzen Leib und wandte sich zu Ralph um. »Herrgott, ich will doch nur das Richtige tun, Ralph! Sag mir, was das Richtige ist, verdammt! Ich ... Ich halte das nicht mehr aus. Ich kann nicht mehr.« Als er die Flasche auf den Boden warf, zerschellte sie an einem Stein. Der Rest des Satzes ging in einem Aufschluchzen unter.

Ralph legte den Arm um ihn. »Aber, aber, mein Junge. Immer mit der Ruhe. Ich bin schon ein bisschen länger auf der Welt als du und habe eine Menge gesehen. Richtig und falsch sind manchmal wie zwei Schlangen: so ineinander verwickelt, dass man sie erst voneinander unterscheiden kann, wenn man beide erschossen hat, und dann ist es zu spät.« Er bedachte Tom mit einem langen, wortlosen Blick. »Ich würde mich fragen, was es nützt, in alten Wunden herumzustochern. Du kannst nichts mehr rückgängig machen.« Die Worte waren frei von Vorwurf oder Feindseligkeit, versetzten Tom aber dennoch einen Stich. »Herrje, einen Mann den Krieg wieder und wieder kämpfen zu lassen, bis er es richtig hinkriegt, ist die beste Methode, ihn in den Wahnsinn zu treiben.« Ralph kratzte an einer Schwiele an seinem Finger. »Falls ich einen Sohn hätte, wäre ich stolz, wenn er sich nur halb so gut gemacht hätte wie du. Du bist ein anständiger Mensch, Tom. Und wegen deiner Frau und deiner Tochter ein Glückspilz. Kümmere dich um deine Familie. Der alte Herr da oben hat dir eine zweite Chance gegeben. Also nimmt er dir das, was war, offenbar nicht übel. Leb in der Gegenwart. Bring in Ordnung, was du heute ausbügeln kannst, und lass die Vergangenheit ruhen. Die ist Aufgabe der Engel oder des Teufels oder wer auch sonst dafür zuständig ist.«

»Das Salz. Man wird das Salz einfach nicht los. Es zerfrisst alles wie ein Krebsgeschwür, wenn man nicht aufpasst.« Es war der Tag nach seinem Gespräch mit Ralph. Tom murmelte vor sich hin. Lucy saß neben ihm in der riesigen Laterne aus Glas, die die Leuchte umschloss, und fütterte ihre Stoffpuppe mit eingebildeten Süßigkeiten, während Tom die Bronzebeschläge polierte. Ihre blauen Augen blickten zu ihm auf.

»Bist du auch der Dadda von Püppi?«, wollte sie wissen.

Tom hielt inne. »Keine Ahnung. Warum fragst du nicht Püppi selbst?«

Sie beugte sich vor, um der Puppe etwas zuzuflüstern. »Sie sagt Nein. Du bist nur *mein* Dadda.«

Inzwischen hatte sie kein pausbäckiges Gesichtchen mehr, und es war bereits zu erahnen, wie sie später einmal aussehen würde – blondes Haar, anstatt dunkles wie am Anfang, aufmerksam dreinblickende Augen und helle Haut. Er fragte sich, wann sie anfangen würde, ihrer Mutter oder ihrem Vater zu ähneln. Er dachte an das Gesicht des blonden Mannes, den er begraben hatte. Grauen kroch ihm die Wirbelsäule hinauf, als er sich ausmalte, dass sie im Laufe der Jahre wohl schwierigere Fragen stellen würde. Wenn er selbst in den Spiegel schaute, konnte er inzwischen Ähnlichkeiten mit seinem eigenen Vater in diesem Alter feststellen. Und in Lucys Fall bedeutete Ähnlichkeit eine Gefahr. Partageuse war klein: Auch wenn eine Mutter ein Kleinkind nicht als ihr Baby wiedererkannte, würde sie sicher Anteile von sich selbst in einer erwachsenen Frau wahrnehmen. Die Vorstellung quälte ihn. Tom tunkte den Lappen in die Dose mit der Polierpaste und wienerte weiter, bis ihm der Schweiß in die Augenwinkel rann.

An diesem Abend lehnte Tom am Pfosten der Veranda und beobachtete, wie der Wind die Sonne in die Nacht hinausblies. Er hatte die Lampe bereits angezündet, und nun gab es bis zum Morgengrauen im Leuchtturm nichts mehr zu tun. Immer wieder hatte er über Ralphs Rat nachgegrübelt. *Bring in Ordnung, was du heute ausbügeln kannst.*

»Da bist du ja, Liebling«, sagte Isabel. »Sie schläft. Ich musste ihr dreimal *Aschenputtel* vorlesen!« Sie legte den Arm um Tom und lehnte sich an ihn. »Es ist so niedlich, wenn sie tut, als würde sie lesen, und dabei die Seiten umblättert. Sie kennt die Geschichten auswendig.«

Als Tom nicht antwortete, küsste Isabel ihn unters Ohr. »Wir können ja auch früh zu Bett gehen. Ich bin zwar müde, aber nicht zu müde …«

Er blickte noch immer hinaus aufs Wasser. »Wie sieht Mrs. Roennfeldt denn aus?«

Isabel brauchte einen Moment, um zu verstehen, dass er Hannah Potts meinte. »Warum um alles in der Welt interessiert dich das?«

»Dreimal darfst du raten.«

»Sie sieht überhaupt nicht aus wie Lucy! Lucy ist blond und hat blaue Augen – offenbar hat sie das von ihrem Vater.«

»Nun, von uns hat sie es ganz sicher nicht.« Er drehte sich zu ihr um. »Izzy, wir müssen etwas tun. Wir müssen es ihr sagen.«

»*Lucy?* Sie ist doch noch viel zu klein …«

»Nein, Hannah Roennfeldt.«

Isabel starrte ihn entsetzt an. »Aber weshalb denn?«

»Sie muss es erfahren.«

Isabel erschauderte. In ihren dunklen Momenten hatte sie sich gefragt, was schlimmer war – die eigene Tochter für tot zu halten oder zu wissen, dass sie lebte, dass man sie aber nie wiedersehen würde? Doch ihr war klar, dass es fatale Folgen haben würde, wenn sie Tom auch nur ansatzweise zustimmte. »Tom, wir haben dieses Thema schon so oft durchgekaut. Es ist einfach nicht richtig, dein schlechtes Gewissen wichtiger zu nehmen als Lucys Wohlergehen.«

»*Schlechtes Gewissen?* Um Himmels willen, Isabel, wir sprechen hier nicht davon, dass ich Sixpence bei der Kollekte stibitzt habe, sondern vom Leben eines Kindes! Und außerdem von dem einer Frau. Sie bezahlt für jede Minute unseres Glücks. Und das kann nicht richtig sein, ganz gleich, wie wir es auch zu rechtfertigen versuchen.«

»Tom, du bist müde, traurig und durcheinander. Morgen früh denkst du sicher anders. Ich möchte heute Abend nicht mehr darüber reden.« Sie berührte seine Hand und bemühte sich, das Zittern in ihrer Stimme zu unterdrücken. »Die Welt, in der wir leben, ist nicht perfekt. Damit müssen wir uns abfinden.«

Er sah sie an und hatte plötzlich das Gefühl, dass sie gar nicht existierte. Vielleicht existierte diese ganze Situation ja nicht, denn die schmale Kluft zwischen ihnen trennte zwei völlig unterschiedliche Wirklichkeiten voneinander. Und die hatten keine Berührungspunkte mehr.

Besonders gern betrachtet Lucy die Fotos, die sie als Baby während ihres Besuchs in Partageuse zeigen. »Das bin ich!«, teilt sie Tom mit, während sie auf seinem Knie sitzt und auf das Foto auf dem Tisch weist. »Aber damals war ich noch klein. Jetzt bin ich ein großes Mädchen.«

»Das bist du wirklich, Schatz. Bald wirst du vier.«

»Und das«, verkündet sie und deutet selbstbewusst mit dem Finger, »ist Mamas Mama!«

»Richtig. Mamas Mama ist deine Oma.«

»Und das ist Daddas Dadda.«

»Nein, das ist *Mamas* Dadda, dein Opa.«

Lucy sieht ihn skeptisch an.

»Ja, das ist verwirrend, ich weiß. Aber Oma und Opa sind nicht meine Eltern.«

»Wer sind denn deine Eltern?«

Tom verlagert Lucy von einem Knie aufs andere. »Meine Mum und mein Dad hießen Eleanora und Edward.«

»Sind sie auch meine Oma und mein Opa?«

»Sie sind beide gestorben, Schätzchen«, weicht Tom der Frage aus.

»Aha«, erwidert Lucy mit einem ernsten Nicken, was in ihm den Verdacht weckt, dass sie keine Ahnung hat, wovon die Rede ist. »Wie Flossie.«

Tom hat ganz vergessen, dass die Ziege vor einigen Wochen erkrankt und gestorben ist. »Nun, ja, wie Flossie.«

»Warum sind deine Mama und dein Dadda denn gestorben?«

»Weil sie alt und krank waren. Das ist schon lange her«, fügt er hinzu.

»Werde ich auch sterben?«

»Nicht, wenn ich es verhindern kann, Lulu.«

Allerdings birgt seit einiger Zeit jeder Tag mit diesem Kind Gefahren. Mit ihrem Wortschatz wächst auch ihre Fähigkeit, ihre Umwelt zu erkunden und zu ergründen, wer sie ist. Es belastet Tom sehr, dass ihr Verständnis von der Welt und ihrer eigenen Person auf einer gewaltigen Lüge basiert: einer Lüge, an deren Entwicklung und Ausbau er selbst mitgewirkt hat.

Alle Flächen im Laternenraum schimmerten. Tom hatte schon immer alles sorgfältig gepflegt, doch nun erklärte er jeder Schraube und jedem Beschlag den Krieg, bis sie blitzblank waren. Inzwischen haftete ihm ständig der Geruch von Duraglit-Polierpaste an. Die Prismen funkelten, und der Strahl leuchtete, unbefleckt von auch nur einem einzigen Staubkorn. Alle Zahnräder liefen glatt. Noch nie hatte die Maschinerie so präzise funktioniert.

Das Haus hingegen litt an Vernachlässigung. »Könntest du

diesen Riss nicht zugipsen?«, fragte Isabel, als sie nach dem Mittagessen in der Küche saßen.

»Ich kümmere mich darum, sobald alles für die Inspektion fertig ist.«

»Das ist es doch schon seit Wochen – eigentlich schon seit Monaten. Schließlich kommt ja nicht der König, oder?«

»Ich möchte nur, dass alles tipptopp ist. Ich habe dir doch gesagt, dass wir Chancen auf den Posten in Point Moore haben. Dann wären wir an Land in der Nähe von Geraldton. Von Menschen. Und Hunderte von Kilometern entfernt von Partageuse.«

»Es gab einmal eine Zeit, in der dich keine zehn Pferde von Janus weggebracht hätten.«

»Nun, die Zeiten ändern sich.«

»Nicht die Zeiten haben sich geändert, Tom«, widersprach sie. »Du selbst hast doch immer gesagt, dass es nicht der Leuchtturm ist, der sich bewegt hat, wenn er plötzlich aussieht, als stünde er anderswo.«

»Na, dann überleg mal, was das wohl sein könnte«, entgegnete er, griff nach dem Schraubenschlüssel und marschierte in Richtung Lagerschuppen, ohne sich umzublicken.

Am Abend nahm Tom eine Flasche Whisky mit und ging zur Klippe, um die Sterne zu beobachten. Die Brise berührte sein Gesicht, während er die Sternbilder verfolgte und das Brennen des Getränks in der Kehle spürte. Er wandte sich dem rotierenden Lichtstrahl zu und lachte bei dem Gedanken höhnisch auf, dass die Insel selbst wegen des Winkels stets in Dunkelheit lag. Ein Leuchtturm ist für andere da und nicht in der Lage, seine nähere Umgebung zu erhellen.

Kapitel 21

Die Feierlichkeiten, die drei Monate später in Point Partageuse stattfanden, waren für die Stadt im Südwesten ein wichtiger gesellschaftlicher Anlass. Der Oberbefehlshaber der Handelsmarine war zusammen mit dem Gouverneur des Bundesstaats eigens aus Perth angereist, und die Honoratioren der Stadt hatten sich versammelt – der Bürgermeister, der Hafenmeister, der Vikar und auch die drei noch lebenden der bisherigen fünf Leuchtturmwärter. Grund war das Jubiläum des Tages, an dem auf Janus zum ersten Mal die Lampe angezündet worden war, und zwar vor vierzig Jahren im Januar 1890. Zur Feier dieses Tages hatte man der Familie Sherbourne einen Sonderurlaub an Land genehmigt.

Tom fuhr sich mit dem Finger unter den steifen Kragen, der ihm den Hals abschnürte. »Ich fühle mich wie eine Weihnachtsgans!«, beschwerte er sich bei Ralph, der neben ihm hinter der Bühne stand und durch die Vorhänge spähte. Die städtischen Ingenieure und Mitarbeiter der Hafen- und Leuchtturmbehörde, die im Laufe der Jahre mit Janus befasst gewesen waren, hatten bereits ordentlich aufgereiht auf der Bühne ihre Plätze eingenommen. Draußen vor den offenen Fenstern zirpten Zikaden in der Sommernacht. Isabel und ihre Eltern saßen auf der einen Seite des Saals. Bill Graysmark hatte Lucy, die Kinderreime plapperte, auf dem Knie.

»Denk nur an das Freibier, mein Junge«, raunte Ralph Tom zu. »Nicht einmal Jock Johnson kann heute Abend ewige Vorträge halten – die Sachen bringen ihn sicher fast um.« Er wies mit dem Kopf auf den kahlköpfigen, schwitzenden Mann, der eine Robe mit Hermelinkragen und die Bürgermeisterkette trug, hin und her lief und sich darauf vorbereitete, zu den Anwesenden in dem windschiefen Rathaus zu sprechen.

»Ich komme gleich wieder«, sagte Tom. »Ein menschliches Bedürfnis.« Mit diesen Worten steuerte er auf die Toilette hinter dem Gebäude zu.

Auf dem Rückweg fiel ihm eine Frau auf, die ihn anzustarren schien.

Er sah nach, ob er sich auch richtig die Hose zugeknöpft hatte, und blickte sich um, nur für den Fall, dass sie jemand anderen meinte. Doch sie beobachtete ihn weiter und sprach ihn an, als er näher kam. »Sie erinnern sich nicht mehr an mich, richtig?«

Tom musterte sie noch einmal. »Tut mir leid, ich glaube, Sie verwechseln mich mit jemandem.«

»Es ist inzwischen lange her«, erwiderte sie, wobei sie errötete. Etwas an ihrem Gesichtsausdruck veränderte sich, und er erkannte das Gesicht des Mädchens wieder, dem er auf seiner ersten Fahrt nach Partageuse auf dem Schiff beigestanden hatte. Sie war gealtert und abgemagert und hatte dunkle Augenringe, sodass er sich fragte, ob sie wohl an einer Krankheit litt. Er hatte sie noch im Nachthemd vor sich, die Augen ängstlich aufgerissen und von einem betrunkenen Narren an die Wand gedrängt. Es war die Erinnerung eines anderen Menschen und aus einem anderen Leben. Im Laufe der Jahre hatte er sich hin und wieder gefragt, was wohl aus ihr geworden war. Und aus dem Schwachkopf, der sie belästigt hatte. Bis jetzt hatte er den Zwischenfall nie, nicht einmal Isabel gegenüber, erwähnt, und sein Instinkt sagte ihm, dass es jetzt wohl zu spät dazu war.

»Ich wollte mich nur bedanken«, begann die Frau, wurde aber von einer Stimme an der Hintertür des Gebäudes unterbrochen. »Wir fangen gleich an. Am besten kommst du jetzt.«

»Bitte entschuldigen Sie mich«, sagte Tom. »Ich muss los. Vielleicht sehen wir uns ja später.«

Sobald er seinen Platz auf der Bühne eingenommen hatte, begann die Veranstaltung. Reden wurden gehalten. Einige der älteren Leuchtturmwärter erzählten Anekdoten. Und dann wurde ein Modell des ursprünglichen Leuchtturms enthüllt.

»Dieses Modell«, verkündete der Bürgermeister stolz, »wurde von unserem edlen Spender Mr. Septimus Potts gestiftet. Ich freue mich, Mr. Potts und seine charmanten Töchter Hannah und Gwen heute Abend bei unserer kleinen Zusammenkunft begrüßen zu dürfen, und fordere Sie auf, sich auf die althergebrachte Art bei ihm zu bedanken.« Er wies auf einen älteren Herrn, der zwischen zwei Frauen saß. Die erste war, wie Tom zu seiner Bestürzung feststellte, das Mädchen vom Schiff. Er warf einen Blick auf Isabel, die, ein steifes Lächeln auf den Lippen, mit dem übrigen Publikum applaudierte.

Der Bürgermeister fuhr fort. »Und natürlich, meine Damen und Herren, haben wir heute Abend auch den derzeitigen Leuchtturmwärter von Janus, Mr. Thomas Sherbourne, hier. Sicher möchte Thomas gerne ein paar Worte über das Leben auf Janus Rock sagen.« Er wandte sich zu Tom um und winkte ihn zum Rednerpult.

Tom erstarrte. Niemand hatte eine Rede erwähnt. Außerdem drehte sich ihm von der Erkenntnis, dass er Hannah Roennfeldt schon einmal begegnet war, noch immer der Kopf. Das Publikum klatschte. Der Bürgermeister winkte wieder, diesmal ein wenig nachdrücklicher. »Kommen Sie, alter Junge.«

Kurz fragte sich Tom, ob alle Ereignisse seit dem Tag, an dem das Boot angeschwemmt worden war, nur ein Teil eines schrecklichen Albtraums gewesen sein könnten. Doch im Zuschauerraum konnte er Isabel, die Potts und Bluey klar, deutlich und unentrinnbar erkennen. Er erhob sich mit klopfendem Herzen und ging zum Rednerpult, wobei er sich fühlte wie auf dem Weg zum Galgen.

»Uff«, begann er, was ihm Gelächter vom Publikum einbrachte. »Ich habe nicht damit gerechnet.« Er wischte sich die Hände an der Hose ab und hielt sich dann am Rednerpult fest. »Das Leben auf Janus heute ...« Gedankenverloren hielt er inne und setzte noch einmal an. »Das Leben auf Janus heute ...« Wie sollte er die Einsamkeit erklären? Wie konnte er jemandem die Welt dort draußen begreiflich machen, die so weit von der Lebenswirklichkeit dieser Leute entfernt war wie eine andere Galaxie? Die Luftblase Janus war geplatzt und in tausend Scherben zersprungen. Und hier stand er nun. Vor einer Menschenmenge. In einem ganz gewöhnlichen Raum voller Leute, die jeder ihr eigenes Leben führten. Und vor Hannah Roennfeldt. Lange herrschte Schweigen. Einige räusperten sich oder rutschten auf ihren Plätzen herum.

»Der Leuchtturm von Janus wurde von ziemlich klugen Leuten geplant«, begann er. »Und von einigen ziemlich tapferen gebaut. Ich versuche nur, ihren Bemühungen gerecht zu werden und das Licht am Brennen zu halten.« Er flüchtete sich ins Technische und Praktische, sagte Dinge, über die er nicht nachzudenken brauchte. »Die meisten glauben, dass die Lampe riesengroß ist, aber das stimmt nicht – das Leuchten wird von einer von verdampftem Öl genährten Flamme erzeugt, die in einem weiß leuchtenden Glühstrumpf brennt. Sie wird durch ein riesiges System aus vier Meter hohen Glasprismen gelenkt und vergrößert, die man eine Fresnel- Linse erster Ordnung nennt. Sie bricht das Licht zu einem Strahl, der so intensiv ist, dass man ihn noch aus über fünfzig Kilometern Entfernung sieht. Eine erstaunliche Vorstellung, dass ein so kleines Ding derart verstärkt werden kann ... Meine Aufgabe – meine Aufgabe ist es, die Leuchte sauber zu halten und dafür zu sorgen, dass sie sich dreht. Da draußen lebt man wie in einer anderen Welt und Zeit: Außer den Jahreszeiten ändert sich nichts. Vor der Küste Australiens stehen noch Dutzende weiterer Leuchttürme, wo andere Männer wie ich versuchen, Schiffe vor Schaden zu bewahren und das Licht für die anzuzünden, die es brauchen, obwohl wir sie meistens nie zu Gesicht bekommen und nicht wissen, wer sie sind. – Jetzt fällt mir eigentlich nichts mehr ein. Nur, dass man nie sagen kann, was die Gezeiten vom einen zum anderen Tag bringen.« Er stellte fest, dass der Bürgermeister auf seine Taschenuhr sah. »Nun, ich denke, ich habe Sie jetzt lange genug vom Büfett ferngehalten. Bei diesem Wetter kann man ganz schön Durst kriegen. Vielen Dank.« Damit beendete er seine Ansprache, machte abrupt kehrt und setzte sich, begleitet vom verhaltenen Applaus der erstaunten Gäste.

»Alles in Ordnung, alter Junge?«, flüsterte Ralph. »Du bist ein bisschen blass um die Nase.«

»Ich bin kein Freund von Überraschungen«, antwortete Tom nur.

Mrs. Captain Hasluck liebte Feiern. Und da sie in dieser Hinsicht in Partageuse nur selten auf ihre Kosten kam, war sie an diesem Abend außer sich vor Freude. Sie genoss es, dass es ihre Pflicht als Hafenmeistergattin war, die Gäste miteinander bekannt zu machen, insbesondere, da auch Besucher aus Perth unter ihnen waren. Und so schwebte sie durch den Raum, stellte die Leute einander vor, erinnerte sie an Namen und wies auf gemeinsame Gesprächsthemen hin. Sie behielt den Sherrykonsum von Reverend Norkells im Auge und verwickelte die Frau des Oberbefehlshabers in eine Erörterung des Problems, die Goldtressen an Uniformen zu reinigen. Es gelang ihr sogar, Neville Wittnish dazu zu bringen, die Geschichte zu erzählen, wie er im Jahr 1899 die Besatzung eines Schoners gerettet hatte, dessen Ladung Rum vor Janus in Brand geraten war. »Natürlich war das vor der Föderation«, verkündete er. »Und lange bevor das Commonwealth 1915 die Leuchttürme in die Finger bekam. Seitdem hat der Papierkrieg ordentlich zugenommen.« Die Frau des Gouverneurs nickte höflich und fragte sich dabei, ob er wohl wusste, dass er Schuppen hatte.

Mrs. Hasluck sah sich nach ihrem nächsten Opfer um und entdeckte es prompt. »Isabel, meine Liebe«, sagte sie und legte ihr die Hand auf den Ellbogen. »Was für eine interessante Rede Tom gehalten hat!« Dann wandte sie sich an Lucy, die auf Isabels Hüfte saß. »Du bist aber heute Abend lange auf, kleines Fräulein«, flötete sie. »Hoffentlich bist du auch schön brav.«

Isabel lächelte. »Sie ist ein liebes Mädchen.«

Mit einer Bewegung, die an eine Häkelnadel erinnerte, griff Mrs. Hasluck eine vorbeigehende Frau am Arm. »Gwen«, meinte sie. »Sie kennen doch Isabel Sherbourne, oder?«

Gwen Potts zögerte einen Moment. Da sie und ihre Schwester einige Jahre älter als Isabel waren und ein Internat in Perth besucht hatten, waren sie sich nie persönlich begegnet. Mrs. Hasluck bemerkte ihr Zögern. »Graysmark. Sie hieß früher Isabel Graysmark«, fügte sie hinzu.

»Ich ... Natürlich weiß ich, wer Sie sind«, sagte die Frau mit einem höflichen Lächeln. »Ihr Vater ist doch der Schuldirektor.«

»Ja«, erwiderte Isabel. Ihr wurde flau im Magen, und sie blickte sich um, als suche sie nach einem Fluchtweg.

Mrs. Hasluck bereute schon, die beiden einander vorgestellt zu haben. Die Potts-Mädchen hielten lieber Abstand zu den Einheimischen. Und nach der Sache mit dem Deutschen war die Schwester ... Ach, herrje ... Sie überlegte gerade, wie sie die Situation retten sollte, als Gwen Hannah heranwinkte, die nur wenige Meter entfernt stand.

»Hannah, wusstest du, dass Mr. Sherbourne, der gerade die Rede gehalten hat, mit Isabel Graysmark verheiratet ist? Der Tochter des Schuldirektors?«

»Nein, ich hatte keine Ahnung«, antwortete Hannah. Sie wirkte geistesabwesend, als sie näher kam.

Isabel erstarrte, und es verschlug ihr die Sprache, als sich ihr langsam ein ausgemergeltes Gesicht zuwandte. Sie umklammerte Lucy fester und versuchte, eine Begrüßung herauszubringen, doch ihre Stimme wollte ihr nicht gehorchen.

»Wie heißt denn Ihre Kleine?«, erkundigte Gwen sich mit einem Lächeln.

»Lucy.« Es kostete Isabel gewaltige Willenskraft, nicht aus dem Saal zu fliehen.

»Ein reizender Name«, erwiderte Gwen.

»Lucy«, wiederholte Hannah, als sei es ein Wort in einer fremden Sprache. Sie starrte das Kind an und streckte die Hand nach seinem Arm aus.

Beim Anblick von Hannahs Augenausdruck, als diese das kleine Mädchen musterte, zuckte Isabel vor Angst zusammen.

Lucy war wie hypnotisiert von der Berührung der Frau. Sie

starrte ihr in die Augen, ohne zu lächeln oder das Gesicht zu verziehen, als brüte sie über einem Puzzle. »Mama«, meinte sie, worauf beide Frauen erschraken. Sie drehte sich zu Isabel um. »Mama«, wiederholte sie. »Ich bin müde.« Sie rieb sich die Augen.

Einen Sekundenbruchteil malte Isabel sich aus, wie sie Hannah das Kind übergab. Schließlich war sie die Mutter. Sie hatte ein Recht darauf. Aber das waren nichts als wirre Gedanken. So oft hatte sie darüber nachgegrübelt. Die Entscheidung war endgültig gefallen. Was immer auch Gottes Absicht gewesen war, musste Isabel sich an seine Pläne halten und seinen Willen tun. Sie zermarterte sich das Hirn nach den richtigen Worten.

»Oh, schauen Sie«, verkündete Mrs. Hasluck, die bemerkt hatte, dass Tom sich näherte. »Hier ist der Mann der Stunde.« Sie zog ihn heran und steuerte auf die nächste Gruppe zu. Eigentlich hatte sich Tom unauffällig mit Isabel aus dem Staub machen wollen, während sich die Leute um den Tisch mit Wurstbrötchen und Sandwiches scharten. Als er feststellte, mit wem Isabel da sprach, prickelte ihm der Hals, und sein Puls begann zu rasen.

»Tom, das sind Hannah und Gwen Potts«, sagte Isabel mit einem gezwungenen Lächeln.

Tom starrte seine Frau an, als sie, Lucy auf der Hüfte, die Hand auf seinen Arm legte.

»Hallo«, erwiderte Gwen.

»Schön, Sie endlich richtig kennenzulernen«, meinte Hannah, die endlich den Blick von dem Kind abwandte.

Tom fehlten die Worte.

»Richtig?«, hakte Gwen nach.

»Wir sind uns schon einmal vor Jahren begegnet, aber ich wusste nicht, wie er hieß.«

Nun war es Isabel, die fragend vom einen zum anderen schaute.

»Ihr Mann war sehr ritterlich. Er hat mich vor einem Burschen gerettet, der … nun, mich belästigt hat. Auf dem Schiff von Sydney hierher. Oh, ich erzähle dir später alles. Das war vor vielen Jahren«, meinte sie, an ihre Schwester gewandt. Und zu Tom meinte sie: »Ich hatte keine Ahnung, dass Sie auf Janus sind.«

Beklommenes Schweigen entstand, als sie, nur wenige Zentimeter voneinander entfernt, verharrten.

»Dadda«, rief Lucy schließlich und streckte die Arme nach ihm aus. Isabel versuchte zwar, es zu verhindern, aber das Kind schlang Tom die Arme um den Hals, sodass er es zu ihm hinüberklettern und den Kopf an seine Brust schmiegen ließ, um seinem wild pochenden Herzen zu lauschen.

Gerade wollte Tom die Gelegenheit zur Flucht nutzen, als Hannah ihn am Ellbogen berührte. »Übrigens hat mir gefallen, was Sie gerade gesagt haben. Dass der Leuchtturm für alle da ist, die ihn brauchen.« Kurz hielt sie inne, um sich ihre nächsten Worte zurechtzulegen. »Darf ich Sie etwas fragen, Mr. Sherbourne?«

»Und das wäre?«, erwiderte er, obwohl ihn der Satz mit Grauen erfüllte.

»Es mag sich seltsam anhören, aber werden Menschen auf hoher See manchmal von Schiffen gerettet? Haben Sie jemals von Booten gehört, die aufgegriffen worden sind? Ich bin nur neugierig, ob Ihnen da etwas zu Ohren gekommen ist ...«

Tom räusperte sich. »Auf dem Meer ist alles möglich, absolut alles.«

»Ich verstehe ... danke.« Hannah holte tief Luft und sah Lucy noch einmal an. »Übrigens habe ich damals Ihren Rat angenommen«, fügte sie hinzu. »Wegen des Burschen auf dem Schiff. Wie Sie gesagt haben, hatte er schon genug Probleme.« Sie wandte sich an ihre Schwester. »Gwen, ich möchte gerne nach Hause. Ich fühle mich nicht sehr wohl bei solchen Veranstaltungen. Richtest du Dad Grüße von mir aus? Ich möchte ihn nicht stören.« Sie drehte sich zu Tom und Isabel um. »Bitte entschuldigen Sie.« Als sie sich zum Gehen anschickte, sagte Lucy schläfrig: »Ta-ta« und winkte dabei. Hannah zwang sich zu einem Lächeln.

»Tata«, antwortete sie und fügte unter Tränen hinzu: »Sie haben eine wirklich reizende Tochter. Entschuldigen Sie mich.« Sie hastete zur Tür.

»Es tut mir wirklich leid«, meinte Gwen. »Hannah hat vor einigen Jahren eine schreckliche Tragödie erlebt. Sie hat ihre Familie auf See verloren – ihren Mann und ihre Tochter, die jetzt etwa so alt wäre wie Ihr kleines Mädchen. Deshalb stellt sie immer solche Fragen. Beim Anblick kleiner Kinder ist es um sie geschehen.«

»Wie schrecklich«, brachte Isabel mühsam heraus.

»Ich sehe besser nach ihr.«

Nachdem Gwen fort war, gesellte sich Isabels Mutter zu ihnen. »Bist du nicht stolz auf deinen Daddy, Lucy? Ist er nicht ein kluger Mann, der sogar Reden hält?« Sie wandte sich an Isabel. »Soll ich sie nach Hause bringen? Dann können Tom und du euch amüsieren. Ihr wart sicher schon seit einer Ewigkeit nicht mehr beim Tanzen.«

Isabel sah Tom fragend an.

»Ich habe Ralph und Bluey versprochen, mit ihnen ein Bier zu trinken. Solche Feste sind nichts für mich.« Ohne seine Frau noch eines Blicks zu würdigen, marschierte er in die Dunkelheit hinaus.

Als Isabel sich später das Gesicht wusch und dabei in den Spiegel schaute, hatte sie für eine Sekunde Hannahs vom Leid gezeichnete Züge vor sich. Sie benetzte ihr Gesicht noch einmal mit Wasser, um nicht nur den Schweiß wegzuwaschen, der ihr bei dieser Begegnung ausgebrochen war, sondern auch das unerträgliche Bild. Doch es gelang ihr nicht, es zu vertreiben. Hinzu kam eine schleichende Angst, die sie empfand, seit sie wusste, dass Tom dieser Frau bereits einmal begegnet war. Sie konnte nicht sagen, warum, aber es machte die Sache noch schlimmer. Es fühlte sich an, als hätte sich der eigentlich feste Boden unter ihren Füßen fast unmerklich bewegt.

Es war ein Schock gewesen, Hannah Roennfeldt so plötzlich

gegenüberzustehen. Die Düsternis in ihren Augen zu sehen. Die abgestandene Süße ihres Puders zu riechen. Die Hoffnungslosigkeit, die sie umgab, fast körperlich zu spüren. Doch gleichzeitig hatte sie einen Vorgeschmack darauf erhalten, was es bedeuten würde, Lucy zu verlieren. Ihre Armmuskeln spannten sich an, als wolle sie das Kind festhalten. »Oh Gott«, betete sie. »Gott schenk Hannah Roennfeldt Frieden. Und hilf mir, Lucy zu beschützen.«

Tom war noch immer nicht zu Hause. Isabel ging in Lucys Zimmer, um nach ihr zu sehen. Vorsichtig nahm sie ihr ein Bilderbuch aus der Hand und legte es auf den Frisiertisch. »Gute Nacht, mein Engel«, flüsterte sie und küsste das schlafende Kind. Während sie Lucys Haar streichelte, ertappte sie sich dabei, wie sie ihre Gesichtsform mit Hannahs Bild im Spiegel verglich und die Form ihres Kinns und den Schwung ihrer Augenbrauen nach einer Übereinstimmung absuchte.

Kapitel 22

»Mama, darf ich eine Katze haben?«, fragte Lucy am nächsten Morgen, als sie Isabel in die Küche der Graysmarks folgte. Das Kind war von dem exotischen orangefarbenen Wesen namens Tabatha Tabby fasziniert, das im Haus das Regiment führte. Lucy kannte Katzen zwar aus Bilderbüchern, hatte aber noch nie zuvor eine angefasst.

»Oh, ich glaube, eine Katze würde sich auf Janus nicht sehr wohlfühlen, Schatz. Sie hätte ja keine Freunde zum Spielen.« Isabels Tonfall war geistesabwesend.

»Dadda, kann ich bitte eine Katze haben?«, wandte sich das Kind prompt an seinen Vater, ohne die Anspannung zu spüren, die in der Luft lag.

Tom war erst nach Hause gekommen, als Isabel schon schlief, und mit den Hühnern wieder aufgestanden. Nun saß er am Küchentisch und blätterte die eine Woche alte Ausgabe des *West Australian* durch.

»Lulu, warum nimmst du Tabatha nicht mit hinaus in den Garten – geht auf die Mäusejagd«, schlug er vor.

Sie packte das geduldige Tier um die Mitte und schleppte es zur Tür.

Tom wandte sich an Isabel. »Wie lange noch, Izz? Wie lange noch, verdammt?«

»Was?«

»Wie sollen wir das aushalten? Wie können wir jeden Tag so weitermachen? Du wusstest, dass die arme Frau unseretwegen den Verstand verloren hat. Jetzt hast du es mit eigenen Augen gesehen!«

»Tom wir können nichts tun. Das ist uns doch beiden klar.« Allerdings hatte sie wieder Hannahs Gesicht vor sich und hörte ihre Stimme. Als Tom zornig den Kiefer vorschob, suchte sie nach einem Weg, ihn zu beschwichtigen. »Vielleicht …«, begann sie, »vielleicht, wenn Lucy älter ist. Dann wird es nicht mehr so schwer sein, es Hannah zu sagen. Aber bis dahin dauert es noch viele Jahre, Tom, Jahre.«

»Was soll das, Isabel?«, beharrte er, erstaunt sowohl über das Zugeständnis als auch darüber, wie ungenügend es war. »Wir können nicht mehr jahrelang warten. Stell dir das Leben dieser Frau vor. Und du kanntest sie sogar!«

Angst stieg in Isabel auf. »Wie sich herausgestellt hat, gilt das auch für dich, Tom Sherbourne. Aber das hast du offenbar lieber für dich behalten.«

»Ich kenne sie nicht, ich bin ihr nur kurz begegnet. Einmal«, erwiderte Tom, erschrocken über den Gegenangriff.

»Wann?«

»Auf dem Schiff aus Sydney.«

»Das ist also der Grund. Warum hast du mir nie von ihr erzählt? Was hat sie mit ›ritterlich‹ gemeint? Was verheimlichst du mir?«

»Was ich dir verheimliche? Das soll wohl ein Scherz sein!«

»Ich weiß nichts über dein Leben. Was verschweigst du mir sonst noch, Tom? Wie viele andere Schiffsromanzen?«

Tom erhob sich. »Schluss jetzt! Hör sofort auf damit, Isabel! Du veranstaltest nur so ein Theater wegen Hannah Roennfeldt, um vom eigentlichen Thema abzulenken, weil dir klar ist, dass ich recht habe. Ob ich sie schon einmal getroffen habe oder nicht, spielt doch keine Rolle. Izz, du hast selbst gesehen, was aus ihr geworden ist«, appellierte er an ihre Vernunft. »Das ist allein unsere Schuld.« Er wandte sich ab. »Ich habe Dinge erlebt … im Krieg, Izz, die ich dir nie erzählt habe und nie erzählen werde. Herrgott, was ich getan habe …« Er ballte die Hände zu Fäusten und schob den Kiefer vor. »Danach habe ich geschworen, niemals mehr einem anderen Menschen Leid zuzufügen. Warum, glaubst du, bin ich Leuchtturmwärter geworden? Ich dachte, ich könnte so vielleicht etwas Gutes tun und irgendeinen armen Teufel vor dem Schiffbruch bewahren. Und schau, in was ich jetzt hineingeraten bin. Das, was Hannah Roennfeldt durchmacht, würde ich keinem Hund zumuten.« Er suchte nach den richtigen Worten. »Mein Gott, in Frankreich habe ich gelernt, dass man ein Riesenglück hat, wenn man etwas Essbares ergattert und obendrein noch Zähne hat, um es zu kauen.« Die Bilder, die auf ihn einstürmten, ließen ihn zusammenzucken. »Deshalb habe ich geglaubt, dass ich im Himmel bin, als ich dich kennengelernt und sogar Gnade vor deinen Augen gefunden habe!«

Kurz hielt er inne. »Was ist aus uns geworden, Izzy? Was tun wir da, verdammt? Ich habe geschworen, mit dir durch dick und dünn zu gehen, Isabel, durch dick und dünn. Nun, inzwischen muss ich feststellen, dass die Sache recht dünn geworden ist.« Mit diesen Worten marschierte er den Flur entlang.

Lucy stand an der Hintertür und beobachtete den Streit gebannt. Noch nie hatte sie Tom so viel reden gehört – und noch dazu so laut. Sie hatte auch noch nie erlebt, dass er geweint hätte.

»Sie ist fort!«, lautete Isabels Begrüßung, als Tom am Nachmittag in Blueys Begleitung zu den Graysmarks zurückkehrte. »Lucy! Ich habe sie nach draußen geschickt, um mit der Katze zu spielen, während ich gepackt habe. Ich dachte, dass Mum auf sie aufpasst, und Mum dachte, sie sei bei mir.«

»Beruhige dich, ganz ruhig, Izz«, erwiderte er und fasste sie an den Armen. »Reg dich nicht auf. Wann hast du sie zuletzt gesehen?«

»Vor einer Stunde? Höchstens zwei.«

»Wann hast du bemerkt, dass sie weg ist?«

»Gerade eben. Dad ist in den Busch gegangen, um sie zu suchen.« Partageuse war von Buschland umgeben. Hinter dem Garten der Graysmarks mit seinem ordentlichen Rasen begannen viele Hektar Gestrüpp, die in ein Waldgebiet übergingen.

»Tom, Gott sei Dank, dass du zurück bist.« Violet lief auf die Veranda hinaus. »Es tut mir so leid – es ist ganz allein meine Schuld. Ich hätte nach ihr schauen sollen. Bill sucht sie auf dem alten Forstweg.«

»Wo könnte sie sonst noch sein?« Wie immer dachte Tom praktisch und methodisch. »Hast du oder hat Bill beim Geschichtenerzählen irgendeinen Ort erwähnt?«

»Überall und nirgendwo«, antwortete Violet und schüttelte den Kopf.

»Tom, da draußen gibt es Schlangen. Und Schwarze Witwen. Der Himmel steh uns bei!« Isabel war verzweifelt.

»Ich habe als Kind den ganzen Tag im Busch gespielt, Isabel. Ihr passiert schon nichts. Wir werden sie sicher bald gefunden haben. Los, Tom.«

»Izz, Bluey und ich suchen im Busch nach Spuren. Du siehst noch einmal im Garten und vor dem Haus nach. Violet, du durchkämmst das ganze Haus – sämtliche Schränke und unter den Betten. Überall, wo sie sich mit der Katze versteckt haben könnte. Wenn wir sie innerhalb der nächsten Stunde nicht entdecken, verständigen wir die Polizei, damit schwarze Fährtenleser eingesetzt werden.«

Isabel warf ihm einen Blick zu, als er die Polizei erwähnte.

»So weit wird es nicht kommen«, wandte Bluey ein. »Sicher ist sie wohlauf, Isabel. Du wirst schon sehen.«

Erst als sie außer Hörweite der Frauen waren, ergriff Bluey wieder das Wort. »Hoffentlich macht sie unterwegs viel Lärm. Schlangen schlafen tagsüber und verschwinden, wenn sie Geräusche hören. Aber wenn man sie überrascht ... Ist sie schon einmal weggelaufen?«

»Wohin hätte sie denn laufen sollen, verdammt?«, entgegnete Tom unwirsch. »Entschuldige, Bluey«, fügte er hinzu. »Das Problem ist, dass sie kein Gefühl für Entfernungen hat. Auf Janus kommt man nicht sehr weit.«

Sie marschierten los, riefen immer wieder den Namen des Kindes und warteten vergeblich auf eine Antwort. Dabei folgten sie einem alten Pfad, der inzwischen mit fast mannshohem Gestrüpp überwuchert war. Immer wieder versperrten hineinragende Äste den Weg. Doch Lucy wäre wegen ihrer geringen Körpergröße hier ungehindert vorangekommen.

Etwa eine Viertelstunde später mündete der Pfad in eine Lichtung und teilte sich in zwei entgegengesetzte Richtungen. »Es gibt viele dieser Pfade«, stellte Bluey fest. »Früher haben sich die Holzfäller auf der Suche nach guten Baumbeständen Wege freigeschlagen. Hier und da sind da auch Wasserlöcher. Man muss also auf der Hut sein, denn sie sind meistens zugewachsen«, sagte er, womit er die Quellen meinte, die gegraben worden waren, um das Grundwasser anzuzapfen.

Das kleine Mädchen aus dem Leuchtturm hat keine Angst. Es weiß, dass man von Felskanten wegbleiben muss. Außerdem können Spinnen beißen, weshalb man ihnen besser aus dem Weg gehen sollte. Schwimmen ist verboten, wenn Mama oder Dadda nicht in der Nähe sind. Im Wasser kann Lucy die Flosse eines harmlosen Delfins, die sich auf und ab bewegt, von der eines Hais unterscheiden, die starr die Wasserfläche durchschneidet. Wenn sie in Partageuse die Katze am Schwanz zieht, wird sie gekratzt. Das sind die Gefahren, die sie kennt.

Deshalb hat Lucy keine Vorstellung davon, dass man sich verirren kann, als sie Tabatha Tabby aus dem Garten folgt. Nach einer Weile kann sie die Katze nicht mehr sehen, doch da ist es schon zu spät. Sie ist einfach zu weit entfernt, um wieder umzukehren, und je öfter sie es versucht, desto mehr verläuft sie sich.

Irgendwann kommt sie zu einer Lichtung, wo sie sich neben einen Baumstumpf setzt und ihre Umgebung in Augenschein nimmt. Es gibt hier Soldatenameisen, mit denen nicht gut Kirschen essen ist, weshalb sie Abstand zur Ameisenstraße hält. Sie macht sich keine Sorgen. Mama und Dadda werden sie schon finden.

Als sie so dasitzt und mit einem Zweig Muster in den Sand malt, bemerkt sie ein seltsames Tier, ein Stück länger als ihr Finger, das unter dem Baumstumpf hervorkrabbelt. So etwas hat sie noch nie gesehen: ein langer Körper, Beine wie ein Insekt oder eine Spinne, aber zwei dicke Scheren wie bei den Krabben, die

Dadda manchmal auf Janus fängt. Fasziniert stupst sie das Tier mit dem Zweig an, worauf sich sein Schwanz sofort zu einem wunderschönen Bogen krümmt, der in Richtung Kopf zeigt. Im nächsten Moment erscheint, nur wenige Zentimeter entfernt, ein zweites dieser Geschöpfe.

Sie beobachtet begeistert, wie die Insekten ihrem Zweig folgen und versuchen, ihn mit den Scheren zu packen. Ein drittes kommt unter dem Baumstumpf hervor. Die Sekunden vergehen langsam.

Als sie die Lichtung erreichen, zuckt Tom zusammen, denn er sieht einen kleinen beschuhten Fuß hinter einem Baumstumpf hervorlugen.

»Lucy!« Er läuft zu dem kleinen Mädchen, das mit einem Stöckchen spielt, und erstarrt, als er das Tier am Ende des Zweigs als Skorpion erkennt. »Mein Gott, Lucy!« Er packt das kleine Mädchen unter den Achseln, hebt es hoch in die Luft, schleudert den Skorpion zu Boden und zertritt ihn. »Lucy, was zum Teufel tust du da?«, ruft er.

»Dadda, du hast es totgemacht!«

»Lucy, dieses Tier ist gefährlich! Hat es dich gestochen?«

»Nein. Es mag mich. Schau«, verkündet sie, öffnet die große Tasche vorn an ihrem Kleid und präsentiert ihm stolz noch einen Skorpion. »Ich habe auch eins für dich.«

»Nicht bewegen«, sagt er und stellt Lucy bemüht ruhig wieder auf den Boden. Dann steckt er den Zweig in die Kleidertasche, wartet, bis der Skorpion sich daran festhält, holt ihn langsam heraus, wirft ihn in den Sand und zertritt ihn ebenfalls.

Anschließend sucht er Lucys Arme und Beine nach Stichen ab. »Bist du sicher, dass er dich nicht gestochen hat? Tut dir etwas weh?«

Sie schüttelte den Kopf. »Ich hatte ein Abenteuer!«

»Ja, das war eindeutig ein Abenteuer.«

»Schau noch mal genau nach«, meinte Bluey. »Man sieht die Stiche nicht immer. Aber sie macht keinen benommenen Eindruck. Das ist ein gutes Zeichen. Offen gestanden hatte ich größere Sorgen, sie könnte in eines der Wasserlöcher gefallen sein.«

»Du kannst einem aber Mut machen«, murmelte Tom. »Lucy, mein Schatz. Auf Janus gibt es keine Skorpione. Die sind sehr gefährlich. Du darfst sie auf gar keinen Fall anfassen.« Er drückte sie an sich. »Wo, um Himmels willen, warst du denn?«

»Ich habe mit Tabatha gespielt. Du hast doch gesagt, dass ich das tun soll.« Als Tom sich an seine Anweisung von heute Vormittag erinnerte, sie solle mit der Katze nach draußen gehen, bekam er ein schlechtes Gewissen. »Komm, Liebes, wir bringen dich jetzt zurück zu Mama.« Die Ereignisse des gestrigen Abends verliehen dem Wort eine völlig neue Bedeutung.

Isabel eilte ihnen von der Veranda aus entgegen und zog Lucy schluchzend vor Erleichterung an sich.

»Gedankt sei Gott«, sagte Bill, der neben Violet stand, und legte die Arme um sie. »Ich danke dem Allmächtigen. Und auch bei Ihnen bedanke ich mich, Bluey«, fügte er hinzu. »Sie haben uns das Leben gerettet.«

Diese Ereignisse des Nachmittags vertrieben jeden Gedanken an Hannah Roennfeldt aus Isabels Kopf, und Tom wusste, dass es sinnlos war, das Thema noch einmal anzuschneiden. Allerdings verfolgte ihn ihr Gesicht. Die Frau, die für ihn bislang nur ein Name gewesen war, war nun lebendig geworden. Sie stand Höllenqualen aus, und zwar seinetwegen. Alles an ihr – die eingefallenen Wangen, der Schmerz in ihren Augen, die abgekauten Fingernägel – hatte sich in sein Gedächtnis eingegraben. Und dass sie ihm Respekt und das Vertrauen entgegengebrachte, machte es noch schlimmer.

Immer wieder fragte sich Tom, welche verborgenen Winkel es wohl in Isabels Verstand geben mochte – Orte, an die sie ihre quälenden Zweifel verbannte, während er ihnen gedanklich nicht entrinnen konnte.

Am nächsten Tag setzten Ralph und Bluey die Familie auf der Leuchtturminsel ab. »Herrje, die beiden gehen ziemlich kühl miteinander um, findest du nicht?«, meinte der junge Mann, als sie Janus wieder verließen.

»Ich gebe dir einen guten Rat, Bluey: Versuche nie zu ergründen, was in der Ehe anderer Leute los ist.«

»Ja, ich weiß, aber sie müssten doch eigentlich Luftsprünge machen, weil Lucy gestern nichts zugestoßen ist. Doch Isabel hat getan, als wäre Tom schuld an ihrem Verschwinden.«

»Halt dich da raus, Junge. Es ist übrigens Zeit, dass du uns einen Tee kochst.«

Kapitel 23

Die Frage, was wohl aus Grace Roennfeldt und ihrem Vater geworden war, gehörte zu den ungelösten Rätseln im Great Southern District. Einige behaupteten, es handle sich um einen Beweis dafür, dass man einem Hunnen nicht trauen könne. Sicher sei er ein Spion gewesen und nun, da der Krieg vorbei sei, nach Deutschland zurückbeordert worden. Dass er Österreicher war, spielte keine Rolle. Andere, die sich auf den Meeren auskannten, hatten eine handfestere Erklärung für sein Verschwinden: »Nun, was hat der Bursche sich dabei gedacht, in diesen Gewässern herumzupaddeln? Der hatte wohl Kängurus im Oberstübchen. Hat sicher keine fünf Minuten durchgehalten.« Allerdings herrschte die allgemeine Auffassung, dass Gott auf diese Weise offenbar sein Missfallen an Hannahs Partnerwahl hatte zum Ausdruck bringen wollen. Vergebung war ja an und für sich gut und schön, aber wenn man betrachtete, was seine Landsleute angerichtet hatten …

Die vom alten Mr. Potts ausgesetzte Belohnung wurde zur Legende und lockte im Laufe der Zeit viele Leute von den Goldfeldern, aus dem Norden, ja, sogar aus Adelaide an, die eine Chance witterten, mithilfe eines Treibholzstücks und einer Räuberpistole zu einem Vermögen zu kommen. In den ersten Monaten lauschte Hannah aufmerksam jedem Bericht über eine erfundene Begegnung oder angeblich in der Schicksalsnacht am Ufer gehörtes Babygeschrei.

Doch mit der Zeit konnte selbst ihr banges Herz die Lücken in den Geschichten nicht mehr übersehen. Wenn sie einwandte, das am Strand »entdeckte« Babykleid sei nicht das, welches Grace zuletzt getragen hatte, protestierte der Belohnungsjäger: »Denken Sie mal nach! Sie sind außer sich vor Trauer. Woher wollen Sie noch wissen, was das arme Kind angehabt hat?« Oder: »Sie könnten sicher ruhiger schlafen, wenn Sie das Beweisstück einfach anerkennen würden, Mrs. Roennfeldt.« Wenn Gwen diese Leute dann aus dem Salon scheuchte, sich für ihre Bemühungen bedankte und ihnen ein paar Shilling für die Heimreise in die Hand drückte, ließen sie für gewöhnlich eine gehässige Bemerkung fallen.

Im Januar stand die Kranzschlinge wieder in Blüte, und ihr schwerer üppiger Duft lag in der Luft. Hannah Roennfeldt, inzwischen noch ausgemergelter, ging weiter ihre übliche Route ab, wenn auch inzwischen seltener – Polizeirevier, Strand, Kirche. »Nicht mehr alle Tassen im Schrank«, murmelte Constable Garstone, nachdem sie fort war. Selbst Reverend Norkells drängte sie, weniger Zeit in der dunklen Kirche aus Stein zu verbringen, sondern »Jesus im Leben auf der Welt« zu suchen.

Zwei Nächte nach der Feier zu Ehren des Leuchtturms lag Hannah wach und hörte plötzlich die Scharniere des Briefkastens quietschen. Sie sah auf die Uhr, deren fahle Leuchtzeiger ihr verrieten, dass es drei war. Ein Opossum vielleicht? Leise stand sie auf und spähte durch eine Lücke im Vorhang, konnte jedoch nichts erkennen. Der Mond war noch nicht aufgegangen, weshalb der schwache Schein der Sterne, die am Himmel funkelten, die einzige Lichtquelle war. Wieder hörte sie das Klappern des Briefkastens, diesmal verursacht vom Wind.

Sie zündete eine Sturmlaterne an und pirschte zur Tür hinaus, um ihre Schwester nicht zu wecken. Ihr war ein wenig mulmig wegen der Schlangen, die im Schutz der pechschwarzen Finsternis vielleicht Jagd auf Mäuse oder Frösche machten. Ihre bleichen Füße erzeugten kein Geräusch auf dem Gartenweg.

Die Klappe des Briefkastens schwang sanft hin und her und gab den Blick auf einen Gegenstand frei. Als sie die Laterne näher heranhielt, war ein kleines, längliches Objekt zu erkennen – ein Päckchen. Sie holte es heraus. Es war kaum größer als ihre Hand und in braunes Papier gewickelt. Sie sah sich um, um festzustellen, wie es hierhergeraten war, doch die Dunkelheit schloss sich um ihre Lampe wie eine Faust. Also eilte sie zurück in ihr Schlafzimmer und holte die Schneiderschere, um die Paketschnur zu durchtrennen. Das Päckchen war, in derselben ordentlichen Handschrift wie der Brief, an sie adressiert. Sie öffnete es.

Während sie die Schichten aus Zeitungspapier entfernte, war bei jeder Bewegung ein Geräusch zu hören. Als endlich die letzte Verpackungshülle gefallen war, spiegelte sich das weiche Licht der Laterne in der silbernen Rassel, die ihr Vater für seine Enkeltochter in Perth hatte anfertigen lassen. Die eingravierten Putten auf dem Griff waren unverkennbar. Unter der Rassel lag ein Zettel.

Sie ist in Sicherheit. Sie wird geliebt und gut versorgt.
Bitte beten Sie für mich.

Sonst nichts. Weder Datum, Initialen oder Unterschrift.

»Gwen! Gwen, schnell!« Sie klopfte an die Tür ihrer Schwester. »Schau dir das an! Sie lebt! Grace lebt. Ich habe es immer gewusst!«

Gwen taumelte aus dem Bett und machte sich auf die nächste wirre Theorie gefasst. Doch beim Anblick der Rassel war sie sofort hellwach, denn schließlich hatte sie neben ihrem Vater bei Caris Brothers in Perth gesessen, als er die Verzierungen mit dem Silberschmied erörtert hatte. Zögernd berührte sie das Spielzeug, als sei es ein Ei, aus dem jeden Moment ein Ungeheuer schlüpfen könnte.

Hannah weinte, lächelte und lachte gleichzeitig. »Ich habe es dir ja gesagt. Oh, meine liebe Grace! Sie lebt!«

Gwen legte ihr die Hand auf die Schulter. »Wir wollen nichts überstürzen, Hannah. Gleich morgen früh gehen wir zu Dad und bitten ihn, uns zur Polizei zu begleiten. Dort wird man wissen, was zu tun ist. Und jetzt leg dich wieder schlafen. Du brauchst morgen einen klaren Kopf.«

Aber schlafen kam nicht infrage. Dazu hatte Hannah viel zu große Angst, alles könnte sich als Traum entpuppen, wenn sie die

Augen schloss. Also ging sie in den Garten und setzte sich auf die Schaukel, wo sie so oft mit Frank und Grace gesessen hatte, und betrachtete die vielen Sterne am Firmament, deren Unbeweglichkeit sie beruhigte. Sie waren wie Stecknadelköpfe der Hoffnung in der Nacht, kleine Leben, kaum auszumachen auf dieser Leinwand von einer derart gewaltigen Größe. Doch sie hatte die Rassel. Die Rassel machte ihr Hoffnung. Sie war kein übler Streich, sondern ein Talisman der Liebe, ein Symbol dessen, dass ihr Vater ihr verziehen hatte. Ihr Kind und die Menschen, die es liebten, hatten diesen Gegenstand berührt. Sie erinnerte sich an ihr Studium der klassischen Mythologie und an die Geschichte von Demeter und Persephone. Plötzlich erwachte die alte Legende für sie zum Leben, als sie sich die Rückkehr ihrer Tochter aus der Gefangenschaft vorstellte.

Sie spürte, nein, sie *wusste*, dass sie am Ende einer schrecklichen Reise angelangt war. Wenn sie Grace wieder bei sich hatte, konnte sie endlich zu leben anfangen. Gemeinsam würden sie das ihnen so lange versagt gebliebene Glück genießen. Sie ertappte sich dabei, dass sie über lustige Erinnerungen lachte: Frank, wie er sich mit dem Wechseln einer Windel abmühte. Ihr Vater, der sich um Fassung bemühte, als seine Enkelin ihre letzte Mahlzeit über die Schulter seines besten Sakkos von sich gab. Zum ersten Mal seit Jahren hatte sie vor Aufregung Schmetterlinge im Bauch. Sie brauchte nur bis zum Morgen durchzuhalten.

Sobald sich ein Hauch von Zweifeln in ihre Gedanken schleichen wollte, lenkte sie sich mit Details ab: dass Graces Haar am Hinterkopf vom Scheuern am Bettlaken ein wenig dünner war; die Halbmonde unten an ihren Fingernägeln. Sie hatte ihre Tochter in ihrem Gedächtnis bewahrt, und nun versuchte sie, sie durch schiere Willenskraft zurück nach Hause zu holen. Und zwar indem sie ihr versicherte, dass es einen Ort auf der Welt gab, wo jede Einzelheit an ihr bekannt war. Sie würde sie wohlbehalten nach Hause lieben.

Die Gerüchteküche in der Stadt brodelte. Ein Schnuller sei gefunden worden. Nein, ein Beißring. Ein Beweis dafür, dass das Baby tot war. Ein Beweis dafür, dass es noch lebte. Der Vater habe es getötet. Der Vater sei ermordet worden. Auf dem Weg von der Metzgerei zum Gemüseladen und von der Hufschmiede zum Gemeindezentrum wurden immer weitere Tatsachen hinzugefügt oder weggelassen und die Geschichte nach Kräften ausgeschmückt, stets begleitet von einem Schnalzen mit der Zunge oder von geschürzten Lippen, um die Aufregung des Sprechers oder der Sprecherin zu verbergen.

»Mr. Potts, wir bezweifeln keine Minute lang, dass Sie in der Lage sind, Ihre eigenen Einkäufe zu erkennen. Doch wie Sie sicherlich verstehen, stellt die Rassel keinen Beweis dafür dar, dass das Kind noch lebt.« Sergeant Knuckey versuchte den inzwischen aufgebrachten Septimus zu beruhigen, der sich mit gerecktem Kinn und geblähter Brust vor ihm aufgebaut hatte wie ein Preisboxer.

»Sie müssen der Sache nachgehen! Weshalb hätte jemand bis jetzt warten sollen, um uns die Rassel zu überbringen? Mitten in der Nacht? Ohne Anspruch auf die Belohnung zu erheben?« Sein Bart wirkte noch weißer als sonst, weil er inzwischen hochrot im Gesicht war.

»Mit allem Respekt, aber woher zum Teufel soll ich das wissen?«

»Ich möchte Sie bitten, sich die Kraftausdrücke zu sparen, vielen Dank! Es sind Damen anwesend!«

»Verzeihung.« Knuckey schürzte die Lippen. »Ich versichere Ihnen, dass wir ermitteln werden.«

»Wie genau?«, beharrte Septimus.

»Wir ... ich ... Ich gebe Ihnen mein Wort, dass ich etwas unternehme.«

Hannah wurde von Verzweiflung ergriffen. Es würde genauso enden wie immer. Dennoch gewöhnte sie sich an, bis spätnachts aufzubleiben und den Briefkasten zu bewachen, für den Fall, dass eine neue Nachricht eintreffen sollte.

»Genau, und ich brauche ein Foto davon, Bernie«, verkündete Constable Lynch. Er stand an der Theke in Gutcher's Fotostudio und holte die Rassel aus einem Filzbeutel.

Bernie Gutcher sah ihn verdattert an. »Seit wann interessieren Sie sich für Babys?«

»Seit es um Beweismittel geht!«, entgegnete der Polizist.

Es dauerte eine Weile, bis der Fotograf seine Gerätschaften aufgebaut hatte. Währenddessen betrachtete Lynch die Porträts an den Wänden, die eine Auswahl der verschiedenen Formate und Rahmen zeigten. Sein Blick wanderte über die Sammlung von Arbeitsproben, die die hiesige Fußballmannschaft, Harry Garstone und seine Mutter und Bill und Violet Graysmark mit Tochter und Enkelin darstellten.

Einige Tage später wurde das Foto der Rassel, mit einem Lineal darauf, um den Maßstab zu illustrieren, vorschriftsgemäß an das schwarze Brett vor dem Polizeirevier geheftet, verbunden mit der Aufforderung, dass jeder, der das Spielzeug erkannte, sich melden sollte. Daneben befand sich eine Mitteilung von Septimus Potts Esquire, der die Belohnung für Hinweise, die zur wohlbehaltenen Rückkehr seiner Enkelin Grace Ellen Roennfeldt führten, auf dreitausend Guineen erhöhte und absolute Vertraulichkeit zusicherte.

In Partageuse konnte man für tausend Guineen eine Farm erwerben. Mit dreitausend ... Nun, dreitausend Guineen machten alles möglich.

»Bist du sicher?«, fragte Blueys Mutter noch einmal. Sie lief in der Küche auf und ab und hatte noch immer die Lockenwickler in den Haaren, mit denen sie stets schlief. »Denk gründlich nach, Junge!«

»Nein, ganz sicher kann ich nicht sein. Nicht absolut. Es ist schon so lange her. Aber ich habe noch nie etwas so Wertvolles in der Wiege eines Babys gesehen!« Mit zitternden Händen drehte Bluey sich eine Zigarette und nestelte beim Anzünden ungeschickt mit dem Streichholz herum. »Ma, was soll ich tun?« Auf seiner Stirn unter den roten Locken entstanden Schweißperlen. »Ich meine, vielleicht gibt es ja einen Grund dafür. Oder ich habe nur geträumt.« Er zog heftig an seiner Zigarette und hatte beim Ausatmen eine Idee. »Vielleicht sollte ich bis zur nächsten Fahrt nach Janus warten und ihn von Mann zu Mann fragen.«

»Eher von Mann zu Affe! Wenn das deine Lösung ist, bist du noch langsamer im Oberstübchen, als ich dachte. Dreitausend Guineen!« Sie schwenkte drei Finger vor seinem Gesicht. »Dreitausend Guineen ist mehr, als du auf diesem elenden Schiff in hundert Jahren verdienen kannst!«

»Aber wir reden hier von Tom. Und Isabel. Die würden doch nie etwas Böses tun. Und selbst wenn es dieselbe Rassel ist. Sie hätte doch auch angespült worden sein können, und dann haben sie sie eben gefunden. Du solltest die Sachen sehen, die auf Janus landen. Einmal war sogar eine Muskete dabei! Und ein Schaukelpferd.«

»Kein Wunder, dass Kitty Kelly dir den Laufpass gegeben hat. Nicht die Spur von Ehrgeiz. Und nicht der Hauch von gesundem Menschenverstand.«

»Ma!« Der Seitenhieb seiner Mutter hatte Bluey sehr gekränkt.

»Zieh ein frisches Hemd an. Wir gehen zur Polizei.«

»Aber es ist doch Tom! Er ist mein Freund, Mum!«

»Es sind dreitausend Guineen! Und wenn du es nicht zuerst tust, wird der alte Ralph Addicott dort auftauchen und dieselbe Geschichte erzählen. Kitty Kelly wird einem Mann mit so viel Geld bestimmt keinen Korb geben, richtig? Jetzt kämm dir die Haare. Und mach diese schreckliche Zigarette aus.«

Kapitel 24

Zunächst glaubte Tom, dass er sich die Silhouette der *Windward Spirit* nur einbildete, die sich, gebeutelt von den letzten Ausläufern des Zyklons, der die westaustralische Küste entlangbrauste, der Insel näherte. Er rief Isabel, um sie zu fragen, ob sie es auch sah. Seit ihrer Rückkehr nach Janus war erst eine Woche vergangen. Das Schiff wurde eigentlich erst wieder Mitte März erwartet, um sie vor der Versetzung nach Point Moore ans Festland zu bringen. Ob es während einer anderen Fahrt zu einem Maschinenschaden gekommen war? Vielleicht hatten Ralph oder Bluey sich ja auch im Sturm verletzt.

Der Seegang war gefährlich, und die Mannschaft musste ihr ganzes Können aufbieten, um anzulegen, ohne dass das Schiff mit dem Steg kollidierte. »In einem Sturm ist jeder Hafen recht, was, Ralph?«, überschrie Tom den Wind, als das Schiff längsseits beidrehte. Doch der alte Mann antwortete nicht.

Als dann anstelle von Bluey Neville Wittnishs altersloses, wettergegerbtes Gesicht erschien, wuchs Toms Verwirrung. Dem Leuchtturmwärter folgten vier Polizisten.

»Herrje, Ralph, was ist denn hier los?«

Wieder blieb Ralph ihm die Antwort schuldig. Tom begann plötzlich zu frösteln. Als er den Abhang hinaufblickte, stellte er fest, dass Isabel langsam zurückwich, sodass sie vom Steg aus nicht mehr zu sehen war. Einer der Polizisten torkelte den Landungssteg hinunter wie ein Betrunkener und brauchte eine Weile, um sich an den festen Boden unter den Füßen zu gewöhnen. Die anderen gingen ebenfalls von Bord.

»Thomas Edward Sherbourne?«

»Richtig.«

»Sergeant Spragg, Polizei von Albany. Das ist mein Assistent Constable Strugnell. Sergeant Knuckey und Constable Garstone kennen Sie ja vielleicht aus Point Partageuse.«

»Hatte noch nicht das Vergnügen.«

»Mr. Sherbourne, wir sind wegen Frank Roennfeldt und seiner Tochter Grace hier.«

Es war wie ein Magenschwinger, der Tom kurz den Atem verschlug. Sein Hals verspannte sich, und er wurde schlagartig kreidebleich. Das Warten war vorbei. Es war, als würde nach tagelangem Verharren im Schützengraben endlich der Befehl zum Angriff gegeben.

Der Sergeant holte etwas aus seiner Tasche – ein Stück Pappe, das im heftigen Wind flatterte, sodass er es mit beiden Händen festhalten musste.

»Erkennen Sie das, Sir?«

Tom griff nach dem Foto, das die Rassel darstellte, und schaute zur Klippe hinauf, während er überlegte, was er antworten sollte. Isabel war fort. Die Zeit balancierte auf einer Nadelspitze – danach würde es kein Zurück mehr geben.

Er seufzte tief und wie von einer Zentnerlast befreit, schloss die Augen und senkte den Kopf. Im nächsten Moment spürte er eine Hand auf der Schulter. Sie gehörte Ralph. »Tom, Tom, mein Junge ... Was zum Teufel ist passiert?«

Während die Polizisten Tom befragen, zieht Isabel sich zu den kleinen Kreuzen an der Klippe zurück. Die Rosmarinbüsche verschwimmen ihr immer wieder vor Augen und scheinen ebenso flüchtig wie ihre Gedanken. Zitternd lässt sie die Szene noch einmal Revue passieren: Der kleinste und jüngste der Polizisten hat ihr mit sehr ernster Miene das Foto gezeigt. Sicher ist ihm nicht entgangen, wie ihre Augen sich weiteten und wie ihr beim Anblick des Bildes die Luft wegblieb.

»Jemand hat die Rassel letzte Woche an Mrs. Roennfeldt geschickt.«

»Letzte Woche?«

»Offenbar dieselbe Person, die ihr vor etwa zwei Jahren einen Brief geschrieben hat.«

Diese letzte Eröffnung überstieg ihre Vorstellungskraft.

»Nachdem wir mit Ihrem Mann gesprochen haben, möchten wir auch Ihnen ein paar Fragen stellen. Bis dahin sollten Sie vielleicht ...« Verlegen zuckte er die Achseln. »Bleiben Sie in der Nähe.«

Isabel schaut über die Klippe hinaus: So viel Luft, und dennoch ringt sie nach Atem, als sie sich ausmalt, wie Lucy ihren Mittagsschlaf hält, während die Polizei im Nebenzimmer ihren Vater verhört. Sie werden sie mitnehmen. Ihre Gedanken überschlagen sich: Sie könnte sie irgendwo auf der Insel verstecken. Sie könnte ... Sie könnte mit ihr im Boot wegfahren. Sie rechnet rasch nach ... Das Rettungsboot ist immer startklar. Wenn sie so tun kann, als würde sie Lucy fortbringen ... Nur wohin? Irgendwohin, es spielt keine Rolle. Sie kann das Mädchen ins Boot setzen, und dann werden sie die Insel verlassen, bevor jemand ihr Verschwinden bemerkt. Und wenn sie in die richtige Strömung geraten, werden sie nach Norden fahren ... Sie sieht vor sich, wie sie beide irgendwo weit weg in Richtung Perth an Land gehen, gemeinsam und in Sicherheit. Doch dann meldet sich die Logik, die ihr die Risiken der südlichen Strömung und den sicheren Tod im Südpolarmeer vor Augen hält. Hastig denkt sie über andere Auswege nach. Sie kann schwören, dass sie das Kind selbst zur Welt gebracht hat und dass die Jolle mit zwei Leichen an Bord angeschwemmt wurde. Sie haben nur die Rassel behalten. Isabel klammert sich an jede Möglichkeit, so weit hergeholt sie auch sein mag. Immer wieder kehrt derselbe Gedanke zurück: Ich muss Tom fragen, was zu tun ist. Im nächsten Moment wird ihr übel, wenn ihr einfällt, dass sie das alles nur Tom zu verdanken hat. Es ist wie damals, als sie nachts aufgewacht ist, nachdem sie vom Tod ihres Bruders Hugh erfahren hatte: Ich muss Hugh diese schreckliche Nachricht überbringen.

Allmählich findet sich ein Teil von ihr damit ab, dass es kein Entrinnen gibt, und die Furcht wird von Wut abgelöst. Warum?

Warum konnte er die Dinge nicht so belassen, wie sie waren? Tom hat die Pflicht, seine Familie zu beschützen, nicht, sie auseinanderzureißen. Auf einer Ebene tief unterhalb ihres Bewusstseins ist ein zähflüssiges Gefühl aufgewühlt worden und sucht nun nach einem sicheren Hafen. Ihre Gedanken trudeln in die Dunkelheit ... Er plant das schon seit zwei Jahren. Wer ist dieser Mann, der die Stirn hat, sie zu belügen und ihr das Baby wegzunehmen? Sie erinnert sich daran, dass Hannah Roennfeldt ihn am Arm berührt hat, und fragt sich, was wirklich zwischen den beiden vorgefallen ist. Dann übergibt sie sich heftig ins Gras.

Das Meer schlug donnernd gegen die Klippe und spuckte Gischt bis hinauf an die Stelle, wo Isabel Hunderte von Metern über dem Wasser an der Felskante stand. Das Wasser war in die Kreuze eingesickert, und Isabels Kleid war feucht.

»Izzy! Isabel!« Der Sturm wehte Toms Stimme fast von der Insel.

Ein Sturmvogel schwebte durch die Luft und kreiste immer wieder, bevor er sich blitzschnell ins Wasser fallen ließ, um nach einem Hering zu schnappen. Doch das Glück und das Wetter standen auf der Seite des Fisches, der sich zappelnd dem Schnabel des Vogels entwand und zurück in die Wellen plumpste.

Tom legte die hundert Meter zurück, die ihn von seiner Frau trennten. Der Sturmvogel ließ sich weiter von den Winden tragen, wohl wissend, dass im aufgewühlten Wasser jeder Fisch leichte Beute war, der nicht Schutz in den tiefsten Riffs suchte.

»Wir haben nicht viel Zeit«, sagte Tom und zog Isabel an sich. »Lucy wacht jede Minute auf.« Die Polizei hatte ihn eine Stunde lang vernommen. Nun waren zwei Polizisten, mit Schaufeln bewaffnet, unterwegs zu den alten Gräbern am anderen Ende der Insel.

Isabel musterte ihn wie einen Fremden. »Der Polizist hat mir erzählt, jemand habe Hannah Roennfeldt eine Rassel geschickt ...«

Er hielt ihrem Blick stand, antwortete aber nicht.

»... jemand habe ihr vor zwei Jahren geschrieben, ihr Baby sei noch am Leben.« Sie rang weiter mit dem, was das bedeuten könnte. »Tom!«, brachte sie nur heraus, und ihre Augen weiteten sich vor Grauen. »Oh, Tom«, wiederholte sie und machte einen Schritt rückwärts.

»Ich musste etwas unternehmen, Izzy. Der Himmel weiß, wie oft ich versucht habe, es dir zu erklären. Ich wollte ihr nur mitteilen, dass ihr Kind in Sicherheit ist.«

Sie starrte ihn an, als versuche sie, Worte zu verstehen, die ihr aus großer Entfernung zugerufen wurden, obwohl sie so dicht bei ihm stand, dass ihm Strähnen ihres Haars ins Gesicht wehten. »Ich habe dir vertraut, Tom.« Sie griff sich mit beiden Händen ins Haar und blickte ihn mit offenem Mund und nach Worten ringend an. »Was um Himmels willen hast du uns da angetan? Was hast du *Lucy* angetan?«

Sie erkannte die Schicksalsergebenheit in der Haltung seiner Schultern und die Erleichterung in seinen Augen. Als sie die Hände sinken ließ, fiel ihr das Haar wieder ins Gesicht wie ein Trauerschleier, und sie brach in Tränen aus. »Zwei Jahre! Waren die letzten *zwei Jahre* nichts als eine Lüge?«

»Du hast die arme Frau doch gesehen, verdammt! Du hast gesehen, was wir getan haben.«

»Und sie bedeutet dir mehr als unsere Familie?«

»Es ist nicht *unsere* Familie, Izz.«

»Es ist die einzige Familie, die wir je haben werden! Was, um alles in der Welt, wird jetzt aus Lucy?«

Er fasste sie an den Armen. »Hör zu, du tust einfach, was ich sage, dann geschieht dir nichts. Ich habe behauptet, dass ich es war, verstehst du? Dass es meine Idee gewesen ist, Lucy zu behalten, und dass du nicht wolltest, ich dich aber gezwungen habe. Solange du das bestätigst, wird dir niemand etwas tun ... Sie bringen uns zurück nach Partageuse. Izzy, ich verspreche, dich zu schützen.« Er zog sie an sich und küsste sie auf den Scheitel. »Was aus mir wird, spielt keine Rolle. Ich weiß, dass sie mich ins Gefängnis stecken werden, aber wenn ich rauskomme, können wir immer noch ...«

Sie stürzte sich auf ihn und schlug mit beiden Fäusten auf seine Brust ein. »Sprich nicht von ›wir‹, Tom! Nicht nach dem, was du getan hast!« Er machte keine Anstalten, sie abzuwehren. »Du hast deine Entscheidung gefällt! Lucy und ich sind dir völlig gleichgültig. Also erwarte nicht ...« Sie suchte nach den richtigen Worten. »Also erwarte nicht, dass es mich kümmert, was von nun an mit dir passiert.«

»Izz ... Beruhige dich, du weißt nicht, was du da redest!«

»Nein!« Ihre Stimme wurde schrill. »Ich weiß, dass sie uns die Tochter wegnehmen werden. Das will dir offenbar nicht in den Kopf. Was du getan hast, ist unverzeihlich!«

»Mein Gott, Izz ...«

»Du hättest mich genauso gut töten können, Tom! Das wäre besser gewesen, als unsere Tochter zu töten. Du bist ein Ungeheuer! Ein kaltes, egoistisches Ungeheuer!«

Tom stand da und hörte die Worte, die mehr wehtaten als Schläge. Er suchte ihr Gesicht nach Resten der Liebe ab, die sie ihm immer wieder geschworen hatte, doch sie war so von eisiger Wut erfüllt wie der Ozean, der sie beide umgab.

Wieder stieß der Sturmvogel ins Meer hinab und stieg triumphierend wieder auf. Der Fisch, der in seinem Schnabel gefangen war, bewegte nur noch schwach das Maul, der einzige Hinweis darauf, dass er je gelebt hatte.

»Die See ist zu rau, um jetzt zurückzufahren«, teilte Ralph Sergeant Knuckey mit. Sergeant Spragg, der befehlshabende Polizist aus Albany, hatte großes Aufhebens darum gemacht, dass sie sofort in See stechen müssten. »Wenn der Kerl so dringend nach Hause will, kann er ja schwimmen«, lautete die Antwort des Kapitäns.

»Nun, dann soll Sherbourne unter Bewachung auf dem Schiff bleiben. Ich werde nicht dulden, dass er sich mit seiner Frau abspricht, vielen Dank auch«, beharrte Spragg.

Als der Sonnenuntergang näher rückte, marschierte Neville Whittnish auf das Schiff zu.

»Was wollen Sie?«, fragte Constable Strugnell, der den Wachdienst sehr ernst nahm.

»Ich brauche Sherbourne für die Übergabe. Er muss zum Anzünden der Lampe mitkommen.« Obwohl Whittnish nur selten und dann wenig sprach, duldete sein Ton keinen Widerspruch.

Strugnell fühlte sich zwar in seiner Ehre gekränkt, fasste sich aber rasch wieder. »Gut, meinetwegen, aber ich muss ihn begleiten«, erwiderte er.

»Unbefugten Personen ist das Betreten des Leuchtturms verboten. Vorschrift des Commonwealth. Ich bringe ihn zurück, wenn ich mit ihm fertig bin.«

Tom und der Leuchtturmwärter gingen wortlos zum Turm. »Was sollte das eben?«, fragte Tom, als sie die Tür erreichten. »Sie brauchen mich nicht zum Anzünden.«

»Ich habe noch nie einen Leuchtturm gesehen, der so gut in Schuss war wie Ihrer«, antwortete der alte Mann. »Was Sie angeblich sonst getan haben, ist nicht meine Sache. Aber ich dachte, Sie wollten sich vom Turm verabschieden. Ich warte unten.« Mit diesen Worten wandte er sich ab und blickte durch die runden Fenster nach draußen, um die Stärke des Sturms abzuschätzen.

Also stieg Tom ein letztes Mal die Hunderte von Stufen hinauf. Ein letztes Mal vollführte er das Zauberkunststück, Schwefel und Öl in strahlendes Licht zu verwandeln. Ein letztes Mal schickte er seine Warnung an die Seeleute im Umkreis von vielen Kilometern in die Nacht hinaus: Seid auf der Hut!

Am nächsten Morgen hat sich der Sturm gelegt, und der Himmel ist wieder ruhig und blau. Die Strände sind von Streifen aus gelbem Schaum und Seetang durchzogen, die die Wellen angespült haben. Als das Schiff Janus Rock verlässt, tollt ein Schwarm Delfine eine Weile um den Bug herum. Ihre glänzenden grauen Körper steigen auf und tauchen unter wie Wasserspeier. Mal sind sie ganz nah, mal weiter weg. Isabel sitzt mit verquollenen Augen auf der einen Seite der Kabine. Tom auf der anderen. Die Polizisten plaudern über Dienstpläne und die beste Methode, Stiefel zu polieren. Am Heck verströmt eine vermoderte Plane den Geruch ihres grausigen Inhalts.

»Wo fahren wir hin, Mama?«, fragt Lucy, die auf Isabels Schoß sitzt, immer wieder.

»Nach Partageuse, Schatz.«

»Warum?«

Isabel wirft Tom einen Blick zu. »Das weiß ich nicht so genau, Luce, mein Liebling. Aber wir müssen.« Sie umarmt sie fest.

Später rutscht das Kind vom Schoß seiner Mutter und klettert auf den von Tom. Wortlos hält er Lucys Hand und versucht, sich alles an ihr einzuprägen: den Geruch ihres Haars, wie weich ihre Haut ist, die Form ihrer winzigen Finger und das Geräusch ihres Atems, als sie das Gesicht ganz nah an seines schmiegt.

Die Insel verschwindet hinter ihnen und verwandelt sich in eine immer kleinere Version ihrer selbst, bis sie nur noch Erinnerung ist, die bei jedem Passagier anders aussieht, was die Wirklichkeit nicht genau abbildet. Tom beobachtet Isabel und wartet darauf, dass sie seinen Blick erwidert. Er sehnt sich danach, dass sie ihm ihr typisches Lächeln schenkt, das ihn stets an den Leuchtturm von Janus erinnert hat – ein verlässlicher Fixpunkt auf dieser Welt, ein Zeichen dafür, dass er nicht verloren gehen kann. Doch die Flamme ist erloschen – ihr Gesicht wirkt unbewohnt.

Er berechnet die Fahrtdauer zum Festland in Lampenumdrehungen.

TEIL III

Kapitel 25

Sobald sie von Bord gegangen waren, förderte Sergeant Spragg ein Paar Handschellen zutage und steuerte auf Tom zu. Doch Vernon Knuckey hielt ihn mit einem Kopfschütteln zurück.

»Das ist Vorschrift«, beharrte der Sergeant aus Albany, der den wichtigeren Posten innehatte und gegenüber Vernon deshalb weisungsbefugt war.

»Das macht nichts. Es ist ein kleines Mädchen anwesend«, entgegnete Knuckey und wies auf Lucy, die zu Tom rannte und sich an sein Bein klammerte.

»Dadda, Dadda, ich will auf deinen Arm!«

Nackte Trauer zeichnete sich auf seinem Gesicht ab, als das Kind ihm in die Augen sah und diese völlig alltägliche Bitte an ihn richtete. Im Wipfel eines Pfefferminzbaums zwitscherten zwei Gartenfächerschwänze. Tom schluckte; seine Fingernägel gruben sich in die Handflächen. »Schau, Lulu! Sieh die lustigen Vögel da oben. Die kennst du von zu Hause nicht, richtig?« Er behielt die Vögel im Auge. »Geh und sieh sie dir aus der Nähe an«, drängte er.

Am Anlegesteg parkten zwei Automobile. »Hier entlang. In den ersten Wagen«, wies Sergeant Spragg Tom an.

Tom drehte sich zu Lucy um, die von den umherhüpfenden Vögeln mit ihren langen schwarzen Schwanzfedern abgelenkt war. Gerade wollte er die Hand nach ihr ausstrecken, dachte dann aber daran, wie traurig sie sein würde: Es war besser, wenn er unbemerkt verschwand.

Doch sie sah die Bewegung und hielt ihm die Hände hin. »Dadda, warte! Ich will auf deinen Arm!«, rief sie wieder, und ihr Tonfall verriet, dass sie etwas ahnte.

»Wenn Sie jetzt bitte mitkommen würden.« Spragg nahm Tom am Ellbogen.

Tom ging los, wobei ihm jeder Schritt schwerer fiel als der letzte. Lucy lief ihm nach, die Arme noch immer ausgestreckt. »Dadda, warte auf Lulu«, flehte sie verzweifelt und verstand offenbar die Welt nicht mehr. Als sie stolperte und bäuchlings in den Kies fiel, fing sie lauthals zu schreien an. Da hielt Tom es nicht mehr aus. Er wirbelte herum und riss sich von dem Polizisten los.

»Lulu!« Er hob sie auf, um die Schramme an ihrem Knie zu küssen. »Lucy, Lucy, Lucy, Lucy«, murmelte er und berührte mit den Lippen ihre Wange. »Alles wird gut, Kleines. Alles wird gut.«

Vernon Knuckey blickte zu Boden und räusperte sich.

»Ich muss jetzt gehen, Schatz«, sagte Tom. »Hoffentlich ...« Er hielt inne, sah ihr in die Augen, strich ihr übers Haar und gab ihr einen letzten Kuss. »Auf Wiedersehen, Kleines.«

Da das Kind keinerlei Anstalten machte loszulassen, wandte Knuckey sich an Isabel. »Mrs. Sherbourne?«

Isabel zog sie von Tom weg. »Komm, mein Süßes. Alles ist in Ordnung. Du bist bei Mama«, murmelte sie.

Doch das Mädchen rief immer weiter. »Dadda, ich will mitkommen, Dadda!«

»Bist du jetzt zufrieden, Tom? Hast du das gewollt?« Tränen rannen Isabel übers Gesicht und auf Lucys Wange.

Einen Moment blieb Tom stehen, wie gelähmt vom Anblick der beiden mit ihren schmerzverzerrten Gesichtern. Und dabei hatte er Bill Graysmark versprochen, sie zu beschützen und für sie zu sorgen. »Mein Gott, Izz – es tut mir leid«, stieß er schließlich hervor.

Inzwischen war Kenneth Spraggs Geduld zu Ende. Er packte Tom wieder am Arm und zog ihn weiter zum Auto. Als Tom hinten einstieg, begann Lucy zu weinen. »Dadda, nicht weggehen! Bitte, Dadda! *Bitte!*« Verzweiflung malte sich in ihrem rot angelaufenen Gesicht, und die Tränen strömten ihr in den offenen Mund, während Isabel vergeblich versuchte, sie zu trösten. »Mama, mach etwas gegen die Männer! Sie sind böse, Mama! Sie sind gemein zu Dadda!«

»Ich weiß, Liebes, ich weiß.« Sie berührte Lucys Haar mit den Lippen und murmelte: »Manchmal tun Männer sehr böse Sachen, Schatz. Sehr böse Sachen.« Noch während sie diese Worte aussprach, wusste sie, dass das Schlimmste noch längst nicht vorbei war.

Ralph beobachtete die Szene vom Deck seines Schiffs aus. Als er zu Hilda nach Hause kam, sah er sie an. Wirklich eindringlich, und zwar vielleicht zum ersten Mal seit zwanzig Jahren.

»Was soll denn das?«, fragte seine Frau, die so viel Aufmerksamkeit nicht gewöhnt war.

»Ach, nichts«, antwortete er und umarmte sie fest.

In seinem Büro hatte Vernon Knuckey einen Disput mit Kenneth Spragg. »Ich sage es noch einmal, Sergeant: Sie nehmen ihn heute Nachmittag nicht mit nach Albany. Er wird erst dann überführt, nachdem ich Gelegenheit hatte, ihm noch einige Fragen zu stellen.«

»Früher oder später landet er doch bei uns. Leuchttürme fallen unter die Zuständigkeit des Commonwealth, schon vergessen? Also wird alles streng nach Vorschrift ablaufen.«

»Ich kenne die Vorschriften genauso gut wie Sie.« Jeder Polizist in dieser Gegend wusste, wie gern Kenneth Spragg sich wichtigmachte. Er fühlte sich noch immer wie ein Gesetzeshüter zweiter Klasse, weil er nicht im Krieg gewesen war, und versuchte das wettzumachen, indem er sich gebärdete wie bei der Armee. »Er wird nach Albany geschickt, wenn es so weit ist«, sagte Knuckey.

»Ich möchte mir Sherbourne vorknöpfen, um der Sache so schnell wie möglich auf den Grund zu gehen. Jetzt bin ich hier. Also nehme ich ihn mit.«

»Wenn Sie solche Sehnsucht nach ihm haben, müssen Sie eben wiederkommen. *Ich* leite dieses Revier.«

»Rufen Sie in Perth an.«

»Was?«

»Lassen Sie mich in Perth anrufen. Wenn ich Anweisung von der Bezirkskommandantur bekomme, lasse ich ihn hier. Ansonsten setzte ich ihn ins Auto, und dann auf nach Albany.«

Isabel hatte so lange gebraucht, das aufgebrachte Kind zum Einsteigen ins zweite Automobil zu bewegen, dass Tom bei ihrer Ankunft im Polizeirevier bereits in eine Zelle gesteckt worden war. Im Warteraum saß Lucy auf Isabels Knie. Sie war wegen der langen Reise und der verwirrenden Ereignisse müde und quengelig. Ständig berührte sie Isabel im Gesicht, stupste sie an und tätschelte sie, um ihr eine Antwort zu entlocken. »Wo ist Dadda? Ich will zu ihm.« Isabel war bleich und runzelte geistesabwesend die Stirn. Immer wieder schweiften ihre Gedanken ab und wandten sich einem Kratzer in der Holzplatte der Theke oder dem Ruf einer Elster aus der Ferne zu. Doch schon im nächsten Moment holten sie Lucys Finger und die nächste Frage in die Wirklichkeit zurück, und sie erinnerte sich voll Entsetzen daran, wo sie sich befand.

Ein alter Mann, der gekommen war, um eine Geldbuße zu bezahlen, weil sein Vieh die Schnellstraße blockiert hatte, stand an der Theke und wartete auf seine Quittung. Um sich die Zeit zu vertreiben, versuchte er, mit Lucy »Guckuck« zu spielen.

»Wie heißt du denn?«, fragte er.

»Lucy«, erwiderte sie schüchtern.

»Das glaubst *du*«, murmelte Harry Garstone mit einem hämischen Grinsen, während sein Stift kratzend über das Quittungsformular fuhr.

Im nächsten Moment kam Dr. Sumpton, keuchend und die Tasche in der Hand, aus seiner Praxis herbeigehastet. Er nickte Isabel kurz zu, wich aber ihrem Blick aus. Als sie an die letzte ärztliche Untersuchung und die niederschmetternde Diagnose dachte, lief sie feuerrot an.

»Hier entlang, Sir«, sagte Garstone und führte den Arzt in ein Hinterzimmer. Dann kehrte er zu Isabel zurück. »Das Kind muss untersucht werden. Wenn Sie sie mir geben würden.«

»Untersucht? Weshalb denn? Ihr fehlt nichts.«

»Sie haben hier nicht mitzureden, Mrs. Sherbourne.«

»Ich bin ihre ...« Isabel hielt inne, bevor das Wort ausgesprochen war. »Sie braucht keinen Arzt. Bitte. So zeigen Sie doch ein bisschen Mitgefühl!«

Der Polizist packte das weinende Kind, das sich wild sträubte, und trug es weg. Lucys schrille Schreie hallten durch das ganze Revier bis in Toms Zelle, wo sie ihm noch lauter erschienen, während er sich ausmalte, was sie wohl mit ihr machten.

In Knuckeys Büro legte Spragg den Hörer auf und blickte seinen Kollegen aus Partageuse finster an. »Gut, Sie haben für den Moment gewonnen ...« Er zog seine Hose am Gürtel hoch und änderte seine Taktik. »Die Frau sollte meiner Ansicht nach auch in einer Zelle sitzen. Sie steckt sicher bis über beide Ohren mit in der Sache drin.«

»Ich kenne das Mädchen schon seit einer Ewigkeit, Sergeant«, widersprach Knuckey. »Sie hat noch nie einen Gottesdienst ausfallen lassen. Sie haben Tom Sherbournes Geschichte ja selbst gehört. Offenbar ist sie auch sein Opfer.«

»Seine *Geschichte*! Ich sage Ihnen, die ist nicht so unschuldig, wie sie tut. Ich würde mich gern mal allein mit ihm unterhalten. Dann werden wir rasch wissen, wie dieser Roennfeldt wirklich gestorben ist ...«

Knuckey kannte Spraggs Ruf auch auf diesem Gebiet, beschloss aber, die Andeutung zu überhören. »Passen Sie auf, ich kenne diesen Sherbourne nicht. Der könnte genauso gut Jack the Ripper sein. Wenn er schuldig ist, kommt er an den Galgen. Aber seine Frau grundlos einzusperren, bringt hier niemanden weiter. Also übertreiben Sie es nicht. Sie wissen genauso gut wie ich, dass eine Ehefrau strafrechtlich nicht für Taten belangt werden kann, zu denen ihr Mann sie gezwungen hat.« Er schob einen Papierstapel zurecht, bis er parallel mit der Schreibtischunterlage abschloss. »Das hier ist eine kleine Stadt. Es bleibt immer etwas hängen. Also steckt man keine junge Frau ins Gefängnis, solange man keine wasserdichten Beweise hat. Immer eins nach dem anderen.«

Sobald Sergeant Spragg mit zornig zusammengepressten Lippen aus dem Revier stolziert war, ging Knuckey ins Untersuchungszimmer und kehrte mit Lucy zurück.

»Der Arzt hat nichts festgestellt«, verkündete er und fügte mit leiser Stimme hinzu. »Wir bringen die Kleine jetzt zu ihrer Mutter, Isabel. Ich wäre Ihnen dankbar, wenn Sie es allen nicht noch schwerer machen würden, als es ohnehin schon ist. Möchten Sie sich noch von ihr verabschieden?«

»Bitte tun Sie das nicht!«

»Bitte ersparen Sie uns allen eine Szene.« Vernon Knuckey, der jahrelang Zeuge des Leidens von Hannah Roennfeldt geworden war, und zwar in der festen Überzeugung, dass die bedauernswerte Frau einer Wahnidee anhing, betrachtete nun Isabel und stellte sich dieselbe Frage.

Das kleine Mädchen, das sich wieder sicher in den Armen seiner Mutter wähnte, klammerte sich fest an Isabel. Diese küsste sie auf die Wange und konnte die Lippen nicht von ihrer weichen Haut lösen. Harry Garstone packte das Mädchen um die Taille und begann, an ihm zu zerren.

Obwohl diese Entwicklung in den letzten vierundzwanzig Stunden absehbar gewesen war und Isabel mit dieser Angst lebte, seit sie Lucy als Baby aufgefunden hatte, war der Schmerz übermächtig.

»Bitte!«, flehte sie unter Tränen. »Haben Sie doch Mitleid!« Ihre Stimme hallte von den nackten Wänden wider. »Nehmen Sie mir mein Baby nicht weg!«

Als man Isabel das laut schreiende Kind aus den Armen riss, brach sie ohnmächtig zusammen und landete mit einem dumpfen Knall auf dem Steinboden.

Hannah Roennfeldt konnte nicht still sitzen. Ständig schaute sie auf ihre Armbanduhr und die Uhr auf dem Kaminsims und fragte ihre Schwester, wie spät es sei, während die Zeit im Schneckentempo vorankroch. Das Boot war am gestrigen Vormittag von Janus aufgebrochen. Seitdem quälte sich jede Minute bergauf wie Sisyphus.

Sie konnte kaum fassen, dass sie vielleicht bald ihre Tochter im Arm halten würde. Seit die Rassel wiedererkannt worden war, malte sie sich Graces Rückkehr aus. Die Umarmungen. Die Tränen. Das Strahlen. Sie hatte im Garten Frangipaniblüten gepflückt und ins Kinderzimmer gestellt, sodass ihr Duft das Häuschen erfüllte. Während sie lächelte und vor sich hin summte, staubte sie alles ab, machte sauber und reihte die Puppen auf der Kommode auf. Im nächsten Moment meldeten sich wieder Zweifel: Was wollte ihre Tochter wohl essen? Also hatte sie Gwen losgeschickt, um Äpfel, Milch und Süßigkeiten zu kaufen. Ihre Schwester war noch nicht zurück, als Hannah sich plötzlich fragte, ob das Kind vielleicht noch etwas anderes brauchte. Und so ging sie, da sie nur selten etwas aß, nach nebenan zu Mrs. Darnley, die fünf Kinder hatte, um sich zu erkundigen, womit man ein Kind in Graces Alter am besten ernährte. Fanny Darnley, eine berüchtigte Tratschbase, deutete sofort im Lebensmittelladen Mr. Kelly gegenüber an, Hannah habe nun völlig den Verstand verloren und beköstige Gespenster, denn die Ankunft des Kindes hatte sich noch nicht herumgesprochen. »Man soll ja nicht schlecht über seine Nachbarn reden, aber ... Tja, es wird schon seine Gründe haben, warum es Irrenanstalten gibt, richtig? Ich bin nicht gerade begeistert davon, dass eine Frau, die nicht ganz richtig im Kopf ist, so nah bei meinen Kindern wohnt. Ihnen würde es sicher genauso ergehen.«

Der Anruf war sehr knapp gehalten: »Sie kommen besser persönlich, Mr. Graysmark. Wir haben Ihre Tochter hier.«

Als Bill Graysmark am Nachmittag das Polizeirevier betrat, zeigte sich Verwirrung auf seinem Gesicht. Das Telefonat hatte sofort das Bild in ihm ausgelöst, dass Isabels Leiche dort auf einer Bahre lag und abgeholt werden musste, weshalb er den Rest der Worte, die am gerade erst angeschlossenen, nagelneuen Apparat gefallen waren, kaum wahrgenommen hatte: Er hatte zuerst an den Tod gedacht. Nicht auch noch das dritte Kind! Er konnte doch nicht alle seine Kinder verlieren – das würde Gott niemals zulassen! Das wirre Gerede über das Baby der Roennfeldts, Tom und eine Leiche ergab für ihn noch immer keinen Sinn.

Auf dem Revier wurde er in ein Hinterzimmer geführt, wo seine Tochter, die Hände auf dem Schoß, auf einem Holzstuhl saß. Vor lauter Erleichterung, dass sie noch lebte, kamen ihm bei ihrem Anblick die Tränen.

»Isabel. Isabubba«, flüsterte er, zog sie hoch und drückte sie an sich. »Ich hatte schon Angst, ich würde dich niemals wiedersehen.«

Es dauerte einen Moment, bis er bemerkte, in welchem Zustand sie sich befand: Sie erwiderte die Umarmung nicht, sah ihn nicht an und ließ sich nur, schlaff und bleich, zurück auf den Stuhl sinken.

»Wo ist Lucy?«, erkundigte er sich erst bei seiner Tochter, dann bei Constable Garstone. »Wo ist die kleine Lucy? Und Tom?« Seine Gedanken überschlugen sich wieder: Sicher waren sie ertrunken. Sicher ...

»Mr. Sherbourne ist in Haft, Sir.« Der Polizist stempelte ein Stück Papier auf seinem Schreibtisch ab. »Nach einer Anhörung wird man ihn nach Albany verbringen.«

»Anhörung? Was zum Teufel ist da los? Wo ist Lucy?«

»Das Kind ist bei seiner Mutter, Sir.«

»Das Kind ist eindeutig *nicht* bei seiner Mutter! Was haben Sie mit ihr gemacht? Was wird hier gespielt?«

»Offenbar ist Mrs. Roennfeldt die *wirkliche* Mutter des Kindes.«

Bill, der glaubte, sich verhört zu haben, herrschte Garstone an. »Ich verlange, dass Sie meinen Schwiegersohn umgehend freilassen.«

»Ich fürchte, das wird nicht möglich sein, Sir. Mr. Sherbourne wurde festgenommen.«

»Festgenommen? Aus welchem Grund denn, verdammt?«

»Bis jetzt wegen Urkundenfälschung und Verletzung seiner Pflichten als Staatsbediensteter. Und das ist nur der Anfang. Dann wäre da auch noch Kindesentziehung. Und die Tatsache, dass wir Frank Roennfeldts Leiche auf Janus Rock ausgegraben haben.«

»Sind Sie denn von allen guten Geistern verlassen?« Plötzlich wurde Bill klar, warum seine Tochter so blass und teilnahmslos war, und er drehte sich zu ihr um. »Keine Angst, Kind. Ich bringe das wieder in Ordnung. Ganz gleich, was auch geschehen ist, handelt es sich offenbar um eine schreckliche Verwechslung. Ich werde der Sache auf den Grund gehen.«

»Ich glaube, Sie verstehen nicht ganz, Mr. Graysmark«, begann der Polizist.

»Da haben Sie verdammt recht. Ich verstehe kein Wort. Diese Angelegenheit wird ein Nachspiel haben. Meine Tochter wegen einer lächerlichen Anschuldigung auf ein Polizeirevier zu zerren und den guten Ruf meines Schwiegersohns zu beschädigen.« Wieder wandte er sich an seine Tochter. »Isabel, sag ihm, dass das alles Unsinn ist!«

Doch sie saß nur reglos und mit stumpfem Blick da.

Der Polizist räusperte sich. »Mrs. Sherbourne verweigert die Aussage, Sir.«

Tom spürt, wie die Stille in der Zelle ihn erdrückt. Sie ist so dicht und flüssig wie Quecksilber. So lange ist sein Leben vom Geräusch des Windes und der Wellen und vom Blinken des Leuchtturms geprägt gewesen. Und nun rührt sich plötzlich nichts mehr. Er lauscht dem Grünrückenflöter, der mit seinem Gesang sein Revier hoch oben in den Wipfeln der Eukalyptusbäume verteidigt und nichts von alldem ahnt.

Die Einsamkeit ist ihm vertraut und versetzt ihn zurück in die erste Zeit auf Janus, und er fragt sich, ob er die Jahre mit Isabel und Lucy womöglich nur geträumt hat. Dann aber steckt er die Hand in die Tasche und holt eine Kinderschleife aus violettem Satin heraus. Er erinnert sich an Lucys Lächeln, als sie sie ihm gereicht hat, weil sie ihr aus dem Haar gerutscht war. »Nimmst du sie bitte, Dadda?« Harry Garstone hat versucht, die Schleife zu beschlagnahmen, doch Knuckey hat ihn daran gehindert: »Ach, um Himmels willen, mein Junge. Er wird wohl kaum versuchen, uns mit dem Ding zu erdrosseln.« Und so hatte Tom sie wieder einstecken dürfen.

Er bedauert, was er getan hat, und verspürt gleichzeitig eine tiefe Erleichterung, zwei Gefühle, die er nicht miteinander in Einklang bringen kann. Es sind zwei widersprüchliche körperliche Empfindungen, die eine unerklärliche Reaktion in ihm auslösen – überdeckt von einer dritten, noch stärkeren, nämlich dem Wissen, dass er seiner Frau das Kind weggenommen hat. Es ist, als hätte ihn jemand lebendig an einen Fleischerhaken gehängt. Er weiß, was Hannah Roennfeldt verloren hat. Und Isabel, die im Leben so viele Verluste erlitten hat, muss nun schon wieder Abschied nehmen. Allmählich fragt er sich, wie er anderen so viel Schmerz hat zufügen können. Was zum Teufel hat er da angerichtet?

Er ringt darum, das alles zu begreifen – seine Liebe ist so schrecklich verzerrt und gebrochen wie Licht von einer Linse.

Vernon Knuckey kennt Isabel, seit sie ein kleines Mädchen war. Ihr Vater hat fünf seiner Kinder unterrichtet. »Am besten bringen Sie Isabel jetzt nach Hause«, sagte er ernst zu Bill. »Ich spreche morgen mit ihr.«

»Aber was ist mit …?«

»Bringen Sie sie einfach nach Hause, Bill. Bringen Sie das arme Mädchen nach Hause.«

»Isabel, Liebes!« Ihre Mutter fiel ihr um den Hals, sobald sie zur Tür hereinkam. Violet Graysmark war genauso durcheinander wie alle anderen, doch als sie erkannte, in welchem Zustand sich ihre Tochter befand, wagte sie nicht nachzufragen. »Dein Bett ist gemacht. Bill, hol ihre Tasche herein.«

Isabel schleppte sich mit stumpfer Miene ins Haus. Violet führte sie zu einem Sessel, eilte in die Küche und kehrte mit einem Glas zurück. »Warmes Wasser und Brandy. Für deine Nerven«, verkündete sie. Isabel trank gehorsam und stellte das Glas weg.

Violet holte eine Decke und breitete sie ihr über die Knie, obwohl es warm im Zimmer war. Isabel begann die Wolle zu streicheln, und fuhr mit dem Zeigefinger die geraden Linien des Karomusters nach. Sie war so in sich versunken, dass sie die Stimme ihrer Mutter nicht zu hören schien. »Kann ich dir etwas bringen, Kleines? Hast du Hunger?«

Bill steckte den Kopf zur Tür herein und winkte Violet in die Küche. »Hat sie etwas gesagt?«

»Kein Wort. Ich glaube, sie steht unter Schock.«

»Nun, dann wären wir schon zu zweit. Ich verstehe kein Wort. Morgen früh gehe ich sofort zur Polizei und versuche zu erfahren, was genau los ist. Diese Hannah Roennfeldt ist doch schon seit Jahren nicht mehr ganz richtig im Oberstübchen. Und der alte Potts mit seinem Geld glaubt wohl, er könnte uns nach seiner Pfeife tanzen lassen.« Er zupfte an den Zipfeln seiner Weste. »Ich werde nicht vor einer Geisteskranken und ihrem Vater katzbuckeln, ganz gleich, wie reich er auch sein mag.«

In jener Nacht lag Isabel in ihrem Bett aus Kindertagen, das ihr inzwischen fremd und beengend erschien. Ein leichter Wind blähte die Spitzenvorhänge. Draußen zirpten die Grillen, und die Sterne funkelten. Es war, als hätte sie erst vor wenigen Momenten in einer Nacht wie dieser schlaflos und aufgeregt in diesem Bett gelegen und sich auf die morgige Hochzeit gefreut. Sie hatte Gott dafür gedankt, dass er ihr Tom Sherbourne geschickt hatte: dafür, dass er geboren und heil durch den Krieg gekommen und vom Wind des Schicksals an ihre Küste getragen worden war; und sie hatte ihn nach seiner Landung als Erste gesehen.

Sie versuchte, das Gefühl der Begeisterung und bangen Erwartung wieder wachzurufen. Das Gefühl, dass das Leben nach all der Trauer und den Verlusten, die der Krieg gebracht hatte, wieder zu blühen begann. Doch es war verschwunden: Inzwischen erschien ihr alles wie ein Irrtum, eine Selbsttäuschung. Ihr Glück auf Janus war nun so weit entfernt, dass sie es sich kaum noch vorstellen konnte. Tom hatte sie mit jedem Wort und jedem Schweigen belogen. Waren ihr vielleicht weitere Dinge entgangen, wenn sie schon diesen einen Verrat nicht bemerkt hatte?

Warum hatte er seine Begegnung mit Hannah Roennfeldt mit keinem Wort erwähnt? Was verschwieg er ihr sonst noch? Für einen kurzen Moment sah sie zu ihrer Bestürzung Tom, Hannah und Lucy als glückliche Familie vor sich. Der Verdacht, betrogen worden zu sein, der sich ihrer schon auf Janus bemächtigt hatte, kehrte nun, mit weiteren düsteren Andeutungen befrachtet, zurück. Vielleicht hatte es ja andere Frauen in Toms Leben gegeben. Womöglich hatte er eine Ehefrau – oder Ehefrauen – und Kinder im Osten zurückgelassen. Dieses Schreckensbild erschien ihr immer wahrscheinlicher, ja, beinahe zwingend, und bemächtigte sich zunehmend des Zeitraums zwischen dem Vorabend von Isabels Hochzeit und der grauenhaften und bedrückenden Gegenwart. Ein Leuchtturm warnte vor Gefahren – er mahnte die Menschen zur Vorsicht. Und sie hatte den Fehler gemacht, ihn als Hort der Geborgenheit misszuverstehen.

Ihr Kind zu verlieren. Mitzuerleben, wie Lucy verängstigt und verzweifelt von der Seite der einzigen Menschen gerissen wurde, die sie auf dieser Welt wirklich kannte – allein das war schon unerträglich genug. Doch zu wissen, dass ihr eigener Mann schuld daran war – der Mann, den sie angebetet und dem sie ihr Leben geweiht hatte –, überstieg schlichtweg ihre Vorstellungskraft. Angeblich bedeutete sie ihm etwas, und dennoch hatte er sie mit seinem Verhalten zielsicher vernichtet.

Indem sie ihre Gedanken nach außen, also auf Tom, richtete, ersparte sie sich, so schmerzhaft es auch sein mochte, den Schritt, einer viel bitteren Wahrheit auf den Grund zu gehen. Langsam nahm ein fast greifbares Gefühl in ihren düsteren Gedanken Gestalt an: das Bedürfnis nach Rache, die rasende Wut eines wilden Tiers, dem man sein Junges geraubt hat. Morgen würde die Polizei sie vernehmen. Als die Sterne am sich erhellenden Himmel verblassten, war es ihr gelungen, sich einzureden, dass Tom es verdient hatte, für seine Tat zu büßen. Und er selbst hatte ihr die Folterwerkzeuge in die Hand gedrückt.

Kapitel 26

Das Polizeirevier in Point Partageuse bestand, wie so viele Gebäude in der Stadt, aus einheimischen Steinen und Holz aus dem umliegenden Wald. Im Sommer war es ein Backofen und im Winter ein Eisschrank, was an Tagen mit extremer Witterung zur Lockerung der vorgeschriebenen Dienstkleidung führte. Bei starkem Regen standen die Zellen unter Wasser, und die Decke sackte ein. Einmal war sie sogar eingestürzt und hatte einen Gefangenen unter sich begraben. Allerdings war man in Perth zu geizig, um das Geld für eine gründliche Renovierung zur Verfügung zu stellen, weshalb das Bauwerk stets ein wenig angeschlagen und eher bandagiert als geheilt wirkte.

Septimus Potts saß an einem Tisch neben der Theke und trug das wenige, was er über seinen Schwiegersohn wusste, in ein Formular ein. Er konnte Franks vollen Namen und sein Geburtsdatum angeben – sie hatten auf der Rechnung für den Grabstein gestanden. Doch was seinen Geburtsort und die Namen seiner Eltern anging ... »Nun, ich denke, wir können mit Sicherheit davon ausgehen, dass er Eltern hatte, junger Mann. Also bleiben wir doch beim Wesentlichen«, empörte er sich und wies Constable Garstone so mit einer in jahrelangen geschäftlichen Verhandlungen geschulten Taktik in seine Schranken. Der Constable musste zugeben, dass die Daten für das Aufnehmen der vorläufigen Anzeige gegen Tom genügen würden. Der Tag des Verschwindens war auch leicht festzustellen – der Heldengedenktag im Jahr 1926. Doch Franks Todestag?

»Das müssen Sie wohl Mr. Sherbourne fragen«, sagte Potts gerade ungehalten, als Bill Graysmark das Revier betrat.

Septimus drehte sich um, und die beiden Männer starrten einander finster an wie zwei alte Bullen. »Ich hole Sergeant Knuckey«, stammelte der Constable und sprang so hastig auf, dass sein

Stuhl umkippte. Er klopfte heftig an die Tür des Sergeants und kehrte kurz darauf zurück, um Bill zu rufen, der an Potts vorbei in Knuckeys Büro stürmte.

»Vernon!«, herrschte er den Sergeant an, sobald die Tür sich hinter ihm geschlossen hatte. »Ich verstehe zwar nicht, was da los ist, aber ich verlange, dass meine Enkelin sofort zu ihrer Mutter zurückgebracht wird. Sie einfach zu verschleppen! Das Kind ist noch nicht einmal vier Jahre alt, verdammt.« Er wies in den vorderen Teil des Reviers. »Was den Roennfeldts zugestoßen ist, war eine Tragödie. Doch Septimus Potts kann mir nicht einfach als Ersatz für seinen Verlust die Enkeltochter wegnehmen.«

»Bill«, erwiderte der Sergeant. »Mir ist klar, wie schwer es für Sie ist ...«

»Das ist Ihnen also klar. Da lachen ja die Hühner! Was auch immer geschehen sein mag, die Sache ist offenbar völlig aus dem Ruder gelaufen. Und vermutlich nur auf das Wort einer Frau hin, die schon seit Jahren nicht mehr alle Tassen im Schrank hat.«

»Trinken Sie einen Schluck Brandy ...«

»Ich will keinen Schluck Brandy, sondern dass Sie endlich Vernunft annehmen, wenn das hier nicht zu viel verlangt ist. Seit wann stecken Sie Männer wegen der unbewiesenen Behauptungen einer ... Geisteskranken ... ins Gefängnis?«

Knuckey setzte sich an seinen Schreibtisch und rollte den Stift zwischen den Fingerspitzen. »Falls Sie Hannah Roennfeldt meinen, die hat nichts gegen Tom gesagt. Bluey Smart hat die Lawine losgetreten – er hat die Rassel identifiziert.« Er hielt inne. »Isabel hat bis jetzt kein Wort von sich gegeben. Sie schweigt eisern.« Er betrachtete den Bleistift. »Und das ist doch seltsam, wenn es sich nur um eine Verwechslung handelt, finden Sie nicht?«

»Nun, es ist nur allzu verständlich, dass sie unter Schock steht, nachdem man ihr das Kind entrissen hat.«

Knuckey blickte auf. »Dann beantworten Sie mir eine Frage, Bill: Warum streitet Sherbourne es dann nicht ab?«

»Weil er ..« Die Worte waren heraus, ehe ihm klar wurde, was der Polizist da gesagt hatte. »Was soll das heißen, er streitet es nicht ab?«

»Auf Janus hat er uns erzählt, das Baby sei in einer Jolle angeschwemmt worden. An Bord sei auch ein Toter gewesen. Er habe darauf bestanden, das Kind zu behalten. Da auch eine Strickjacke gefunden worden sei, habe er angenommen, die Mutter sei ertrunken. Er meinte, Isabel habe den Vorfall melden wollen, doch er habe sie daran gehindert. Er habe ihr Vorwürfe gemacht, weil sie ihm keine Kinder schenken konnte. Offenbar war seitdem alles nur eine Lüge – nichts als Theater. Wir müssen ermitteln, Bill ...« Nach kurzem Zögern senkte er die Stimme. »Und dann ist da noch die Frage, wie Frank Roennfeldt gestorben ist. Wer weiß, was Sherbourne sonst noch zu verbergen und was er Isabel zu verschweigen gezwungen hat? Es ist eine sehr unschöne Angelegenheit.«

So eine Aufregung hatte es in der Stadt schon seit Jahren nicht mehr gegeben. Wie der Chefredakteur der *South Western Times* zu einem Kollegen im Pub sagte: »Nur wenn Jesus Christus persönlich hier auftauchen und uns allen ein Bier ausgeben würde, hätten wir eine noch größere Sensation. Eine Mutter und ihr Kind werden wieder vereint. Dazu ein geheimnisvoller Todesfall. Und Potts, der alte Geldsack, verschenkt den Kies, als hätten wir Weihnachten. Die Leute können nicht genug davon kriegen.«

Am Tag nach der Rückkehr des Kindes ist Hannahs Haus noch immer mit Luftschlangen geschmückt. Eine neue Puppe, deren zartes Porzellangesicht in der Nachmittagssonne schimmert, sitzt, verlassen und die Augen lautlos flehend aufgerissen, auf einem Stuhl in der Ecke. Die Uhr auf dem Kaminsims tickt beharrlich, und eine Spieluhr dudelt »Rocka-bye-Baby«, was unter den gegebenen Umständen makaber und bedrohlich klingt. Die Musik wird vom Kreischen aus dem Garten übertönt.

Das Kind hat sich ins Gras geworfen und schreit wie am Spieß.

Sein Gesicht ist vor Angst und Wut hochrot. Die Haut an seinen Wangen ist angespannt, und die gefletschten Zähne wirken wie die Tasten eines winzigen Klaviers. Wenn Hannah die Kleine aufzuheben versucht, reißt sie sich jedes Mal los und kreischt nur umso lauter.

»Grace, Liebling. Pssst, Grace. Komm bitte.«

»Ich will zu meiner Mama. Ich will zu meinem Dadda. Geh weg! Ich mag dich nicht!«, ruft das Kind hilflos.

Um die Wiedervereinigung von Mutter und Kind durch die Polizei wurde ein großer Rummel gemacht. Fotos wurden geschossen und die Polizisten und der liebe Gott mit Lob überhäuft. Wieder brodelte die Gerüchteküche in der Stadt und berichtete vom verträumten Gesichtsausdruck des Kindes und vom glücklichen Lächeln der Mutter. »Das arme Kind, es war so müde, als man es seiner Mutter brachte. Ein kleiner Engel. Man kann dem lieben Gott nur danken, dass er es aus den Klauen dieses Mannes befreit hat!«, verkündete Fanny Darnley, die es sich zur Aufgabe gemacht hatte, Constable Garstones Mutter Einzelheiten zu entlocken. Allerdings war Grace nicht müde, sondern kaum noch bei Bewusstsein gewesen, da Dr. Sumpton ihr ein starkes Schlafmittel verabreicht hatte, als klar geworden war, dass sie sich nicht ohne Weinkrämpfe von Isabel würde trennen lassen.

Und nun stand Hannah hilflos vor einer völlig verängstigten Tochter. All diese Jahre hatte sie sie so innig in ihrem Herzen bewahrt, dass sie gar nicht auf den Gedanken gekommen war, umgekehrt könnte es anders sein. Als Septimus Potts in den Garten hinaustrat, hätte er nicht sagen können, wer von den beiden verzweifelter wirkte.

»Grace, ich will dir nichts tun, mein Schatz. Komm zu Mummy«, flehte Hannah.

»Ich heiße nicht Grace, sondern Lucy!«, brüllte das Kind. »Ich will nach Hause! Wo ist Mama? Du bist nicht meine Mummy!«

Jeder Wutausbruch traf Hannah wie ein Schlag. »Ich habe dich so lange geliebt. So lange …«, brachte sie nur heraus.

Septimus erinnerte sich an seine eigene Hilflosigkeit, als Gwen etwa im gleichen Alter gewesen war und unablässig nach ihrer Mutter verlangt hatte, als habe er seine verstorbene Frau irgendwo im Haus versteckt. Es ging ihm immer noch nah.

Hannah bemerkte ihren Vater, erkannte an seiner Miene, dass er die Situation richtig einschätzte, und fühlte sich entsetzlich gedemütigt.

»Sie braucht Zeit, um sich an dich zu gewöhnen. Hab Geduld, Hanny«, sagte er. Inzwischen hatte das Mädchen ein Versteck zwischen dem alten Zitronenbaum und einem Stachelbeerbusch gesucht und kauerte fluchtbereit da.

»Sie hat keine Ahnung, wer ich bin, Dad. Überhaupt keine. Sie lässt mich nicht in ihre Nähe.« Hannah schluchzte auf.

»Sie wird sich wieder beruhigen«, erwiderte Septimus. »Entweder wird sie müde werden und dort einschlafen oder Hunger bekommen. Du brauchst nur abzuwarten.«

»Ja, ich weiß, sie muss mich erst wieder kennenlernen.«

Septimus legte ihr den Arm um die Schultern. »Es ist keine Frage des ›wieder‹. Du bist ein wildfremder Mensch für sie.«

»Versuch *du* es doch. Bitte schau, ob du sie herauslocken kannst ... Vor Gwen ist sie auch davongelaufen.«

»Ich denke, sie hat für einen Tag genug unbekannte Gesichter gesehen. Meine verbeulte Visage hat ihr vermutlich gerade noch gefehlt. Lass sie einfach ein bisschen in Ruhe.«

»Was habe ich falsch gemacht, um das zu verdienen, Dad?«

»Es ist nicht deine Schuld. Sie ist deine Tochter und jetzt dort, wo sie hingehört. Gib ihr einfach Zeit, mein Mädchen. Gib ihr Zeit.« Er strich ihr sanft übers Haar. »Und ich sorge dafür, dass dieser Sherbourne seine gerechte Strafe erhält. Das schwöre ich dir.«

Als er ins Haus zurückkehrte, bemerkte er, dass Gwen im dunklen Flur stand und ihre Schwester beobachtete. »Oh, Dad, die arme Kleine ist so ein trauriger Anblick«, flüsterte sie und schüttelte den Kopf. »Ihr Weinen bricht einem das Herz.« Sie seufzte tief auf. »Vielleicht gewöhnt sie sich ja an die Situation«, fügte sie hinzu und zuckte die Achseln, obwohl ihr Blick den Worten Lügen strafte.

In der Wildnis rings um Partageuse hat jedes Lebewesen seine eigene Strategie, um sich zu verteidigen. Die Geschöpfe, über die man sich die wenigsten Gedanken zu machen braucht, sind die, die überleben, indem sie sich schnell verdrücken: Der Goulds-Waran, der Kragensittich und der Fuchskusu verschwinden, sobald die Zeichen auch nur ein wenig auf Sturm stehen – Rückzug, Ausweichen, Tarnung, so heißen ihre Methoden. Bei anderen hingegen kann die Begegnung tödlich enden, wenn man ihnen in die Quere kommt. Die schwarze Tigerotter, der Hai und die Falltürspinne greifen an, wenn sie sich vom Menschen bedroht fühlen.

Doch am meisten muss man die fürchten, die reglos verharren und deren Abwehr ihr Geheimnis bleibt, bis man rein zufällig mit ihnen in Konflikt gerät. Sie kennen keine Unterschiede. Wer zum Beispiel die hübschen herzförmigen Blätter des Giftbuschs isst, erleidet einen Herzstillstand. Diese Pflanzen und Tiere wollen sich nur schützen, doch Gott steh einem bei, falls man sich ihnen nähert. Und als Isabel Sherbourne sich bedroht fühlte, wurde auch ihr Verteidigungsmechanismus ausgelöst.

Vernon Knuckey saß da und klopfte mit den Fingern auf den Schreibtisch, während Isabel im Nebenzimmer auf ihre Vernehmung wartete. Partageuse war für einen Polizisten eigentlich ein ziemlich ruhiges Pflaster. Hin und wieder ein Fall von Körperverletzung oder Trunkenheit in Verbindung mit Ruhestörung stellten für gewöhnlich die Höhepunkte der Woche dar. Der Sergeant hätte sich auch nach Perth versetzen lassen und eine Beförderung beantragen können, um zur Abwechslung schwerere Verbrechen zu Gesicht zu bekommen – die hässlichen Narben von Menschen, die ihm weniger bedeuteten als die Leute hier. Allerdings hatte er im Krieg so viel gesehen, dass es ihm für ein Leben lang reichte. Kleine Diebstähle und Geldbußen wegen Schwarzbrennerei waren deshalb genug für ihn. Kenneth Spragg hingegen wollte unbedingt höher hinaus. Er würde diesen Fall bis zum Äußersten ausreizen, wenn man ihm die Gelegenheit dazu gab, und ihn als Fahrkarte nach Perth benutzen, um die Karriereleiter weiter emporzusteigen. Er kannte niemanden in Partageuse, und die Bewohner dieser Stadt waren ihm gleichgültig, dachte Knuckey. Bill und Violet zum Beispiel und ihre Söhne, die gefallen waren. Er dachte an all die Jahre, in denen er die kleine Isabel mit ihrer wunderschönen Stimme und dem engelsgleichen Gesicht an Weihnachten im Kirchenchor gesehen hatte. Dann erinnerte er sich an den alten Potts, der sich seit dem Tod seiner Frau aufopferungsvoll um seine Töchter kümmerte. Hannahs Partnerwahl hatte ihn schwer getroffen. Hannah konnte man zwar nicht als Schönheit bezeichnen, aber sie war ausgesprochen klug und ein guter Mensch. Er hatte immer vermutet, dass sie nicht ganz richtig im Oberstübchen war, weil sie nach all den Jahren noch an die Rückkehr ihres Kindes glaubte. Aber nun hatte sich das Blatt plötzlich gewendet.

Der Sergeant holte tief Luft, betätigte den Türknauf und trat ein. Als er Isabel ansprach, war sein Ton sachlich und respektvoll. »Isabel – Mrs. Sherbourne –, ich muss Ihnen noch einige Fragen stellen. Ich weiß, dass es um Ihren Mann geht, aber es ist eine sehr ernste Angelegenheit.« Er entfernte die Kappe von seinem Füllfederhalter und legte ihn auf das Papier. Eine schwarze Lache quoll aus der Feder, und er bewegte sie hin und her, bis sich der Tintenklecks ausbreitete.

»Er hat gesagt, dass Sie das Boot melden wollten und dass er Sie daran gehindert hat. Ist das richtig?«

Isabel betrachtete ihre Hände.

»Er sagt, er habe Ihnen nicht verzeihen können, dass Sie ihm keine Kinder geschenkt haben, und habe die Sache deshalb selbst in die Hand genommen.«

Die Worte trafen sie bis ins Mark. Hatte Tom in seiner Lüge die Wahrheit offenbart?

»Haben Sie denn nicht versucht, ihm Vernunft beizubringen?«, erkundigte sich Knuckey.

»Wenn Tom Sherbourne denkt, dass er das Richtige tut, ist es unmöglich, ihn umzustimmen«, erwiderte sie, was auch den Tatsachen entsprach.

»Hat er Sie bedroht?«, hakte er nach. [xxxxx]»Hat er Sie körperlich misshandelt?.

Isabel schwieg. Die in der schlaflosen Nacht aufgestaute Wut meldete sich wieder. Also klammerte sie sich an ihr Schweigen wie an einen Felsen.

Knuckey hatte schon oft erlebt, dass die Ehefrauen und Töchter von Holzfällern, eingeschüchtert von einem Blick dieser baumlangen Kerle, gehorchten. »Hatten Sie Angst vor ihm?«

Sie presste die Lippen zusammen und gab kein Wort von sich.

Knuckey stützte die Ellbogen auf den Tisch und beugte sich vor. »Isabel, dem Gesetzgeber ist klar, dass eine Frau sich manchmal nicht gegen ihren Mann zur Wehr setzen kann. Strafrechtlich können Sie für nichts verantwortlich gemacht werden, wozu er Sie gezwungen oder woran er Sie gehindert hat. Also brauchen Sie sich in dieser Hinsicht keine Sorgen zu machen. Niemand wird Sie für seine Verbrechen bestrafen. Und jetzt muss ich Sie etwas fragen und möchte, dass Sie gründlich darüber nachdenken. Vergessen Sie nicht, dass Sie nicht in Schwierigkeiten kommen, wenn er Druck auf Sie ausgeübt hat.« Er räusperte sich. »Laut Tom war Frank Roennfeldt bereits tot, als das Boot angespült wurde.« Er sah ihr in die Augen. »Stimmt das?«

Isabel erschrak. »Natürlich stimmt das!«, hörte sie sich schon sagen. Doch noch ehe sie den Mund aufmachen konnte, fiel ihr wieder Toms Verrat ein. Überwältigt vom Abschied von Lucy, von Wut und von schierer Erschöpfung, schloss sie die Augen.

»Stimmt das, Isabel?«, beharrte der Polizist leise.

Sie starrte auf ihren Ehering. »Ich habe nichts zu sagen«, entgegnete sie und brach in Tränen aus.

Langsam trank Tom den Tee und beobachtete, wie sich die Dampfwolken in der warmen Luft auflösten. Durch die hohen Fenster des spartanisch möblierten Raums strömte die Nachmittagssonne herein. Als er sich die Bartstoppeln kratzte, wurden Erinnerungen an eine Zeit wach, in der es unmöglich gewesen war, sich zu rasieren, geschweige denn, sich zu waschen.

»Möchten Sie noch einen?«, erkundigte Knuckey sich ruhig.

»Nein, danke.«

»Rauchen Sie?«

»Nein.«

»Also. Am Leuchtturm wird ein Boot angeschwemmt. Aus heiterem Himmel.«

»Das habe ich Ihnen doch schon auf Janus erklärt.«

»Sie werden es mir so oft erklären, wie ich es für nötig halte! So, und Sie haben das Boot gefunden?«

»Ja.«

»Und es war ein Baby darin.«

»Ja.«

»In welchem Zustand war das Baby?«

»Gesund. Es hat geweint, war aber gesund.«

Knuckey machte sich Notizen. »Und dann war da auch noch ein Mann im Boot.«

»Eine Leiche.«

»Ein Mann«, beharrte Knuckey.

Tom betrachtete ihn und überlegte, was diese Verbesserung wohl zu bedeuten hatte.

»Sie sind daran gewöhnt, auf Janus der Alleinherrscher zu sein, oder?«

Tom ließ den Spott auf sich wirken, der jedem, der das Leben in einem Leuchtturm kannte, ein Schmunzeln entlockt hätte, antwortete aber nicht.

»Sie glauben wohl, mit allem durchkommen zu können. Schließlich ist ja sonst niemand da.«

»Es hatte nichts damit zu tun, mit etwas durchzukommen.«

»Und so haben Sie beschlossen, das Baby zu behalten. Isabel hatte ihres verloren. Niemand würde es je erfahren. Richtig?«

»Ich habe es Ihnen doch schon einmal gesagt: Ich habe die Entscheidung getroffen und Isabel dazu gebracht mitzumachen.«

»Sie schlagen Ihre Frau, richtig?«

Tom starrte ihn an. »Glauben Sie das wirklich?«

»Hat sie deshalb das Baby verloren?«

Entsetzen malte sich auf Toms Gesicht. »Hat *sie* das behauptet?«

Knuckey schwieg, worauf Tom tief Luft holte. »Hören Sie, ich habe Ihnen doch schon erzählt, was passiert ist. Sie wollte es mir ausreden. Ich bin schuldig an allem, was Sie mir vorwerfen. Also bringen wir es hinter uns und lassen meine Frau außen vor.«

»Versuchen Sie nicht, mir Vorschriften zu machen«, herrschte Knuckey ihn an. »Ich bin nicht Ihr Adjutant. Ich entscheide, was ich tue, und zwar dann, wenn ich den Zeitpunkt für geeignet halte.« Er schob seinen Stuhl zurück und verschränkte die Arme. »Der Mann im Boot ...«

»Was ist mit ihm?«

»In welchem Zustand war er, als Sie ihn fanden?«

»Er war tot.«

»Sind Sie sicher?«

»Ich habe im Leben genug Leichen gesehen.«

»Warum soll ich Ihnen das glauben?«

»Welchen Grund hätte ich zu lügen?«

Knuckey hielt inne und ließ die Frage im Raum hängen, damit sein Gefangener das Gewicht der Antwort spürte. Tom rutschte auf seinem Stuhl herum. »Genau«, meinte Knuckey. »Warum sollten Sie lügen?«

»Meine Frau wird Ihnen bestätigen, dass er tot war, als das Boot angespült wurde.«

»Dieselbe Frau, die Sie zum Lügen gezwungen haben?«

»Hören Sie, es ist doch ein Unterschied, ob man ein Kind rettet oder ...«

»... jemanden umbringt?«, unterbrach Knuckey.

»Fragen Sie sie.«
»Das habe ich«, entgegnete Knuckey ruhig.
»Dann wissen Sie ja, dass er tot war.«
»Ich weiß gar nichts. Sie verweigert die Aussage.«
Tom fühlte sich wie nach einem Hammerschlag vor die Brust. Er wich Knuckeys Blick aus. »Was hat sie denn gesagt?«
»Dass sie nichts zu sagen hat.«
Tom ließ den Kopf hängen. »Ach, du gütiger Himmel«, murmelte er, bevor er erwiderte: »Ich kann nur meine Worte von vorhin wiederholen: Ich habe diesen Mann nie lebendig gesehen.« Er flocht die Finger ineinander. »Wenn ich nur mit ihr sprechen könnte ...«
»Das ist unmöglich. Abgesehen davon, dass es nicht gestattet ist, habe ich den Eindruck, dass sie nicht mit Ihnen reden würde, und wenn Sie der letzte Mensch auf Erden wären.«

Quecksilber. Faszinierend, aber unberechenbar. Im Leuchtturm konnte es eine Tonne Glas in der Laterne tragen, doch wenn man versucht hätte, ein Tröpfchen mit dem Finger einzufangen, wäre es in alle Richtungen geflogen. Immer wieder fiel Tom dieser Vergleich ein, als er nach Knuckeys Verhör dasaß und über Isabel nachgrübelte. Er erinnerte sich an den Tag der letzten Fehlgeburt, als er versucht hatte, sie zu trösten.
»Wir schaffen das. Und wenn wir für den Rest unseres Lebens zu zweit bleiben, genügt mir das.«
Als ihre Blicke sich trafen, ließ ihm ihr Augenausdruck das Blut in den Adern gefrieren, so verzweifelt war er. Sie hatte aufgegeben.
Er wollte sie berühren, doch sie wich zurück. »Du wirst wieder gesund. Alles wird gut. Hab Geduld.«
Plötzlich stand sie auf und rannte zur Tür. Kurz krümmte sie sich vor Schmerzen und schleppte sich dann in die Nacht hinaus.
»Izzy! Um Himmels willen, bleib stehen. Du tust dir noch weh!«

»Ich tue noch viel mehr als das!«

Der Mond schwebte an einem warmen, windstillen Himmel. Das lange weiße Nachthemd, das Isabel vier Jahre zuvor in ihrer Hochzeitsnacht getragen hatte, leuchtete wie ein Lampion, als sie, ein weißer Punkt in einem Meer aus Dunkelheit, dastand. »Ich halte das nicht mehr aus!«, schrie sie so laut und schrill, dass die Ziegen aufwachten und mit bimmelnden Glöckchen in ihrem Pferch hin und her liefen.

»Ich kann nicht mehr! Gott, warum lässt du mich am Leben, wenn meine Kinder sterben? Am liebsten wäre ich auch tot!« Sie taumelte auf die Klippe zu.

Er eilte ihr nach und nahm sie in die Arme. »Beruhige dich, Izz.« Doch sie riss sich los und begann zu humpeln, als die Schmerzen zu stark wurden.

»Sag mir nicht, ich soll mich beruhigen, du dummer, dummer Mann! Es ist nur *deine* Schuld. Ich hasse diese Insel! Ich hasse dich! Ich will mein Baby zurück!« Der schmale Strahl der Mondsichel hoch über ihnen erreichte sie nicht.

»Du wolltest das Kind nicht. Deshalb ist es gestorben. Es hat gemerkt, dass es dir gleichgültig ist!«

»Komm, Izz. Komm wieder ins Haus.«

»Du hast keine Gefühle, Tom Sherbourne! Ich weiß nicht, was du mit deinem Herzen gemacht hast, aber du hast es eindeutig nicht mehr in der Brust!«

Die menschliche Leidensfähigkeit hat Grenzen. Er hatte es oft genug erlebt, Burschen, die voller Tatendrang eingerückt waren, um den Deutschen Saures zu geben. Sie hatten die Bombardierungen, den Schnee und die Läuse überstanden, manchmal sogar jahrelang. Und dann, plötzlich, hatte etwas in ihnen die Schotten dichtgemacht, und sie hatten sich tief in sich zurückgezogen, wo nichts sie mehr erreichen konnte. Manchmal wurden sie auch gewalttätig und stürzten sich mit dem Bajonett, gleichzeitig irre lachend und weinend, auf ihre Kameraden. Mein

Gott, wenn er nur daran dachte, wie er sich gefühlt hatte, als alles vorbei gewesen war …

Welches Recht hatte er also, Isabel zu verurteilen? Sie hatte eben ihre Grenze erreicht. Jeder Mensch hatte eine. Wirklich jeder. Und indem er ihr Lucy weggenommen hatte, hatte er sie so weit getrieben.

Spät in der Nacht zog Septimus Potts die Stiefel aus und wackelte mit den Zehen in den teuren Wollsocken. Als, wie so oft, sein Rücken knarzte, stöhnte er auf. Er saß an der Kante seines Betts aus massivem Dscharraholz, das aus seinem eigenen Wald stammte. Das einzige Geräusch war das Ticken des Reiseweckers auf dem Nachttisch. Er seufzte und betrachtete im Schein der elektrischen Lampen mit ihren rosafarbenen Glasschirmen die elegante Ausstattung des Zimmers – das gestärkte Leinen, die blank polierten Möbel und das Foto von Ellen, seiner verstorbenen Frau. Noch immer stand ihm das Bild seiner Enkelin vor Augen, wie sie sich an diesem Nachmittag verängstigt ins Gebüsch gekauert hatte. Die kleine Grace, von allen, außer Hannah, für tot gehalten. Das Leben schlug eigenartige Kapriolen. Wer zum Teufel konnte sagen, was es bringen würde?

Die Verzweiflung und Hoffnungslosigkeit beim Verlust der Mutter – nie hätte er gedacht, dies nach Ellens Tod noch einmal erleben zu müssen, bis er seine Enkelin im Garten gesehen hatte. Gerade hatte er geglaubt, alle Querschläger zu kennen, mit denen das Leben einen überraschen konnte, und schon präsentierte es einem den nächsten, wie ein Betrüger, der mit gezinkten Karten spielte. Er wusste, was das kleine Mädchen durchmachte. Und allmählich wurde er von Zweifeln beschlichen. Vielleicht, ja, vielleicht war es ja grausam gewesen, es der jungen Mrs. Sherbourne wegzunehmen …

Wieder betrachtete er das Porträt von Ellen. Graces Kiefer hatte dieselbe Form. Er verlor sich in Gedanken an zukünftige Weihnachtsfeiern und Geburtstage. Eine glückliche Familie, etwas anderes wünschte er sich nicht. Er stellte sich Hannahs gequälte Miene vor und erinnerte sich schuldbewusst, dass ihr Gesichtsausdruck derselbe gewesen war wie damals, als er versucht hatte, ihre Hochzeit mit Frank zu verhindern.

Nein. Der Platz des Kindes war hier bei seiner leiblichen Familie. Die Kleine würde von allem nur das Beste bekommen. Irgendwann würde sie sich an ihr richtiges Zuhause und ihre Mutter gewöhnen. Falls Hannah so lange durchhielt.

Er spürte Tränen in den Augen, und Wut stieg in ihm auf. Jemand sollte genauso leiden, wie seine Tochter gelitten hatte. Wie konnte man ein kleines Baby finden und es einfach behalten wie ein Stück Treibholz?

Er schob den bohrenden Zweifel beiseite. Die Vergangenheit und all die Jahre, in denen er Frank mit Nichtachtung gestraft hatte, konnte er nicht rückgängig machen. Aber jetzt hatte er die Chance, Hannah für alles zu entschädigen. Dieser Sherbourne würde für alles büßen. So wahr er Septimus Potts hieß.

Er knipste das Licht aus und beobachtete, wie sich das Mondlicht am silbernen Rahmen von Ellens Foto spiegelte. An das, was die Graysmarks in dieser Nacht empfanden, wollte er lieber gar nicht denken.

Kapitel 27

Seit Isabel von der Vernehmung zurück war, ertappte sie sich immer wieder dabei, dass sie Ausschau nach Lucy hielt. Wo steckte sie? War es schon Schlafenszeit? Was würde es zum Mittagessen geben? Und dann fiel ihr siedend heiß ein, wie die Dinge tatsächlich lagen, und sie durchlebte den schmerzlichen Verlust aufs Neue. Wie ging es ihrer Tochter? Wer versorgte sie mit Essen? Wer zog sie aus? Sicher war Lucy völlig verstört.

Das Bild, als man ihrer kleinen Tochter gewaltsam den bitteren Schlaftrunk eingeflößt hatte, schnürte Isabel die Kehle zu, und sie versuchte, es durch andere Erinnerungen zu überdecken: Lucy, die im Sand spielte. Lucy, die sich beim Sprung ins Wasser die Nase zuhielt. Ihr Gesichtsausdruck, wenn sie nachts schlief – entspannt, geborgen, sorglos. Es gab keinen wundervolleren Anblick auf der Welt als das eigene Kind im Schlaf. Die Abdrücke des kleinen Mädchens hatten sich in Isabels gesamten Körper eingegraben: Ihre Finger wussten, wie weich ihr Haar war, wenn sie es bürsteten; ihre Hüften erinnerten sich an ihr Gewicht und daran, wie sie ihre Beine fest um ihre Taille schlang; und ihre Wange war so warm und zart.

Während sie diese Szenen noch einmal durchlebte und ihnen Trost abrang wie einer verwelkten Blüte den Nektar, spürte sie etwas Dunkles hinter sich. Etwas, dessen Anblick sie nicht ertragen konnte. Kaum auszumachen und dennoch grausig, holte es sie in ihren Träumen ein. »Izzy! Izzy, Liebling …«, rief es nach ihr. Doch sie konnte sich nicht umdrehen, und ihre Schultern fuhren nach oben in Richtung Ohren, als wolle sie einer Umarmung entrinnen. Wenn sie aufwachte, stockte ihr der Atem, und ihr war flau im Magen.

Währenddessen missdeuteten Isabels Eltern ihr Schweigen als irregeleitete Loyalität. »Ich kann dazu nichts sagen«, waren ihre einzigen Worte gewesen, als sie nach Hause kam, und sie wiederholte sie stets, sobald Bill und Violet auf Tom und die Geschehnisse zu sprechen kamen.

Die Zellen im rückwärtigen Teil des Reviers dienten für gewöhnlich nur dem Zweck, einen Betrunkenen seinen Rausch ausschlafen zu lassen oder einem gewalttätigen Ehemann Gelegenheit zu geben, zur Vernunft zu kommen und zu versprechen, seine Wut in Zukunft nicht mehr mit den Fäusten auszutoben. Wer gerade Dienst hatte, machte sich meistens nicht einmal die Mühe, die Zellentür abzuschließen, und falls der Gefangene ein Bekannter und in der Schicht nichts los war, saß er oft draußen im Büro und spielte Karten mit den Polizisten, wobei die Vereinbarung galt, dass er nicht versuchen würde, sich aus dem Staub zu machen.

Heute jedoch platzte Harry Garstone fast vor Stolz, denn er hatte endlich einen Schwerverbrecher in Gewahrsam. Es wurmte ihn noch immer, dass er gerade freigehabt hatte, als ein Jahr zuvor Bob Hitching aus Karridale eingeliefert worden war. Der Mann war seit Gallipoli nicht mehr ganz richtig im Kopf gewesen, hatte seinen Bruder von der Nachbarfarm wegen eines Disputs um das Testament ihrer Mutter mit einem Fleischerbeil ins Jenseits befördert und war dafür am Galgen geendet. Und so freute sich Garstone über diese Gelegenheit, endlich einmal strikt nach Vorschrift handeln zu können. Er hatte sogar das Buch mit den Dienstanweisungen hervorgeholt, fest entschlossen, diese buchstabengetreu zu befolgen.

Als Ralph erschien und Tom sprechen wollte, konsultierte der Constable ausführlich die Vorschriften, holte Luft und schob den Kautabak von einer Seite seines kantigen Kiefers zur anderen. »Ich bedaure, Captain Addicott. Ich wünschte, ich könnte Sie vorlassen, aber hier steht ...«

»Verschonen Sie mich mit Ihrem Unsinn, Harry Garstone. Sonst rede ich einmal ein Wörtchen mit Ihrer Mutter ...«

»Der Wortlaut ist sehr eindeutig und ...«

Da die Wände im Revier sehr dünn waren, wurde der Constable von Vernon Knuckeys Stimme unterbrochen, der sich bei Gelegenheiten wie diesen normalerweise die Mühe sparte, von seinem Stuhl aufzustehen. »Machen Sie sich nicht lächerlich, Garstone. Wir haben einen Leuchtturmwärter in der Zelle, nicht den Polizistenmörder Ned Kelly. Lassen Sie den Mann rein.«

Der Constable musste sich geschlagen geben und klapperte trotzig mit seinem Schlüsselbund, als er Ralph durch eine Tür und dann eine Treppe hinunter und einen dunklen Flur entlang zu den wenigen vergitterten Zellen führte.

In einer davon saß Tom auf einem Feldbett an der Wand. Er stellte fest, dass Ralph erschöpft und blass aussah.

»Tom«, sagte der Kapitän.

»Ralph.« Tom nickte.

»Ich bin gekommen, so schnell ich konnte. Hilda lässt dich grüßen«, begann er. »Und Bluey auch ...«

Schweigend saßen die beiden da. »Wenn dir lieber ist, dass ich gehe ...«, meinte Ralph nach einer Weile.

»Nein, es ist schön, dich zu sehen. Ich habe nur nicht viel zu sagen, tut mir leid. Ist es in Ordnung, wenn wir eine Weile nicht reden?«

Obwohl Ralph unzählige Fragen, seine eigenen und die seiner Frau, auf der Zunge lagen, verharrte er auf dem wackeligen Stuhl. Der Tag wurde wärmer, und die hölzernen Wände ächzten wie ein Tier, das sich beim Aufwachen streckt. Draußen sangen die Honigfresser und Gartenfächerschwänze. Hin und wieder tuckerte ein Automobil die Straße entlang und übertönte das Zirpen der Grillen und Zikaden.

In Ralphs Kopf wirbelten die Gedanken durcheinander und arbeiteten sich fast zu seinem Mund vor, doch es gelang ihm, sie nicht auszusprechen. Er setzte sich auf seine Hände, um das Bedürfnis zu unterdrücken, Tom an den Schultern zu packen und ihn zu schütteln. Doch irgendwann konnte er sich nicht mehr beherrschen. »In Gottes Namen, Tom, was ist da los? Was soll das, dass Lucy angeblich das Kind der Roennfeldts ist?«

»Es stimmt.«

»Aber ... wie ... was zum Teufel?«

»Ich habe es bereits der Polizei erklärt, Ralph, und ich bin nicht stolz auf das, was ich getan habe.«

»Ist es das, was du gemeint hast, als wir uns auf Janus unterhalten haben? Dass du etwas wiedergutmachen wolltest?«

»So einfach ist das nicht.« Eine lange Pause entstand.

»Sag mir, was passiert ist.«

»Das ist sinnlos, Ralph. Ich habe eine falsche Entscheidung gefällt, und jetzt muss ich dafür bezahlen.«

»Um Gottes willen, Junge, so lass dir doch von mir helfen!«

»Du kannst nichts tun. Da muss ich allein durch.«

»Was immer du auch angestellt hast, du bist ein guter Mensch, und ich lasse nicht zu, dass du untergehst.« Er stand auf. »Ich besorge dir einen fähigen Anwalt. Mal sehen, was der davon hält.«

»Ein Anwalt kann da auch nicht viel unternehmen, Ralph. Ein Priester wäre besser.«

»Das ist doch alles Unsinn, was die von dir behaupten!«

»Nicht alles, Ralph.«

»Dann sag mir ins Gesicht, dass alles nur deine Idee war! Dass du Isabel bedroht hast! Sieh mir in die Augen, und dann lasse ich dich in Ruhe, Junge.«

Tom betrachtete die Maserung der Holzwand.

»Schau!«, rief Ralph aus. »Das kannst du nämlich nicht!«

»Schließlich hatte ich die Verantwortung, nicht sie.« Tom musterte Ralph und überlegte, ob er ihm mehr anvertrauen konnte, ohne Isabel zu gefährden. »Izzy hat genug gelitten. Sie hat keine Kraft mehr«, meinte er schließlich.

»Dass du dich opferst, ist keine Lösung. Die Sache muss ordentlich aufgeklärt werden.«

»Da gibt es nichts aufzuklären, Ralph, und ich nehme auch nichts zurück. Das bin ich ihr schuldig.«

Wunder waren also möglich. In den Tagen nach Graces Rückkehr stellte Reverend Norkells fest, dass seine Gemeinde wieder wuchs, insbesondere, was die weiblichen Mitglieder anging. Viele Mütter, die die Hoffnung auf ein Wiedersehen mit ihren geliebten Söhnen schon aufgegeben hatten, und zahlreiche Kriegerwitwen begannen wieder, inbrünstig zu beten, da sie sich nicht mehr albern vorkamen oder sich auf verlorenem Posten wähnten. Der heilige Judas hatte noch nie so viel Aufmerksamkeit erfahren. Der dumpfe Schmerz der Trauer, in Form von brennender Sehnsucht zum Leben erweckt, wurde von einem längst aufgebraucht geglaubten Heilmittel gelindert – der Hoffnung.

Gerald Fitzgerald saß Tom gegenüber. Der Tisch zwischen ihnen war mit Papieren und den rosafarbenen Bändern übersät, mit denen die Klageschrift zusammengehalten war. Toms Anwalt war klein gewachsen und kahlköpfig und wirkte so zäh und drahtig wie ein Jockey im Dreiteiler. Er war am Vorabend mit dem Zug aus Perth eingetroffen und hatte beim Abendessen die Akten im *The Empress* gelesen.

»Sie stehen offiziell unter Anklage. Da in Partageuse alle zwei Monate ein Richter Verhandlungen abhält und er gerade erst hier war, bleiben Sie in Haft, bis er wiederkommt. Sie können sich verdammt glücklich schätzen, hier in Untersuchungshaft zu sitzen und nicht in Albany, so viel steht fest. Wir werden die Zeit nutzen, uns auf die Anhörung vorzubereiten.«

Tom sah ihn fragend an.

»Das ist der Termin, bei dem entschieden wird, ob Sie sich vor Gericht verantworten müssen. Falls ja, werden Sie zur Hauptverhandlung nach Albany oder nach Perth überstellt. Das hängt davon ab.«

»Wovon?«, wollte Tom wissen.

»Lassen Sie uns die Anklagepunkte einmal durchgehen«, entgegnete Fitzgerald. »Dann werden Sie es erfahren.« Wieder studierte er die Liste, die vor ihm lag. »Westaustralisches Strafgesetzbuch. Gesetz für Staatsbedienstete des Commonwealth. Westaustralische Vorschriften für die Leichenschau. Strafgesetzbuch des Commonwealth. Das ist ein richtiges Kuddelmuddel aus Anklagen des Bundesstaats und des Commonwealth.« Lächelnd rieb er sich die Hände. »Und das gefällt mir sehr.«

Tom zog die Augenbrauen hoch.

»Das heißt nämlich, dass die im Trüben fischen und nicht ganz sicher sind, wegen welcher Vergehen sie Sie überhaupt belangen können«, fuhr der Anwalt fort. »Vernachlässigung der Dienstpflicht, das macht zwei Jahre und eine Geldstrafe. Gesetzeswidrige Beseitigung einer Leiche, zwei Jahre Zwangsarbeit. Versäumnis, einen Todesfall zu melden ... Nun«, höhnte er, »das wäre eine Geldbuße von zehn Pfund. Falsche Angaben bei der Meldung einer Geburt – zwei Jahre Zwangsarbeit und zweihundert Pfund Geldstrafe.« Er kratzte sich am Kinn.

»Was ist mit ... dem Vorwurf der Kindesentziehung?«, fragte Tom. Er benutzte das Wort zum ersten Mal und zuckte zusammen, als er die Worte hörte.

»Paragraf 343, Strafgesetzbuch. Sieben Jahre Zwangsarbeit.« Der Anwalt schürzte die Lippen und nickte. »Sie haben den Vorteil, Mr. Sherbourne, dass das Gesetz sich auf die üblichen Fälle bezieht. Gesetze werden gemacht, um das abzudecken, was meistens geschieht. Deshalb behandelt Paragraf 343 ...«, er griff zu einem eselsohrigen Gesetzbuch und las daraus vor, »Personen, die beabsichtigen, Eltern ihr Kind durch Gewalt oder Betrug zu entziehen oder das Kind durch Verlockung oder Freiheitsberaubung ...«

»Also?«, fragte Tom.

»Tja, damit werden die Sie nie drankriegen. Zu Ihrem Glück verlassen Babys ihre Mutter in den seltensten Fällen, wenn sie nicht jemand mitnimmt. Und außerdem machen Sie sich normalerweise nicht auf den Weg zu kaum besiedelten Inseln. Verstehen Sie? Man kann Ihnen die wichtigsten Merkmale dieser Straftat nicht anlasten. Sie haben das Baby nicht seiner Freiheit beraubt, denn im rein juristischen Sinne hätte es jederzeit gehen können. Außerdem haben Sie es eindeutig nicht verlockt. Und die Absicht, den Eltern das Kind zu entziehen, kann Ihnen auch niemand nachweisen, weil Sie der ehrlichen Auffassung waren, dass diese tot sind. Also denke ich, dass wir Sie in diesem Anklagepunkt rauspauken können. Außerdem sind Sie ein Kriegsheld und wurden mit einem Orden ausgezeichnet. Die meisten Richter werden bei einem Mann, der für sein Land sein Leben riskiert hat und nie mit dem Gesetz in Konflikt geraten ist, ein Auge zudrücken.«

Tom war sichtlich erleichtert, doch die Miene seines Anwalts veränderte sich, als er fortfuhr. »Allerdings sind Lügner in Richterkreisen ziemlich unbeliebt, Mr. Sherbourne. Sogar so sehr, dass die Strafe für Meineid bei sieben Jahren Zwangsarbeit liegt. Und wenn besagter Lügner die Bestrafung des wahren Übeltäters vereitelt, ist das Behinderung der Justiz, was noch einmal sieben Jahre bedeutet. Verstehen Sie, was ich meine?«

Tom musterte ihn.

»Der Gesetzgeber sieht es gern, wenn die tatsächlichen Schuldigen büßen müssen. In dieser Hinsicht sind Richter ein wenig eigen.« Er stand auf, ging zum Fenster und betrachtete die Bäume auf der anderen Seite der Gitterstäbe. »Wenn ich hingegen in einen Gerichtssaal treten und eine Geschichte von einer bedauernswerten Frau erzählen würde. Einer Frau, die wegen des Verlusts ihres tot geborenen Babys vor Trauer außer sich und eine Weile nicht ganz bei Verstand war und deshalb richtig und falsch nicht unterscheiden konnte. Und wenn ich dann hinzufügen würde, ihr Mann sei ein anständiger Kerl, der immer seine Pflicht getan habe, aber nur dieses eine Mal seiner Frau habe helfen wollen, sodass sein Herz über den gesunden Menschenverstand gesiegt habe, weshalb er nicht anders konnte als mitzumachen ... Nun, das könnte ich einem Richter verkaufen. Und auch den Geschworenen. Das Gericht hat die Möglichkeit des Gnadenvorbehalts, also das Recht, auch eine geringere Strafe zu verhängen. Ebenfalls für die Ehefrau. Im Moment kann ich allerdings nur einen Mann vorweisen, der laut eigenem Geständnis nicht nur ein Lügner, sondern auch noch gewalttätig ist. Einen Mann, der angeblich Angst hat, dass die Leute an seiner Manneskraft zweifeln könnten, und der deshalb beschließt, ein kleines Baby zu behalten und seine Frau zum Schweigen zu zwingen.«

Tom richtete sich auf. »Ich habe alles gesagt, was es zu sagen gibt.«

Fitzgerald fuhr fort. »Nun, wenn Sie ein Mann sind, dem so etwas tatsächlich zuzutrauen ist, dann sind Sie in den Augen der Polizei vielleicht auch einer, der bereit wäre, noch einen Schritt weiter zu gehen, um seinen Willen durchzusetzen. Falls Sie zu den Männern gehören, die sich alles nehmen, einfach weil sie niemand daran hindert, und sogar ihre Frau unter Druck setzen, sind Sie womöglich sogar in der Lage, dafür jemanden umzubringen. Schließlich wissen wir alle, dass Sie im Krieg häufig getötet haben.« Er hielt inne. »Das könnte man Ihnen unterstellen.«

»Niemand hat mich dessen beschuldigt.«

»Bis jetzt. Aber wie ich gehört habe, brennt der Kollege aus Albany geradezu darauf, Sie in die Finger zu kriegen. Ich hatte schon öfter das Vergnügen, und ich kann Ihnen versichern, dass er ein richtiger Mistkerl ist.«

Tom holte tief Luft und schüttelte den Kopf.

»Und er ist sehr begeistert, dass Ihre Frau Ihre Geschichte, Sie hätten Roennefeldt tot aufgefunden, nicht bestätigt.« Er zwirbelte das rote Band, das die Akte zusammengehalten hatte, zwischen den Fingern. »Offenbar hasst sie Sie wie die Pest.« Während er das Band wieder auseinanderwickelte, fügte er nachdenklich hinzu: »Und das wäre nur allzu verständlich, falls Sie sie wirklich gezwungen haben, wegen des Babys zu lügen. Oder falls der Tote vielleicht auf Ihr Konto geht. Allerdings glaube ich eher, dass sie eine Wut auf sie hat, weil Sie die Sache haben auffliegen lassen.«

Tom schwieg.

»Zu beweisen, wie er ums Leben gekommen ist, ist Aufgabe der Krone und bei einem Burschen, der schon seit fast vier Jahren unter der Erde liegt, keine leichte Aufgabe. Es ist nämlich nicht mehr viel von ihm übrig. Keine Knochenbrüche, keine

Schädelverletzungen; außerdem war er wegen einer Herzerkrankung in Behandlung. Normalerweise würde der Leichenbeschauer daraus eindeutige Schlüsse ziehen. Wenn Sie offen zu uns wären und uns die ganze Wahrheit sagen würden ...«

»Wenn ich mich in allen Punkten schuldig bekenne und gestehe, dass ich Isabel unter Druck gesetzt habe, und wenn es keine anderen Beweise gibt, dann kann ihr niemand etwas anhaben, richtig?«

»Ja, aber ...«

»In diesem Fall werde ich alles hinnehmen, was auf mich zukommt.«

»Das Problem ist nur, dass einiges mehr auf Sie zukommen könnte, als Sie geplant haben«, entgegnete Fitzgerald, während er die Papiere wieder in seiner Aktenmappe verstaute. »Wir haben keine Ahnung, welche Anschuldigungen Ihre Frau gegen Sie erheben wird, falls sie überhaupt jemals redet. Ich an Ihrer Stelle würde mir das noch mal gründlich überlegen.«

Die Leute hatten schon vor Graces Rückkehr hinter vorgehaltener Hand über Hannah getuschelt. Nun zerrissen sie sich noch mehr die Mäuler. Eigentlich hatten sie eine wundersame Verwandlung erwartet, eine chemische Reaktion, ausgelöst durch das Wiedersehen von Mutter und Tochter.

Doch sie wurden enttäuscht: Das Kind wirkte verzweifelt, die Mutter niedergeschlagen. Hannah bekam nicht etwa rosige Wangen, nein, weit gefehlt, sie sah sogar noch verhärmter aus als sonst, und jeder von Graces Weinkrämpfen weckte in ihr Zweifel, ob es richtig gewesen war, sie zurückzuverlangen.

Die Polizei hatte alte Protokollbücher von Janus Rock beschlagnahmt und die Handschrift mit der verglichen, in der die Briefe an Hannah abgefasst waren: Es war unverkennbar, dass die kühnen, regelmäßigen Buchstaben in beiden übereinstimmten. Auch dass Bluey die Rassel richtig identifiziert hatte, stand fest. Nur das Baby selbst hatte sich bis zur Unkenntlichkeit verändert. Hannah hatte Frank ein winziges, dunkelhaariges, fünf Kilo schweres Wesen in den Arm gelegt. Und nun hatte ihr das Schicksal einen verängstigten, dickköpfigen blonden Wechselbalg zurückgegeben, der auf eigenen Füßen stand, laufen konnte und schrie, bis er feuerrot im Gesicht war und ihm Tränen und Speichel vom Kinn tropften. Das Selbstbewusstsein im Umgang mit ihrem Baby, das Hannah sich in den ersten Wochen angeeignet hatte, löste sich rasch in Luft auf. Die vertrauten Abläufe und das wortlose Verstehen, an die sie wieder anzuknüpfen gehofft hatte, gab es nicht mehr. Das Verhalten des Kindes war für sie völlig unberechenbar. Sie waren wie zwei Tänzerinnen, von denen keine die Schritte der anderen kannte.

Zu Hannahs Schrecken verlor sie immer wieder die Geduld mit ihrer Tochter, die anfangs nur nach zähen Kämpfen bereit war, zu essen, zu schlafen und sich waschen zu lassen, und schließlich nur noch verstockt schwieg. In all ihren jahrelangen Wunschfantasien, ja, nicht einmal in ihren Albträumen hatte sie es sich so schrecklich vorgestellt.

In ihrer Verzweiflung brachte sie das Kind zu Dr. Sumpton.

»Nun«, meinte der beleibte Arzt und legte das Stethoskop zurück auf den Schreibtisch. »Körperlich ist sie putzmunter.« Er schob das Glas mit den Geleebohnen in Graces Richtung. »Bedien dich, kleines Fräulein.«

Das Mädchen, das nach der ersten Begegnung mit ihm auf dem Polizeirevier noch immer starr vor Angst war, antwortete nicht. Hannah hielt ihr das Glas hin. »Nimm dir eines. In deiner Lieblingsfarbe, Schatz.« Doch ihre Tochter wandte nur den Kopf ab und wickelte sich eine Haarsträhne um den Finger.

»Und Sie sagten, dass sie einnässt?«

»Häufig. Aber in ihrem Alter würde man doch normalerweise erwarten ...«

»Ich muss Sie wohl nicht daran erinnern, dass die Umstände alles andere als normal sind.« Er läutete eine Glocke auf seinem Schreibtisch. Nach einem diskreten Anklopfen trat eine weißhaarige Frau ein.

»Mrs. Fripp, könnten Sie die kleine Grace mit nach draußen nehmen, während ich ein paar Worte mit ihrer Mutter spreche?«

Die Frau lächelte. »Komm, Kleines. Dann wollen wir doch mal schauen, ob wir einen Keks für dich finden«, sagte sie und führte das teilnahmslose Kind hinaus.

»Ich weiß nicht mehr, was ich tun soll. Ich bin völlig ratlos. Sie hört nicht auf, nach ...«, ihre Stimme stockte, »... nach Isabel Sherbourne zu fragen.«

»Was haben Sie ihr über sie erzählt?«

»Nichts. Ich habe geantwortet, dass ich ihre Mutter bin und sie liebe ...«

»Nun, Sie müssen mit ihr über Mrs. Sherbourne sprechen.«

»Aber was soll ich sagen?«

»Ich schlage vor, Sie erklären ihr, sie und ihr Mann hätten verreisen müssen.«

»Verreisen? Wohin denn und warum?«

»Das spielt in diesem Alter eigentlich keine Rolle, solange sie eine Antwort auf ihre Frage hat. Irgendwann wird sie es vergessen ... falls nichts in ihrem Umfeld sie an die Sherbournes erinnert. Sie wird sich an ihr neues Zuhause gewöhnen. Das habe ich bei adoptierten Waisen und in ähnlichen Fällen oft erlebt.«

»Aber sie gerät völlig außer sich. Ich möchte unbedingt das Beste für sie tun.«

»Ich fürchte, wo gehobelt wird, da fallen Späne, Mrs. Roennfeldt. Das Schicksal hat diesem kleinen Mädchen ziemlich übel mitgespielt, und dagegen sind Sie machtlos. Irgendwann wird die Erinnerung an die beiden verblassen, wenn sie keinen Kontakt zu ihnen hat. Bis es so weit ist, geben Sie ihr einen Tropfen von dem Schlaftrunk, wenn sie ängstlich oder unruhig ist. Das wird ihr nicht schaden.«

—

Kapitel 28

»Du bleibst von diesem Mann weg, verstanden?«

»Ich muss ihn besuchen, Ma. Er sitzt jetzt schon seit Ewigkeiten hinter schwedischen Gardinen, und das ist ganz allein meine Schuld!«, rief Bluey aus.

»Red keinen Unsinn. Du hast dafür gesorgt, dass eine Mutter ihr Baby wiederbekommt, und kannst dir bald dreitausend Guineen Belohnung abholen.« Mrs. Smart nahm das Bügeleisen vom Herd und fuhr bei jedem Satz fester damit über das Tischtuch. »Benutz deinen Verstand, Junge. Du hast deinen Teil beigetragen, und jetzt hältst du dich besser raus!«

»Er steckt in größeren Schwierigkeiten als die ersten Siedler, Ma. Ich denke, dass es übel für ihn ausgehen wird.«

»Das ist nicht deine Sache, mein Junge. Und jetzt raus mit dir in den Garten. Die Rosenbeete müssen gejätet werden.« Ohne nachzudenken, machte Bluey einen Schritt in Richtung Hintertür, als seine Mutter murmelte: »Ach, warum habe ich nur einen Dummkopf zum Sohn?«

Er blieb stehen und richtete sich zu ihrem Erstaunen zu voller Größe auf. »Gut, meinetwegen bin ich nicht der Hellste. Aber ich bin kein Verräter und auch keiner, der seine Freunde im Stich lässt.« Mit diesen Worten steuerte er auf die Vordertür zu.

»Wohin willst du, Jeremiah Smart?«

»Ich habe etwas zu erledigen, Ma!«

»Nur über meine Leiche!«, zischte sie und versperrte ihm den Weg.

Allerdings war sie nur gut eins fünfzig groß, während Bluey eins achtzig maß. »Tut mir leid«, sagte er, fasste seine Mutter um die Taille, hob sie so mühelos hoch wie ein Stück Sandelholz und stellte sie vorsichtig zur Seite. Als er zur Tür hinaus- und den

Gartenweg entlangging, blickte sie ihm mit offenem Mund und blitzenden Augen nach.

Bluey ließ die Szene auf sich wirken. Die winzige Zelle, der Eimer in der Ecke, die Blechtasse auf dem am Boden festgeschraubten Tisch. In all den Jahren, die er Tom nun kannte, hatte er ihn nie unrasiert, mit ungekämmten Haaren und in einem zerknitterten Hemd gesehen. Nun hatte er große dunkle Augenringe, und die Wangenknochen ragten wie Klippen über seinen markanten Kiefer.

»Tom! Schön, dich zu sehen, Kumpel«, verkündete der Besucher, ein Satz, der sie beide an die Tage des Anlegens am Bootssteg und die langen Überfahrten erinnerte, in denen sie sich wirklich über ein Treffen gefreut hatten.

Bluey versuchte, Toms Gesicht zu betrachten, doch der Abstand zwischen den Gitterstäben war zu schmal, sodass ihm entweder Gesicht oder Stäbe vor den Augen verschwammen. »Wie läuft es so?«, brachte er nach einer Weile heraus.

»War schon mal besser.«

Bluey knetete den Hut in seiner Hand und nahm all seinen Mut zusammen. »Ich werde die Belohnung ablehnen, Kumpel«, sprudelte er hervor. »Es wäre nicht richtig.«

Tom blickte kurz zur Seite. »Ich habe mir doch gleich gedacht, dass es einen Grund gegeben haben muss, warum du die Polizei nicht zur Insel begleitet hast.« Er klang nicht zornig, sondern eher gleichgültig.

»Es tut mir leid! Ma hat mich überredet. Ich hätte nicht auf sie hören sollen. Das Geld fasse ich nicht mit der Kneifzange an.«

»Besser du kriegst es als irgendein anderer. Das spielt jetzt für mich keine Rolle mehr.«

Bluey hatte alles Mögliche von Tom erwartet, allerdings nicht diese Schicksalsergebenheit. »Was passiert jetzt?«

»Wenn ich das nur wüsste, Bluey.«

»Brauchst du etwas? Kann ich dir etwas besorgen?«

»Ein bisschen Himmel und Meer wären nett.«

»Das war mein Ernst.«

»Meiner auch.« Tom holte tief Luft und überlegte. »Da wäre etwas, das du tun könntest. Du könntest für mich nach Izzy schauen. Sie ist bei ihren Eltern. Nur um festzustellen, wie sie sich fühlt. Sicher geht es ihr sehr schlecht. Lucy war ihr ganzer Lebensinhalt.« Er hielt inne, da seine Stimme zu zittern begann. »Richte ihr aus, dass ich verstehe. Mehr nicht. Nur, dass ich verstehe, Bluey.«

Obwohl der junge Mann seinerseits kein Wort verstand, war dieser Auftrag für ihn eine heilige Mission. Er würde die Nachricht weitergeben, komme, was da wolle.

Nachdem Bluey fort war, legte Tom sich auf seine Pritsche und fragte sich wieder einmal, wie es Lucy wohl ergangen sein mochte und wie Isabel damit zurechtkam. Er grübelte darüber nach, ob er schon von Anfang an alles hätte anders machen sollen. Im nächsten Moment fielen ihm Ralphs Worte ein: »Es ist zwecklos, einen Krieg immer wieder zu kämpfen, bis man es endlich richtig hinkriegt.« Stattdessen suchte er Trost in Berechnungen: Er benutzte die Zimmerdecke als Hintergrund und positionierte die Sterne genau dort, wo sie in dieser Nacht stehen würden. Mit dem Sirius fing er an, der immer der hellste war; dann das Kreuz des Südens; anschließend die Planeten – Venus und Uranus –, alle am Himmel über der Insel deutlich zu sehen. Er folgte den Konstellationen, die von Abenddämmerung bis Morgengrauen über das Dach der Welt zogen. Die Präzision und die ruhige Ordnung der Sterne vermittelten ihm ein Freiheitsgefühl. Die Sterne hatten alles, was er jetzt durchmachte, irgendwo auf dieser Welt schon einmal gesehen. Und mit der Zeit würde sich ihr Gedächtnis über sein Leben legen, als heilten sie eine Wunde. Alles würde vergessen und alles Leid ausgelöscht sein. Im nächsten Moment jedoch dachte er an den Sternenatlas und Lucys Widmung: »Für immer und immer und immer und immer«, und der Schmerz der Gegenwart ergriff wieder Besitz von ihm. Er sprach ein Gebet für Lucy. »Behüte sie. Schenke ihr ein glückliches Leben. Mach, dass sie mich vergisst.« Und für Isabel, die in der Dunkelheit umherirrte, fügte er hinzu: »Bring sie nach Hause, damit sie sich selbst wiederfinden kann, bevor es zu spät ist.«

Bluey stand vor der Tür der Graysmarks, scharrte mit den Füßen und übte noch einmal lautlos seine Ansprache ein. Dann öffnete sich die Tür, und Violet beäugte ihn argwöhnisch.

»Kann ich Ihnen helfen?«, erkundigte sie sich förmlich, wie um sich gegen eine neue Hiobsbotschaft abzuschotten.

»Guten Tag, Mrs. Graysmark.« Als sie nichts erwiderte, fuhr er fort. »Ich bin Bl … Jeremiah Smart.«

»Ich weiß, wer Sie sind.«

»Ich habe mich gefragt … glauben Sie, ich könnte kurz mit Mrs. Sherbourne reden?«

»Sie empfängt keinen Besuch.«

»Ich …« Er wollte sich schon geschlagen geben, als er sich an Toms Gesichtsausdruck erinnerte. »Ich werde sie nicht lange stören, ich möchte nur …«, beharrte er.

»Lass ihn rein, Ma«, wehte Isabels Stimme aus dem abgedunkelten Wohnzimmer hinaus.

Ihre Mutter verzog unwillig das Gesicht. »Also kommen Sie. Aber putzen Sie sich vorher die Füße ab.« Sie beobachtete seine Stiefel, während er sie gründlich an der Fußmatte abwischte, bevor er ihr ins Haus folgte.

»Schon gut, Ma, du brauchst nicht zu bleiben«, sagte Isabel, die in einem Sessel saß.

Isabel sieht genauso elend aus wie Tom, dachte Bluey: fahl und gebrochen. »Danke, dass du mit mir sprichst …« Seine Stimme erstarb. Die Krempe des Huts, den er mit den Händen umklammerte, wurde feucht. »Ich war bei Tom.«

Ihre Miene verfinsterte sich, und sie wandte sich ab.

»Es geht ihm wirklich sehr, sehr schlecht, Isabel.«

»Und er hat dich geschickt, damit du mir das erzählst, richtig?«

Bluey nestelte weiter an seinem Hut herum. »Nein. Ich soll dir etwas ausrichten.«

»Oh?«

»Ich soll dir ausrichten, dass er versteht.«

Sie konnte ihr Erstaunen nicht verhehlen. »Was versteht er?«

»Das hat er mir nicht verraten.«

Sie starrte Bluey an, allerdings ohne ihn wirklich zu sehen. Nach einer Weile, inzwischen war er unter ihrem Blick feuerrot geworden, seufzte sie auf: »Tja, jetzt hast du es mir ausgerichtet.« Langsam erhob sie sich. »Ich bringe dich hinaus.«

»Aber ... was?«, stotterte Bluey verdattert.

»Was ist noch?«

»Was soll ich ihm antworten? Hast du keine Nachricht an ihn?« Sie schwieg. »Er war immer gut zu mir, Isabel ... ihr alle beide.«

»Hier entlang«, entgegnete sie nur und begleitete ihn zur Tür.

Nachdem sie sie hinter ihm geschlossen hatte, drückte sie zitternd ihr Gesicht an die Wand.

»Oh, Isabel, mein Kind!«, rief ihre Mutter aus. »Komm und leg dich hin, braves Mädchen.« Sie führte sie in ihr Zimmer.

»Mir wird wieder übel«, sagte Isabel. Violet stellte ihrer Tochter gerade noch rechtzeitig die alte Porzellanschüssel auf den Schoß.

Bill Graysmark war stolz darauf, ein guter Menschenkenner zu sein. Als Schuldirektor hatte er Gelegenheit, die Persönlichkeitsentwicklung junger Menschen zu beobachten, und seine Vorhersagen, wer es im Leben zu etwas bringen und wer daran scheitern würde, trafen in den meisten Fällen zu. Und nun wies ihn nichts in seinem Bauchgefühl darauf hin, dass Tom Sherbourne ein Lügner oder Gewalttäter war. Sein Umgang mit Lucy zeigte ganz klar, dass das Kind nicht die Spur von Angst vor ihm hatte. Und außerdem hätte Bill sich keinen besseren Mann für seine Tochter wünschen können.

Doch nach dem Verlust des einzigen Enkelkindes, das er je haben würde, galt all seine Treue seiner Tochter. Er drängte seine Zweifel beiseite: Blut war eben dicker als Wasser, und das hatte er, weiß Gott, auf dem harten Weg gelernt.

»Eine schreckliche Sache, Vernon, eine schreckliche Sache. Die arme Isabel ist am Ende ihrer Kräfte«, sagte er, als die beiden Männer zusammen in einer Ecke des Pubs saßen.

»Solange sie gegen Tom aussagt, hat sie nichts zu befürchten«, erwiderte Knuckey.

Bill bedachte ihn mit einem fragenden Blick.

»Sie kann für nichts, wozu er sie gezwungen hat, strafrechtlich zur Rechenschaft gezogen werden. Also braucht sie nur ihre Version der Dinge zu erzählen. Sie gilt als ›schuldfähig, aber nicht verantwortlich‹, in einem Fall wie diesem also als Zeugin«, erklärte der Polizist. »Ihre Aussage ist zulässig – für den Richter ist sie so gültig wie alle anderen auch. Andererseits kann man eine Frau nicht zwingen, gegen ihren Mann auszusagen. Und er hat natürlich ohnehin das Recht zu schweigen. Wir können auch nicht von ihm verlangen, dass er *sie* beschuldigt, wenn er nicht will, und er hat mir unmissverständlich klargemacht, dass wir von ihm nichts erfahren werden.« Er hielt inne. »Hat Isabel ... nun ... in Gegenwart des Kindes je einen beklommenen Eindruck gemacht?«

Bill sah ihn an. »Lassen Sie uns beim Thema bleiben, Vernon.«

Knuckey hakte nicht weiter nach. »Leuchtturmwärter ist eine Vertrauensstellung«, fuhr er fort. »Unser Land, ja, die ganze Welt, wenn man es so betrachtet, verlässt sich darauf, dass es sich um ehrliche und anständige Männer mit ausgezeichnetem Leumund handelt. Wir können nicht dulden, dass sie amtliche Dokumente fälschen und Druck auf ihre Frauen ausüben. Geschweige denn das, was er mit Frank Roennfeldt gemacht haben mag, bevor er ihn beerdigt hat.« Er bemerkte Bills erschrockene Miene, sprach aber dennoch weiter. »Nein. Am besten erstickt man so etwas gleich im Keim. In ein paar Wochen ist der Magistrat hier, und dann wird eine Anhörung stattfinden. Wenn man sich Sherbournes bisherige Aussagen ansieht, nun ... wahrscheinlich wird er nach Albany überstellt, wo die Gerichte die Befugnis haben, strengere Strafen zu verhängen. Oder sie fahren noch schärfere Geschütze auf und schaffen ihn nach Perth. Spragg sucht nach Hinweisen darauf, dass der Mann bei seiner Ankunft auf Janus noch nicht tot war.« Er leerte sein Bierglas. »Die Dinge sehen für Tom nicht sehr rosig aus, Bill, so viel kann ich Ihnen verraten.«

»Magst du Bücher, Schatz?«, fragte Hannah. Sie hatte alles versucht, was ihr einfiel, um eine Brücke zu ihrer Tochter zu bauen. Sie selbst hatte als Kind Geschichten geliebt, und eine ihrer wenigen Erinnerungen an ihre eigene Mutter war, wie sie ihr eines sonnigen Nachmittags auf dem Rasen von Bermondsey *The Tale of Peter Rabbit* vorgelesen hatte. Sie hatte noch deutlich die hellblaue Seidenbluse ihrer Mutter vor Augen und roch ihr Parfüm – ein teurer Blütenduft. Und sie sah ihr Lächeln, das schönste Lächeln von allen. »Wie heißt das Wort?«, hatte sie zu Hannah gesagt. »Das Wort kennst du doch, oder?«

»Karotte«, hatte Hannah stolz verkündet.

»Kluge Hannah!« Ihre Mutter hatte gelächelt. »Du bist wirklich ein intelligentes Mädchen.« An diesem Punkt endete die Erinnerung, weshalb sie sie immer wieder von Neuem durchspielte.

Nun hielt sie Grace das gleiche Buch hin. »Schau. Es handelt von einem Kaninchen. Komm, wir lesen es zusammen.«

Aber das Kind blickte sie nur trotzig an. »Ich will zu meiner Mama. Das Buch ist doof!«

»Ach, komm schon. Du hast es dir ja noch nicht einmal angesehen.« Sie holte Luft und unternahm einen zweiten Anlauf. »Nur eine Seite. Lass uns eine Seite lesen. Und wenn es dir nicht gefällt, hören wir auf.«

Doch das Kind riss Hannah das Buch aus der Hand und warf es nach ihr, sodass die Kante ihre Wange streifte und ihr Auge nur knapp verfehlte. Als Lucy aus dem Zimmer rannte, prallte sie mit Gwen zusammen, die gerade hereinkam.

»Moment mal, kleines Fräulein!«, rief Gwen. »Was hast du mit Hannah gemacht? Geh und entschuldige dich!«

»Lass sie, Gwen«, wandte Hannah ein. »Sie hat es nicht so gemeint. Es war ein Unfall.« Sie nahm das Buch und stellte es wieder ordentlich ins Regal. »Ich dachte, ich probiere es heute Abend mal mit Hühnersuppe bei ihr. Oder kennst du jemanden, der keine Hühnersuppe mag?«, fragte sie, jedoch wenig überzeugt.

Einige Stunden später lag sie auf Händen und Knien, um die Suppe aufzuwischen, die ihre Tochter auf den Boden erbrochen hatte.

»Wenn wir es uns genauer überlegen – was wissen wir eigentlich über ihn? Die Geschichten, er sei angeblich aus Sydney. Das könnte doch alles nur erfunden sein. Wir können nur mit Sicherheit sagen, dass er nicht aus Partageuse stammt«, meinte Violet zu Bill, als ihre Tochter fest schlief. »Was ist er nur für ein Mensch? Zu warten, bis sie ohne das Kind nicht mehr leben kann, um es ihr dann wegzunehmen.« Sie betrachtete das Foto ihrer Enkelin, das sie vom Kaminsims in die Wäscheschublade verbannt hatte.

»Und wie schätzt du die Lage ein, Violet? Mal ehrlich?«

»Ach, herrje. Selbst wenn er sie nicht mit der Waffe bedroht hat, ist er trotzdem verantwortlich. Sie war nach der dritten Fehlgeburt eindeutig nicht bei klarem Verstand. Ihr kann man also keinen Vorwurf machen ... Es wäre seine Pflicht gewesen, sich gleich zu Anfang an die Vorschriften zu halten, falls er überhaupt je diese Absicht hatte. Aber die ganze Sache so viele Jahre später wieder aufzurollen, als noch andere Menschen davon betroffen waren ... Wir müssen mit den Entscheidungen leben, die wir fällen, Bill. Das ist Mut. Wer einen Fehler macht, muss zu den Folgen stehen.«

Bill schwieg.

Sie ordnete die zarten Lavendelbeutelchen neu, während sie weitersprach. »Indem er sein eigenes schlechtes Gewissen wichtiger genommen hat als das, was er Isabel, Lucy und ...«, sie griff nach seiner Hand, »... und uns damit antut, hat er nur Salz in offene Wunden gerieben. Er hat keinen Gedanken an uns verschwendet. Als ob wir nicht schon genug durchgemacht hätten.«

Eine Träne funkelte in ihrem Auge. »Unsere kleine Enkelin, Bill. All die Liebe ...« Langsam schloss sie die Schublade.

»Ach, Vi, mein Liebling, ich weiß, wie schwer es für dich ist, ich weiß«, murmelte ihr Mann und drückte sie fest an sich. Er bemerkte, dass in den letzten Tagen einige graue Haare hinzugekommen waren. Eng umschlungen standen die beiden da. Violet weinte. »Ich war ja so ein Idiot zu glauben, dass die Pechsträhne vorbei ist«, sagte Bill. Im nächsten Moment schluchzte er auf und drückte Violet noch fester an sich, als könne er sich dadurch dem erneuten Bruch in seiner Familie körperlich entgegenstemmen.

Nachdem Hannah den Boden gewischt hat und ihre Tochter endlich eingeschlafen ist, setzt sie sich an das kleine Bett und betrachtet sie. Tagsüber ist das unmöglich. Grace verbirgt ihr Gesicht, sobald sie sich beobachtet fühlt, wendet sich ab oder flüchtet ins Nebenzimmer.

Nun, im Licht einer einsamen Kerze, kann Hannah sie in allen Einzelheiten mustern. In der Form ihrer Wangen und dem Schwung der Augenbrauen erkennt sie Frank wieder. Ihr fließt das Herz über, und fast glaubt sie, dass es Frank wäre, der antworten würde, wenn sie die schlafende Gestalt anspräche. Die flackernden Schatten, die die Flamme wirft, bewegen sich im Gleichtakt mit den Atemzügen ihrer Tochter. Das Licht fängt sich in ihrem golden schimmernden Haar und in dem dünnen Speichelfaden, der ihr aus dem Winkel ihres zart rosafarbenen Munds rinnt.

Nur allmählich wird sich Hannah ihres Wunsches bewusst, der in einem Winkel ihrer Gedanken entsteht: dass Grace tagelang, ja, nötigenfalls jahrelang weiterschlafen möge, bis die Erinnerungen an die fremden Menschen und ihr altes Leben verblasst sind. Sie spürt die eigenartige Leere in sich, die entstanden ist, als sie zum ersten Mal die verzweifelte Miene ihres zu ihr zurückgekehrten Kindes sah. Wenn Frank nur hier wäre. Er würde wissen, was zu tun ist und wie man diese Sache meistert. Ganz gleich, welche Tiefschläge das Leben ihm auch versetzt hat, er ist immer wieder auf die Beine gekommen, lächelnd und ohne einen Groll gegen jemanden zu hegen.

Hannah erinnert sich an ein winziges Geschöpf – ihr wundervolles Baby, eine Woche alt – und hat wieder Franks Gutenachtlied im Ohr: *»Schlaf, Kindlein, schlaf.«* Sie denkt daran, wie er in die Wiege geblickt und leise auf Deutsch mit Grace gesprochen hat. »Ich flüstere ihr schöne Dinge zu, damit sie gut träumt«, sagte er dann. »Solange man schöne Dinge im Sinn hat, kann man glücklich sein. Das weiß ich aus Erfahrung.«

Hannah richtet sich auf. Die Erinnerung allein reicht, um ihr Mut zu geben, den nächsten Tag durchzustehen. Grace ist ihre Tochter. Etwas in der Seele dieses Kindes wird das noch wissen und sie irgendwann erkennen. Sie muss nur Geduld haben, wie ihr Vater sagt. Bald wird das kleine Mädchen wieder ihr gehören und die Freude ihrer Tage sein, so wie am Tag ihrer Geburt.

Leise pustet sie die Kerze aus und schleicht sich im Licht, das durch die offene Tür hereinfällt, aus dem Zimmer. Als sie sich ins Bett legt, wird ihr schlagartig klar, wie leer es sich anfühlt.

Isabel läuft im Garten hin und her. Es ist drei Uhr morgens, und sie ist durch die Hintertür ihrer Eltern hinausgeschlüpft. Ein Schnee-Eukalyptus hat den Mond zwischen zweien seiner langen Äste eingefangen und umschließt ihn wie mit mageren Fingern. Das trockene Gras knistert beim Gehen leise unter ihren nackten Füßen. Hin und her, zwischen dem Palisander und dem Flammenbaum, vom Flammenbaum zum Palisander, wo vor all den Jahren das Krickettor stand.

Sie begreift und begreift gleichzeitig nicht und fühlt sich wie abgespalten von sich selbst. Es ist ein Flattern im Kopf, das mit dem Verlust des ersten Babys begann und stärker wurde, als ihr zwei weitere und nun auch noch Lucy entrissen wurden. Und der Tom, den sie geliebt, der Tom, den sie geheiratet hat, ist im Nebel des Verrats versunken. Heimlich hat er sich aus dem Staub gemacht, ist mit Briefen zu einer anderen Frau gelaufen und hat Pläne geschmiedet, um ihr die Tochter wegzunehmen.

»Ich verstehe.« Toms Nachricht verwirrt sie. Vor Zorn und Sehnsucht krampft sich ihr innerlich alles zusammen. Ihre Gedanken stieben in sämtliche Richtungen auseinander, und kurz spürt sie es körperlich, wie sie mit neun auf einem durchgegangenen Pferd saß. Die Tigerschlange auf dem Weg. Ein plötzliches Aufbäumen, und das Pferd preschte los. Zwischen den Bäumen hindurch, ohne sich um tief hängende Äste oder das Kind zu scheren, das sich verzweifelt an seine Mähne klammerte. Isabel presste sich flach an seinen Hals, bis die Angst des Tiers erlahmt und seine Kraft erschöpft war und es endlich, fast anderthalb Kilometer weiter auf einer Lichtung, zum Stehen kam. »Da kann man nichts tun«, hatte ihr Vater gesagt. »Wenn ein Pferd durchgeht, bleibt einem nur übrig, zu beten und sich aus Leibeskräften festzuhalten. Ein Tier in Todesangst ist nicht zu bremsen.«

Isabel hat niemanden, dem sie ihr Herz ausschütten kann. Niemand hätte Verständnis. Welchen Sinn hat ihr Leben ohne die Familie, die ihr Lebensinhalt war? Sie fährt mit dem Finger über den Palisanderbaum und ertastet den Kratzer – die Kerbe, die Alfie an dem Tag, bevor er und Hugh nach Frankreich aufbrachen, hineingeschnitzt hat, um ihre Körpergröße zu markieren. »Jetzt kann ich feststellen, ob du auch gewachsen bist, wenn ich zurückkomme, Schwesterchen, also gib dir Mühe.«

»Wann kommt ihr eigentlich zurück?«, hatte sie gefragt.

Die Jungen hatten einen – gleichzeitig besorgten und aufgeregten – Blick gewechselt. »Wenn du diesen Strich erreicht hast«, hatte Hugh geantwortet und den Baumstamm zwanzig Zentimeter höher eingeritzt. »Wenn du so groß bist, sind wir wieder da, um dich zu ärgern, Bella.«

So viel war sie nicht mehr gewachsen.

Ein umherhuschender Gecko holt sie wieder in die Gegenwart zurück – und in ihre missliche Lage. Die Frage quält sie, während der Mond über ihr schlaff zwischen den Zweigen hängt: Wer ist Tom wirklich? Der Mann, den sie so gut zu kennen glaubte. Wie konnte er fähig sein, sie derart zu verraten? Was war ihr Leben mit ihm wert? Und wer waren die Seelen – ihr Blut gemischt mit seinem –, denen es nicht gelungen ist, in ihr zu gedeihen? Ein gespenstischer Gedanke springt sie an: Welchen Sinn hat das Morgen?

Die Wochen nach Graces Rückkehr waren für Hannah noch belastender als die nach ihrem Verschwinden. Denn nun musste sie sich mit Tatsachen auseinandersetzen, die sie so lange beiseitegeschoben hatte und denen sie nun nicht mehr entrinnen konnte. Die Jahre waren wirklich vergangen. Frank war wirklich tot. Ein Teil des Lebens ihrer Tochter war unwiederbringlich vorbei. Grace hatte ihre Tage nicht mit Hannah geteilt, sondern mit anderen Menschen. Ihr Kind hatte ein Leben ohne sie geführt. Ohne – Hannah ertappte sich bei dieser Vorstellung – auch nur einen Gedanken an sie zu verschwenden. Beschämt stellte sie fest, dass sie sich betrogen fühlte. Von einem Baby.

Sie erinnerte sich an Billy Wisharts Frau und daran, wie ihre Freude darüber, dass ihr tot geglaubter Mann von der Somme zurückgekehrt war, sich in tiefstes Elend verwandelt hatte. Das Opfer eines Gasangriffs, das zu ihr nach Hause gekommen war, war ein Fremder geworden, für sich selbst ebenso wie für seine Familie. Nachdem sie sich fünf Jahre lang abgemüht hatte, hatte sie sich eines Morgens, das Wasser in der Zisterne war noch von einer dicken Eisschicht bedeckt, im Melkschuppen auf einen umgedrehten Eimer gestellt und sich erhängt. Ihre Kinder mussten sie losschneiden, denn Billy konnte noch immer kein Messer halten.

Hannah betete um Geduld, Kraft und Verständnis. Jeden Morgen bat sie Gott, er möge ihr helfen, den Tag zu überstehen.

Als sie eines Nachmittags am Kinderzimmer vorbeikam, hörte sie eine Stimme. Sie wurde langsamer und schlich sich an die Tür, die einen Spalt weit offen stand. Zu ihrer Freude stellte sie fest, dass ihre Tochter endlich mit ihren Puppen spielte, denn bis jetzt waren Hannahs sämtliche Versuche gescheitert, sie dazu zu bewegen. Nun waren alle Teile ihres Puppenservices auf der Bettdecke verstreut. Eine Puppe trug noch ihr elegantes Spitzenkleid, doch die andere war bis auf Unterhemd und lange Unterhose ausgezogen. Auf dem Schoß der Puppe mit dem Kleid lag eine hölzerne Wäscheklammer. »Essenszeit«, sagte die Puppe im Kleid, hielt der Wäscheklammer die winzige Teetasse hin und machte Trinkgeräusche. »Braves kleines Mädchen. Und jetzt ins Bett, mein Liebling. Gute Nacht.« Die Puppe hob die Wäscheklammer an die Lippen und küsste sie. »Schau, Dadda«, fuhr sie fort. »Lucy schläft.« Dabei berührte sie zärtlich die Wäscheklammer. »Gute Nacht, Lulu, gute Nacht, Mama«, antwortete die Puppe in Unterhosen. »Ich muss jetzt die Lampe anzünden. Die Sonne geht gleich unter.« Und die Puppe verschwand unter der Decke. »Keine Angst, Lucy«, meinte die Puppe im Rock. »Die Hexe kann dir nichts tun. Ich mache sie tot.«

Ohne nachzudenken, marschierte Hannah ins Zimmer und riss dem Kind die Puppen weg. »Schluss mit diesen albernen Spielen, verstanden!«, schrie sie und versetzte ihrer Tochter einen Klaps auf die Hand.

Das Kind erstarrte, weinte aber nicht, sondern starrte Hannah nur schweigend an.

Sofort wurde Hannah von Reue ergriffen. »Liebling, es tut mir so leid. Ich wollte dir nicht wehtun.« Die Anweisungen des Arztes fielen ihr ein. »Diese Leute sind fort. Es war böse, dass sie dich nicht nach Hause haben gehen lassen. Aber jetzt sind sie weg.«

Als Grace die Worte »nach Hause« hörte, verzog sie verdattert das Gesicht.

Hannah seufzte. »Eines Tages. Eines Tages wirst du es verstehen.«

Während Hannah zur Mittagszeit schluchzend in der Küche saß und sich ihres Ausbruchs schämte, spielte ihre Tochter wieder dasselbe Spiel, diesmal mit drei Wäscheklammern. Hannah blieb bis spät in die Nacht auf und nähte, sodass das Kind am

Morgen mit einer neuen Stoffpuppe auf dem Kissen aufwachte – ein kleines Mädchen, auf dessen Kleidchen der Name »Grace« aufgestickt war.

»Ich kann den Gedanken nicht ertragen, wie sie sich fühlen muss, Ma«, sagte Isabel, als die beiden Frauen zusammen auf Rattanstühlen unter der Regenrinne hinter dem Haus saßen. »Sicher vermisst sie uns und ihr Zuhause. Das arme Kind begreift bestimmt nicht, was da geschieht.«

»Ich weiß, Liebes, ich weiß«, erwiderte ihre Mutter.

Violet hatte eine Tasse Tee gekocht und sie Isabel auf den Schoß gestellt. Ihre Tochter hatte sich schrecklich verändert – unter den eingesunkenen Augen lagen dunkle Schatten, und ihr Haar war stumpf und verfilzt.

Isabel sprach den Gedanken aus, der sie schon lange beschäftigte, vielleicht, um ihn besser verstehen zu können. »Es hat nie eine Beerdigung gegeben ...«

»Was meinst du damit?«, fragte Violet. Isabel redete in letzter Zeit viel wirres Zeug.

»Alle, die ich verloren habe, sind mir einfach entrissen worden und verschwunden. Vielleicht hätte eine Beerdigung etwas geändert. Von Hugh haben wir wenigstens ein Foto von seinem Grab in England. Alfie ist nur ein Name auf einem Kriegerdenkmal. Meine ersten drei Babys – drei, Mum –, für sie wurde nicht einmal ein Kirchenlied gesungen. Und jetzt Lucy ...«

Violet war froh, dass sie ihre Söhne nie hatte beerdigen müssen. Eine Beerdigung war der Beweis des Unabänderlichen. Es bedeutete, dass die Jungen unwiederbringlich tot waren. Und unter der Erde. Es war Verrat. Keine Beerdigung hieß, dass sie vielleicht eines Tages in die Küche spaziert kamen, fragten, was es zum Abendessen geben würde, und mit ihr über das alberne Missverständnis lachten, das dazu geführt hatte, dass sie – nicht zu fassen! – auch nur einen Moment dem Irrtum aufgesessen war, sie könnten für immer verschwunden sein.

Sie legte sich ihre Worte sorgfältig zurecht. »Liebling, Lucy ist nicht tot.« Als Isabel das mit einem Achselzucken abtat, fuhr ihre Mutter stirnrunzelnd fort. »Das ist alles nicht deine Schuld. Ich werde diesem Mann nie verzeihen.«

»Ich dachte, dass er mich liebt, Mum. Er hat mir gesagt, ich wäre für ihn das Allerwichtigste auf der Welt. Und dann hat er so etwas Schreckliches getan ...«

Als Violet später die silbernen Rahmen der Fotos ihrer Söhne polierte, ging sie zum x-ten Mal die Situation in Gedanken durch. Wenn man ein Kind erst einmal ins Herz geschlossen hatte, gab es kein Richtig oder Falsch. Sie kannte Frauen, die Kinder von Männern bekommen hatten, die sie verabscheuten oder die ihnen, noch schlimmer, Gewalt angetan hatten. Und dennoch hatten diese Frauen ihr Kind leidenschaftlich geliebt, ganz gleich wie sehr sie auch seinen brutalen Erzeuger hassten. Gegen die Liebe zu einem Baby konnte eine Frau sich nicht wehren, das wusste Violet nur zu gut.

Kapitel 29

»Warum schützt du sie?«

Die Frage ließ Tom innehalten, und er sah Ralph durch die Gitterstäbe an. »Das ist so klar zu sehen wie die Nase in deinem Gesicht, mein Junge. Sobald ich Isabel erwähne, wirst du seltsam und erzählst dummes Zeug.«

»Ich hätte besser auf sie aufpassen und sie vor mir warnen müssen.«

»Red keinen Unsinn.«

»Du warst mir ein guter Freund, Ralph – aber es gibt vieles, was du nicht über mich weißt.«

»Und vieles, was ich sehr wohl weiß, mein Junge.«

Tom erhob sich. »Habt ihr den Motor wieder hingekriegt? Bluey hat erzählt, ihr hättet Probleme damit.«

Ralph musterte ihn forschend. »Es sieht nicht sehr rosig aus.«

»Das Schiff hat euch im Laufe der Jahre gute Dienste geleistet.«

»Ja, es war immer zuverlässig. Ich hätte nie gedacht, dass es mich je im Stich lässt. Fremantle will es aus dem Verkehr ziehen.« Er blickte Tom in die Augen. »Wir sterben alle früh genug. Warum willst du die besten Jahre deines Lebens wegwerfen?«

»Die besten Jahre meines Lebens sind längst vorbei, Ralph.«

»Das ist doch Schwachsinn! Es wird langsam Zeit, dass du die Ärmel hochkrempelst und etwas unternimmst. Verdammt, wach endlich auf!«

»Was schlägst du mir vor, Ralph?«

»Dass du zum Teufel noch mal die Wahrheit sagst, wie immer sie auch lauten mag. Wenn man lügt, schaufelt man sich nur sein eigenes Grab.«

»Manchmal gilt das auch für die Wahrheit ... Jeder Mensch hat seine Grenzen, Ralph. Das weiß ich nur allzu gut. Izzy war ein ganz normales, glückliches Mädchen, bevor sie sich mit mir eingelassen hat. Das alles wäre nie geschehen, wenn sie nicht nach Janus gekommen wäre. Sie dachte, die Insel wäre das Paradies, und hatte keine Ahnung, was sie dort erwartet. Ich hätte ihr verbieten sollen mitzukommen.«

»Sie ist eine erwachsene Frau, Tom.«

Tom betrachtete den Kapitän lange und legte sich seine nächsten Worte sorgfältig zurecht. »Ralph, es musste irgendwann einmal passieren. Jeder büßt für seine Sünden.« Mit einem Seufzer schaute er hinauf zu dem Spinnennetz in der Ecke, in dem einige Fliegen hingen wie vergessener Christbaumschmuck. »Ich hätte bereits vor Jahren sterben sollen. Hunderte von Malen hätte ich eine Kugel oder einen Stich mit einem Bajonett abkriegen können. Ich lebe schon so lange von geborgter Zeit.« Er schluckte. »Es ist schwer genug für Izzy, auf Lucy verzichten zu müssen. Eine Haft würde sie niemals überstehen. Ralph, es ist das Einzige, was ich für sie tun kann. Besser kann ich es nicht wiedergutmachen.«

»Das ist nicht fair.« Unablässig wiederholt das Kind diesen Satz, und zwar nicht im Quengelton, sondern als verzweifelten Appell an die Vernunft. Sie klingt wie jemand, der versucht, einem Ausländer einen englischen Satz zu erklären. »Das ist nicht fair. Ich will nach Hause.«

Manchmal gelingt es Hannah, sie für einige Stunden abzulenken. Sie streuen Krümel für die Staffelschwänze aus, damit die winzigen Vögel bis an die Haustür kommen und zu Graces Begeisterung auf Beinchen, so dünn wie Zünddraht, umherhüpfen, während sie das harte Brot aufpicken.

Da sie bemerkt, wie Grace sich freut, als sie eines Tages einer getigerten Katze begegnen, hört sie sich in der ganzen Stadt nach Kätzchen um, und bald wird ein kleines schwarzes Geschöpf mit weißen Pfoten Mitglied des Haushalts.

Grace ist interessiert, aber argwöhnisch. »Schau, er gehört dir. Dir ganz allein«, sagt Hannah und legt ihr das Katerchen vorsichtig in den Arm. »Also musst du helfen, ihn zu versorgen. Wie soll er denn heißen?«

»Lucy«, antwortet das Kind, ohne zu zögern.

Hannah zuckt zusammen. »Ich finde, Lucy ist ein Name für ein kleines Mädchen, nicht für einen Kater«, widerspricht sie. »Was hältst du von einem richtigen Katzennamen?«

Also nennt Grace den einzigen Katzennamen, den sie kennt. »Tabatha Tabby.«

»Dann also Tabatha Tabby«, meint Hannah und verkneift sich die Bemerkung, dass der Kater weder getigert noch ein Weibchen ist. Wenigstens hat sie das Kind dazu gebracht zu reden.

»Komm, wollen wir Tabatha etwas Hackfleisch geben?«, schlägt Hannah am nächsten Tag vor. Doch Grace spielt an einer Haarsträhne herum. »Sie mag dich nicht. Sie mag nur mich.« Das sagt sie ohne Böswilligkeit. Sie stellt lediglich eine Tatsache fest.

»Vielleicht solltest du ihr erlauben, Isabel Sherbourne zu sehen«, wandte Gwen nach einer besonders heftigen Auseinandersetzung zwischen Mutter und Tochter zum Thema Schuheanziehen ein.

»Gwen!«, entsetzte sich Hannah.

»Ich weiß, dass dir das nicht gefällt. Aber ich meine ja nur ... Wenn Grace dich für eine Freundin ihrer Mutter hält, hilft das vielleicht.«

»Eine Freundin ihrer Mutter! Wie kannst du so etwas sagen? Außerdem weißt du ja, was Dr. Sumpton mir empfohlen hat. Je schneller sie diese Frau vergisst, desto besser ...«

Allerdings konnte sie die Augen nicht vor der Tatsache verschließen, dass dieses andere Elternpaar und das andere Leben ihrer Tochter unauslöschlich einen Stempel aufgedrückt hatten. Wenn sie an den Strand gingen, zerrte Grace an ihrer Hand und wollte zum Wasser. Nachts, wenn die meisten Kinder gerade mit Mühe und Not den Mond erkannt hätten, zeigte Grace auf den hellsten Stern. »Das ist Sirius!«, verkündete sie. »Und das die Milchstraße.« Und zwar so selbstbewusst, dass Hannah es mit der Angst zu tun bekam. Rasch zog sie das Kind dann ins Haus. »Schlafenszeit. Wir gehen hinein«, sagte sie.

Hannah betete darum, von ihrer Abneigung und Verbitterung befreit zu werden. »Herr, es ist ein Segen, dass ich meine Tochter wiederhabe. Zeig mir den richtigen Weg.« Doch im nächsten Moment dachte sie an Frank, der in ein Stück Segeltuch gewickelt und in einem anonymen Grab bestattet worden war. Sie erinnerte sich an seinen Gesichtsausdruck, als er seine Tochter zum ersten Mal im Arm gehalten hatte, so als hätte sie ihm den ganzen Himmel und die Erde in einer rosafarbenen Decke überreicht.

Es war nicht ihr Problem. Außerdem war es nur richtig, dass sich ein Gericht mit Tom Sherbourne befasste. Und wenn ein Richter ihn ins Gefängnis steckte, nun, dann eben Auge um Auge, wie es in der Bibel stand. Sie würde der Gerechtigkeit ihren Lauf lassen.

Dann aber fiel ihr der Mann ein, der sich vor all den Jahren auf dem Schiff eingemischt und sie vor einem schrecklichen Schicksal bewahrt hatte. Sie wusste noch, wie geborgen sie sich plötzlich in seiner Gegenwart gefühlt hatte. Der Widerspruch verschlug ihr bis heute den Atem. Wer konnte sagen, wie es wirklich in einem Menschen aussah? Sie hatte selbst miterlebt, wie befehlsgewohnt er mit dem Betrunkenen umgesprungen war. Glaubte er vielleicht, dass er über dem Gesetz stand? Dass es für ihn nicht galt? Doch dann waren da noch die beiden Briefe, abgefasst in einer wunderschönen Handschrift. »Beten Sie für mich.« Also betete sie auch für Tom Sherbourne: dafür, dass ihm Gerechtigkeit widerfahren würde, obwohl sich ein Teil von ihr wünschte, er möge für seine Tat büßen.

Am nächsten Tag hakte Gwen ihren Vater unter und schlenderte mit ihm über den Rasen. »Ich vermisse dieses Haus«, sagte sie und warf einen Blick auf das prachtvolle Anwesen aus Kalkstein.

»Es vermisst dich auch«, erwiderte ihr Vater und fügte nach ein paar Schritten hinzu: »Da Hannah ja nun Grace hat, könntest du vielleicht wieder bei deinem alten Vater einziehen ...«

Gwen biss sich auf die Unterlippe. »Das würde ich wirklich gern tun. Aber ...«

»Was ist?«

»Ich glaube, Hannah schafft es noch nicht allein.« Sie machte sich los und sah ihren Vater an. »Ich spreche es ja nur ungern aus, aber ich bin nicht sicher, ob sie je allein zurechtkommen wird. Und das arme kleine Mädchen! Ich hätte nie gedacht, dass ein Kind so unglücklich sein kann.«

Septimus berührte sie an der Wange. »Ich kannte einmal ein kleines Mädchen, das genauso unglücklich war. Du hast mir fast das Herz gebrochen. Das ging nach dem Tod deiner Mutter mehrere Monate so.« Er blieb stehen, um an einer der beinahe verblühten roten Rosen zu schnuppern. Nachdem er den Duft bis in die Lunge gesogen hatte, stützte er die Hand in den Rücken und richtete sich auf.

»Doch das genau ist ja das Traurige«, beharrte Grace. »Ihre Mutter ist nicht tot, sondern hier in Partageuse.«

»Ja, *Hannah* ist hier in Partageuse!«

Gwen kannte ihren Vater zu gut, um nachzuhaken. Schweigend schlenderten sie weiter. Während Septimus die Blumenbeete inspizierte, versuchte Gwen, nicht an das verzweifelte Schluchzen ihrer Nichte zu denken, das ihr einfach nicht aus dem Kopf wollte.

In jener Nacht grübelte Septimus angestrengt über eine Lösung nach. Er kannte sich mit kleinen Mädchen aus, die ihre Mutter verloren hatten. Und er hatte ein Händchen dafür, andere Menschen zu überzeugen. Nachdem sein Plan feststand, schloss er die Augen und schlief bald tief und fest.

Am nächsten Morgen fuhr er zu Hannah. »So, alles bereit? Wir machen jetzt einen Geheimausflug. Es wird langsam Zeit, dass Grace Partageuse ein bisschen besser kennenlernt und sieht, woher sie kommt.«

»Aber ich bin gerade dabei, die Vorhänge zu flicken. Für den Gemeindesaal. Ich habe es Reverend Norkells versprochen ...«

»Ich kümmere mich schon um sie. Es wird ihr sicher gefallen.«

Der »Geheimausflug« begann mit einer Fahrt zu Potts' Sägewerk. Septimus erinnerte sich, wie gerne Hannah und Gwen als Kinder die Arbeitspferde dort mit Äpfeln und Würfelzucker gefüttert hatten. Inzwischen wurde das Holz zwar mit der Bahn transportiert, doch man hielt noch einige alte Pferde für den Fall, dass die Schienen in den Wald von starken Regenfällen unterspült wurden.

Er tätschelte eines der Pferde. »Das, kleine Grace, ist Arabella«, verkündete er. »Kannst du ›Arabella‹ sagen?«

Dann wandte sich Septimus an den Stallburschen. »Wären Sie so gut, sie anzuspannen?«

Der Mann gehorchte und führte Arabella kurz darauf in den Hof. Sie zog einen Zweisitzer.

Septimus hob Grace in den Wagen und folgte ihr. »Wollen wir eine Erkundungsfahrt machen?«, fragte er und ruckte an den Zügeln des alten Pferds.

Noch nie hatte Grace ein so großes Pferd gesehen. Sie war auch noch nie in einem richtigen Wald gewesen und kannte nur das Gestrüpp hinter dem Haus der Graysmarks, in das sie während ihres unfreiwilligen Abenteuers hineingeraten war. Bis jetzt hatte sie immer nur zwei Bäume vor Augen gehabt – die Norfolktannen auf Janus. Septimus folgte einem alten Forstweg durch die riesigen Eukalyptusbäume und wies Grace auf Kängurus und Warane hin. Das Kind war gebannt von dieser Märchenwelt. »Was ist das?«, fragte es, wenn es einen Vogel oder ein Zwergkänguru bemerkte. Und dann sagte der Großvater dem kleinen Mädchen, wie das Tier hieß.

»Schau, ein Babykänguru!«, rief sie, als ein Beuteltier langsam neben dem Pfad herhüpfte.

»Der kleine Bursche ist kein Babykänguru, sondern ein Kurzschwanzkänguru. Wie ein Känguru, nur winzig. Größer wird der nicht.« Er tätschelte Grace den Kopf. »Schön, dich einmal lächeln zu sehen, Kind. Ich weiß, dass du traurig warst ... Du vermisst dein früheres Leben.« Septimus überlegte einen Moment. »Ich kenne das, weil ... nun, weil mir das Gleiche passiert ist.«

Als das Mädchen ihn verwundert ansah, sprach er weiter. »Ich musste mich von meiner Mum verabschieden und auf einem Segelschiff über das Meer bis nach Fremantle fahren. Damals war ich nur ein bisschen älter als du jetzt. Ja, das ist schwer vorzustellen. Aber ich bin angekommen und habe eine neue Mum und einen neuen Dad gefunden, die Walt und Sarah hießen. Sie haben von da an für mich gesorgt. Und sie haben mich lieb gehabt, so wie meine Hannah dich lieb hat. Manche Menschen haben im Leben nicht nur eine Familie.«

Da Graces Miene nicht verriet, was sie von seinen Worten hielt, wechselte er das Thema. Während das Pferd langsam weiterging, fielen hier und dort Sonnenstrahlen durch die hohen Baumwipfel. »Magst du Bäume?«

Grace nickte.

Septimus zeigte auf einige Schösslinge. »Schau, das sind kleine Bäume, die nachwachsen. Wir fällen die großen, und neue nehmen ihren Platz ein. Alles wächst wieder, wenn man ihm nur die Zeit dazu lässt. Wenn du einmal so alt bist wie ich, wird dieser Baum ein Riese sein. Er wird gedeihen.« Ihm fiel etwas ein. »Eines Tages wird dieser Wald dir gehören. Es wird dein Wald sein.«

»*Mein* Wald?«

»Ja. Jetzt gehört er mir, und irgendwann wird er deiner Mum und deiner Tante Gwen gehören. Und danach ist er deiner. Was hältst du davon?«

»Darf ich das Pferd lenken?«, fragte sie.

Septimus lachte. »Gib mir deine Hände, dann halten wir gemeinsam die Zügel.«

»Hier ist sie wieder, gesund und munter«, verkündete Septimus, als er Grace bei Hannah ablieferte.

»Danke, Dad.« Sie beugte sich zu ihrer Tochter hinunter. »Hattest du einen schönen Tag?«

Grace nickte.

»Und hast du die Pferde gestreichelt?«

»Ja«, antwortete sie leise und rieb sich die Augen.

»Es war ein langer Tag, Kleines. Jetzt wird gebadet, und dann ab ins Bett.«

»Er hat mir den Wald geschenkt«, sagte Grace mit einem leichten Lächeln. Hannahs Herz machte einen Satz.

Nachdem Grace gebadet hatte, setzte sich Hannah auf die Bettkante des kleinen Mädchens. »Ich bin ja so froh, dass du heute Spaß hattest. Erzähl mir, was du alles gesehen hast, Liebes.«

»Ein Kuwakänguru.«

»Ein was?«

»Ein Kuwakänguru. Es ist klein und hüpft.«

»Ach, ein Kurzschwanzkänguru. Die sind niedlich. Und was sonst noch?«

»Ein großes Pferd. Ich habe die Zügel gehalten.«

»Weißt du noch, wie es heißt?«

Das Mädchen überlegte. »Araballa.«

»Arabella, richtig. Sie ist sehr nett und hat auch Freunde – Samson und Herkules und Daphne. Arabella ist schon recht alt, aber noch immer sehr stark. Hat Opa dir den Lastkarren gezeigt, den sie ziehen kann?« Als das Mädchen sie fragend ansah, erklärte Hannah: »Das sind riesengroße Karren mit zwei Rädern. So werden die Baumstämme nach dem Fällen aus dem Wald geholt.« Das Kind schüttelte den Kopf. »Ach, mein Schatz«, sagte Hannah. »Es gibt noch so viel, was ich dir zeigen will. Du wirst den Wald lieben, das verspreche ich dir.«

Während Grace einschlief, blieb Hannah neben ihr sitzen und schmiedete Pläne. Wenn der Frühling kam, würde sie ihr die Wildblumen erklären. Sie würde ihr ein kleines Pony kaufen, ein Shetland vielleicht, damit sie zusammen die schmalen Waldwege entlangreiten konnten. Plötzlich erstreckten sich die Jahrzehnte vor ihr, und sie wagte, sie sich auszumalen. »Willkommen zu Hause«, flüsterte sie ihrer schlafenden Tochter zu. »Endlich willkommen zu Hause, mein Liebling.« Als sie an diesem Abend ihre Haushaltspflichten erledigte, summte sie dabei vor sich hin.

Kapitel 30

Partageuse hat eine begrenzte Anzahl von Einwohnern und nur eine begrenzte Anzahl von Orten, an denen sie sich aufhalten können. Deshalb begegnet man früher oder später zwangsläufig jemandem, um den man lieber einen Bogen machen würde.

Violet hatte Tage dazu gebraucht, um ihre Tochter zu überreden, das Haus zu verlassen. »Komm, unternimm doch einen Spaziergang mit mir. Ich möchte zu Mouchemore, weil ich mehr Wolle für die Überdecke brauche, die ich gerade häkle.« Keine niedlichen Strickjäckchen mehr, keine winzigen Sommerkleider mit Rüschen. Inzwischen häkelte sie wieder Decken für die letzten armen Teufel, die noch im Veteranenheim vor sich hinsiechten. Nun, so waren wenigstens ihre Hände beschäftigt, auch wenn es nicht die Gedanken vertrieb.

»Mum, ich bin wirklich nicht in der richtigen Stimmung. Ich bleibe lieber zu Hause.«

»Ach, komm schon, Liebes.«

Als die beiden die Straße entlanggingen, gaben sich die Leute Mühe, nicht zu auffällig hinzustarren. Einige lächelten höflich, doch es fehlte das übliche: »Wie geht es denn so, Vi?« oder »Sehen wir uns am Sonntag in der Kirche?« Niemand wusste, wie man Trauernde behandeln sollte, die keinen Todesfall zu beklagen hatten. Einige wechselten sogar die Straßenseite, um ihnen nicht begegnen zu müssen. Die Einwohner hatten zwar gründlich die Zeitungen studiert, um so viel wie möglich in Erfahrung zu bringen, doch inzwischen war es still um den Fall geworden.

Als Violet und ihre Tochter die Kurzwarenhandlung betraten, schnappte Fanny Darnley, die gerade herauskam, leise nach Luft und blieb, die Augen erschrocken und genüsslich geweitet, draußen auf der Straße stehen.

Im Laden roch es nach Möbelpolitur mit Lavendelduft und

den getrockneten Rosen des Potpourris, das in einem Korb neben der Kasse stand. Die Wände waren mit hohen Regalen voller Stoffballen bedeckt – Damast, Musselin, Leinen und Baumwolle. Außerdem gab es Nähgarne in allen Regenbogenfarben und Berge von Wollknäueln. Auf Pappe gewickelte Spitze – dick, dünn, Brüsseler und französische – lag auf dem Tisch, wo Mr. Mouchemore gerade eine alte Dame bediente. Zwischen der Theke im hinteren Ende des Raums und der Tür waren auf beiden Seiten des Ladens Tische mit Stühlen aufgereiht, damit die Kundschaft es bequem hatte.

An einem Tisch saßen zwei Frauen und wandten Isabel den Rücken zu. Eine war blond, ihre dunkelhaarige Begleiterin betrachtete gerade den Ballen zitronengelben Leinens, der aufgerollt vor ihr lag. Und neben ihnen, mürrisch und an einer Stoffpuppe herumnestelnd, zappelte ein kleines blondes Mädchen, makellos mit einem rosafarbenen gesmokten Kleidchen und weißen, mit Spitze besetzten Socken bekleidet, auf einem Stuhl herum.

Während die Frau den Stoff begutachtete und sich beim Verkäufer nach Preis und benötigter Menge erkundigte, wanderte der Blick des Mädchens zu den Neuankömmlingen hinüber. Im nächsten Moment ließ sie die Puppe fallen und rutschte vom Stuhl.

»Mama!«, rief sie und rannte auf Isabel zu. »Mama! Mama!«

Ehe die Anwesenden es sich versahen, hatte Lucy die Arme um Isabels Bein geschlungen und klammerte sich fest wie eine Krabbe.

»Oh, Lucy!« Isabel hob Lucy hoch und umarmte das Kind, das sich an ihren Hals kuschelte. »Lucy, mein Schatz!«

»Die böse Frau hat mich mitgenommen, Mama! Sie hat mich gehauen!« Das Kind schluchzte und zeigte mit dem Finger.

»Oh, mein armer, armer Liebling!« Weinend drückte Isabel das Mädchen an sich, dessen Beine sich sofort um ihre Taille schlossen. Der Kopf schmiegte sich unwillkürlich unter ihr Kinn, und alles passte zusammen wie die Teile eines Puzzles. Sonst nahm sie nichts um sich herum wahr.

Entsetzt beobachtete Hannah die Szene. Die magnetische Anziehungskraft, die Isabel auf Grace ausübte, empfand sie als Demütigung, und sie wurde von Verzweiflung ergriffen. Zum ersten Mal wurde ihr die Tragweite dessen, was ihr genommen worden war, richtig bewusst. Hier vor ihrer Nase war der Beweis dafür, was man ihr gestohlen hatte. Sie sah die Hunderte von Tagen und die Tausende von Umarmungen, die die beiden miteinander geteilt hatten – die Liebe, die für nichts anderes Raum ließ –, spürte, wie ihre Beine zu zittern begannen, und befürchtete schon zu stürzen.

Gwen legte ihr ratlos die Hand auf den Arm.

Hannah kämpfte mit den Tränen. Die Frau und das Kind waren zu einem einzigen Wesen verschmolzen, in einer Welt, zu der sonst niemand Zutritt hatte. Ihr wurde übel, als sie sich bemühte, nicht in Ohnmacht zu fallen und noch einen letzten Rest an Würde zu bewahren. Dann holte sie tief Luft, nahm ihre Handtasche von der Theke und ging so ruhig sie konnte auf Isabel zu.

»Grace, Liebling«, versuchte sie es. Das Kind presste sich weiter an Isabel, und die beiden rührten sich nicht. »Grace, Liebling, wir müssen nach Hause.« Sie streckte die Hand nach dem kleinen Mädchen aus, das aufschrie: kein kurzes Kreischen, sondern ein mörderisches Gebrüll aus voller Kehle, das die Fenster zum Erzittern brachte.

»Mama, mach, dass sie weggeht! Mama, schick sie weg!«

Die anderen Kunden beobachteten die Szene, die Männer verdattert, die Frauen entsetzt. Das Gesicht des kleinen Mädchens war verzerrt und hochrot. »Bitte, Mama!«, flehte sie, beide Hände auf Isabels Wangen. Sie schrie die Worte heraus, als müsse sie eine große Entfernung oder Schwerhörigkeit überwinden. Isabel schwieg noch immer.

»Vielleicht könnten wir ...« Doch Gwen wurde von ihrer Schwester unterbrochen.

»Lassen Sie sie los!«, rief Hannah, unfähig, Isabels Namen auszusprechen. »Sie haben genug angerichtet«, fuhr sie, ein wenig ruhiger, aber mit einem schneidenden Unterton fort.

»Wie können Sie so grausam sein?«, brach es aus Isabel heraus. »Sie sehen doch, in welchem Zustand sie sich befindet! Sie haben doch keine Ahnung, wer sie ist, was sie braucht und wie man sie versorgt! Wenn Sie schon nicht gütig sein können, dann seien Sie wenigstens vernünftig!«

»Lassen Sie meine Tochter los! Sofort!«, befahl Hannah, die am ganzen Leib bebte. Ihr sehnlichster Wunsch war es, den Laden so schnell wie möglich zu verlassen und die magnetische Verbindung zu durchbrechen. Sie entriss Isabel das Kind und umklammerte die Taille von Grace, die sich wild sträubte.

»Mama! Ich will zu meiner Mama! Lass mich los!«, schrie das kleine Mädchen.

»Schon gut, Schatz«, sagte Hannah. »Ich weiß, dass du wütend bist, aber wir können nicht bleiben.« So versuchte sie, das Kind mit Worten zu beschwichtigen, während sie es festhielt, damit es sich nicht ihren Armen entwinden und davonlaufen konnte.

Gwen sah Isabel an und schüttelte hilflos den Kopf. Dann drehte sie sich zu ihrer Nichte um. »Pssst, Liebling, nicht weinen.« Sie tupfte ihr mit einem zarten Spitzentaschentuch das Gesicht ab. »Komm nach Hause, dann gibt es auch ein Bonbon. Bestimmt vermisst dich Tabatha Tabby schon. Komm, Kleines.« Und so redeten Hannah und Gwen weiter beruhigend auf das kleine Mädchen ein, während das Trio auf die Tür zusteuerte. Als sich Gwen auf der Schwelle noch einmal umdrehte, erkannte sie die Verzweiflung in Isabels Augen.

Im ersten Moment standen alle da wie erstarrt. Isabel blickte ins Leere und wagte nicht, sich zu bewegen, damit die Berührung ihrer Tochter nicht verflog. Währenddessen musterte ihre Mutter die Verkäufer warnend, damit sie bloß keinen Mucks von sich gaben. Der Junge, der den Leinenballen entrollt hatte, griff nun danach und wickelte ihn auf.

Larry Mouchemore nahm das als Stichwort, sich wieder seiner betagten Kundin zuzuwenden. »Sie wollten zwei Meter von der Spitze, richtig?«

»Ja ... ja, nur zwei Meter«, erwiderte sie so unbekümmert wie möglich. Allerdings zog sie einen Kamm anstatt der Münzen aus der Tasche, als es ans Bezahlen ging.

»Komm, Liebes«, sagte Violet zu Isabel, »ich glaube, ich möchte doch nicht mehr die gleiche Wolle. Ich sehe mir noch einmal das Strickmuster an und entscheide mich dann.«

Fanny Darnley, die auf dem Gehweg mit einer anderen Frau plauderte, starrte den beiden hinterher, als sie aus dem Laden traten und die Straße entlanggingen.

Knuckey schlendert die Landzunge von Point Partageuse entlang und lauscht den Wellen, die auf beiden Seiten an die Ufer schlagen. Er kommt abends nach dem Essen immer hierher, um in Ruhe nachzudenken. Das Geschirr, das seine Frau gespült hat, hat er schon abgetrocknet. Er vermisst die Zeit, als seine Kinder noch im Haus waren und dabei geholfen haben, sodass es zu einem Spiel wurde. Inzwischen sind sie erwachsen. Als er an den kleinen Billy denkt, der für immer drei Jahre alt bleiben wird, lächelt er.

Er dreht eine Muschel, die kühl und abgerundet ist wie eine Münze, zwischen den Fingern. Familien. Nur der liebe Gott weiß, was ohne seine Familie aus ihm geworden wäre. Dass eine Frau sich ein Baby wünscht, ist doch das Natürlichste von der Welt. Seine Irene hätte alles getan, um Billy zurückzubekommen. Alles. Wenn es um ihre Kinder geht, werden Eltern nur von ihren Instinkten und der Hoffnung getrieben. Und der Angst. Regeln und Gesetze spielen keine Rolle.

Gesetz ist zwar Gesetz, aber Menschen sind Menschen. Er erinnert sich an den Tag, an dem die ganze traurige Geschichte anfing: der Heldengedenktag, den er wegen der Beerdigung seiner Tante in Perth verbracht hat. Er hätte sich die Bande später vorknöpfen können, Garstone eingeschlossen. Die Männer, die ihren Schmerz an Frank Roennfeldt ausgetobt haben. Doch damit hätte er alles nur noch schlimmer gemacht. Man kann nicht eine ganze Stadt an den Pranger stellen. Manchmal ist Vergessen der einzige Weg zurück in die Normalität.

Wieder einmal denkt er an seinen Gefangenen. Tom Sherbourne ist ihm ein Rätsel. Verschlossen wie eine Macadamianuss. Nicht festzustellen, was sich innerhalb der glatten, harten Schale tut, keine Schwachstelle, um einzuhaken. Spragg, dieser Schwachkopf, steht bereits in den Startlöchern, um ihn sich vorzuknöpfen. Knuckey hat ihn hingehalten, so lange er konnte, doch bald wird er zulassen müssen, dass er Sherbourne verhört. In Albany oder in Perth, und wer kann wissen, was dort aus ihm werden wird. So wie Sherbourne sich derzeit verhält, ist er selbst sein schlimmster Feind.

Aber wenigstens ist es ihm gelungen, Spragg von Isabel fernzuhalten. »Sie wissen doch, dass wir eine Ehefrau nicht zwingen können zu reden, also lassen Sie sie in Ruhe. Wenn Sie sie unter Druck setzen, könnte sie die Aussage verweigern. Wollen Sie das?«, hat er den Sergeant gefragt. »Ich kümmere mich um sie.«

Herrgott, das ist einfach zu viel. Eigentlich hat er sich doch um einen ruhigen Posten in einer Kleinstadt beworben. Und jetzt muss er dieses Rätsel lösen. Ein verzwickter Fall. Wirklich verzwickt. Es ist seine Pflicht, fair und gründlich zu sein. Und den Fall an Albany abzugeben, wenn der Zeitpunkt da ist. Er wirft die Muschel ins Wasser. Die Wellen rauschen so laut, dass man nicht einmal ein Platschen hört.

Sergeant Spragg, noch immer durchgeschwitzt nach der langen Anreise aus Albany, pflückte eine Fluse von seinem Ärmel und beugte sich dann wieder langsam über die Papiere, die vor ihm lagen. »Thomas Edward Sherbourne, geboren 28. September 1893.«

Tom antwortete nicht. Die Zikaden im Wald zirpten so schrill, dass es klang wie das Geräusch der Hitze selbst.

»Ein richtiger Kriegsheld. Mit einem Orden ausgezeichnet. Ich habe Ihre Belobigungen gelesen: allein eine deutsche MG-Stellung ausgehoben, vier Ihrer Männer unter feindlichem Beschuss in Sicherheit gebracht. Und so weiter und so fort.« Kurz hielt Spragg inne. »Sicher haben Sie damals einige Menschen getötet.«

Tom schwieg.

»Ich sagte«, Spragg lehnte sich über den Tisch, »dass Sie damals sicher einige Menschen getötet haben.«

Tom atmete ruhig und starrte mit ausdrucksloser Miene ins Leere.

Spragg schlug auf den Tisch. »Wenn ich Ihnen eine Frage stelle, haben Sie verdammt noch mal zu antworten.«

»Wenn Sie mir eine Frage stellen, tue ich das gern«, entgegnete Tom gelassen.

»Warum haben Sie Frank Roennfeldt getötet? Das ist eine Frage.«

»Ich habe ihn nicht getötet.«

»Weil er Deutscher war. Schließlich hatte er noch einen Akzent.«

»Als ich ihm begegnet bin, hatte er keinen Akzent mehr. Er war nämlich tot.«

»Sie haben doch schon viele wie ihn umgebracht. Einer mehr oder weniger macht doch da keinen Unterschied, oder?«

Tom seufzte tief auf und verschränkte die Arme.

»Das ist auch eine Frage, Sherbourne.«

»Was soll das? Ich habe Ihnen gesagt, ich sei dafür verantwortlich, dass wir Lucy behalten haben. Ich habe Ihnen erklärt, dass der Mann tot war, als das Boot angespült wurde. Ich habe ihn begraben, dafür bin ich also auch verantwortlich. Was wollen Sie denn noch?«

»Ach, er ist so tapfer und so ehrlich, biegt sich alles hübsch zurecht und ist sogar bereit, dafür ins Gefängnis zu gehen«, äffte Spragg ihn im Singsangton nach. »Nun, ich kaufe Ihnen das nicht ab, verstanden, alter Junge? Für mich klingt das zu sehr so, als wollten Sie einen Mord vertuschen.« Toms Gelassenheit brachte ihn zur Weißglut. »Typen wie Sie kenne ich. Und von gottverdammten Kriegshelden habe ich die Nase voll. Ihr seid zurückgekommen, habt erwartet, dass wir euch für den Rest eures Lebens anhimmeln, und auf jeden runtergeschaut, der keine Uniform getragen hat. Tja, der Krieg ist längst vorbei. Und wir haben miterlebt, wie viele von euch auf die schiefe Bahn geraten sind. Die Überlebensregeln im Krieg gelten in einem zivilisierten Land nicht, und Sie werden mir nicht davonkommen.«

»Das hat, verdammt noch mal, nichts mit dem Krieg zu tun.«

»Jemand muss Recht und Gesetz verteidigen, und in diesem Fall bin ich dieser Jemand.«

»Und was ist mit dem gesunden Menschenverstand, Sergeant? Herrgott, überlegen Sie doch mal! Ich hätte alles abstreiten und behaupten können, Frank Roennfeldt sei gar nicht in dem Boot gewesen. Von selbst wären Sie gar nicht auf den Gedanken gekommen. Ich habe die Wahrheit gesagt, weil seine Frau erfahren sollte, was geschehen ist, und weil er ein ordentliches Begräbnis verdient hat.«

»Vielleicht haben Sie ja auch nur die halbe Wahrheit gesagt, um ihr Gewissen zu erleichtern, ohne zu hart bestraft zu werden.«

»Dann frage ich Sie, was logischer klingt.«

Der Sergeant bedachte ihn mit einem eiskalten Blick. »Da steht, dass bei Ihrer kleinen Eskapade mit dem Maschinengewehr sieben Männer dran glauben mussten. Für mich sieht das aus wie das Werk eines Gewalttäters. Eines skrupellosen Mörders. Ihre Heldentaten könnten Ihnen das Genick brechen«, fügte er hinzu, während er seine Unterlagen einsammelte. »Es ist schwierig, ein Held zu sein, wenn man am Galgen baumelt.« Er klappte die Akte zu und wies Harry Garstone an, den Gefangenen zurück in die Zelle zu bringen.

Kapitel 31

Seit dem Zwischenfall bei Mouchemore verlässt Hannah das Haus kaum noch, und Grace hat sich zurückentwickelt. Trotz aller Bemühungen ihrer Mutter wird sie immer verschlossener.

»Ich will nach Hause. Ich will zu meiner Mama«, wimmert sie.

»*Ich* bin deine Mummy, Grace, Liebling. Ich weiß, wie verwirrend es für dich sein muss.« Sie berührt das kleine Mädchen mit dem Finger am Kinn. »Ich liebe dich seit dem Tag deiner Geburt und habe so lange darauf gewartet, dass du nach Hause kommst. Eines Tages wirst du es verstehen, das verspreche ich dir.«

»Ich will zu meinem Dadda!«, ruft das Kind und stößt den Finger weg.

»Daddy kann nicht bei uns sein. Aber er hat dich sehr lieb gehabt. Sehr lieb.« Sie stellt sich Frank mit dem Baby in den Armen vor. Dann starrt das kleine Mädchen Hannah manchmal verwundert, manchmal zornig und manchmal schicksalsergeben an.

Eine Woche später grübelte Gwen auf dem Nachhauseweg von der Schneiderin über die Situation nach. Sie machte sich Sorgen um ihre Nichte: Es konnte doch nicht richtig sein, ein Kind so leiden zu lassen. Gwen hielt es nicht mehr aus, untätig zuzusehen.

Als sie die Stelle erreichte, wo der Park in den Busch überging, bemerkte sie eine Frau, die auf einer Bank saß und ins Leere blickte. Zuerst fiel ihr das hübsche blaue Kleid auf, und erst im zweiten Moment wurde ihr klar, dass sie Isabel Sherbourne vor sich hatte. Sie eilte weiter. Allerdings bestand keine Gefahr, dass Isabel sie erkannte, denn sie war wie in Trance. Auch am folgenden Tag und am übernächsten beobachtete Gwen sie auf derselben Bank und im selben benommenen Zustand.

Es war schwer zu sagen, ob sie den Einfall schon vor der Szene gehabt hatte, zu der es gekommen war, weil Grace alle Seiten aus ihrem Märchenbuch gerissen hatte. Hannah hatte sie ausgeschimpft und dann unter Tränen die Einzelteile des ersten Buchs eingesammelt, das Frank seiner Tochter geschenkt hatte – Grimms Märchen auf Deutsch, wunderhübsch mit Aquarellen illustriert. »Was hast du nur mit Daddys Buch gemacht? Oh, Liebling, wie konntest du?« Anstelle einer Antwort flüchtete das Mädchen sich unters Bett und rollte sich außer Reichweite zu einer Kugel zusammen.

»Ich habe nur noch so wenige Erinnerungsstücke von Frank ...« Schluchzend betrachtete Hannah die zerrissenen Seiten in ihren Händen.

»Ich weiß, Hanny, ich weiß. Aber Grace weiß es nicht. Sie hat es nicht mit Absicht getan.« Gwen legte ihr die Hand auf die Schulter. »Ich mache dir einen Vorschlag. Du legst dich ein bisschen hin, und ich gehe mit ihr spazieren.«

»Sie muss sich an ihr Zuhause gewöhnen.«

»Wir besuchen nur Dad. Er wird sich freuen, und die frische Luft wird ihr guttun.«

»Besser nicht. Ich will nicht ...«

»Komm, Hanny, du kannst wirklich ein wenig Ruhe gebrauchen.«

Hannah seufzte auf. »Meinetwegen. Aber nur zu Dad und wieder zurück. Keine Umwege.«

Als sie auf der Straße waren, gab Gwen ihrer Nichte eine Süßigkeit. »Du magst doch sicher einen Lutscher, oder, Lucy?«

»Ja«, antwortete das Kind und neigte den Kopf zur Seite, als es seinen Namen hörte.

»Wenn du brav bist, besuchen wir jetzt Opa.«

Das Mädchen blinzelte, als der Mann mit den großen Pferden und den hohen Bäumen erwähnt wurde. Den Lutscher im Mund trottete sie neben Gwen her. Sie lächelte zwar nicht, doch Gwen war schon damit zufrieden, dass sie zumindest weder weinte noch schrie.

Eigentlich hätten sie gar nicht am Park vorbeilaufen müssen. Der Weg vorbei am Friedhof und der Methodistenkirche hätte sie schneller zu Septimus' Haus gebracht.

»Bist du müde, Lucy? Wollen wir eine kleine Rast machen? Es ist ziemlich weit bis zu Opa, und du bist ja noch klein ...« Das Mädchen öffnete und schloss nur weiter Daumen und Zeigefinger wie eine Pinzette, um die vom Lutscher hinterlassene klebrige Schicht zu prüfen. Aus dem Augenwinkel sah Gwen Isabel auf der Bank sitzen. »Lauf schon voraus. Sei ein braves Mädchen. Lauf zur Bank, ich komme nach.« Das Kind rannte nicht, sondern zog die Füße nach und ließ die Stoffpuppe über den Boden schleifen. Gwen hielt Abstand und beobachtete die Szene.

Isabel traute ihren Augen nicht. »Lucy? Liebes!«, rief sie und nahm sie in die Arme, ohne sich zu fragen, wie sie hierhergekommen war.

»Mama!«, jubelte das Kind und klammerte sich an sie.

Als Isabel sich umdrehte, erkannte sie Gwen, die nickte, wie um zu sagen: »Nur zu!«

Isabel kümmerte es nicht, welche Beweggründe die Frau haben mochte. Weinend umarmte sie das kleine Mädchen und hielt es dann auf Armeslänge entfernt, um es besser ansehen zu können. Vielleicht würde sie Lucy trotz alledem dennoch behalten dürfen. Bei der Vorstellung wurde ihr ganz warm ums Herz.

»Oh, du bist so mager geworden, Kleines! Du bist ja nur noch Haut und Knochen. Du musst ein braves Mädchen sein und ordentlich essen. Mama zuliebe.« Langsam nahm sie die übrigen Veränderungen an ihrer Tochter wahr. Der Seitenscheitel, ein Kleid aus feinem, mit Gänseblümchen besticktem Musselin, Schuhe mit Schmetterlingen an den Schnallen.

Gwen, die die Reaktion ihrer Nichte beobachtete, wurde von Erleichterung ergriffen. Das Kind war, so plötzlich geborgen bei der Mutter, die es liebte, wie ausgewechselt. Sie ließ die beiden gewähren, bevor sie schließlich näher kam. »Ich nehme sie jetzt besser mit. Ich war nicht sicher, ob Sie hier sind.«

»Aber ... ich verstehe nicht.«

»Es ist eine schreckliche Situation und eine Belastung für alle Beteiligten.« Gwen seufzte und schüttelte den Kopf. »Meine Schwester ist wirklich ein guter Mensch und hat so viel durchgemacht.« Sie wies mit dem Kopf auf das Kind. »Ich versuche, sie wieder mitzubringen. Ich kann nichts versprechen. Haben Sie Geduld. Mehr kann ich im Moment nicht sagen. Wenn Sie abwarten, könnte vielleicht ...« Sie beendete den Satz nicht. »Aber sprechen Sie bitte mit niemandem darüber. Hannah würde es nicht verstehen und mir nie verzeihen ... Komm jetzt, Lucy«, sagte sie und streckte die Arme nach dem Mädchen aus.

Das Kind klammerte sich an Isabel. »Nein, Mama! Ich will nicht!«

»Komm, mein Kleines. Sei Mama zuliebe brav. Du musst jetzt mit der Dame mitgehen. Doch wir sehen uns bald wieder, ich schwöre.«

Aber das Kind ließ noch immer nicht los.

»Wenn du jetzt brav bist, können wir wiederkommen«, meinte Gwen, lächelte und zog es sanft weg.

Ein letzter Rest Vernunft hinderte Isabel daran, ihr Kind einfach an sich zu reißen. Nein. Die Frau hatte ihr zugesichert, Lucy wieder hierherzubringen, wenn sie Geduld hatte. Wer wusste, was sich im Laufe der Zeit noch ändern konnte?

Gwen brauchte eine geraume Weile, um ihre Nichte zu beschwichtigen. Sie streichelte sie, nahm sie auf den Arm und lenkte sie so gut wie möglich mit Rätseln und Zeilen aus Kinderreimen ab. Obwohl sie nicht sicher war, wie sie ihren Plan in die Tat umsetzen sollte, ertrug sie es nicht länger, das arme Kind von seiner Mutter fernzuhalten. Hannah hatte schon immer einen Dickkopf gehabt, und Gwen befürchtete, dass dieser sie nun blind für die Wirklichkeit machte. Sie fragte sich, ob sie das Treffen wohl vor Hannah würde geheim halten können. Doch auch, wenn der Plan scheiterte, war es einen Versuch wert. »Weißt du, was ein Geheimnis ist?«, fragte sie deshalb, als Grace sich endlich beruhigt hatte.

»Ja«, murmelte das Kind.

»Gut, dann spielen wir das Geheimnis-Spiel, einverstanden?«

Das kleine Mädchen sah sie an und wartete auf eine Erklärung.

»Du hast Mama Isabel doch lieb, oder?«

»Ja.«

»Und du möchtest sie bestimmt wiedersehen. Allerdings könnte Hannah ein bisschen ärgerlich werden, weil sie sehr traurig ist. Also dürfen wir es ihr und Opa nicht erzählen, in Ordnung?«

Die Miene des Kindes verfinsterte sich.

»Wir müssen es streng geheim halten. Und wenn jemand fragt, was wir heute gemacht haben, antworten wir nur, dass wir bei Opa waren. Du darfst niemandem sagen, dass wir deine Mama getroffen haben. Verstehst du das, Liebes?«

Das kleine Mädchen schürzte die Lippen und nickte ernst. Verwirrung malte sich in seinen Augen.

»Sie ist ein kluges Kind und weiß, dass Isabel Sherbourne nicht tot ist. Wir haben sie bei Mouchemore getroffen.« Wieder saß Hannah in Dr. Sumptons Sprechzimmer, diesmal ohne ihre Tochter.

»Ich kann nur wiederholen, dass ich als Fachmann es für die einzige Lösung halte, abzuwarten und Ihre Tochter von Mrs. Sherbourne fernzuhalten.«

»Ich habe mich nur gefragt ... nun, wenn ich sie dazu bringen könnte, mit mir zu sprechen ... über ihr altes Leben auf der Insel. Würde das etwas nützen?«

Der Arzt zog an seiner Pfeife. »Stellen Sie es sich einmal so vor: Wenn ich Ihnen gerade den Blinddarm entfernt hätte, wäre es wohl keine gute Idee, die Wunde alle fünf Minuten zu öffnen, um darin herumzustochern und festzustellen, ob sie schon verheilt ist. Ich weiß, wie schwer es ist, aber in diesem Fall geht es am schnellsten vorbei, wenn man die Vergangenheit so wenig wie möglich erwähnt. Sie wird darüber hinwegkommen.«

Doch soweit Hannah es beurteilen konnte, wies nichts darauf hin. Das Kind entwickelte einen Ordnungswahn, sortierte seine Spielsachen und machte pedantisch sein Bett. Außerdem versetzte es dem Kätzchen einen Klaps, weil es das Puppenhaus umgeworfen hatte, und schwieg hartnäckig, um der Frau, die sich als seine Mutter ausgab, nur bloß kein Zeichen der Zuneigung entgegenzubringen.

Aber Hannah ließ nicht locker. Sie erzählte dem Mädchen Geschichten vom Wald und den Männern, die dort arbeiteten, von ihrem Internat in Perth und ihrer Schulzeit dort und von Frank und seinem Leben in Kalgoorlie. Obwohl das Kind ihr kaum zuhörte, sang sie ihm deutsche Lieder vor. Sie nähte Puppenkleider und kochte Pudding zum Abendessen. Die Reaktion des Mädchens bestand daraus, dass es Bilder malte. Sie stellten stets dasselbe dar: Mama und Dadda und Lulu am Leuchtturm, dessen Lichtstrahl bis zum Rand der Seite reichte und die Dunkelheit ringsherum vertrieb.

Von der Küche aus konnte Hannah beobachten, wie Grace im Wohnzimmer auf dem Boden saß und sich mit ihren Wäscheklammern unterhielt. Da sie in letzter Zeit, außer in Septimus' Gegenwart, noch aufgebrachter war als sonst, war ihre Mutter froh, sie so ruhig spielen zu sehen. Sie pirschte sich zur Tür, um zu lauschen.

»Lucy, hier hast du ein Bonbon«, sagte die eine Wäscheklammer.

»Mmmm«, antwortete die andere Wäscheklammer und verspeiste die leere Luft, die das Kind ihr mit den Fingerspitzen reichte.

»Ich habe ein ganz besonderes Geheimnis«, fuhr die erste Wäscheklammer fort. »Komm mit Tante Gwen, wenn Hannah schläft.«

Während Hannah die Szene aufmerksam betrachtete, stieg eiskalte Übelkeit in ihr hoch.

Grace nahm eine Zitrone aus ihrer Kleidtasche und deckte sie mit ihrem Taschentuch zu. »Gute Nacht, Hannah«, sagte Tante Gwen. »Jetzt besuchen wir Mama im Park.«

»Schmatz, schmatz.« Die beiden anderen Wäscheklammern drückten sich aneinander und küssten sich. »Meine liebste Lucy. Komm, Liebling. Wir gehen nach Janus.« Die beiden Wäscheklammern trotteten eine Weile auf dem Teppich hin und her.

Das Pfeifen des Teekessels schreckte Lucy auf, und sie sah Hannah in der Tür stehen. Sofort warf sie die Wäscheklammern auf den Boden. »Böse Lucy!«, rief sie und gab sich selbst einen Klaps auf die Hand.

Hannahs Entsetzen beim Anblick dieses Spiels wurde angesichts dieses Tadels von Verzweiflung abgelöst. So sah ihre Tochter sie also. Nicht als liebende Mutter, sondern als Tyrannin. Sie bemühte sich um Ruhe und überlegte, was sie tun sollte.

Mit zitternden Händen kochte sie Kakao und brachte ihn ihrer Tochter. »Das war aber ein hübsches Spiel, Schatz«, sagte sie, bemüht, das Beben in ihrer Stimme zu unterdrücken.

Das Kind saß reglos da, antwortete nicht und trank auch nicht aus dem Becher in seiner Hand.

»Kennst du irgendwelche Geheimnisse, Grace?«

Das Mädchen nickte langsam.

»Es sind sicher wunderschöne Geheimnisse.«

Wieder bewegte sich das kleine Kinn auf und nieder, während die Augen zu ermitteln versuchten, wie die Regeln wohl lauteten.

»Sollen wir auch ein Spiel spielen?«

Das Kind scharrte mit der Zehe über den Fußboden.

»Lass uns ein Spiel spielen, in dem ich dein Geheimnis errate. Auf diese Weise bleibt es ein Geheimnis, denn du hast es mir ja nicht erzählt. Und wenn ich richtig rate, bekommst du einen Lutscher als Preis.« Die Miene des Kindes verspannte sich, als Hannah verlegen lächelte. »Ich rate ... dass ihr die Dame von Janus besucht habt. Ist das richtig?«

Das Kind setzte zu einem Nicken an, hielt aber inne. »Wir waren bei dem Mann in dem großen Haus, der ein rosa Gesicht hat.«

»Ich bin dir nicht böse, Schatz. Es ist nett, jemanden zu besuchen, richtig? Hat die Dame dich auch richtig fest umarmt?«

»Ja«, erwiderte sie zögernd und überlegte, noch während sie das Wort aussprach, ob das auch zum Geheimnis gehörte.

Als Hannah eine halbe Stunde später die Wäsche von der Leine nahm, krampften sich ihr noch immer die Eingeweide zusammen. Wie hatte ihre eigene Schwester ihr so etwas antun können? Sie erinnerte sich an die Gesichter der anderen Kunden bei Mouchemore und hatte das Gefühl, dass diese etwas gesehen hatten, das ihr entgangen war. Alle, auch Gwen, lachten hinter ihrem Rücken über sie. Sie ließ einen Unterrock an einer Wäscheklammer baumelnd hängen, lief zurück ins Haus und stürmte in Gwens Zimmer.

»Wie konntest du nur?«

»Was ist denn los?«, fragte Gwen.

»Als ob du das nicht wüsstest!«

»Was, Hannah?«

»Ich weiß, was du getan hast und wo du mit Grace hingegangen bist.«

Zu Hannahs Entsetzen brach ihre Schwester in Tränen aus. »Das arme kleine Mädchen, Hannah.«

»Was?«

»Das arme Ding. Ja, ich habe sie zu Isabel Sherbourne gebracht. In den Park. Und ich habe ihnen die Möglichkeit gegeben, miteinander zu sprechen. Aber ich habe es für sie getan. Die Kleine weiß nicht, ob sie Fisch oder Fleisch ist. Ich habe es für *sie* getan, Hanny. Für Lucy.«

»Ihr Name ist Grace! Sie heißt Grace und ist meine Tochter. Ich will nur, dass sie glücklich ist und …« Ihre Stimme erstarb. »Ich vermisse Frank«, schluchzte sie. »O Gott, Frank, ich vermisse dich so.« Sie blickte ihre Schwester an. »Und du bringst sie zu der Frau des Mannes, der ihn einfach verscharrt hat! Wie konntest du nur! Grace soll sie vergessen. Alle beide. *Ich* bin ihre Mutter!«

Gwen zögerte, trat dann auf ihre Schwester zu und umarmte sie sanft. »Hannah, du weißt, wie viel du mir bedeutest. Ich habe alles getan, was ich konnte, um dir zu helfen – seit jenem Tag. Und ich habe mir die größte Mühe gegeben, als sie wieder nach Hause kam. Aber genau das ist das Problem. Das hier ist nicht ihr Zuhause. Und ich ertrage es nicht mehr, sie leiden zu sehen und mitzuerleben, wie weh dir das tut.«

Hannah schnappte mühsam nach Luft.

Gwen straffte die Schultern. »Ich finde, du solltest sie zurückgeben. An Isabel Sherbourne. Es gibt keinen anderen Weg. Zum Wohl des Kindes. Und auch zu deinem, liebe Hanny, zu deinem.«

Hannah wich zurück. »So lange ich lebe, wird sie diese Frau niemals wiedersehen. Niemals!«, entgegnete sie in schneidendem Ton.

Keine der beiden Schwestern bemerkte das kleine Gesicht, das durch den Türspalt lugte; und die kleinen Ohren, die alles hörten, was in diesem seltsamen, seltsamen Haus vor sich ging.

Vernon Knuckey saß Tom am Tisch gegenüber. »Bis Sie hier aufgetaucht sind, dachte ich, ich hätte schon alles gesehen.« Wieder warf er einen Blick auf das Blatt Papier, das vor ihm lag. »Ein Boot wird angespült, und Sie sagen sich: ›Das ist ja ein hübsches Baby. Ich behalte es einfach, und niemand wird es je erfahren.‹«

»Ist das eine Frage?«

»Sind Sie absichtlich so störrisch?«

»Nein.«

»Wie viele Kinder hat Isabel verloren?«

»Drei. Das wissen Sie ja.«

»Aber *Sie* waren derjenige, der beschlossen hat, das Baby zu behalten. Nicht die Frau, die schon drei Fehlgeburten hatte? Alles nur *Ihre* Idee, da Sie befürchteten, die Leute könnten Sie für einen halben Mann halten, weil Sie keine Kinder gezeugt haben? Für wie dumm halten Sie mich eigentlich?«

Als Tom schwieg, beugte Knuckey sich vor, und sein Tonfall

wurde sanfter. »Ich weiß, wie es ist, ein Kleines zu verlieren, und auch, wie meine Frau darunter gelitten hat. Eine Weile war sie nicht ganz bei Verstand.« Er wartete ab, erhielt aber keine Antwort. »Sie werden Milde bei ihr walten lassen.«

»Sie werden sie nicht anrühren, verdammt«, entgegnete Tom.

Knuckey schüttelte den Kopf. »Nächste Woche, wenn der Magistrat in die Stadt kommt, findet die Anhörung statt. Von da an ist Albany für Sie zuständig, und Spragg wird Sie mit offenen Armen empfangen. Wer weiß, was dieser Mann im Schilde führt. Er hat Sie auf dem Kieker, und dort wird Ihnen niemand helfen.«

Tom schwieg.

»Soll ich jemandem wegen der Anhörung Bescheid sagen?«

»Nein, danke.«

Knuckey warf ihm einen Blick zu. Er schickte sich schon zum Gehen an, als Tom sagte: »Darf ich meiner Frau schreiben?«

»Natürlich dürfen Sie Ihrer Frau nicht schreiben, verdammt. Sie können keinen Kontakt zu potenziellen Zeugen haben. Auch Sie müssen sich an die Regeln halten, mein Junge.«

Tom betrachtete ihn. »Nur ein Stück Papier und einen Stift. Sie können es auch lesen, wenn Sie wollen ... Schließlich ist sie meine Frau.«

»Und ich bin die Polizei.«

»Behaupten Sie jetzt nicht, Sie hätten nie gegen eine Vorschrift verstoßen oder für einen armen Teufel ein Auge zugedrückt ... Nur ein Stück Papier und einen Stift.«

Am Nachmittag brachte Ralph Isabel den Brief, den sie widerstrebend und mit zitternder Hand entgegennahm.

»Dann lasse ich dich mal allein, damit du ihn lesen kannst.« Er tätschelte ihr den Unterarm. »Der Mann braucht deine Hilfe, Isabel«, fügte er ernst hinzu.

»Mein kleines Mädchen auch«, erwiderte sie mit Tränen in den Augen.

Nachdem er fort war, ging sie mit dem Brief in ihr Zimmer

und starrte darauf. Als sie ihn ans Gesicht hob und daran schnupperte, um noch eine Spur von ihrem Mann zu riechen, war nichts wahrzunehmen – überhaupt nichts. Sie griff zur Nagelschere, die auf dem Frisiertisch lag, und begann, die Ecke des Umschlags aufzuschlitzen. Doch etwas ließ ihre Finger erstarren. Sie hatte das Gesicht der schreienden Lucy vor Augen, und das Wissen, dass Tom schuld daran war, ließ sie erschaudern. Isabel legte die Schere weg, verstaute den Brief in einer Schublade und schloss sie langsam und lautlos.

Ein Kopfkissen, von Tränen durchnässt. Der sichelförmige Mond, der im Fenster schwebt, ist zu schwach, um auch nur seinen Weg über den Himmel zu beleuchten. Hannah beobachtet ihn. In der Welt gibt es so vieles, was sie gerne mit ihrer Tochter teilen würde. Doch das Kind und die Welt sind ihr entrissen worden.

Sonnenbrand. Im ersten Moment wundert es sie, dass ihr aus heiterem Himmel etwas so Unwichtiges einfällt. Eine englische Gouvernante, die noch nie von einem Phänomen namens Sonnenbrand gehört hatte – geschweige denn davon, wie man ihn behandelte –, hatte sie in die heiße Badewanne gesteckt, um der Verbrennung »die Hitze zu entziehen«. Hannah hatte sich den Sonnenbrand geholt, als sie in Abwesenheit ihres Vaters zu lange in der Bucht geschwommen war. »Meckern ist zwecklos«, hatte die Frau die Zehnjährige getadelt. »Die Schmerzen sind gut für dich.« Hannah hatte geschrien, bis endlich die Köchin kam, um nachzusehen, ob jemand ermordet wurde, und sie aus dem dampfenden Wasser gezogen hatte.

»Das ist ja wohl der größte Unsinn, den ich je erlebt habe!«, empörte sich die Köchin. »Das Dümmste, was man mit einer Verbrennung machen kann, ist, sie auch noch zu verbrühen. Um das zu wissen, braucht man nicht Florence Nightingale zu sein!«

Doch Hannah war der Frau, wie sie sich erinnerte, nicht einmal böse gewesen. Sie hatte ihr Bestes versucht und ihr mit den Schmerzen nur helfen wollen.

Plötzlich zornig auf den schwächlichen Mond, schleudert sie ihr Kissen durchs Zimmer und drischt mit der Faust auf die Matratze ein. »Ich will meine *Grace* zurück«, flüstert sie unter Tränen. »Das ist nicht *meine* Grace!« Also war ihr Baby doch gestorben.

Tom hört das Klappern von Schlüsseln.

»Guten Tag«, sagt Gerald Fitzgerald, als Harry Garstone ihn hereinführt. »Entschuldigen Sie die Verspätung. Der Zug ist kurz vor Bunbury mit einer Schafherde in Konflikt geraten. Das hat uns ein wenig aufgehalten.«

»Ich habe keine Eile.« Tom zuckte die Achseln.

Der Anwalt sortierte seine Unterlagen auf dem Tisch. »Die Anhörung ist in vier Tagen.«

Tom nickte.

»Haben Sie Ihre Meinung geändert?«

»Nein.«

Fitzgerald seufzte auf. »Worauf warten Sie noch?« Als Tom ihn ansah, wiederholte er: »Worauf warten Sie, verdammt? Auf den rettenden Engel vielleicht? Niemand wird Sie retten außer mir. Und ich bin nur hier, weil Captain Addicott meine Rechnung bezahlt.«

»Ich habe ihn gebeten, sein Geld nicht zu vergeuden.«

»Es muss nicht als Geldverschwendung enden! Lassen Sie mich mein Honorar doch verdienen.«

»Wie?«

»Indem ich sage, wie es wirklich war. Dann haben Sie die Chance, als freier Mann aus dem Gerichtssaal zu spazieren.«

»Sie glauben, ich könnte je frei sein, wenn ich das Leben meiner Frau zerstöre?«

»Ich finde nur, dass wir, was die Hälfte der Anklagepunkte angeht, triftige Gegenargumente haben. Ganz gleich, was Sie auch getan haben mögen, sollen die es Ihnen doch zuerst nachweisen. Wenn Sie auf nicht schuldig plädieren, muss die Krone für jeden Vorwurf wasserdichte Beweise liefern. Spragg, dieser Idiot, mit seinen an den Haaren herbeigezogenen Verdächtigungen! Erlauben Sie mir, dass ich ihn mir vorknöpfe, und wenn es nur aus beruflichem Ehrgeiz ist!«

»Sie haben mir erklärt, dass sie meine Frau in Ruhe lassen, wenn ich mich in allen Punkten schuldig bekenne. So lautet das Gesetz. Und ich weiß, was ich will.«

»Mit einem Gedanken spielen und ihn in die Tat umsetzen, sind zwei verschiedene Dinge. Das werden Sie noch früher feststellen, als Ihnen lieb ist. Das Gefängnis von Fremantle ist kein sehr angenehmer Ort. Ich wünsche meinem ärgsten Feind nicht, die nächsten zwanzig Jahre dort verbringen zu müssen.«

Tom musterte ihn. »Wenn Sie wissen wollen, wo es wirklich unerträglich ist, fahren Sie mal nach Pozieres, Bullecourt oder Passchendaele. Schauen Sie sich dort um, und dann erklären Sie mir, wie schrecklich ein Ort sein kann, an dem ich ein Bett, etwas zu essen und ein Dach über dem Kopf bekomme.«

Fitzgerald beugte sich über seine Papiere und machte sich eine Notiz. »Wenn Sie möchten, dass ich auf schuldig plädiere, werde ich es tun. Und dann werden Sie für den ganzen Schlamassel bluten. Doch wenn Sie mich fragen, sollten Sie sich auf Ihren Geisteszustand untersuchen lassen ...Und beten Sie zu Gott und dem lieben Jesuskind, dass Spragg die Anklage nicht noch erweitert, wenn Sie erst einmal in Albany sind.«

Kapitel 32

»Was ist los, zum Teufel?«, fragte Vernon Knuckey, als Harry Garstone die Tür hinter sich schloss und betreten im Büro stehen blieb.

Garstone scharrte mit den Füßen, räusperte sich und wies mit dem Kopf hinter sich in den Eingangsbereich.

»Jetzt machen Sie schon den Mund auf, Constable.«

»Besuch.«

»Für mich?«

»Nicht für Sie, Sir.«

Knuckey bedachte ihn mit einem warnenden Blick.

»Für Sherbourne, Sir.«

»Nun, Sie wissen doch, was zu tun ist, Herrgott. Schreiben Sie den Namen auf und schicken Sie denjenigen rein.«

»Es ist ... Hannah Roennfeldt, Sir.«

Der Sergeant fuhr hoch. »Oh.« Er klappte die Akte auf seinem Schreibtisch zu und kratzte sich am Kinn. »Dann sollte ich besser zuerst ein Wort mit ihr reden.«

Knuckey stand an der Theke im vorderen Bereich des Polizeireviers. »Eigentlich ist es nicht üblich, dass Angehörige des Opfers den Angeklagten besuchen, Mrs. Roennfeldt.«

Hannah musterte den Sergeant schweigend, sodass er nicht anders konnte, als weiterzusprechen.

»Ich fürchte, es wäre völlig ungewöhnlich. Bei allem Respekt ...«

»Aber es würde nicht gegen die Vorschriften verstoßen? Gegen das Gesetz?«

»Hören Sie, Ma'am. Wenn die Sache vor Gericht kommt, wird es schwer genug für Sie. Glauben Sie mir, ein solcher Prozess ist eine große Belastung. Sie wollen doch keinen Staub aufwirbeln, noch ehe es richtig angefangen hat.«

»Ich möchte ihn sehen. Ich will dem Mann in die Augen sehen, der mein Kind umgebracht hat.«

»Ihr Kind umgebracht? Immer mit der Ruhe.«

»Das Baby, das ich verloren habe, kommt nie wieder zurück, Sergeant, nie wieder. Grace ist nicht mehr dieselbe.«

»Ich bin nicht sicher, ob ich Sie richtig verstehe, Mrs. Roennfeldt, aber ich ...«

»Ich habe ein Recht darauf, finden Sie nicht?«

Knuckey seufzte. Die Frau bot ein beklagenswertes Bild. Seit Jahren schon irrte sie durch die Stadt. Vielleicht würde sie dadurch endlich zur Ruhe kommen. »Wenn Sie bitte hier warten wollen ...«

Tom stand verwundert auf. »Hannah Roennfeldt möchte mich sprechen? Aber warum denn?«

»Natürlich sind Sie nicht dazu verpflichtet. Ich kann sie wegschicken.«

»Nein ...«, erwiderte Tom. »Ich rede mit ihr. Vielen Dank.«

»Ihre Entscheidung.«

Kurz darauf kam Hannah herein. Sie wurde von Constable Garstone gefolgt, der einen kleinen Holzstuhl trug und ihn einige Meter vor den Gitterstäben abstellte.

»Ich lasse die Tür offen, Mrs. Roennfeldt, und warte draußen. Ich kann auch bleiben, wenn Sie möchten?«

»Das ist nicht nötig. Es dauert nicht lang.«

Garstone verzog wie immer missbilligend das Gesicht und klapperte mit dem Schlüsselbund. »Gut. Dann lasse ich Sie jetzt allein, Ma'am«, erwiderte er und stolzierte hinaus.

Schweigend stand Hannah da und musterte Tom von Kopf bis Fuß: die kleine, hakenförmige Schrapnellnarbe unterhalb des linken Ohrs, die nicht angewachsenen Ohrläppchen, die trotz der Schwielen langen, zarten Finger.

Er unterzog sich der Inspektion, ohne mit der Wimper zu zucken, wie eine Beute, die sich dem Jäger aufgrund der geringen Entfernung geschlagen gibt. Währenddessen huschten flackernde Szenen an seinem geistigen Auge vorbei – das Boot, die Leiche, die Rassel. Alles, als wäre es erst gestern gewesen. Die Erinnerungen – wie er spätnachts in der Küche der Graysmarks den ersten Brief geschrieben hatte. Seine zusammengekrampften Eingeweide, als er über die Formulierung nachgrübelte. Lucys weiche Haut, ihr Kichern und ihr Haar, das schwebte wie Seetang, wenn er sie im Wasser der Schiffbruchbucht im Arm hielt. Der Moment, in dem ihm klar geworden war, dass er die Mutter des Kindes die ganze Zeit gekannt hatte. Er spürte, wie ihm am Rücken der Schweiß ausbrach.

»Danke, dass Sie mich empfangen, Mr. Sherbourne ...«

Hannahs Höflichkeit erschreckte Tom mehr, als wenn sie ihn beschimpft oder den Stuhl gegen die Gitterstäbe geschleudert hätte.

»Mir ist klar, dass Sie nicht dazu verpflichtet sind.«

Er nickte nur.

»Seltsam, finden Sie nicht?«, fuhr sie fort. »Bis vor ein paar Wochen habe ich mich, wenn überhaupt, nur in Dankbarkeit an Sie erinnert. Doch wie sich herausstellt, sind Sie derjenige, vor dem ich mich in jener Nacht hätte fürchten sollen. ›Der Krieg verändert einen Mann‹, haben Sie gesagt. ›Er kann dann richtig und falsch nicht mehr unterscheiden.‹ Jetzt verstehe ich endlich, was Sie damit gemeint haben. – Ich muss eines wissen«, fuhr sie mit ruhiger Stimme fort. »Haben Sie das wirklich allein zu verantworten?«

Tom nickte langsam und ernst.

Kurz malte sich Schmerz in Hannahs Gesicht, als hätte sie jemand geohrfeigt. »Bereuen Sie Ihre Tat?«

Die Frage versetzte ihm einen Stich, und er richtete den Blick auf ein Astloch in den Dielenbrettern. »Ich bereue es mehr, als ich in Worte fassen kann.«

»Haben Sie nie einen Gedanken daran verschwendet, dass das Kind eine Mutter haben könnte? Konnten Sie sich nicht vorstellen, dass es geliebt und vermisst wird?« Sie blickte sich in der Zelle um und sah dann wieder Tom an. »Warum? Wenn ich nur den Grund begreifen würde ...«

Er schob den Kiefer vor. »Ich kann wirklich nicht erklären, warum ich es getan habe.«

»Bitte, versuchen Sie es.«

Sie hatte es verdient, die Wahrheit zu erfahren. Allerdings konnte er ihr nichts offenbaren, ohne Isabel zu schaden. Er hatte getan, was nötig war – Lucy war wieder bei ihrer Mutter, und er musste nun die Folgen tragen. Der Rest bestand nur aus Worten. »Ich darf es Ihnen wirklich nicht sagen.«

»Der Polizist aus Albany denkt, dass Sie meinen Mann umgebracht haben. Stimmt das?«

Er sah ihr unverwandt in die Augen. »Ich schwöre Ihnen, dass er bereits tot war, als ich ihn fand ... Ich weiß, dass ich mich anders hätte verhalten sollen. Ich bereue wirklich, welchen Schaden ich mit meinen Entscheidungen seit diesem Tag angerichtet habe. Doch Ihr Mann war schon tot.«

Sie atmete tief durch und wollte schon gehen.

»Machen Sie mit mir, was Sie wollen, ich bitte nicht um Gnade ...«, sagte Tom, »... aber meine Frau hatte keine andere Wahl. Sie liebt dieses kleine Mädchen. Sie hat es umsorgt, als gebe es außer ihm nichts auf der Welt. Seien Sie gnädig mit ihr.«

Hannahs verbitterter Gesichtsausdruck wurde von Erschöpfung und Trauer abgelöst. »Frank war ein wunderbarer Mensch«, sagte sie, drehte sich um und ging langsam den Flur entlang.

Im Dämmerlicht lauschte Tom den Zikaden, deren Zirpen – ein Chor von Tausenden – die Zeit zu bemessen schien. Er ertappte sich dabei, dass er die Hände schloss und öffnete, als könnten sie ihn davontragen, was seine Füße nicht mehr vermochten. Während er sie betrachtete, dachte er über alles nach, was sie im Laufe der Jahre getan hatten. Diese Ansammlung von Zellen, Muskeln und Gedanken war sein Leben – und dennoch musste doch noch mehr dahinterstecken. Er kehrte wieder in die Gegenwart zurück – in die aufgeheizten Mauern und die stickige Luft. Die letzte Sprosse der Leiter, die ihn aus der Hölle hätte retten können, war weggebrochen.

Manchmal gelang es Isabel, stundenlang nicht an Tom zu denken. Sie half ihrer Mutter im Haushalt, betrachtete die Bilder, die Lucy während ihrer kurzen Besuche für Violet gemalt hatte, und trauerte immer mehr um den Verlust ihrer Tochter. Doch dann schlichen sich wieder Erinnerungen an Tom ein – und an den von Ralph überbrachten Brief, der weiterhin in der Schublade schlummerte.

Gwen hatte versprochen, Lucy wieder zu ihr zu bringen, war jedoch in den Tagen danach nicht mehr im Park erschienen, obwohl Isabel stundenlang gewartet hatte. Aber sie musste stark bleiben, solange auch nur ein Hauch von Hoffnung bestand, dass sie ihre Tochter wiedersehen würde. Und dennoch. Sie holte den Brief aus der Schublade und betrachtete den Riss an der Kante, wo sie versucht hatte, ihn zu öffnen. Doch dann legte sie ihn zurück und eilte wieder in den Park, um zu warten. Nur für alle Fälle.

»Sag mir, was ich tun soll, Tom. Du weißt doch, dass ich dir helfen will. Bitte mach den Mund auf.« Blueys Stimme klang angespannt, und seine Augen waren feucht.

»Da gibt es nichts mehr zu tun, Bluey.« In Toms Zelle war es heiß, und es roch nach Karbol, weil vor einer Stunde feucht gewischt worden war.

»Ich wünsche bei Gott, ich hätte die verdammte Rassel nie gesehen. Hätte ich mal besser den Mund gehalten.« Er umklammerte die Gitterstäbe. »Dieser Sergeant aus Albany war bei mir und hat mich nach dir ausgefragt. Ob du schnell zuschlägst oder ob du trinkst. Bei Ralph war er auch. Die Leute reden über dich – angeblich geht es um Mord. Um Himmels willen, Tom. Im Pub sprechen sie davon, dass du gehängt werden sollst.«

Tom sah ihm in die Augen. »Glaubst du dieses Geschwätz?«

»Natürlich nicht. Doch ich bin sicher, dass die Gerüchte irgendwann ein Eigenleben entwickeln. Es wäre nicht das erste Mal, dass ein Unschuldiger wegen einer Sache verurteilt wird, die er nie verbrochen hat. Und wenn er erst mal tot ist, nützen die Entschuldigungen auch nichts mehr.« Flehend sah Bluey Tom an.

»Manche Dinge lassen sich schwer erklären«, erwiderte Tom. »Was ich getan habe, hatte Gründe.«

»Aber was hast du denn getan?«

»Einiges, womit ich das Leben anderer Menschen zerstört habe, und nun muss ich dafür bezahlen.«

»Es heißt, der alte Potts findet, dass ein Mann etwas ziemlich Übles angestellt haben muss, wenn nicht einmal seine Frau zu ihm hält.«

»Danke, Kumpel, du kannst einen wirklich aufmuntern.«

»Gib dich nicht kampflos geschlagen, Tom. Versprich mir das!«

»Es geht schon gut, Bluey.«

Doch als Blueys Schritte sich entfernten, fragte sich Tom, ob er sich nicht vielleicht irrte. Isabel hatte nicht auf seinen Brief geantwortet, und er musste sich mit dem Gedanken anfreunden, dass seine schlimmsten Befürchtungen sich bestätigen würden. Und dennoch hatte er die Pflicht, für sich zu behalten, was er über sie wusste und welche Seiten er an ihr kennengelernt hatte.

Am Stadtrand stehen die alten Hütten der Holzfäller, klägliche Bretterbuden, deren Zustand von baufällig bis sorgsam instand gehalten reicht. Sie verfügen über kleine Gärten und grenzen an das Wasserwerk an, das die Stadt versorgt. In einer davon wohnt, wie Isabel weiß, Hannah Roennfeldt und hält ihre liebste Lucy gefangen. Isabel hat vergeblich auf Gwen gewartet. Nun geht sie in ihrer Verzweiflung zu Lucy. Nur um zu sehen, wie sie lebt und wie sie sich fühlt. Es ist Mittagszeit, und auf der breiten, von Palisanderbäumen gesäumten Straße ist niemand zu sehen.

Eines der Häuschen ist besonders gut in Schuss. Das Holz ist frisch lackiert, der Rasen gemäht. Anders als die übrigen ist es von einer hohen Hecke umgeben, die sich besser als ein Zaun dazu eignet, neugierige Blicke fernzuhalten.

Isabel geht die Seitengasse hinter den Häusern entlang. Durch die Hecke hört sie das rhythmische Quietschen von Metall. Als sie durch eine winzige Lücke im Laubwerk späht, wird ihr Atem schneller, denn sie sieht ihr kleines Mädchen, das auf einem Dreirad den Gartenweg hin und her fährt. Sie ist ganz allein, und ihr Gesichtsausdruck ist weder glücklich noch traurig, sondern hochkonzentriert, als sie weiterstrampelt. Sie ist so nah, dass Isabel sie fast berühren, sie im Arm halten und sie trösten könnte. Plötzlich erscheint es ihr völlig widersinnig, dass sie ohne ihr Kind leben soll – so, als sei die ganze Stadt auf einmal verrückt geworden und sie als Einzige noch bei Verstand.

Isabel überlegt. Der Zug von Perth nach Albany und zurück fährt einmal täglich. Wenn sie bis zur letzten Minute mit dem Einsteigen wartet, besteht sicher eine Chance, dass niemand sie bemerkt. Wann würde jemand das Kind vermissen? Und in Perth wäre es einfacher, in der anonymen Masse unterzutauchen. Von dort aus könnte sie mit dem Schiff nach Sydney fahren. Vielleicht sogar nach England. Ein neues Leben anfangen. Dass sie keinen Shilling, geschweige denn ein Bankkonto ihr Eigen nennt, spielt keine Rolle. Sie beobachtet ihre Tochter und schmiedet Pläne.

Harry Garstone klopfte lautstark an die Tür der Graysmarks. Bill machte auf, nachdem er durch die Glasscheibe gesehen hatte, wer sie um diese Uhrzeit besuchen kam.

»Mr. Graysmark«, begann der Constable mit einem höflichen Nicken.

»Guten Abend, Harry. Was führt Sie hierher?«

»Eine dienstliche Angelegenheit.«

»Aha«, erwiderte Bill und machte sich auf eine weitere Hiobsbotschaft gefasst.

»Ich suche nach dem Roennfeldt-Mädchen.«

»Hannah?«

»Nein, nach ihrer Tochter Grace.«

Bill brauchte einen Moment, um zu verstehen, dass er Lucy meinte, und er sah den Polizisten fragend an.

»Haben Sie sie hier?«, wollte Garstone wissen.

»Natürlich nicht. Wie kommen Sie darauf …?«

»Nun, sie ist nicht bei Hannah Roennfeldt, sondern spurlos verschwunden.«

»Hat Hannah sie etwa davonlaufen lassen?«

»Oder sie wurde entführt. Ist Ihre Tochter zu Hause?«

»Ja.«

»Sicher?«, hakte Garstone ein wenig enttäuscht nach.

»Natürlich bin ich sicher.«

»Schon den ganzen Tag?«

»Nein, nicht den ganzen Tag. Was wollen Sie. Wo ist Lucy?«

Inzwischen stand Violet hinter Bill und fragte: »Was ist geschehen?«

»Ich muss Ihre Tochter sprechen, Mrs. Graysmark«, erwiderte Garstone. »Könnten Sie sie bitte holen?«

Widerstrebend ging Violet in Isabels Zimmer, das jedoch leer war. Als sie in den Garten hastete, traf sie sie auf der Schaukel an, wo sie ins Leere starrte.

»Isabel, Harry Garstone ist da!«

»Was will er?«

»Ich denke, du solltest besser mit ihm sprechen«, erwiderte Violet, und etwas im Tonfall ihrer Mutter sorgte dafür, dass Isabel ihr zur Vordertür folgte.

»Guten Abend, Mrs. Sherbourne. Ich bin wegen Grace Roennfeldt hier«, begann Garstone.

»Was ist mit ihr?«, entgegnete Isabel.

»Wann haben Sie sie zuletzt gesehen?«

»Sie war seit ihrer Rückkehr nicht in ihrer Nähe«, wandte ihre Mutter ein, bevor sie sich verbesserte: »Nun, sie hat sie … zufällig getroffen. Bei Mouchemore. Aber das ist das einzige Mal …«

»Stimmt das, Mrs. Sherbourne?«

Da Isabel schwieg, ergriff ihr Vater das Wort. »Natürlich stimmt das. Was glauben Sie denn …?«

»Nein, Dad, ich habe sie noch einmal gesehen.«

Beide Eltern drehten sich erstaunt um.

»Im Park vor drei Tagen. Gwen Potts hat sie zu mir gebracht.« Isabel überlegte, ob sie weitersprechen sollte. »Es war nicht meine Idee, sondern die von Gwen, ich schwöre. Wo ist Lucy?«

»Weg. Verschwunden.«

»Seit wann?«

»Ich dachte, diese Frage könnten Sie vielleicht beantworten«, entgegnete der Polizist. »Mr. Graysmark, hätten Sie etwas dagegen, wenn ich mich kurz umschaue? Nur sicherheitshalber?«

Bill wollte schon Einspruch erheben, doch Isabels Äußerung gefiel ihm gar nicht. »Wir haben hier nichts zu verbergen. Schauen Sie nur.«

Der Polizist, der sich noch gut an die Abreibung erinnerte, die Bill Graysmark ihm wegen Spickens in einer Mathematikprüfung mit dem Rohrstock verabreicht hatte, öffnete demonstrativ Schränke und spähte unter Betten. Allerdings wirkte er dabei ein wenig verunsichert, so als könnte der Schuldirektor jederzeit wieder eine Strafe über ihn verhängen. Schließlich kehrte er in den Flur zurück. »Vielen Dank. Geben Sie uns Bescheid, wenn Sie sie sehen.«

»Ihnen Bescheid geben?«, empörte sich Isabel. »Haben Sie etwa noch nicht zu suchen angefangen? Warum suchen Sie sie nicht?«

»Das geht Sie nichts an, Mrs. Sherbourne.«

Sobald Garstone aus der Tür war, wandte Isabel sich an ihren Vater. »Dad, wir müssen sie finden! Ich muss los und ...«

»Mach nicht gleich die Pferde scheu, Izz. Lass mich erst schauen, ob ich etwas Vernünftiges aus Vernon Knuckey heraushole. Ich rufe im Revier an und erkundige mich, was passiert ist.«

Kapitel 33

Von frühester Kindheit an hat das Kind von Janus Rock die Erfahrung gemacht, dass die Extreme des menschlichen Lebens Normalität sind. Wer hätte sagen können, welche Erinnerungen an ihre erste Fahrt zur Insel und die Szene, die dazu geführt hat, in ihrem Körper hängen geblieben sind? Und selbst wenn sie völlig ausgelöscht wurden, haben sich die Tage am Leuchtturm, in einer von nur drei Menschen bewohnten Welt, für immer in ihr Gedächtnis eingeprägt. Ihre Bindung an die Frau und den Mann, die sie großgezogen haben, ist gleichermaßen unauslöschlich und selbstverständlich. Allerdings weiß sie nicht, dass das Gefühl, das die Trennung von ihnen ausgelöst hat, Trauer heißt. Sie kennt die Wörter »Sehnsucht« und »Verzweiflung« nicht.

Aber sie vermisst Mama und Dadda, leidet unter ihrer Abwesenheit und denkt selbst jetzt, nach vielen Wochen auf dem Festland, jeden Tag an sie. Offenbar ist sie sehr ungezogen gewesen, weil Mama so viel weint. Und was die Frau mit dem dunklen Haar und den dunklen Augen angeht, die behauptet, ihre richtige Mutter zu sein ... Lügen ist böse. Warum also rückt die traurige Dame nicht von dieser dicken Lüge ab und wiederholt sie auch noch, wenn andere Leute dabei sind? Und weshalb lassen die Erwachsenen sie einfach gewähren?

Sie weiß, dass Mama hier in Partageuse ist und dass böse Männer Dadda weggebracht haben, allerdings nicht, wohin. Das Wort »Polizei« hat sie jetzt zwar schon öfter gehört, jedoch keine rechte Vorstellung davon, was es bedeutet. Sie hat auch viele Gespräche auf der Straße belauscht. »Was für eine Katastrophe, was für eine schreckliche Tragödie.« Außerdem hat Hannah gedroht, dass sie ihre Mama nie wiedersehen wird.

Janus ist zwar riesengroß, doch sie kennt jeden Quadratzentimeter der Insel: den Schiffbruchstrand, die Gefährliche Bucht, die Stürmische Klippe. Um nach Hause zu finden, braucht sie nur Ausschau nach dem Leuchtturm zu halten, hat Dadda ihr erklärt. Und da die Leute es dauernd sagen, weiß sie auch, dass Partageuse eine sehr kleine Stadt ist.

Als Hannah in der Küche und Gwen nicht zu Hause ist, geht das kleine Mädchen in sein Zimmer. Ordentlich schließt Lucy ihre Sandalen. Dann steckt sie eine Zeichnung, die den Leuchtturm, Mama, Dadda und Lulu darstellt, in eine Tasche. Dann kommen noch der Apfel, den die Dame ihr an diesem Morgen gegeben hat, und die Wäscheklammern, die sie als Puppen benutzt, hinein.

Leise schließt sie die Hintertür und sucht die Hecken im hinteren Teil des Gartens ab, bis sie eine Lücke entdeckt, die gerade breit genug ist, um hindurchzuschlüpfen. Sie hat Mama im Park gesehen. Dort will sie jetzt hin, um sie zu treffen. Dann werden sie gemeinsam Dadda suchen und nach Hause fahren.

Es ist später Nachmittag, als sie zu ihrer Mission aufbricht. Die Sonnenstrahlen fallen in einem schrägen Winkel auf die Erde, sodass die Schatten der Bäume bereits unnatürlich gedehnt sind wie Gummibänder.

Nachdem das kleine Mädchen sich durch die Hecke gezwängt hat, schleicht es mit der Tasche durch das niedrige Gebüsch hinter dem Haus. Die Geräusche hier sind so anders als auf Janus. So viele Vögel, die einander zurufen. Als sie weitergeht, wird das Unterholz dichter und grüner. Sie fürchtet sich nicht vor den Glattechsen, die schwarz und schuppig durch das Gestrüpp gleiten. Glattechsen tun einem nichts, das weiß sie sehr wohl. Allerdings ahnt sie nicht, dass, anders als auf Janus, nicht jedes schwarze Kriechtier hier eine Glattechse ist. Sie hat die lebenswichtige Unterscheidung zwischen Eidechsen mit Beinen und solchen ohne nie treffen müssen. Eine Schlange hat sie noch nie zuvor gesehen.

Als das kleine Mädchen den Park erreicht, dämmert es schon. Sie läuft zur Bank, doch von ihrer Mutter fehlt jede Spur. Sie setzt sich hin, hievt ihre Tasche hinauf und betrachtet ihre Umgebung. Dann holt sie den vom Transport eingedellten Apfel aus der Tasche und beißt hinein.

Um diese Uhrzeit herrscht in den Küchen von Partageuse geschäftiges Treiben. Die Mütter sind gereizt, die Kinder hungrig. Hände und Gesichter, schmutzig nach einem Tag Umhertollen zwischen den Bäumen oder Toben am Strand, werden gründlich geschrubbt. Väter gönnen sich ein Bier aus dem Eisschrank, während Mütter Töpfe mit kochenden Kartoffeln und Backröhren mit schmurgelnden Eintöpfen überwachen. Wohlbehalten und vollständig versammeln sich die Familien am Ende eines langen Tages. Der Himmel verdunkelt sich von Sekunde zu Sekunde, bis die Schatten nicht mehr von oben kommen, sondern aus dem Boden aufsteigen und die ganze Luft erfüllen. Die Menschen ziehen sich in ihre Häuser zurück und überlassen die Nacht den Wesen, denen sie gehört: den Zikaden, den Eulen und den Schlangen. Eine Welt, die sich seit Hunderttausenden von Jahren nicht verändert hat, erwacht zum Leben, als hätte es das Tageslicht, die Menschen und deren Einfluss auf die Landschaft nie gegeben. Die Straßen sind leer.

Als Sergeant Knuckey im Park ankommt, liegen auf der Parkbank nur eine Tasche und das Kerngehäuse eines Apfels mit den Spuren kleiner Zähne, auf dem bereits die Ameisen wimmeln.

Es wird dunkel, und die ersten Lichter funkeln durch die Nacht. Punkte in der Finsternis, manchmal von einer Gaslaterne im Fenster, manchmal von einer Glühbirne aus den neueren Häusern. Die Main Street von Partageuse ist auf beiden Seiten mit elektrischer Straßenbeleuchtung versehen. Auch die Sterne erhellen die klare Luft, und die Milchstraße malt einen strahlenden Pfad durch die Dunkelheit.

Einige der hellen Punkte zwischen Bäumen schwanken wie feurige Früchte: Menschen mit Laternen suchen den Busch ab. Nicht nur Polizisten, sondern auch Arbeiter aus Potts Sägewerk und

Männer von der Hafen- und Leuchtturmverwaltung. Hannah wartet, wie angewiesen, voller Angst zu Hause. Die Graysmarks gehen die Wege durch den Busch ab und rufen immer wieder den Namen des Kindes. »Lucy« und »Grace« hallten durch die Luft, obwohl nur ein einziges kleines Mädchen vermisst wird.

Lucy umklammert ihr Bild von Mama, Dadda und dem Leuchtturm und erinnert sich an die Geschichte von den Heiligen Drei Königen, die von einem Stern zum Jesuskind geführt werden. Sie hat das Licht von Janus draußen auf dem Meer entdeckt: Es ist überhaupt nicht weit, das ist der Leuchtturm nie. Allerdings stimmt etwas nicht. Zwischen den weißen Blitzen ist auch ein roter zu sehen. Dennoch folgt sie dem Licht. Sie steuert auf das Wasser zu, wo die See in der Nacht rauer geworden ist und die Wellen den Strand beherrschen. Am Leuchtturm wird sie Mama und Dadda finden. Also geht sie die lange, schmale Landzunge hinunter – die Spitze von Point Partageuse, wo Isabel Tom vor vielen Jahren gesagt hat, er müsse sich hinlegen, wenn er in das Loch schaut, damit er nicht weggeweht würde. Jeder Schritt trägt das kleine Mädchen näher an das Licht heran und auf den Ozean hinaus.

Allerdings ist es nicht das Licht von Janus, dem sie da folgt. Jeder Leuchtturm hat eine eigene Kennung, und der rote Lichtblitz zwischen den weißen teilt den Seeleuten mit, dass sie sich nun den seichten Gewässern vor der Hafeneinfahrt von Partageuse nähern, fast einhundertfünfzig Kilometer von Janus Rock entfernt.

Der Wind frischt auf. Das Wasser braust. Das Kind geht weiter. Die Dunkelheit nimmt zu.

In seiner Zelle hörte Tom die Stimmen draußen. »Lucy? Lucy, bist du da?« Und dann: »Grace? Wo bist du, Grace?«

»Sergeant Knuckey? Sergeant?«, rief Tom nach vorn ins Revier.

Schlüssel klapperten, und Constable Lynch erschien. »Brauchen Sie etwas?«

»Was ist da los? Leute suchen Lucy.«

Bob Lynch überlegte, was er antworten sollte. Der Mann hatte ein Recht, es zu erfahren. Er könnte es sowieso nicht verhindern. »Das kleine Mädchen ist verschwunden.«

»Wann? Wie?«

»Vor ein paar Stunden. Offenbar ist sie weggelaufen.«

»Gütiger Himmel! Wie zum Teufel konnte das passieren?«

»Keine Ahnung.«

»Und was wird jetzt unternommen?«

»Man sucht nach ihr.«

»Lassen Sie mich helfen. Ich kann nicht tatenlos hier herumsitzen.« Lynchs Gesichtsausdruck genügte als Antwort. »Ach, verdammt noch mal!«, schimpfte Tom. »Wohin soll ich denn fliehen?«

»Ich gebe Ihnen Bescheid, sobald ich etwas erfahre, alter Junge. Mehr darf ich leider nicht tun.« Wieder das Klappern von Metall, und er war fort.

Tom saß da und dachte an Lucy, die immer neugierig ihre Umwelt erkundete. Sie hatte keine Angst vor der Dunkelheit. Vielleicht hätte er ihr beibringen sollen, vorsichtiger zu sein. Er hatte sie nicht auf ein Leben außerhalb von Janus vorbereitet. Im nächsten Moment fiel ihm noch etwas ein. Wo war Isabel? Was war ihr in ihrem derzeitigen Zustand alles zuzutrauen? Er betete, dass sie die Dinge nicht selbst in die Hand genommen hatte.

Ein Glück, dass es nicht Winter war. Vernon Knuckey spürte, wie es kälter wurde, als es auf Mitternacht zuging. Das Kind trug nur ein Baumwollkleid und Sandalen. Zumindest hatte sie im Januar eine Chance, die Nacht zu überleben. Im August wäre sie inzwischen wohl schon blau gefroren gewesen.

Um diese Uhrzeit war es zwecklos weiterzusuchen. Kurz nach fünf würde die Sonne aufgehen. Es war besser, wenn die Leute ausgeruht und die Lichtverhältnisse auf ihrer Seite waren. »Richten Sie es den anderen aus«, meinte er, als er am Ende der Straße Garstone begegnete. »Wir machen für heute Nacht Schluss. Bei

Morgengrauen treffen wir uns auf dem Revier und fangen von vorn an.«

Es war zwar schon eins, aber er musste einen klaren Kopf bekommen. Also brach er, die Laterne noch in der Hand, zu seinem üblichen Abendspaziergang auf. Die Lampe schwang bei jedem Schritt durch die Dunkelheit.

Hannah saß in ihrem Häuschen und betete. »Behüte sie, Herr. Achte auf sie und rette sie. Du hast sie schon einmal gerettet ...« Eine neue Sorge meldete sich – vielleicht hatte Grace ihren Vorrat an Wundern ja schon aufgebraucht. Doch sie beruhigte sich mit dem Gedanken, dass kein Wunder nötig war, damit ein Kind eine Nacht im Freien überlebte. Es durfte ihr nur nichts zustoßen. Und das war etwas völlig anderes. Im nächsten Moment jedoch wurde dieser Gedanke von einer neuen, noch drängenderen Angst vertrieben. In ihrer Erschöpfung stieg plötzlich ein Gedanke, abwegig zwar, aber glasklar, in ihr hoch: Vielleicht wollte Gott ja nicht, dass Grace bei ihr blieb. Vielleicht trug sie die Schuld an allem. Sie wartete und betete. Und sie schloss einen feierlichen Pakt mit Gott ...

Jemand tritt gegen Hannahs Haustür. Sie hat die Lichter zwar gelöscht, ist jedoch hellwach und springt auf, um zu öffnen. Vor ihr steht Sergeant Knuckey mit Graces schlaffem Körper in den Armen.

»Oh, gütiger Himmel!« Hannah stürzt sich auf ihr Kind. Da sie nur Augen für das Mädchen hat und nicht für den Mann, bemerkt sie nicht, dass er lächelt.

»Ich bin auf der Landzunge fast über sie gestolpert. Sie schläft tief und fest«, verkündet er. »Die Kleine hat neun Leben, so viel steht fest.« Trotz seines Lächelns hat er eine Träne im Auge, als er sich an das Gewicht seines Sohns in seinen Armen erinnert, den er vor so vielen Jahrzehnten nicht hat retten können.

Hannah hörte seine Worte kaum, als sie ihre schlafende Tochter an sich drückt.

In dieser Nacht nahm Hannah Grace mit zu sich ins Bett, lauschte jedem ihrer Atemzüge und beobachtete jede Kopfbewegung und jedes Strampeln.

Als Regen einsetzte, ein Geräusch, als würde das Blechdach mit Kies bestreut, erinnerte sich Hannah an ihren Hochzeitstag: eine Zeit undichter Zimmerdecken in einer bescheidenen Hütte, in der Eimer herumstanden. Eine Zeit der Liebe und der Hoffnung. Vor allem Hoffnung. Frank, sein Lächeln und sein Frohsinn, ganz gleich, was der Tag auch brachte. Sie wollte, dass Grace auch so wurde. Ihre Tochter sollte ein glückliches kleines Mädchen werden, und sie betete zu Gott um den Mut und die Kraft, um das zu tun, was dazu nötig war.

Als der Donner das Kind weckte, sah es Hannah schlaftrunken an, kuschelte sich enger an sie und kehrte zurück in seine Träume, während ihre Mutter lautlos weinte und an ihren Schwur dachte.

Die schwarze Hausspinne ist in ihr Netz in der Ecke von Toms Zelle zurückgekehrt, überarbeitet unermüdlich das komplizierte Geflecht und schafft wieder Ordnung, nach einem Muster, das nur sie selbst kennt. Weshalb muss ein Faden genau mit dieser Spannung und in diesem Winkel angebracht werden? Nachts erscheint die Spinne, um ihr Netz zu reparieren, ein Gewirr aus Fäden, das seltsame Formen bildet, in denen sich der Staub fängt. Sie webt ihre willkürliche Welt, die sie immer wieder flickt und nur verlässt, wenn man sie dazu zwingt.

Lucy ist in Sicherheit. Tom kann die Erleichterung körperlich spüren. Doch noch kein Wort von Isabel. Kein Zeichen, dass sie ihm verziehen hat oder es je tun wird. Die Hilflosigkeit, weil er Lucy nicht hat retten können, macht ihn nur umso entschlossener, seine Frau zu schützen, so gut er kann. Es ist die einzige Freiheit, die ihm bleibt.

Dass er ohne sie leben muss, erleichtert es ihm, loszulassen und sich nicht gegen den Lauf der Dinge zu stemmen. Er schwelgt in Erinnerungen. Das Zischen des Öldampfs, wenn er nach der Berührung mit dem Streichholz zu strahlen begann. Die Regenbogenfarben der Prismen. Die Ozeane, die sich wie ein geheimes Geschenk vor Janus erstreckten. Wenn Tom sich von dieser Welt verabschieden muss, möchte er die schönen Dinge im Gedächtnis behalten, nicht nur das Leid. Die Atemzüge von Lucy, die sich zwei fremden Menschen anvertraut hat und wie ein Molekül mit ihren Herzen verschmolzen ist. Und Isabel, die Isabel von früher, die ihm nach all den Jahren im Dunstkreis des Todes den Weg zurück ins Leben geleuchtet hat.

Ein leichter Regen weht die dampfigen Gerüche des Waldes in seine Zelle: Erde, nasses Holz und der scharfe Duft der Silberbäume, deren Blüten wie große, fedrige Eicheln aussehen. Er denkt daran, dass er Abschied von den unterschiedlichen Menschen nehmen muss, die sich in ihm vereinen – dem verlassenen Achtjährigen, dem halb wahnsinnigen Soldaten am Rande der Hölle und dem Leuchtturmwärter, der es gewagt hat, sein Herz zu öffnen. All diese Leben sind in ihm ineinandergeschichtet wie in einer russischen Puppe.

Der Wald singt ihm etwas vor: Der Regen klopft auf das Laub und tropft in Pfützen, die Kakadus lachen wie verrückt über einen Scherz, der sich dem menschlichen Verständnis entzieht. Tom hat das Gefühl, Teil eines zusammenhängenden Ganzen zu sein. Zu genügen. Ein weiterer Tag oder ein weiteres Jahrzehnt wird nichts daran ändern. Er ist umfangen von einer Natur, die letztlich darauf wartet, ihn sich einzuverleiben und seine Atome neu anzuordnen.

Inzwischen regnet es heftiger, und in der Ferne grollt der Donner dem Blitz, weil der ihn zurückgelassen hat.

Kapitel 34

Die Addicotts wohnten in einem Haus, das nur wenige Meter Salzwiese von einem Fußbad im Meer trennten. Ralph hielt die Holzteile gut in Schuss, während Hilda dem sandigen Boden einen kleinen Garten abgetrotzt hatte: Zinnien und Dahlien, so grellbunt wie Tanzmädchen, säumten den Weg zu der kleinen Voliere, in der, sehr zum Erstaunen der einheimischen Vögel, fröhlich zwitschernde Finken lebten.

Als Ralph einen Tag, nachdem Lucy gefunden worden war, auf die Eingangstür zusteuerte, wehte ihm der Duft von Orangenmarmelade entgegen. Gerade nahm er im Flur die Mütze ab, als Hilda ihn, einen wie ein orangefarbener Lutscher glänzenden Kochlöffel in der Hand, im Flur abfing. Sie legte den Finger an die Lippen und zog ihn in die Küche. »Im Wohnzimmer!«, flüsterte sie. »Isabel Sherbourne! Sie wartet auf dich.«

Ralph schüttelte verdattert den Kopf. »Wird jetzt die ganze Welt verrückt? Was will sie denn?«

»Ich glaube, genau das ist das Problem. Das weiß sie selbst nicht so genau.«

Das kleine, ordentliche Wohnzimmer des Kapitäns war weder mit Flaschenschiffen noch den Modellen von Zerstörern geschmückt, sondern mit Ikonen. Die Erzengel Michael und Raphael und verschiedene Heilige blickten den Besuchern aus der Ewigkeit entgegen und musterten sie mit strenger und ernster Miene.

Das Wasserglas neben Isabel war fast leer. Sie starrte einen Engel an, der sich, Schwert und Schild in der Hand, über eine Schlange zu seinen Füßen beugte. Weil es draußen dicht bewölkt und deshalb dämmrig im Zimmer war, wirkten die Bilder wie goldene Flecken in der Dunkelheit.

Da sie Ralphs Eintreten nicht bemerkte, beobachtete er sie eine Weile, ehe er sagte: »Das war meine erste. Vor etwa vierzig Jahren habe ich vor Sewastopol einen russischen Seemann aus der Brühe gefischt. Er hat sie mir zum Dank geschenkt.« Er sprach langsam und hielt immer wieder inne. »Die anderen habe ich in meiner Zeit bei der Handelsmarine gesammelt.« Er lachte auf. »Eigentlich bin ich nicht sehr religiös, und von Malerei habe ich auch keine Ahnung. Aber die Bilder haben etwas an sich, dass man glaubt, sie würden einem antworten. Hilda sagt, sie leisten ihr Gesellschaft, wenn ich auf See bin.« Er steckte die Hände in die Hosentaschen und wies mit dem Kopf auf das Bild, das Isabel gerade betrachtete. »Diesem Burschen habe ich eine Zeit lang ganz schön das Ohr abgekaut, das kann ich dir verraten. Das ist der Erzengel Michael. Er hat zwar ein Schwert in der Hand, aber den Schild halb erhoben. So, als könne er sich nicht ganz entscheiden.«

Es wurde still im Raum. Der Wind schien noch drängender an den Fenstern zu rütteln und Isabels Aufmerksamkeit zu fordern. Wilde Wogen brachen sich bis zum Horizont, und der Himmel verdüsterte sich in Erwartung des nächsten Regenschauers. Isabel musste an Janus denken – an die weite Leere und an Tom. Im nächsten Moment brach sie in Tränen aus, und ihre Schluchzer waren wie Wellen, die sie endlich zurück an vertraute Gestade spülten.

Ralph setzte sich neben sie und hielt ihre Hand. In der nächsten halben Stunde schwieg er und ließ sie sich ausweinen.

»Lucy ist gestern Abend weggelaufen, und zwar meinetwegen, Ralph«, begann Isabel schließlich. »Sie hat mich gesucht. Sie hätte sterben können. Oh, Ralph, es ist alles so schrecklich. Mit Mum und Dad kann ich nicht darüber sprechen ...«

Noch immer sagte der alte Mann kein Wort, hielt nur Isabels Hand und betrachtete die abgekauten Fingernägel. Schließlich nickte er. »Sie lebt, und sie ist in Sicherheit.«

»Mehr verlange ich doch gar nicht, Ralph. Von dem Augenblick an, als sie auf Janus angespült wurde, wollte ich nur ihr Bestes. Sie brauchte uns. Und wir haben sie gebraucht.« Sie hielt inne. »*Ich* habe sie gebraucht. Und als sie einfach aus dem Nichts erschien, war es wie ein Wunder, Ralph. Ich war sicher, dass es ihr bestimmt war, bei uns zu bleiben. Alles war einfach sonnenklar. Ein kleines Baby hatte seine Eltern verloren – und wir gerade ein kleines Baby ... Ich habe sie so geliebt.« Sie putzte sich die Nase. »Da draußen ... Ralph, du bist einer der wenigen Menschen auf der Welt, die wissen, wie es auf Janus ist. Einer der wenigen, die es sich vorstellen können. Doch selbst du hast nie einem Schiff nachgewinkt, auf dem Bootssteg gestanden und gelauscht, wie das Geräusch des Motors erstarb. Zugesehen, wie das Schiff immer kleiner und kleiner wurde. Du hast nie die Erfahrung gemacht, wie es ist, sich für einige Jahre von der Welt zu verabschieden. Janus war die Wirklichkeit. Lucy war die Wirklichkeit. Alles andere war nur Einbildung. Als wir von Hannah Roennfeldt erfuhren – oh, da war es schon zu spät, Ralph. Ich hatte nicht die Kraft, Lucy wegzugeben. Das konnte ich ihr nicht antun.«

Der alte Mann saß da und atmete langsam und tief durch. Hin und wieder nickte er und unterdrückte das Bedürfnis, ihr eine Frage zu stellen oder ihr zu widersprechen. Schweigen war der beste Weg, um ihr und allen anderen Beteiligten zu helfen.

»Wir waren so eine glückliche Familie. Und dann, als die Polizei auf die Insel kam und ich erfuhr, was Tom angerichtet hatte, gab es plötzlich keine Sicherheit mehr. Nirgendwo war ich sicher. Nicht einmal in mir selbst. Ich war so gekränkt und so wütend. Und ich hatte Angst. Seit der Polizist mir von der Rassel erzählt hat, ergab nichts mehr einen Sinn.« Sie sah ihn an. »Was habe ich getan?« Es war keine rhetorische Frage. Sie suchte nach einem Spiegel. Nach etwas, das ihr zeigte, was sie nicht sehen konnte.

»Ich muss sagen, dass mich das weniger beschäftigt als das Problem, was du jetzt tun willst.«

»Ich kann gar nichts tun. Alles ist fort. Nichts ergibt mehr einen Sinn.«

»Der Mann liebt dich, weißt du das? Das ist doch schon einmal etwas wert.«

»Aber was ist mit Lucy? Sie ist meine Tochter, Ralph.« Sie überlegte, wie sie es erklären sollte. »Kannst du dir vorstellen, von Hilda zu verlangen, dass sie eines ihrer Kinder weggibt?«

»Du hast sie nicht *weg-*, sondern *zurückgegeben*, Isabel.«

»Ist Lucy uns nicht geschenkt worden? War es nicht Gottes Wille?«

»Vielleicht wollte er ja, dass ihr für sie sorgt. Das habt ihr getan. Und vielleicht will er jetzt, dass ihr das jemand anderem überlasst.« Er seufzte auf. »Verdammt, ich bin kein Priester. Was weiß ich schon von Gott? Aber eines weiß ich genau: Da ist ein Mann, der bereit ist, alles, wirklich alles, aufzugeben, um dich zu schützen. Findest du das richtig?«

»Du hast doch gesehen, was gestern passiert ist und dass Lucy leidet. Sie braucht mich, Ralph. Wie könnte ich ihr das erklären? Ich kann nicht von ihr erwarten, dass sie das versteht, nicht in diesem Alter.«

»Manchmal stellt das Leben uns auf die Probe, Isabel. Manchmal tut es weh. Und manchmal, wenn man schon glaubt, das Schwerste ausgestanden zu haben, schlägt es sogar noch einmal zu.«

»Ich dachte, ich hätte das alles schon vor Jahren abgebüßt.«

»Du glaubst, dass es jetzt schon schlimm genug ist. Wenn du jetzt den Mund nicht aufmachst und dich für Tom verwendest, wird es noch viel schlimmer kommen. Die Lage ist ernst, Isabel. Lucy ist noch klein. Sie hat Menschen, die sich um sie kümmern und ihr ein schönes Leben ermöglichen wollen. Tom hat niemanden. Mir ist noch nie ein Mensch begegnet, der Leid weniger verdient hat als Tom Sherbourne.«

Unter dem wachsamen Blick der Engel und Heiligen fuhr Ralph fort. »Nur der Himmel weiß, welcher Teufel euch beide da draußen geritten hat. Eine Lüge folgte auf die andere, und das alles nur mit den besten Absichten. Doch jetzt muss endlich Schluss sein. Mit allem, was du für Lucy getan hast, hast du jemandem geschadet. Natürlich verstehe ich, wie schwer es für dich sein muss. Doch dieser Spragg ist ein übler Bursche, dem ich alles zutraue. Tom ist dein Mann, in guten wie in schlechten Tagen, in Gesundheit und Krankheit. Wenn du ihn nicht im Gefängnis sehen willst, oder gar ...« Es gelang ihm nicht, den Satz zu beenden. »Ich denke, das ist deine letzte Chance.«

»Wo willst du hin?« Eine Stunde später sah Violet ihre Tochter erschrocken an: Sie hatte sie selten so aufgewühlt erlebt. »Du bist doch gerade erst zurückgekommen.«

»Ich muss noch einmal weg, Mum. Ich habe etwas zu erledigen.«

»Aber es regnet wie aus Kübeln. Warte wenigstens, bis es aufhört.« Sie wies auf den Kleiderhaufen, der neben ihr auf dem Boden lag. »Ich habe beschlossen, die Sachen der Jungen auszusortieren. Jemand könnte ihre alten Hemden und Stiefel vielleicht gebrauchen. Deshalb dachte ich, dass ich sie am besten der Kirche spende.« Ihre Stimme begann leicht zu zittern. »Doch es wäre schön, bei dieser Arbeit Gesellschaft zu haben.«

»Ich muss sofort zur Polizei.«

»Warum, um alles in der Welt?«

Isabel betrachtete ihre Mutter und spielte kurz mit dem Gedanken, ihr reinen Wein einzuschenken. »Ich muss mit Mr. Knuckey reden«, erwiderte sie stattdessen nur. »Ich bin bald zurück«, fügte sie hinzu und ging den Flur entlang zur Tür.

Als sie sie öffnete, stand zu ihrem Erstaunen eine Gestalt vor ihr, die offenbar gerade hatte läuten wollen. Die vom Regen durchweichte Frau war Hannah Roennfeldt. Isabel verschlug es die Sprache.

Hannah verharrte auf der Schwelle. Sie sprach schnell und hatte dabei den Blick auf die Vase mit Rosen hinter Isabel gerichtet, voller Furcht, sie könnte den Mut verlieren, wenn sie der Frau ins Gesicht sah. »Ich möchte Ihnen etwas sagen – es einfach nur sagen und dann wieder gehen. Bitte stellen Sie mir keine Fragen.« Sie erinnerte sich an den Eid, den sie Gott wenige Stunden zuvor geschworen hatte. Es gab kein Zurück. Sie holte tief Luft, als wäre sie gerannt. »Grace hätte gestern Nacht alles Mögliche zustoßen können, so verzweifelt wollte sie zurück zu Ihnen. Gott sei Dank wurde sie gefunden, bevor ein Unglück geschehen ist.« Sie hob den Kopf. »Können Sie sich vorstellen, wie das ist? Die Tochter, die Sie empfangen, ausgetragen und gestillt haben, nennt eine andere Frau Mutter?« Ihr Blick huschte zur Seite. »Doch ich muss mich damit abfinden, wie weh es auch tut. Ich darf nicht auf Ihre Kosten glücklich werden. Das Baby, das ich geboren habe – Grace –, kommt nicht mehr wieder. Das verstehe ich inzwischen. Die Tatsache ist schlicht und ergreifend, dass sie gut ohne mich leben kann, auch wenn es umgekehrt anders sein mag. Ich darf sie nicht für das bestrafen, was geschehen ist. Und ich darf *Sie* nicht für die Entscheidungen Ihres Mannes haftbar machen.«

Isabel wollte protestieren, doch Hannah redete einfach weiter und starrte dabei wieder auf die Rosen. »Ich kannte Frank bis in den tiefsten Winkel seiner Seele. Vielleicht ist Grace mir ja fremd geblieben.« Sie blickte Isabel in die Augen. »Grace liebt Sie. Möglicherweise gehört sie wirklich zu Ihnen.« Mühsam stieß sie die nächsten Worte hervor. »Aber ich muss wissen, dass der Gerechtigkeit Genüge getan wird. Wenn Sie mir jetzt schwören, dass das alles nur das Werk Ihres Mannes war, und zwar bei Ihrem Leben, lasse ich Grace zu Ihnen zurückkehren.«

Isabel überlegte keine Sekunde, sondern antwortete völlig automatisch. »Ich schwöre.«

Hannah fuhr fort. »Sobald Sie gegen diesen Mann ausgesagt haben und er hinter Schloss und Riegel sitzt, bekommen Sie Grace wieder.« Sie brach in Tränen aus. »O Gott, steh mir bei!«, schluchzte sie und eilte davon.

Isabel ist wie vom Donner gerührt. Immer wieder lässt sie das eben Gehörte Revue passieren und fragt sich, ob sie es sich nur eingebildet hat. Doch da sind die nassen Fußabdrücke auf der Veranda und die Spur von Tropfen aus Hannah Roennfeldts zugeklapptem Regenschirm.

Sie blickt durch die Fliegengittertür, die so nah ist, dass der Blitz aussieht wie in winzige Vierecke unterteilt. Im nächsten Moment grollt der Donner, dass das Haus erbebt.

»Ich dachte, du wolltest zur Polizei?« Die Frage reißt Isabel jäh aus ihren Grübeleien. Im ersten Moment weiß sie nicht, wo sie ist. Sie dreht sich um und steht vor ihrer Mutter. »Ich dachte, du wärst schon fort. Was ist passiert?«

»Es blitzt.«

»Wenigstens hat Lucy jetzt keine Angst.« Isabel ertappt sich bei diesem Gedanken. Von klein auf hat Tom dem Mädchen beigebracht, dass man vor Naturgewalten zwar Respekt haben muss, sie aber nicht zu fürchten braucht – die Blitze, die in den Leuchtturm von Janus einschlagen könnten, und die Ozeane, die sich an der Insel brechen. Sie erinnert sich an die Ehrfurcht, die Lucy im Laternenraum an den Tag gelegt hat. Nie hat sie die Gerätschaften angefasst und auch das Glas nicht berührt. Sie hat das Bild vor sich, wie das Kind winkend und lachend auf Toms Arm sitzt und von der Galerie herunterschaut, während Isabel unten am Boden die Wäsche aufhängt. »Es war einmal ein Leuchtturm …« Wie viele von Lucys Geschichten fingen so an? »Und dann gab es einen Sturm. Und der Wind wehte und wehte. Der Leuchtturmwärter zündete die Lampe an, und Lucy half ihm dabei. Obwohl es so dunkel war, hatte der Leuchtturmwärter keine Angst, denn er hatte ja seine Zauberlampe.«

Ihr fällt Lucys trauriges Gesicht ein. Nun kann sie ihre Tochter behalten, dafür sorgen, dass sie sich glücklich und geborgen fühlt, und all das hier hinter sich lassen. Sie kann sie lieben und verwöhnen und zusehen, wie sie älter wird … In wenigen Jahren wird die Zahnfee die Milchzähne gegen Dreipennymünzen eintauschen. Lucy wird immer größer werden, und sie werden miteinander über die Welt sprechen und über …

Sie kann ihre Tochter behalten. Wenn sie … Isabel rollt sich auf dem Bett zusammen. »Ich will meine Tochter. Oh, Lucy. Ich ertrage es nicht.«

Hannahs Forderung. Ralphs eindringliche Bitte. Ihr eigener Meineid, mit dem sie Tom genauso verraten wird, wie er sie verraten hat. Immer weiter dreht sich das Gedankenkarussell der verschiedenen Möglichkeiten schneller und schneller im Kreis und wirbelt sie mit sich herum. Erst in die eine Richtung, dann in die andere. Sie hat zwar die Worte im Ohr, die gefallen sind, doch es fehlt Toms Stimme. Die des Mannes, der nun zwischen ihr und Lucy steht. Zwischen Lucy und ihrer Mutter.

Ihre Neugier gewinnt die Oberhand. Sie geht zur Schublade, holt den Brief heraus und öffnet langsam den Umschlag.

Geliebte Izzy,
hoffentlich bist Du wohlauf und lässt Dich nicht unterkriegen. Ich weiß, dass Deine Mum und Dein Dad gut für Dich sorgen werden. Sergeant Knuckey war so freundlich, mir zu erlauben, Dir zu schreiben. Allerdings wird er diesen Brief vor Dir lesen. Ich wünschte, wir könnten persönlich miteinander sprechen. Ich bin nicht sicher, ob und wann ich überhaupt wieder Gelegenheit haben werde, mit Dir zu reden. Man glaubt immer, noch die Chance zu bekommen zu sagen, was gesagt werden muss, und die Dinge aufzuklären. Doch manchmal geht das eben nicht.
Ich war nicht länger in der Lage, so weiterzumachen wie bisher – ich hätte nicht mehr in den Spiegel schauen können. Aber es tut mir so unbeschreiblich leid, dass ich Dir Schmerz zufügen musste.
Uns allen ist eine bestimmte Zeit auf Erden zugeteilt, und wenn sie in meinem Fall eine solche Wendung genommen hat, war es die Sache dennoch wert. Eigentlich hatte ich geglaubt, diese Zeit schon längst aufgebraucht zu haben. Dir zu begegnen, als ich glaubte, mein Leben sei vorbei, und von Dir geliebt zu werden – und wenn ich noch hundert Jahre leben sollte, könnte ich mir nichts Besseres wünschen. Ich habe Dich geliebt, so gut ich konnte, Izzy, was nicht viel zu besagen hat. Du bist eine wundervolle Frau und hast einen besseren Mann verdient als mich.

Nun bist Du zornig und gekränkt und verstehst die Welt nicht mehr. Ich kenne dieses Gefühl, und falls Du beschließen solltest, mir den Laufpass zu geben, mache ich Dir keinen Vorwurf daraus.
Vielleicht habe ich ja den größten Fehler meines Lebens begangen. Jetzt kann ich nichts weiter tun, als Gott und auch Dich wegen des Leids, das ich verursacht habe, um Verzeihung zu bitten. Und Dir für jeden gemeinsamen Tag zu danken.
Ich werde Deine Entscheidung annehmen, ganz gleich, wie sie auch ausfallen mag, und dazu stehen.
Für immer Dein liebender Ehemann,
Tom

Isabel strich mit dem Finger über die Seite, als sei es kein Brief, sondern eine Fotografie. Sie fuhr die gleichmäßigen, kräftigen und anmutigen Schwünge nach, als könne sie seine Worte so besser verstehen. Sie malte sich aus, wie sich seine schlanken Finger um den Stift schlossen und dieser über die Seite glitt. Immer wieder berührte sie das Wort »Tom«, das ihr gleichzeitig fremd und vertraut erschien. Sie erinnerte sich an das Spiel, bei dem sie mit dem Finger Buchstaben auf seinen nackten Rücken gemalt und ihn hat raten lassen. Dann hat er dasselbe bei ihr getan. Doch sofort wurden die Gedanken von den Erinnerungen an Lucys Berührungen überlagert. Ihre Babyhaut. Wieder stellte sie sich Toms Hand vor, diesmal als er den Brief an Hannah schrieb. Wie ein Pendel schwangen ihre Gedanken hin und her. Zwischen Hass und Bedauern, zwischen dem Mann und dem Kind.

Sie hob den Finger von der Seite, um den Brief noch einmal zu lesen. Diesmal versuchte sie, den Sinn der Worte zu erfassen, und hörte dabei Toms Stimme, wie er sie aussprach. Immer wieder las sie und fühlte sich, als würde ihr Körper entzweigerissen. Und schließlich traf sie, von Schluchzern geschüttelt, eine Entscheidung.

Kapitel 35

Wenn es in Partageuse regnet, schleudern die Wolken Wasser zu Boden und durchweichen die Stadt bis ins Mark. Jahrtausende sintflutartiger Regenfälle haben auf dem alten Lehmboden Wälder sprießen lassen. Der Himmel verdunkelt sich, und die Temperaturen stürzen in den Keller. Die Staubstraßen werden von breiten Rinnen durchzogen, und Springfluten machen sie unpassierbar für Automobile. Die Flüsse werden reißend, bis sie schließlich nach dem Ozean riechen, von dem sie vor so langer Zeit getrennt worden sind. Nichts kann sie in ihrem Drang aufhalten, dorthin zurückzukehren – nach Hause.

Es wird still in der Stadt. Die letzten verbliebenen Pferde stehen einsam vor ihren Wagen, während das Regenwasser von ihren Scheuklappen tropft und von den Automobilen abperlt, die inzwischen in der Überzahl sind. Die Menschen stehen mit verschränkten Armen auf den breiten Veranden der Läden in der Main Street und machen mürrische und schicksalsergebene Gesichter. Auf dem Schulhof stapfen ein paar Rabauken durch die Pfützen. Frauen seufzen und betrachten die Wäsche, die sie nicht rechtzeitig von der Leine geholt haben, und Katzen schlüpfen, missmutig maunzend, zur nächstgelegenen Tür herein. Das Wasser strömt am Kriegerdenkmal hinunter, dessen vergoldete Inschrift inzwischen verblasst. Es plätschert vom Kirchendach und durch das Maul eines Wasserspeiers auf Frank Roennfeldts neues Grab. Der Regen verwandelt die Lebenden und Toten, ohne einen Unterschied zu machen.

»Lucy wird keine Angst haben.« Auch Tom schießt dieser Gedanke durch den Kopf. Er erinnert sich an das Gefühl in seiner Brust – das seltsam ehrfürchtige Erschaudern vor einem kleinen Mädchen, das sich lachend dem Blitz entgegenstellte. »Mach, dass es knallt, Dadda!«, rief sie und wartete darauf, dass der Donner grollte.

»Verdammt!«, schimpfte Vernon Knuckey. »Wir haben schon wieder eine undichte Stelle.« Allerdings war »undichte Stelle« ein wenig beschönigend für die Flut, die vom Hügel oberhalb des Reviers herunterströmte. Wasser ergoss sich in den hinteren Teil des Gebäudes, der tiefer gelegen war als der vordere. Schon wenige Stunden später stand Toms Zelle zwanzig Zentimeter tief unter Wasser, das gleichzeitig von oben und von unten eindrang. Die Spinne hatte sich aus ihrem Netz an einen sicheren Ort geflüchtet.

Knuckey erschien, den Schlüsselbund in der Hand. »Heute ist Ihr Glückstag, Sherbourne.«

Tom verstand nicht ganz.

»Das passiert meistens, wenn es so heftig regnet. Dann stürzt in diesem Bereich des Reviers oft die Decke ein. In Perth versprechen sie uns zwar ständig, die Sache zu reparieren, aber sie schicken, soweit ich bis jetzt feststellen konnte, immer nur irgendeinen Idioten, der das Ganze mit Mehl und Wasser wieder zuspachtelt. Und trotzdem würden sie es uns übel nehmen, wenn die Gefangenen vor der Gerichtsverhandlung absaufen. Also kommen Sie besser mit nach vorn, bis die Zelle wieder trocken ist.« Er ließ den Schlüssel im Schloss stecken. »Sie werden mir doch keine Dummheiten machen, oder?«

Tom sah ihm schweigend ins Gesicht.

»Also gut. Raus mit Ihnen.«

Tom folgte Knuckey nach vorn ins Büro, wo der Sergeant ihm eine Handschelle anlegte und die andere an einem Wasserrohr befestigte. »Bei diesem Wolkenbruch wird die Kundschaft uns sicher nicht überfluten«, meinte er zu Harry Garstone und lachte über sein eigenes Wortspiel. »Ich sollte Komiker werden.«

Bis auf den Regen, der vom Himmel prasselte und jeden Gegenstand in eine Trommel oder in ein Becken verwandelte, war nichts zu hören. Der Wind hatte sich gelegt, und draußen rührte sich nur der Regen. Garstone machte sich daran, mit einem

Mopp und einigen Handtüchern Schadensbegrenzung zu betreiben.

Tom saß da und blickte durch das Fenster auf die Straße hinaus. Er stellte sich vor, welche Aussicht man wohl in diesem Moment gerade von der Galerie auf Janus hatte: Der Leuchtturmwärter würde sich wegen des plötzlichen Luftdruckwechsels fühlen wie in einer Wolke. Er beobachtete die Zeiger der Uhr, die über das Zifferblatt krochen, als hätten sie alle Zeit der Welt.

Im nächsten Moment merkte er auf: Eine zierliche Gestalt steuerte auf das Revier zu. Kein Regenmantel, kein Schirm, die Arme verschränkt und vornübergebeugt, wie um sich gegen den Regen zu stemmen. Er erkannte ihren Umriss sofort. Kurz darauf öffnete Isabel die Tür. Die Augen geradeaus, marschierte sie schnurstracks zur Theke, wo Harry Garstone, inzwischen mit nacktem Oberkörper, damit beschäftigt war, eine Pfütze aufzuwischen.

»Ich ...«, begann Isabel.

Garstone drehte sich zu der Besucherin um.

»Ich muss Sergeant Knuckey sprechen ...«

Der Constable, halb nackt und den Mopp in der Hand, errötete verlegen. Sein Blick wanderte zu Tom. Isabel folgte ihm und schnappte nach Luft.

Tom sprang auf, hing aber an der Wand fest. Er streckte die Hand nach Isabel aus, während sie verängstigt sein Gesicht musterte.

»Izzy! Izzy, mein Liebling!« Er zerrte an den Handschellen und dehnte den Arm bis zu den Fingerspitzen. Sie verharrte, gelähmt vor Angst, Bedauern und Scham, und wagte nicht, sich zu bewegen. Im nächsten Moment siegte die Furcht, und sie schickte sich an, die Flucht zu ergreifen.

Es war, als wäre Toms ganzer Körper bei ihrem Anblick wieder zum Leben erwacht, und der Gedanke, dass sie einfach verschwinden könnte, war mehr, als er ertragen konnte. Wieder zerrte er an seinen Fesseln, diesmal mit einer solchen Kraft, dass er das Rohr aus der Wand riss. Wasser spritzte hoch in die Luft.

»Tom!«, schluchzte Isabel, als er sie in die Arme schloss. »Oh,

Tom!« Sie zitterte am ganzen Körper, obwohl er sie festhielt. »Ich muss es ihnen sagen. Ich muss ...«

»Pssst, Izzy, pssst. Alles wird gut, Liebling. Alles ist in Ordnung.«

Sergeant Knuckey kam aus seinem Büro. »Garstone, was in Gottes Namen ...« Beim Anblick von Isabel in Toms Armen verstummte er. Beide waren tropfnass von dem Wasser, das sich aus dem Rohr ergoss.

»Mr. Knuckey, es ist nicht wahr – nichts davon ist wahr!«, rief Isabel. »Frank Roennfeldt war tot, als das Boot angespült wurde. Es war meine Idee, Lucy zu behalten. Ich habe Tom daran gehindert, das Boot zu melden. Das alles ist nur meine Schuld.«

Tom drückte sie fest an sich und küsste sie auf den Scheitel. »Pssst, Izz. Lass es einfach auf sich beruhen.« Er machte sich los, umfasste ihre Schultern und beugte die Knie, um ihr in die Augen zu sehen. »Alles ist gut, Liebling. Sag jetzt nichts mehr.«

Knuckey schüttelte langsam den Kopf.

Garstone hatte hastig den Uniformrock wieder angezogen und versuchte, sein Haar einigermaßen zu glätten. »Soll ich sie festnehmen, Sir?«

»Zeigen Sie doch zum ersten Mal in Ihrem Leben nur einen kleinen Funken Verstand, Constable. Kümmern Sie sich lieber um das verdammte Rohr, bevor wir noch alle ertrinken!« Knuckey wandte sich an Tom und Isabel, die einander eindringlich ansahen. Ihr Schweigen verriet mehr als tausend Worte. »Und Sie kommen besser mit in mein Büro.«

Scham. Zu ihrer Überraschung verspürte Hannah mehr Scham als Wut, als Knuckey sie aufsuchte, um ihr von Isabel Sherbournes Aussage zu berichten. Ihr Gesicht glühte bei der Erinnerung an ihr gestriges Gespräch mit Isabel und die Abmachung, die sie mit ihr getroffen hatte.

»Wann? Wann hat sie Ihnen das erzählt?«, fragte sie.

»Gestern.«

»Wann genau gestern?«

Knuckey war überrascht. Was spielte das denn für eine Rolle? »So gegen fünf.«

»Also nachdem ...« Ihre Stimme erstarb.

»Nach was?«

Hannah errötete noch heftiger, gedemütigt von der Vorstellung, dass Isabel ihr Opfer zurückgewiesen hatte, und zornig, weil sie belogen worden war. »Nichts.«

»Ich dachte, es würde Sie interessieren.«

»Natürlich. Natürlich ...« Sie sah nicht den Polizisten an, sondern eine Fensterscheibe, die geputzt werden musste. Das ganze Haus hatte ein Großreinemachen nötig: Sie hatte seit Wochen kaum etwas im Haushalt getan. Sie ließ ihre Gedanken um das unverfängliche Thema Hausarbeit kreisen, damit ihr bloß kein Fehler unterlief, bis sie sich wieder gefangen hatte. »Und ... wo ist sie jetzt?«

»Auf Kaution entlassen und bei ihren Eltern.«

Hannah kratzte an einem abgebrochenen Daumennagel herum. »Was geschieht jetzt mit ihr?«

»Sie wird mit ihrem Mann vor Gericht gestellt.«

»Sie hat die ganze Zeit gelogen ... Sie hat mich in dem Glauben gewiegt ...« Hannah schüttelte den Kopf. Ihre Gedanken schweiften wieder ab.

Knuckey holte tief Luft. »Eine scheußliche Angelegenheit. Isabel Graysmark war ein nettes Mädchen, bevor sie nach Janus ging. Der Aufenthalt auf der Insel hat ihr ganz und gar nicht gutgetan. Aber da ist sie nicht die Einzige. Schließlich hat Sherbourne den Posten nur bekommen, weil Trimble Docherty sich umgebracht hat.«

Hannah wusste nicht, wie sie die Frage stellen sollte. »Wie lange müssen sie ins Gefängnis?«

Knuckey sah sie an. »Lebenslänglich.«

»Lebenslänglich?«

»Ich spreche hier nicht von der Haftzeit. Die beiden werden nie mehr frei sein. Die Vergangenheit wird sie immer wieder einholen.«

»Mich auch, Sergeant.«

Knuckey musterte sie von Kopf bis Fuß und beschloss, das Risiko einzugehen. »Hören Sie, einen Orden bekommt man nicht für Feigheit, und eine besondere Auszeichnung erhält man nur, wenn man vielen unserer Leute das Leben gerettet und dabei das eigene riskiert hat. Tom Sherbourne ist ein anständiger Mensch, ich würde sogar so weit gehen, ihn als guten Menschen zu bezeichnen, Mrs. Roennfeldt. Und Isabel ist ein nettes Mädchen. Drei Fehlgeburten hatte sie da draußen, und das ohne jede ärztliche Hilfe. Wenn man so viel durchgemacht hat wie die beiden, hinterlässt das seine Spuren.«

Hannah sah ihn reglos an.

»Es ist eine gottverdammte Schande, einen Mann wie ihn in einer solchen Lage zu erleben. Ganz zu schweigen von seiner Frau.«

»Worauf wollen Sie hinaus?«

»Auf nichts, was Sie nicht selbst in einigen Jahren erkennen werden. Nur, dass es dann zu spät sein wird.«

Sie wandte den Kopf ein Stück, als könne sie ihn so besser verstehen.

»Ich frage Sie nur, ob Sie das wirklich wollen. Eine Gerichtsverhandlung? Gefängnis? Schließlich haben Sie Ihre Tochter zurück. Es muss doch einen anderen Weg geben ...«

»Einen anderen Weg?«

»Spragg wird, nachdem er diesen Unsinn mit dem Mord fallen lassen musste, das Interesse verlieren. Und solange die Sache hier in Partageuse bleibt, habe ich auch etwas mitzureden. Vielleicht könnte Captain Hasluck ja überredet werden, bei der Leuchtturmbehörde ein gutes Wort für ihn einzulegen. Wenn Sie sich für ihn verwenden würden. Um Gnade bitten ...«

Hannahs Gesicht rötete sich wieder, und sie sprang unvermittelt auf. Worte, die sich seit Wochen und Jahren in ihr aufgestaut hatten und derer sie sich nicht einmal bewusst gewesen war, brachen nun aus ihr heraus. »Ich habe es satt! Ich habe genug davon, herumgeschubst zu werden und mir von den Launen anderer Leute das Leben ruinieren zu lassen. Haben Sie überhaupt eine Vorstellung davon, wie man sich in meiner Lage fühlt, Sergeant

Knuckey? Wie können Sie es wagen, in mein Haus zu kommen und mir einen solchen Vorschlag zu machen? Wie können Sie nur!«

»Ich wollte nicht ...«

»Unterbrechen Sie mich nicht! Es reicht, haben Sie verstanden?« Inzwischen schrie Hannah. »Niemand wird mir mehr vorschreiben, wie ich mein Leben zu führen habe! Erst versucht mein Vater, mir die Hochzeit zu verbieten. Dann stürzt sich die ganze gottverdammte Stadt auf Frank wie eine Horde Wilder. Danach will Gwen mich überreden, Grace an Isabel Graysmark zurückzugeben, und ich stimme zu – ich stimme *tatsächlich* zu! Schauen Sie nicht so schockiert. Sie wissen nicht alles, was hier vor sich geht! Und dann stellt sich heraus, dass diese Frau mir ins Gesicht gelogen hat! Wie können Sie es wagen? Wie können Sie es wagen, mir auch nur den Vorschlag zu machen, wieder anderen Menschen den Vortritt zu lassen?« Sie richtete sich auf. »Verschwinden Sie aus meinem Haus! Sofort! Raus! Bevor ich ...«, sie griff nach dem nächstbesten Gegenstand, einer Kristallvase, »das hier nach Ihnen werfe!«

Da Knuckey nicht schnell genug aufstand, traf ihn die Vase an der Schulter und prallte gegen die Fußbodenleiste, wo sie in Tausende von Scherben zerbrach. Ein letzter Glassplitter gab ein leises Klirren von sich, bevor er sich schließlich der Schwerkraft geschlagen gab.

»Fühlen Sie sich jetzt besser?«, erkundigte sich Knuckey nach einer langen Pause.

Hannah bekam den Mund nicht mehr zu. Noch nie hatte sie, die ja nicht einmal fluchte, jemanden körperlich angegriffen – und ganz sicher keinen Polizeibeamten.

»Nach mir sind schon schlimmere Dinge geworfen worden.«

Hannah blickte zu Boden. »Es tut mir leid.«

Der Polizist bückte sich nach einigen größeren Scherben und legte sie auf den Tisch. »Nicht, dass sich die Kleine daran die Füße zerschneidet.«

»Sie ist mit ihrem Großvater am Fluss«, murmelte Hannah

und wies auf das Glas. »Normalerweise tue ich so etwas nicht …« Ihre Stimme erstarb.

»Ich weiß, dass Sie in letzter Zeit viel aushalten mussten. Ihr Glück, dass Sie mich beworfen haben und nicht Sergeant Spragg.« Bei diesem Gedanken musste er ein wenig schmunzeln.

»Ich hätte nicht so mit Ihnen sprechen dürfen.«

»Menschen tun das eben manchmal. Menschen, die weniger ertragen mussten als Sie. Wir haben uns nicht immer voll im Griff. Andernfalls wäre ich arbeitslos.« Er griff nach seiner Mütze. »Ich lasse Sie jetzt in Ruhe. Denken Sie in Ruhe über alles nach. Allerdings haben wir nicht mehr viel Zeit. Wenn der Magistrat kommt, schickt er die beiden nach Albany, und dann kann ich nichts mehr für sie tun.«

Er trat aus der Tür ins grelle Licht der Sonne hinaus, die die letzten Wolken im Osten vertrieb.

Hannah holte Kehrblech und Besen. Sie bewegte sich ganz automatisch, als sie die Scherben auffegte und gründlich Ausschau nach übersehenen Splittern hielt. Dann brachte sie das Kehrblech in die Küche, kippte den Inhalt auf eine alte Zeitung, wickelte das Glas ordentlich ein und warf es draußen in die Mülltonne. Dabei fiel ihr die Geschichte ein, wie Gott Abraham bis an seine Grenzen geprüft hatte, um festzustellen, ob er auch das opfern würde, was ihm das Liebste auf der Welt war. Erst als das Messer über dem Hals des Kindes schwebte, hatte Gott ihn angewiesen, stattdessen ein geringeres Opfer zu bringen. Ihre Tochter war ihr geblieben.

Sie wollte schon wieder ins Haus gehen, als ihr Blick auf den Stachelbeerbusch fiel, und sie erinnerte sich an den schrecklichen Tag nach Graces Rückkehr, als ihre Tochter sich dahinter versteckt hatte. Schluchzend sank sie im Gras auf die Knie und hatte dabei ein Gespräch mit Frank im Ohr. »Aber wie machst du das, dass du alles im Leben so einfach wegsteckst, Liebling?«, hatte sie ihn gefragt. »Du hast so viel Pech gehabt und bist trotzdem immer glücklich. Wie stellst du das an?«

»Ich entscheide mich dafür«, erwiderte er. »Ich kann entweder in der Vergangenheit verrotten und wie mein Vater meine Zeit damit verbringen, die Menschen für das zu hassen, was sie mir angetan haben. Oder ich kann verzeihen und vergessen.«

»So einfach ist das nicht.«

Darauf hatte er wie immer gelächelt. »Oh, aber es ist so viel weniger anstrengend, mein Schatz. Vergessen muss man nur *einmal.* Doch hassen muss man den ganzen Tag und am nächsten Tag aufs Neue. Man muss sich all die Schlechtigkeiten merken.« Er lachte und tat so, als wische er sich den Schweiß von der Stirn. »Ich müsste eine Liste machen, eine sehr, sehr lange Liste, und sichergehen, dass ich jeden, der darauf steht, auch gebührend hasse. Bei uns Teutonen muss auch das Hassen seine Ordnung haben! Nein.« Sein Tonfall wurde ernst. »Wir haben immer die Wahl. Wir alle.«

Nun lag Hannah bäuchlings im Gras und spürte, wie die heiße Sonne ihr die Kraft raubte. In ihrer Erschöpfung nahm sie die Bienen und den Duft des Löwenzahns ringsherum genauso wenig wahr wie den Sauerklee unter ihren Fingern, der das Gras überwucherte. Schließlich schlief sie ein.

Tom spürt noch immer Isabels nasse Haut an seiner, obwohl die Zelle inzwischen aufgewischt ist und er trockene Kleidung trägt. Sein Wiedersehen mit ihr am Abend zuvor ist nur noch Erinnerung, und er wünscht sich gleichzeitig, sie möge echt und dennoch lediglich ein Trugbild sein. Wenn sie echt ist, ist seine Izzy zu ihm zurückgekehrt, wie er es in seinen Gebeten erfleht hat. Handelt es sich jedoch um ein Trugbild, droht ihr kein Gefängnis. Erleichterung und Grauen mischen sich in ihm, und er fragt sich, ob er sie wohl je wieder berühren wird.

»Oh, Bill, ich weiß nicht mehr, was ich denken oder tun soll ...« Violet schluchzt in ihrem Schlafzimmer auf. »Unser kleines Mädchen könnte ins Gefängnis kommen. Ach, wie entsetzlich.«

»Wir werden das durchstehen, Liebling. Und sie wird es auch

irgendwie schaffen.« Sein Gespräch mit Vernon Knuckey erwähnt er nicht, weil er ihr keine falschen Hoffnungen machen will. Aber vielleicht gibt es ja noch den Hauch einer Chance.

Isabel sitzt allein unter dem Palisanderbaum. Ihre Trauer um Lucy ist so stark wie eh und je: ein Schmerz, der keinen festen Ort hat und für den es keine Heilung gibt. Sich der Bürde der Lüge zu entledigen, hat auch bedeutet, die Freiheit zu opfern, die der Traum ihr eröffnet hat. Die leidvolle Miene ihrer Mutter, der gekränkte Augenausdruck ihres Vaters, Lucys Verzweiflung, Tom in Handschellen. Sie versucht, die Bilder, die auf sie einstürmen, zu vertreiben und sich vorzustellen, wie es im Gefängnis ist. Sie hat keine Kraft mehr. Keinen Kämpfergeist. Sie steht vor den Trümmern ihres Lebens und wird sie nie wieder zusammensetzen können. Ihr Verstand versagt unter der Belastung den Dienst, und ihre Gedanken stürzen in einen tiefen schwarzen Brunnen hinab, wo Scham, Verlust und Angst sie zu ertränken drohen.

Septimus und seine Enkelin standen am Fluss und beobachteten die Boote. »Weißt du, wer früher eine gute Seglerin war? – Meine Hannah. Als sie klein war. Als kleines Mädchen konnte sie einfach alles und hat mich immer auf Trab gehalten, so wie du.« Er zauste ihr Haar. »Meine kleine Grace.«

»Nein, ich heiße Lucy!«, beharrte sie.

»Als du geboren wurdest, bist du auf den Namen Grace getauft worden.«

»Ich will aber Lucy sein.«

Er musterte sie forschend. »Ich sag dir was, wir treffen eine geschäftliche Vereinbarung. Wir machen fifty-fifty, und ich nenne dich Lucy-Grace. Schlägst du ein?«

Hannah wurde aus ihrem Schlaf auf dem Rasen dadurch geweckt, dass ein Schatten auf sie fiel. Als sie die Augen aufschlug, stand Grace dicht neben ihr und starrte sie an. Hannah setzte sich auf und strich schlaftrunken ihr Haar glatt.

»Ich habe dir ja gesagt, dass sie das wecken wird«, meinte Septimus und lachte. Grace lächelte leicht.

»Nein, bleib sitzen«, sagte Septimus, als Hannah aufstehen wollte. »Prinzessin, warum setzt du dich nicht auch und erzählst Hannah von den Booten. Wie viele hast du denn gesehen?«

Das kleine Mädchen zögerte.

»Mach schon. Weißt du noch, wie du sie an den Fingern abgezählt hast?«

Sie hielt die Hände hoch. »Sechs«, verkündete sie und zeigte fünf Finger der einen Hand und drei der anderen, ehe sie zwei wieder anwinkelte.

»Ich schaue mal nach, was es in der Küche Essbares gibt«, schlug Septimus vor. »Du bleibst hier und beschreibst die hungrige Möwe mit dem großen Fisch.«

Grace ließ sich einige Meter von Hannah entfernt im Gras nieder. Ihr blondes Haar schimmerte in der Sonne. Hannah wusste nicht, was sie tun sollte. Einerseits wollte sie mit ihrem Vater über Sergeant Knuckeys Besuch sprechen und ihn um Rat fragen. Andererseits hatte sie Grace noch nie so offen und redselig erlebt und wollte den Moment nicht verderben. Aus Gewohnheit verglich sie das Kind mit dem Baby, an das sie sich erinnerte, und versuchte, ihre verlorene Tochter wieder zum Leben zu erwecken. Doch im nächsten Augenblick hielt sie inne. »Wir haben immer eine Wahl«, hallte ihr eine Stimme im Ohr.

»Wollen wir einen Blumenkranz flechten?«, fragte sie.

»Was ist ein Blumenkranz?«

Hannah lächelte. »So etwas wie eine Krone für dich«, erwiderte sie und fing an, Löwenzahnblüten zu pflücken.

Während sie Grace zeigte, wie man den Stiel mit dem Daumennagel anritzte und die nächste Blume durch das Loch fädelte, beobachtete sie die Hände ihrer Tochter und wie sie sich bewegten. Es waren nicht die Hände ihres Babys, sondern die eines kleinen Mädchens, das sie erst kennenlernen musste. Und umgekehrt. *»Wir haben immer eine Wahl.«* Leichtigkeit erfüllte ihre Brust, als hätte sie gerade einen tiefen Atemzug gemacht.

Kapitel 36

Als die Sonne über dem Horizont schwebte, stand Tom am Ende des Landungsstegs in Partageuse und sah Hannah langsam auf sich zukommen. Seit ihrer letzten Begegnung sechs Monate zuvor hatte sie sich verändert: Ihr Gesicht war voller geworden und wirkte entspannter.

Als sie endlich das Wort ergriff, klang ihre Stimme ruhig. »Also?«

»Ich möchte mich bei Ihnen entschuldigen. Und mich bedanken.«

»Ich will Ihren Dank nicht«, entgegnete sie.

»Wenn Sie sich nicht für uns verwendet hätten, hätte ich weitaus länger als drei Monate im Gefängnis von Bunbury verbracht.« Es fiel Tom schwer, die letzten Worte auszusprechen. Jede Silbe war mit Scham befrachtet. »Und dass Isabels Strafe zur Bewährung ausgesetzt wurde, war laut meinem Anwalt hauptsächlich Ihr Verdienst.«

Hannah blickte in die Ferne. »Es hätte nichts geändert, sie ins Gefängnis zu stecken oder Sie jahrelang dort festzuhalten. Was geschehen ist, ist geschehen.«

»Trotzdem kann die Entscheidung für Sie nicht leicht gewesen sein.«

»Bei unserer ersten Begegnung sind Sie gekommen, um mich zu beschützen. Mich, eine wildfremde Frau, der Sie zu nichts verpflichtet waren. Das ist, glaube ich, etwas wert. Und wenn Sie meine Tochter nicht gefunden hätten, wäre sie gestorben. Auch das habe ich mir vor Augen gehalten.« Sie hielt inne. »Ich verzeihe Ihnen nicht – keinem von Ihnen. Mich so zu belügen ... Aber ich werde mich nicht von der Vergangenheit in Fesseln legen lassen. Schauen Sie, was Frank zugestoßen ist, weil Menschen genau das getan haben.« Sie nestelte an ihrem Ehering herum. »Ironie des Schicksals ist, dass Frank der Erste gewesen wäre, der Ihnen verziehen hätte. Er hätte Sie in Schutz genommen, so wie alle Menschen, die Fehler machen. Das Nötige zu tun, war der einzige Weg für mich, sein Andenken zu ehren.« Sie blickte ihn aus tränennassen Augen an. »Ich habe diesen Mann geliebt.«

Schweigend standen sie da und schauten aufs Wasser hinaus. »Die Jahre mit Lucy, die Ihnen entgangen sind, können wir Ihnen nicht zurückgeben«, meinte Tom schließlich. »Sie ist ein wundervolles kleines Mädchen.« Als er Hannahs Miene bemerkte, fügte er hinzu: »Wir werden nie mehr in ihre Nähe kommen, das verspreche ich Ihnen.«

Die Worte blieben ihm im Halse stecken, sodass er noch einmal ansetzen musste. »Ich habe kein Recht, Sie um etwas zu bitten. Aber wenn sie eines Tages erwachsen ist und sich an uns erinnert und nach uns fragt ... könnten Sie ihr sagen, dass wir sie geliebt haben, falls Sie das ertragen? Obwohl wir das nicht durften.«

Hannah verharrte nachdenklich.

»Sie hat am 18. Februar Geburtstag, das wussten Sie nicht, richtig?«

»Nein.« Toms Stimme war leise.

»Und bei ihrer Geburt hatte sich die Nabelschnur zweimal um ihren Hals gewickelt. Und Frank ... Frank hat ihr Schlaflieder vorgesungen. Verstehen Sie? Es gibt auch Dinge, die nur ich über sie weiß.«

»Ja.« Er nickte.

»Ich mache Ihnen Vorwürfe. Und Ihrer Frau. Natürlich.« Sie blickte ihm ins Gesicht. »Ich hatte solche Angst, dass meine Tochter mich nie lieben würde.«

»Alle Kinder lieben.«

Sie betrachtete eine Jolle, die bei jeder Welle an den Steg stieß, und runzelte die Stirn, als ihr ein neuer Gedanke kam. »Niemand hier erwähnt, wie Frank und Grace überhaupt in diesem Boot geendet sind. Kein Mensch hat sich je entschuldigt. Nicht einmal mein Vater spricht gern darüber. Sie haben wenigstens gesagt, dass es Ihnen leidtut. Sie haben für das bezahlt, was Sie getan haben.« Und nach einer Weile fügte sie hinzu: »Wo wohnen Sie jetzt?«

»In Albany. Ralph hat mir geholfen, dort am Hafen Arbeit zu finden, als ich vor drei Monaten entlassen wurde. Das heißt, dass ich in der Nähe meiner Frau sein kann. Die Ärzte sagen, sie brauche absolute Ruhe. Im Moment ist sie in dem Sanatorium, wo sie rund um die Uhr versorgt wird, ausgezeichnet aufgehoben.« Er räusperte sich. »Am besten gehen Sie jetzt. Ich hoffe, dass das Leben gut zu Ihnen ist. Und auch zu Lu ... Grace.«

»Leben Sie wohl«, erwiderte Hannah und ging den Steg entlang davon.

Die untergehende Sonne tauchte das Laub der Eukalyptusbäume in einen goldenen Schein, als Hannah den Weg hinauf zum Haus ihres Vaters schlenderte, um ihre Tochter abzuholen.

»Und das kleine Schweinchen blieb zu Hause ...«, sagte Septimus gerade und wackelte an der Zehe seiner Enkelin, die auf der Veranda auf seinem Knie saß. »Oh, schau, wen wir da haben, Lucy-Grace.«

»Mummy! Wo warst du denn?«

Wieder einmal erschrak Hannah darüber, wie sehr ihre Tochter mit ihrem Lächeln, ihren Augen und ihrem hellen Haar Frank ähnelte. »Vielleicht erzähle ich es dir eines Tages«, antwortete sie und küsste sie rasch. »Wollen wir nach Hause gehen?«

»Besuchen wir morgen wieder Opa?«

Septimus lachte. »Du kannst Opa so oft besuchen, wie du willst, Prinzessin. So oft du willst.«

Dr. Sumpton hatte recht behalten. Im Laufe der Zeit hatte sich das kleine Mädchen an sein neues – oder vielleicht sein altes – Leben gewöhnt. Hannah breitete die Arme aus und ließ ihre Tochter hineinklettern. Ihr Vater lächelte. »So ist es recht, Kleines.«

»Komm, Schatz, wir gehen.«

»Ich will selber laufen.«

Hannah ließ das Kind herunter und führte es an der Hand zum Tor hinaus und die Straße entlang. Sie spazierte langsam dahin, damit Lucy-Grace mithalten konnte. »Siehst du den Kakadu?«, fragte sie. »Er macht ein Gesicht, als würde er lächeln.«

Das kleine Mädchen achtete nicht auf den Vogel, bis er eine maschinengewehrartige Lachsalve ausstieß. Erstaunt blieb sie stehen und beobachtete das Tier, das sie noch nie so aus der Nähe gesehen hatte. Wieder gab es ein lautes Gelächter von sich.

»Er lacht«, meinte Hannah. »Offenbar mag er dich. Oder es regnet bald. Die Kakadus lachen immer, wenn es bald regnet. Kannst du das Geräusch nachmachen? Es funktioniert so.« Mit diesem Worten ahmte sie täuschend ähnlich den Ruf des Vogels nach, den ihre Mutter ihr vor vielen Jahrzehnten beigebracht hatte. »Versuch es mal.«

Doch das Mädchen scheiterte an dem komplizierten Geräusch. »Ich spiele lieber Möwe«, erwiderte sie und krächzte zum Verwechseln ähnlich wie der Vogel, den sie am besten kannte – ein schrilles, gellendes Keckern. »Jetzt du«, forderte sie Hannah auf, die lachte, als es ihr nicht gelang.

»Das musst du mir noch beibringen, Liebes«, erwiderte sie, und die beiden setzten ihren Weg fort.

Tom steht auf dem Bootssteg und erinnert sich an seine Ankunft in Partageuse. Und an seinen Abschied. Gemeinsam ist es Fitzgerald und Knuckey gelungen, die Anklagepunkte zu reduzieren und Spraggs Vorwürfe aus der Welt zu schaffen. Der Anwalt hat wortgewaltig nachgewiesen, dass die Anschuldigung der Kindesentziehung haltlos ist, weshalb die damit zusammenhängenden Straftaten ebenso unter den Tisch fallen. Tom hat sich der Verstöße gegen Verwaltungsvorschriften schuldig bekannt, weshalb die Gerichtsverhandlung in Partageuse, nicht in Albany stattfand. Es hätte immer noch für eine lange Haftstrafe genügen können, wenn Hannah sich nicht für ihn eingesetzt und um Gnade gebeten hätte. Die Zustände im Gefängnis in

Bunbury, auf dem halben Wege zwischen hier und Perth, sind weniger streng als in Fremantle oder in Albany.

Als die Sonne nun im Wasser versinkt, verspürt Tom ein bohrendes Bedürfnis. Noch so viele Monate nach dem Abschied von Janus wollen seine Beine die vielen hundert Stufen hinaufsteigen, um die Lampe anzuzünden. Stattdessen setzt er sich an den Rand des Stegs und beobachtet die letzten Möwen auf dem ruhigen Wasser.

Er denkt an die Welt, die ohne ihn weitergegangen ist und ihre Geschichten schreibt, ob er nun dabei ist oder nicht. Wahrscheinlich liegt Lucy schon im Bett. Er stellt sich ihr im Schlaf schutzloses Gesicht vor. Wie mag sie jetzt aussehen? Träumt sie von ihrer Zeit auf Janus? Vermisst sie den Leuchtturm? Er denkt an Isabel, die im Sanatorium in ihrem schmalen Eisenbett liegt und um ihre Tochter und ihr altes Leben weint.

Die Zeit wird ihre Wunden heilen. Das hat er ihr versprochen. Sie wird wieder gesund.

In einer Stunde geht der Zug nach Albany. Er wird bis Einbruch der Dunkelheit warten, ehe er sich auf den Rückweg durch die Stadt zum Bahnhof macht.

Einige Wochen später saß Tom im Park des Sanatoriums in Albany an einem Ende der schmiedeeisernen Bank und Isabel am anderen. Die rosafarbenen Zinnien hatten ihre Blütezeit überschritten und waren inzwischen zerzaust mit braunen Rändern. Die Schnecken hatten sich über die Blätter der Astern hergemacht, ihre Blütenblätter hatte der Südwind büschelweise davongetragen.

»Wenigstens hast du wieder ein wenig zugenommen, Tom. Als wir uns zum ersten Mal wiedergetroffen haben, hast du zum Fürchten ausgesehen. Kommst du zurecht?« Isabels Tonfall war besorgt, allerdings ohne Gefühl.

»Mach dir um mich keine Sorgen. Wir müssen uns jetzt erst mal um dich kümmern.« Er beobachtete eine Grille, die sich auf der Lehne der Bank niederließ und zu zirpen begann. »Sie sagen, dass du jederzeit gehen kannst, Izz.«

Sie senkte den Kopf und schob sich eine Haarsträhne hinters Ohr. »Es gibt kein Zurück, weißt du? Die Vergangenheit und das, was wir beide erlebt haben, lässt sich nicht ungeschehen machen«, erwiderte sie. Tom musterte sie eingehend. Doch sie wich seinem Blick aus, als sie leise hinzufügte: »Und was ist denn noch übrig?«

»Wovon?«

»Von allem. Was ist von unserem Leben noch übrig?«

»Zum Leuchtturm können wir nicht mehr, falls du das meinst.«

Isabel seufzte auf. »Das meine ich nicht, Tom.« Sie zupfte einen Zweig Geißblatt aus der alten Mauer neben sich und betrachtete es. Als sie ein Blatt nach dem anderen zerrupfte, fielen die winzigen Stückchen wie ein Mosaik auf ihren Rock. »Lucy zu verlieren ist, als wäre mir etwas amputiert worden. Oh, ich wünschte, ich könnte es besser ausdrücken.«

»Wie du es ausdrückst, spielt keine Rolle.« Als er die Hand nach ihr ausstreckte, wich sie zurück.

»Sag mir, dass es dir genauso geht«, meinte sie.

»Was ändert es, wenn ich es ausspreche, Izz?«

Sie schob die Blattstückchen zu einem ordentlichen Haufen zusammen. »Du verstehst nicht, wovon ich rede, richtig?«

Während er ratlos die Stirn runzelte, beobachtete sie eine weiße Schäfchenwolke, die auf die Sonne zusteuerte. »Es ist schwierig, dich kennenzulernen. Manchmal war das Zusammenleben mit dir sehr einsam.«

Er hielt inne. »Was soll ich dazu sagen, Izzy?«

»Ich wollte, dass wir glücklich sind. Wir alle. Lucy ist dir unter die Haut gegangen. Sie hat dein Herz geöffnet, und es war wunderschön, das zu sehen.« Lange herrschte Schweigen, bis sich ihre Miene veränderte, da ihr offenbar etwas eingefallen war. »Die ganze Zeit wusste ich nicht, was du getan hattest. Jedes Mal, wenn du mich angefasst hast, jedes Mal, wenn du ... Ich hatte keine Ahnung, dass du mir etwas verheimlichst.«

»Ich habe versucht, mit dir darüber zu reden, Izz. Du hast dich geweigert.«

Sie sprang auf, sodass die Blattstückchen ins Gras trudelten. »Ich wollte dir wehtun, Tom, so, wie du mir wehgetan hast. Ist dir das klar? Ich wollte Rache. Was hast du dazu zu sagen?«

»Das weiß ich, Liebling. Ich weiß. Aber jetzt ist es vorbei.«

»Was, also verzeihst du mir? Einfach so? Als wäre nichts gewesen?«

»Was soll ich sonst tun? Du bist meine Frau, Isabel.«

»Das heißt, du wirst mich sowieso nicht los ...«

»Das heißt, dass ich versprochen habe, mein Leben mit dir zu verbringen. Und das möchte ich immer noch, Izz. Ich habe auf die bittere und schmerzhafte Weise gelernt, dass man aufhören muss, die Vergangenheit ändern zu wollen, wenn man eine Zukunft haben will.«

Sie wandte sich ab und zupfte noch ein wenig Geißblatt von der Ranke. »Was sollen wir tun? Wie sollen wir weiterleben? Ich kann dich nicht jeden Tag sehen und dich für das hassen, was du getan hast. Und mich selbst schämen.«

»Nein, Liebling, das kannst du nicht.«

»Alles ist kaputt. Es kann nicht mehr in Ordnung gebracht werden.«

Tom legte eine Hand auf ihre. »Wir werden die Dinge in Ordnung bringen, so gut wir können. Mit der Situation, wie sie jetzt ist, müssen wir einfach leben.«

Isabel schlenderte den Gartenweg entlang und ließ Tom auf der Bank sitzen. Nachdem sie den Rasen einmal umrundet hatte, kehrte sie zurück. »Ich kann nicht weiter in Partageuse leben. Dort gehöre ich nicht mehr hin.« Kopfschüttelnd beobachtete sie, wie die Wolke weiterzog. »Inzwischen weiß ich gar nicht mehr, wo ich hingehöre.«

Tom stand auf und berührte sie am Arm. »Du gehörst zu mir, Izz. Es spielt keine Rolle, wo wir sind.«

»Stimmt das wirklich noch, Tom?«

Geistesabwesend strich sie über den Geißblattzweig in ihrer

Hand. Tom pflückte eine der cremefarbenen Blüten ab. »Als Kinder haben wir die gegessen. Du auch?«

»Gegessen?«

Er biss in das schmale Ende der Blüte und saugte das Tröpfchen Nektar heraus. »Man schmeckt es nur für eine Sekunde. Aber das ist es wert.« Er pflückte noch eine und hielt sie ihr an die Lippen, damit sie auch hineinbeißen konnte.

Kapitel 37

Hopetoun, 28. August 1950

In Hopetoun gab es inzwischen nicht mehr viel bis auf den langen Anlegesteg. Er zeugte noch von der Blütezeit der Stadt, einstmals ein für die Goldfelder wichtiger Hafen, der jedoch 1936, kurz nachdem Tom und Isabel hierhergezogen waren, geschlossen worden war. Toms Bruder Cecil hatte seinen Vater nur um wenige Jahre überlebt, und als er starb, reichte das Geld, um eine Farm am Stadtrand zu kaufen. Gemessen an den örtlichen Gepflogenheiten war ihr Besitz nur klein, erstreckte sich aber dennoch einige Kilometer die Küste entlang. Das Haus stand auf einer Klippe ein Stück im Landesinneren und hatte Blick auf den Strand darunter. Sie führten ein zurückgezogenes Leben. Hin und wieder fuhren sie in die Stadt. Sie beschäftigten Farmarbeiter.

Hopetoun, an einer Bucht sechshundert Kilometer von Partageuse entfernt gelegen, war weit weg genug, um nicht zufällig jemandem von dort zu begegnen, und doch so nah, dass Isabels Eltern sie bis zu ihrem Tod zu Weihnachten besuchen konnten. Tom und Ralph schrieben einander gelegentlich – nur ein kurzer, schlichter Gruß, aber dennoch voller Gefühl. Ralphs Tochter und ihre Familie waren nach Hildas Tod in das kleine Häuschen gezogen und sorgten für ihn, weil er in letzter Zeit immer gebrechlicher wurde. Als Bluey Kitty Kelly heiratete, schickten Tom und Isabel zwar ein Geschenk, kamen jedoch nicht zur Hochzeit. Sie setzten beide nie wieder einen Fuß nach Partageuse.

Und so gingen zwanzig Jahre ins Land – wie ein ruhiger Fluss, der sein Bett im Laufe der Zeit verbreitert.

Die Uhr schlägt. Fast Zeit zum Aufbruch. Inzwischen dauert die Fahrt in die Stadt dank der Teerstraßen nicht mehr lang. Kein Vergleich zu damals, als sie gerade hierhergekommen waren. Als Tom seine Krawatte bindet, blickt ihm ein grauhaariger Fremder entgegen, nur für eine Sekunde, und dann fällt ihm wieder ein, dass der Mann im Spiegel ja er selbst ist. Mittlerweile schlottert der Anzug ein wenig, und zwischen Kragen und Hals klafft eine Lücke.

Draußen vor dem Fenster erheben sich die Wellen und zerschellen in einer Wolke aus weißem Schaum draußen auf dem Meer. Nichts auf dem Ozean weist darauf hin, dass Zeit verstrichen ist. Nur das Heulen der Auguststürme ist zu hören.

Nachdem Tom den Umschlag in die Schatulle aus Kampferholz gelegt hat, schließt er den Deckel. Bald wird der Inhalt alle Bedeutung verloren haben. So wie die vergessene Sprache der Schützengräben Gefangene einer ganz bestimmten Zeit gewesen ist. Die Jahre lassen den Sinn der Dinge verblassen, bis nur noch eine knochenweiße Vergangenheit übrig ist, sämtlicher Gefühle und Wichtigkeiten beraubt.

Der Krebs tat nun schon seit Monaten sein Werk und fraß sich durch ihre Tage, und man konnte nichts anderes tun als abzuwarten. Wochenlang hat er an ihrem Bett gesessen und ihr die Hand gehalten. »Erinnerst du dich noch an das Grammophon?«, hat er gefragt. Oder: »Was mag nur aus der alten Mrs. Mewett geworden sein?«

Sie hatte leicht gelächelt. »Denk daran, die Rosen zu beschneiden«, hatte sie gesagt, wenn sie die Kraft dazu hatte. Oder: »Erzähl mir eine Geschichte, Tom. Eine Geschichte mit einem glücklichen Ende.« Er streichelte ihre Wange und flüsterte: »Es war einmal ein Mädchen, das hieß Isabel, und es war das mutigste Mädchen weit und breit ...« Beim Sprechen bemerkte er die Altersflecken auf ihren Händen, dass die Knöchel inzwischen leicht anschwollen und dass der Ring zwischen den Gelenken locker saß.

Als sie zum Schluss nicht einmal mehr Wasser trinken konnte, hatte er sie am Zipfel eines angefeuchteten Waschlappens lutschen lassen und ihre Lippen mit Lanolin eingecremt, damit sie nicht aufsprangen. Er hatte ihr inzwischen grau meliertes Haar liebkost, das sie zu einem dicken Zopf geflochten trug, und beobachtet, wie sich ihre Brust hob und senkte, mit derselben Ungewissheit wie damals bei Lucy nach ihrer Ankunft auf Janus: jeder Atemzug ein Kampf und ein Sieg.

»Bedauerst du es, dass du mir je begegnet bist, Tom?«

»Ich bin geboren worden, um dir zu begegnen, Izz. Dafür bin ich auf der Welt«, erwiderte er und küsste sie auf die Wange.

Seine Lippen erinnerten sich an jenen ersten Kuss vor vielen Jahrzehnten, an einem windumtosten Strand bei Sonnenuntergang: ein kühnes, furchtloses Mädchen, das nur seinem Herzen folgte. Er denkt an ihre Liebe zu Lucy, sofort, unverbrüchlich und ohne Fragen zu stellen. Eine Liebe, die unter anderen Umständen ein Leben lang erwidert worden wäre.

Er hat versucht, Isabel seine Liebe zu zeigen, dreißig Jahre lang in jeder Handlung und an jedem einzelnen Tag. Doch nun würde es keine weiteren Tage mehr geben. Und weil er bald nichts mehr würde zeigen können, drängte die Zeit. »Izz«, sagte er zögernd. »Möchtest du mich etwas fragen? Gibt es etwas, das du von mir wissen willst? Alles. Ich bin in solchen Dingen nicht sehr gut, aber ich verspreche dir, dass ich mich bemühen werde, dir zu antworten, falls da etwas ist.«

Isabel zwang sich zu einem Lächeln. »Offenbar gibst du mir nicht mehr viel Zeit, Tom.« Sie nickte und tätschelte seine Hand.

Er hielt ihrem Blick stand. »Vielleicht bin ich auch jetzt erst endlich bereit zu reden ...«

Ihre Stimme war schwach. »Schon gut. Ich brauche nichts mehr zu erfahren.«

Tom streichelte ihr Haar und sah ihr lange in die Augen. Er lehnte die Stirn an ihre, und sie verharrten in dieser Haltung, bis sich ihre Atemzüge veränderten und mühsamer wurden.

»Ich will dich nicht verlassen«, sagte sie und umklammerte

seine Hand. »Ich habe solche Angst, Liebling. Solche Angst. Was, wenn Gott mir nicht vergibt?«

»Gott hat dir schon vor Jahren vergeben. Es wird Zeit, dass du es auch tust.«

»Der Brief?«, fragte sie aufgeregt. »Du passt doch auf den Brief auf?«

»Ja, Izz. Ich passe darauf auf.« Der Wind brachte die Fenster zum Erbeben wie vor so vielen Jahren auf Janus.

»Ich werde mich nicht verabschieden, nur für den Fall, dass Gott mich hört und glaubt, dass ich schon bereit bin zu gehen.« Sie drückte noch einmal seine Hand. Danach hatte sie nicht mehr gesprochen. Hin und wieder schlug sie die Augen auf, und es stand ein Funkeln darin, ein Licht, das heller wurde, während ihr Atem immer flacher und stoßweise ging. So als hätte man ihr ein Geheimnis verraten, und plötzlich könne sie verstehen.

Dann, am letzten Abend, als der abnehmende Mond durch die Lücken zwischen den Winterwolken lugte, hatte sich ihr Atem so verändert, wie Tom es nur allzu gut kannte. Sie war ihm entglitten.

Obwohl sie elektrischen Strom im Haus hatten, hatte er im sanften Licht der Kerosinlampe gesessen, die ihr Gesicht in einen viel weicheren – gütigeren – Schein tauchte. Die ganze Nacht hatte er neben ihrer Leiche gewartet und erst bei Morgengrauen den Arzt angerufen. Wachablösung, wie in der alten Zeit.

Tom geht den Weg entlang und pflückt eine gelbe Blüte von dem Rosenbusch ab, den Isabel kurz nach ihrem Einzug hier gepflanzt hat. Sie duftet bereits stark und versetzt ihn fast zwei Jahrzehnte zurück zu dem Moment, als Isabel vor dem frisch aufgegrabenen Beet kniete und die Erde rings um den jungen Busch mit den Händen festklopfte. »Endlich haben wir einen Rosengarten, Tom«, hatte sie gesagt, und er hatte sie zum ersten Mal seit dem Abschied von Partageuse lächeln gesehen. Das Bild steht ihm noch so deutlich vor Augen wie eine Fotografie.

Nach der Beerdigung finden sich einige wenige Trauergäste im

Gemeindesaal zusammen. Tom bleibt so lang, wie es die Höflichkeit verlangt. Allerdings wünscht er, die Leute wüssten wirklich, wen er hier betrauert: die Isabel, die er am Anlegesteg kennengelernt hat, so voller Leben, Abenteuerlust und frecher Streiche. Seine Izzy. Die andere Hälfte des Himmels.

Zwei Tage nach der Beerdigung saß Tom allein in einem nun leeren und stillen Haus. Eine in den Himmel aufsteigende Staubwolke kündigte die Ankunft eines Autos an. Wahrscheinlich einer der Arbeiter, der nach Hause kam. Doch als er näher hinschaute, stellte er fest, dass es ein teurer neuer Wagen mit Nummernschild aus Perth war.

Das Auto stoppte vor dem Haus. Tom ging an die Tür.

Eine Frau stieg aus und nahm sich einen Moment Zeit, ihr blondes Haar glatt zu streichen, das sie zu einem Knoten zusammengesteckt trug. Sie blickte sich um und ging dann langsam zur Veranda, wo Tom sie inzwischen erwartete.

»Guten Tag«, sagte er. »Haben Sie sich verfahren?«

»Ich hoffe nicht«, erwiderte die Frau.

»Kann ich Ihnen helfen?«

»Ich suche das Haus der Sherbournes.«

»Sie haben es gefunden. Ich bin Tom Sherbourne.« Er wartete auf eine Erklärung.

»Dann habe ich mich nicht verfahren.« Sie lächelte schüchtern.

»Verzeihung«, meinte Tom. »Es war eine anstrengende Woche. Habe ich etwas vergessen? Einen Termin vielleicht?«

»Nein, wir sind nicht verabredet. Aber ich möchte zu dir. Und …«, sie zögerte, »ich habe gehört, deine Frau sei sehr krank.«

Tom starrte sie verdattert an, worauf sie hinzufügte: »Ich bin Lucy-Grace Rutherford. Geborene Roennfeldt …« Wieder lächelte sie. »Ich bin Lucy.«

Er starrte sie ungläubig an. »Lulu? Kleine Lulu«, wiederholte er, wie zu sich selbst, und rührte sich nicht von der Stelle.

Die Frau errötete. »Ich weiß nicht, wie ich dich … Sie nennen soll …. Oder … Mrs. Sherbourne?« Offenbar war ihr plötzlich etwas eingefallen, denn sie fügte hinzu. »Hoffentlich störe ich Sie nicht. Ich wollte mich nicht aufdrängen.«

»Sie hat immer gehofft, dass du kommst.«

»Warte, ich habe jemanden mitgebracht«, antwortete sie und kehrte zum Auto zurück. Sie beugte sich über den Vordersitz und holte einen Tragekorb für Babys heraus. Liebe und Stolz malten sich auf ihrem Gesicht.

»Das ist Christopher, mein kleiner Sohn. Er ist drei Monate alt.«

Tom stellte fest, dass unter der Decke ein Kind herausspähte, das Lucy als Baby so ähnlich sah, dass es ihm einen Stich versetzte. »Izzy hätte ihn so gerne kennengelernt. Sie hätte sich so gefreut, dass du hier bist.«

»Oh, es tut mir leid … Wann ist …?« Ihre Stimme erstarb.

»Vor einer Woche. Ihre Beerdigung war am Montag.«

»Das wusste ich nicht. Wenn du möchtest, dass ich gehe …«

Er musterte das Baby eine geraume Zeit, und als er schließlich den Kopf hob, spielte ein wehmütiges Lächeln um seine Lippen. »Komm rein.«

Als Tom ein Tablett mit Teekanne und Tassen hereinbrachte, saß Lucy-Grace da und blickte hinaus aufs Meer. Das Baby lag neben ihr in seinem Körbchen.

»Wo fangen wir an?«, fragte sie.

»Warum sitzen wir nicht erst einmal ruhig da?«, schlug Tom vor. »Und gewöhnen uns an alles.« Er seufzte. »Kleine Lucy. Nach all den Jahren.«

Schweigend tranken sie ihren Tee und lauschten dem Wind, der über das Meer heulte und hin und wieder eine Wolke beiseitefegte, sodass kurz ein Lichtstrahl durch das Fenster auf den Teppich fiel. Lucy atmete die Gerüche des Hauses ein: altes Holz, Kaminfeuer und Möbelpolitur. Sie wagte nicht, Tom anzusehen, sondern schaute sich lieber im Zimmer um. Eine Ikone, die den heiligen Michael darstellte. Eine Vase mit gelben Rosen.

Ein Hochzeitsfoto von Tom und Isabel, auf dem sie strahlend jung und voller Hoffnung wirkten. Die Bücherregale waren voller Bände über Navigation, Leuchttürme und Musik. Einer, *Brown's Sternenatlas*, war so groß, dass er nur liegend Platz fand. In der Ecke stand ein Klavier mit einem Notenstapel darauf.

»Wie hast du es gehört?«, fragte Tom nach einer Weile. »Das mit Isabel?«

»Mum hat es mir erzählt. Als du Ralph Addicott geschrieben hast, wie krank sie ist, hat er meine Mutter aufgesucht.«

»In Partageuse?«

»Inzwischen wohnt sie wieder dort. Als ich fünf war, ist sie mit mir nach Perth gezogen, um neu anzufangen. Sie ist erst nach Partageuse zurückgekehrt, als ich 1944 dem weiblichen Korps der Streitkräfte beigetreten bin. Offenbar hat sie sich bei Tante Gwen in Bermondsey, Opas Haus, wohlgefühlt. Ich bin nach dem Krieg in Perth geblieben.«

»Und dein Mann?«

Sie lächelte strahlend. »Henry! Eine Luftwaffenromanze ... Er ist ein wunderbarer Mann. Wir haben vor einem Jahr geheiratet. Ich habe ja so ein Glück gehabt.« Sie blickte aufs Wasser hinaus. »Ich habe im Laufe der Jahre sehr oft an euch beide gedacht und mich gefragt, wie es euch geht. Aber ich ...« Sie hielt inne. »Nun, erst als ich Christopher bekam, habe ich verstanden, warum ihr euch damals so verhalten habt. Und warum Mum euch nicht verzeihen konnte. Ich würde für mein Baby morden, das steht außer Frage.«

Sie strich ihren Rock glatt. »An einiges erinnere ich mich. Zumindest glaube ich das. Es ist ein wenig wie Bruchstücke aus einem Traum: das Licht natürlich, der Leuchtturm, und eine Art Balkon ringsherum, wie heißt der noch mal?«

»Galerie.«

»Ich weiß noch, wie ich auf deinen Schultern gesessen habe. Und das Klavierspielen mit Isabel. Und dann noch etwas mit Vögeln in einem Baum und dass ich mich von dir verabschieden sollte. Ab da vermischt sich alles irgendwie, und ich habe das meiste vergessen. Dann kamen das neue Leben in Perth und die Schule. Aber am deutlichsten erinnere ich mich an den Wind, die Wellen und das Meer. Das habe ich einfach im Blut. Mum mag das Wasser nicht. Sie geht nie schwimmen.« Sie sah das Baby an. »Ich konnte nicht früher kommen. Wahrscheinlich musste ich darauf warten, dass Mum ... nun, wahrscheinlich dass sie mir ihren Segen gibt.«

Als Tom Lucy beobachtete, erhaschte er einen Blick auf ihr Kindergesicht. Allerdings war es schwierig, die Frau mit dem kleinen Mädchen in Einklang zu bringen. Genauso schwierig, wie es in den ersten Minuten gewesen war, den jungen Mann in sich wiederzufinden, der sie früher so sehr geliebt hatte. Und dennoch, dennoch war die Erinnerung an ihr Stimmchen so klar, das rief: »Dadda! Ich will auf deinen Arm, Dadda!«

»Sie hat dir etwas hinterlassen«, sagte er und ging zur Schatulle. Er griff hinein, nahm den Umschlag und reichte ihn Lucy-Grace, die ihn eine Weile in der Hand hielt, bevor sie ihn öffnete.

Meine liebste Lucy,
es ist lange her, so lange, dass ich versprochen habe, Dir nicht mehr zu nahe zu kommen. Und ich habe mein Wort gehalten, so schwer es mir auch gefallen ist.
Nun bin ich fort, was der Grund ist, weshalb Du diesen Brief erhältst. Und das macht mich froh, weil es bedeutet, dass Du zu uns gekommen bist. Ich habe die Hoffnung nie aufgegeben, dass Du es eines Tages tun würdest.
In der Kiste bei den Briefen liegen auch noch einige Dinge aus Deiner frühen Kindheit: Dein Taufkleid, Deine gelbe Decke, ein paar Bilder, die Du als Kleinkind gemalt hast. Und dann auch die Sachen, die ich für Dich im Laufe der Jahre genäht habe – Wäsche und so weiter. Ich habe sie für Dich aufbewahrt, Gegenstände aus dem vergessenen Teil Deines Lebens. Nur für den Fall, dass Du sie sehen möchtest.
Inzwischen bist Du eine erwachsene Frau. Hoffentlich war das

Leben gut zu Dir. Außerdem hoffe ich, Du kannst mir verzeihen, dass ich Dich behalten habe. Und dann losgelassen.
Vergiss nicht, dass Du immer geliebt wurdest.
In aller Liebe.

Die zart bestickten Taschentücher, die gehäkelten Babyschühchen, die Satinhaube, alles lag ordentlich zusammengefaltet in der Kiste, tief unter den Sachen aus Isabels eigener Kindheit. Bis jetzt hatte Tom nicht gewusst, dass sie sie aufbewahrt hatte. Erinnerungen an eine Zeit. An ein Leben. Zu guter Letzt entrollte Lucy-Grace eine von einem Satinband zusammengehaltene Karte. Die Karte von Janus, die Isabel vor so langer Zeit ausgeschmückt hatte: der Schiffbruchstrand, die Gefährliche Bucht – die Tinte leuchtete noch immer. Es versetzte Tom einen Stich, als er sich an den Tag erinnerte, als sie ihm die Karte überreicht hatte – und an sein Entsetzen wegen des Verstoßes gegen die Vorschriften. Und plötzlich wurde er wieder von der Liebe zu Isabel und Abschiedsschmerz überwältigt.

Als Lucy-Grace die Karte betrachtete, liefen ihr Tränen über die Wangen, und Tom bot ihr sein ordentlich gefaltetes Taschentuch an. Sie tupfte sich die Augen ab und hielt nachdenklich inne. »Ich hatte nie Gelegenheit, mich bei dir zu bedanken«, sagte sie schließlich. »Bei dir und bei ... bei Mama, dafür, dass ihr mich gerettet und so gut für mich gesorgt habt. Ich war noch so klein ... und dann war es zu spät.«

»Du brauchst dich nicht bei uns zu bedanken.«

»Ich verdanke euch mein Leben.«

Das Baby fing an zu schreien. Lucy nahm es auf den Arm. »Pssst, pssst, Kleiner, alles ist gut. Alles ist gut, Häschen.« Sie wiegte ihn hin und her, woraufhin das Weinen verstummte. »Willst du ihn halten?«, fragte sie Tom.

Er zögerte. »Ich bin inzwischen ein bisschen aus der Übung.«

»Mach schon«, erwiderte sie und legte ihm das kleine Bündel vorsichtig in den Arm.

»Schau dich nur an«, meinte er. »Wie deine Mummy, als sie

ein Baby war. Die gleiche Nase, die gleichen blauen Augen.« Als das Kind ihn ernst anblickte, stiegen lange vergessene Gefühle in ihm hoch. »Oh, Izzy hätte dich ja so gern gesehen.« Ein Speichelbläschen funkelte an der Lippe des Babys, und Tom betrachtete die Regenbogenfarben, die die Sonne daraufmalte. »Izzy wäre begeistert gewesen«, fügte er hinzu und musste ein Zittern in seiner Stimme unterdrücken.

Lucy-Grace sah auf die Uhr. »Ich glaube, ich breche besser auf. Heute übernachte ich in Ravensthorpe. Ich möchte nicht bei Dunkelheit fahren – sicher sind Kängurus auf der Straße.«

»Natürlich.« Tom wies mit dem Kopf auf die Kiste. »Soll ich dir helfen, die Sachen zum Auto zu bringen? Das heißt, falls du sie mitnehmen möchtest. Ich würde es verstehen, wenn nicht.«

»Ich nehme sie lieber nicht mit«, erwiderte sie, und als Tom ein trauriges Gesicht machte, fügte sie lächelnd hinzu, »denn so haben wir einen Grund, uns wiederzusehen. Vielleicht schon bald.«

Die Sonne schimmert nur noch als schmale Scheibe über den Wellen, als Tom sich in dem alten Liegestuhl auf der Veranda niederlässt. Neben ihm, auf Isabels Stuhl, liegen die Kissen, die sie selbst mit Sternen und einem Halbmond bestickt hat. Der Wind hat nachgelassen, und von tief orangefarbenen Streifen durchzogene Wolken hängen am Horizont. Ein Lichtpunkt durchdringt die Dunkelheit: der Leuchtturm von Hopetoun. Inzwischen wird er automatisch betrieben – seit der Hafen geschlossen ist, werden Leuchtturmwärter nicht mehr gebraucht. Er erinnert sich an Janus und den Leuchtturm, den er dort so lange betreut hat. Bis heute ragt jeder seiner Lichtblitze in die Dunkelheit hinein und weit nach draußen, bis zum Rand des Universums.

Er spürt noch immer Lucys Baby im Arm, und das Gefühl lässt ihn daran denken, wie er Lucy selbst und davor, so kurz, seinen Sohn gehalten hat. Wie anders wären die Leben vieler Menschen verlaufen, wenn er nicht gestorben wäre. Er atmet durch und lässt den Gedanken eine Weile auf sich wirken, bis er aufseufzt. Es hat keinen Zweck, darüber nachzugrübeln. Wenn man einmal aufgebrochen ist, gibt es kein Zurück mehr. Er hat sein Leben gelebt. Die Frau geliebt, die er geliebt hat. Kein Mensch auf dieser Welt wird genau denselben Weg nehmen, und das ist auch gut so. Er sehnt sich noch immer nach Isabel, ihrem Lächeln und danach, wie sich ihre Haut anfühlt. Inzwischen laufen ihm die Tränen, die er in Lucys Gegenwart unterdrückt hat, übers Gesicht.

Er blickt sich um. Der Vollmond wandert am Himmel nach oben, auf einem Zwillingshorizont, wie ein Gegengewicht zur untergehenden Sonne. Jedes Ende ist der Anfang von etwas Neuem. Der kleine Christopher ist in eine Welt hineingeboren worden, die Tom sich niemals hätte vorstellen können. Ob diesem Jungen ein Krieg erspart bleiben wird? Auch Lucy-Grace gehört zu einer Zukunft, die Tom nur erraten kann. Wenn sie ihren Sohn nur halb so sehr liebt, wie Isabel sie geliebt hat, kann dem Jungen nichts geschehen.

Er hat in seinem Leben noch einige Zeit zurückzulegen. Und er weiß, dass ein Mann, der sich auf diese Reise macht, von jedem Tag und jedem Menschen, dem er unterwegs begegnet, beeinflusst wird. Narben sind nur eine Form der Erinnerung. Isabel gehört zu ihm, wo immer sie auch sein mag, so wie der Krieg, der Leuchtturm und der Ozean. Allzu bald wird die Zeit den Vorhang vor ihrer aller Leben herunterlassen, und Gras wird auf ihren Gräbern wachsen, so lange, bis ihre Lebensgeschichte nur noch ein Grabstein ist, den nie jemand besucht.

Er beobachtet, wie das Meer sich der Nacht ergibt, wohl wissend, dass es morgen wieder hell werden wird.

Danksagung

Zahlreiche Geburtshelferinnen und Geburtshelfer waren an der Entstehung dieses Buches beteiligt. Es haben so viele Menschen daran mitgewirkt, es auf die Welt zu bringen, dass ein eigener Band nötig wäre, um sie alle aufzuzählen. Auch wenn es mir hoffentlich im Laufe der Zeit gelungen ist, allen von ihnen persönlich zu danken, möchte ich hier noch einmal betonen, wie wichtig sie für mich waren. Jeder von ihnen hat etwas Einzigartiges und Wertvolles beigetragen – einige in einem bestimmten Augenblick, ein paar über einen beträchtlichen Zeitraum hinweg und manche ein Leben lang.

Ich danke jedem Einzelnen von euch dafür, dass ihr mich dabei unterstützt habt, diese Geschichte zu erzählen. Eure Hilfsbereitschaft war ein großes Privileg.